我只要和你宅一起

WO ZHIYAO HENI ZHAI YIQI

缘是美丽的邂逅，
爱是心跳的感觉，
情是心灵的交会，
恋是甜蜜的思念

芷依 著

电子科技大学出版社

图书在版编目(CIP)数据

我只要和你宅一起 / 李楠著. ——成都:电子科技大学出版社, 2015.4

ISBN 978-7-5647-2952-3

Ⅰ. ①我… Ⅱ. ①李… Ⅲ. ①长篇小说-中国-当代 Ⅳ. ①I27.5

中国版本图书馆 CIP 数据核字(2015)第 076136 号

我只要和你宅一起

李楠　著

出　　版	电子科技大学出版社(成都市一环路东一段 159 号电子信息产业大厦 邮编:610051)
策划编辑	万晓桐
责任编辑	万晓桐
主　　页	www.uestcp.com.cn
电子邮箱	uestcp@uestcp.com.cn
发　　行	新华书店经销
印　　刷	成都市新都华兴印务有限公司
成品尺寸	170mm×240mm　印张　18　字数　373 千字
版　　次	2015 年 5 月第一版
印　　次	2015 年 5 月第一次印刷
书　　号	ISBN 978-7-5647-2952-3
定　　价	36.00 元

内容简介

这是一部为韩剧偶像明星李钟硕量身打造的由中国女作家创作的韩剧小说。

韩流明星裴承勋因为机场蜂蜜过敏事件，邂逅逃婚到韩国的中国富家女袁乐儿。帅气的裴承勋素有暖男之美誉，阳光，善良，直率，而家族有特殊背景的袁乐儿，从小娇生惯养，美丽，聪慧，任性。两人从相遇到相识，相知，终于深深地爱上对方，成为一对异国恋人。但是，他们的爱情却被命运捉弄，一波三折，曲折坎坷，充满了形形色色的外界干扰。情敌之间的明争暗斗，演艺圈的诡秘风云，家族恩怨的历史沧桑，亲情与爱情之间的艰难选择，爱与恨之间的迷离纠结，善与恶之间的冲突较量，通过作者颇具匠心的宏大构思，细腻的文笔和心理描写，演绎了一部具有时空跨度的当代情爱悲欢剧。

小说情节悬念迭出，扣人心弦，结局破解了爱的真谛：因为，“我要与你宅一起”这份初心，才能冲破迷雾，经历风雨，见到彩虹，品尝到爱情的甜蜜之果。

序言

韩国仁川机场，像往常一样人来人往，有的行色匆匆，有的欢声笑语，每个告别，每个挥手，每个拥抱都有着不同的故事！而此时一袭黑衣，背着一个蓝色背包的身影却异常的形单影只。她不像其他人要在离开时落寞不舍，也不像归来的人思家心切、兴奋万分！她有的只是安静，过于的安静，离奇的安静！

而此时的VIP出关口却是人声鼎沸，喧闹无比！有着大批手持画报或礼物的接机粉丝和众多等待已久的媒体记者在此守候！大家都激动地摇着手中的牌子，目不转睛地看着出口，随时准备狂热来袭！很多不明真相的旅客也好奇的驻足观望，一些国外友人甚至还问询守候的记者，到底什么情况！原来，是目前人气爆发的韩流明星裴承勋从海外宣传新片结束回国的日子！为一睹偶像风采，很多粉丝在此都等候了两个多小时！眼看着荧幕上显示班机已到的信息，难怪群情涌动，激动无比！

这一静一动的画面就像两条永不相交的平行线，各自随着自己的步伐走向未来！但人生往往会出人意料，命运也常常和人类开玩笑！在未来的某一天，她却拿着枪对着他，表情平静却眼露温柔地说道：假如那天她不是因为太赶时间，随便买了一张最快起飞的机票，她不会糊里糊涂地来到韩国！假如那天她不是因为发呆错过了最后一班巴士，她就不会遇到一个和她抢的士的男人，而撞到一个和她永不会有交集的他！假如她不是同情心作祟和超级没有眼力见儿以为他是伤残人士，她不会送他回家而看到不该看的秘密！假如……假如……假如她没有爱上他，今天就不会有这样的结果！

可人生没有假如，只有命定！从相遇那刻起，命运的齿轮就已转动，而结局也早已注定！

目　录

第一章　火花四溅的撞击 / 1
第二章　秘　密 / 8
第三章　交　易 / 16
第四章　虎落平阳 / 26
第五章　温暖的相处 / 37
第六章　人算不如天算 / 47
第七章　误　会 / 57
第八章　斗　法 / 68
第九章　雨过天晴 / 79
第十章　状况连连 / 93
第十一章　奇怪的氛围 / 105
第十二章　摇曳的萌芽 / 114
第十三章　酸爽的相处 / 124
第十四章　我们的心 / 134
第十五章　离　别 / 144
第十六章　回不去了 / 154
第十七章　不再交替的平行线 / 164
第十八章　意外重逢 / 175
第十九章　意乱情迷 / 186
第二十章　面　对 / 197
第二十一章　命　运 / 207
第二十二章　变　数 / 218
第二十三章　危　机 / 229
第二十四章　最熟悉的陌生人 / 240
第二十五章　选择（一）/ 251
第二十六章　选择（二）/ 262
第二十七章　初心（大结局）/ 272

第一章　火花四溅的撞击

1

韩国？韩国!! 袁乐儿一脸大便的表情环视周匝，沮丧之极。要不是为了甩掉阿杰，她又怎么会随便买张即将起飞的航班机票，来到这个她语言只有初级的国家！在飞机上只一股脑忙着兴奋开心去了，现在，她却只能傻傻地站在机场门口，一脑浆糊的懊恼中，直到最后一班机场巴士离开，她才满脸苦瓜地走出机场大门！怎么办，语言……基本不通！钱，还没来得及兑换！目的地……未知中！朋友……貌似这里也没有！天呀，她怎么会这么倒霉，居然沦落到这样的地步！

袁乐儿使劲拍了拍自己的脸，碎碎念叨：没事的，没什么大不了的，韩语不行就说英语嘛，没韩币就刷卡嘛，没有目的地就表示哪里都可以是目的地啦！至于朋友嘛，没有还比较好，免得泄漏行踪！似乎这样的自我催眠起到了很大的作用，她开始有点期待这个别样的旅行了，对着向她驶来的 Taxi 兴奋地挥了挥手！

正当她拉开车门准备跨入 Taxi 时，一个身材魁梧的男人猛地推开她娇小的身体，快一步钻进车里！

"喂！你什么情况？"一着急，乐儿的中文脱口而出！

男人似乎用轻蔑的眼神看了看她，对着 Taxi 司机说了句韩语，然后伸手拉过车门准备关上！然而他没想到的是，门把却被那个他推开的女人拉住了，她甚至还一只脚跨入了车内，挡住了即将关上的车门。

男人不可置信地瞪着眼前这个女人，被突如其来的变化弄得有点木讷，不知该作何反应！

"都说韩国是礼仪之邦，很是注重礼义廉耻，你居然在大晚上抢一个女人的的士，你绝对不是韩国正宗出品！"这次，袁乐儿是一口流利的英语！不过，她此时的形象嘛……一只跨入车内的脚，外加叉着腰的手和一脸凶悍的表情，完全和淑女两个字毫无关系，典型的豪放悍妇型！

"미친 여자!"男子口中说着韩语，手也没闲着，打算用蛮力再一次将袁乐儿推开！

"뭐라고? 미친 여자?"这个该死的家伙不但抢她车居然还骂她是疯女人?! 袁乐

儿彻底火大了，她韩语是初级，初级是什么概念？初级就是吵架骂人的话绝对第一手掌握！眼看对方的手向她推了过来，乐儿不但不避反而迎了上去，抓住男子的手就往反方向压了下去。随着男子哀号的叫声，她顺势就挤进了车厢坐了进去，而坐的位置居然是那个男人的腿上！

“呀！###/_ －#＊＊%#%#”！男子一连串稀里哗啦的韩语后，急忙往左边挪动身体，很是狼狈地从袁乐儿的屁股下解放出来！此时车内的气氛很是汹涌澎湃，两人都怒视着对方，似乎一场世界大战将一触即发！

“咳……咳……两位客人，我还要做生意了，你们这样我很为难！”这时不怕死的司机大哥竟然出声了。果然是经常跑机场走国际线的高大上师傅啊，居然也是一口流利的英文！

“司机大哥，你说句公道话，你车是我拦下的吧，是这个没礼貌的男人推开我坐了进去，难道不该他下车吗？”袁乐儿狠狠瞪了一眼身旁的男人，用眼神示意他下车！

而这个男人不知道是不是听不懂英文，二话没说就从兜里拿出一沓韩币，依然用韩语说道：“我加钱，你让这女人下车，我赶时间！”顺势就把钱塞进了司机的怀里！

看着这沓钱，司机露出了尴尬的笑容，小眼神偷偷瞄着袁乐儿，那意思貌似是你怎么说？

虽然没听懂男人的话，但此情此景袁乐儿也明白是什么状况了！用钱贿赂是吧，本小姐什么都缺，最不缺的就是……当她伸手去拿钱包时忽然停住了！然后展开一个天使般的笑容对着司机说：“刷卡可以吗？”瞬间，车内的气氛冻结了！

2

此时 VIP 休息室似乎也不太平静！一堆人围着一个人转，而且大家的表情看起来都很凝重着急！

“到底严重到什么程度，快让我看看！”一个风急火燎的声音刚从房间外传来，而人影却已经窜到了围观人群这里！这样的速度可以想象此人着急的程度！此人不是别人，正是裴承勋的最强经纪人——崔允择！

“允择哥，我该怎么办？外面那么多粉丝和媒体，我这个样子怎么见人啊？”随着人群的让开，一面有着可爱头像的镜子出现在崔允择面前。

“我的小祖宗，你就别照了，先让我看看！”一扯开镜子，崔允择瞬间崩溃，不是旁边的人动作快扶住了他，他应该直接瘫倒在地了！上飞机时这可是怎样一张完美的脸啊，但此时除了眼角那颗泪痣幸免于难以外，帅气英挺的脸孔上全都布满了红斑，在灯光下显得更加的鲜艳夺目！

“你确定你是我的承勋？”受到过度惊吓的崔允择有点不敢面对现实了！而当他

说完这句话后就瞬间后悔了，因为他对上了那双很是无辜受伤的双眼，长长的睫毛随着可怜巴巴的眼睛一眨一眨的，而性感的双唇也因为委屈而微微向上嘟翘着，整个画面简直……美得不忍直视！

“咳……对不起，对不起嘛……我想我是疯了，这么帅的脸不是我家承勋会是谁了，对吧？”虽然这样的场景大家早已习以为常，但每当发生时所有人还是忍不住想笑！无论发生多大的事情，就算是世界第一强的崔允择，一旦与裴承勋的双眼对视，最终结果一定是投降认输！不得不承认，裴承勋不愧为目前最为大势的人气演员，他身上有一种致命吸引力，让人无法抗拒他的魅力，无形中被他牵引。

“不过谁能告诉我，这样的状况是怎么发生的吗？”看着承勋脸上这么明显的红斑，不用说一定是沾到蜂蜜了，而且还不止一点！承勋的皮肤在业内是出了名的好，不但白皙还很稚嫩！但他有个致命的弱点就是对蜂蜜严重过敏，只要沾一点就会瘙痒红肿，多的话就会像现在这样，全身大面积的起红疹，甚至还会肿痛！而蜂蜜是过敏源这个事情，只要是负责承勋生活起居的工作人员都绝对了解的情况，那今天又怎么会发生这样的意外呢？

“不怪他们啦，都怪我不好！你知道的，我一紧张就会狂吃食物嘛。一想到机场有这么多媒体和粉丝在，我手心就全都是汗！正好一个空乘姐姐好心问我要不要吃蛋糕，我就点了点头……”说到最后，裴承勋的声音越来越小，小到可能只有他自己能听见了。

“不过，我有告诉她我不喜欢吃蜂蜜蛋糕，她还说好，没问题的啊！”当看着崔允择就要喷火的眼神时，裴承勋急忙弱弱地补上一句。

“可结果却是你不只是吃了，而且还吃了很多！我现在没时间去追究对错，重要的是怎么面对在外面等待的粉丝和媒体！”事有缓重轻急，当务之急是启动应急措施，首先需安然度过目前的状况才行。

“要不叫救护车过来，承勋哥直接上车离开！我们就对外宣称承勋哥过度劳累，身体不适，今天无法和大家见面了，允择哥，你看这行吗？”其中一个小助理首先提出了建议。

“不行，承勋接下来的行程都排满了，救护车都直接到机场接人了，那该是多严重的问题啊，休息个一两天就好可能吗？况且，承勋的身体可不是他自己的，一旦有风声传出他有个三长两短，粉丝和合作商们可是会炸开锅的！”很明显，这个提议被直接 Pass 了！

“让我试试吧，或许用粉好好盖一下，还是可以见人的。”承勋的御用化妆师此时也急忙献计。

当允择也认为可行时，一转头又对上了那双充满魔力的双眸，那双一眨一眨充满魔力的眼睛似乎在说：哥，我现在又痒又痛，你真的还忍心用化妆品来折磨我吗？

“行了，你就直接告诉我，你想怎样吧？”崔允择无奈地摇了摇头，直接看着裴承勋。如果这里不全是工作人员，而有业内人士和粉丝在场的话，一定会很讶异目前的景况。传言中的崔允择很是独断专行，从不听取艺人意见，为利益甚至会不择手段，完全不顾及其他人的感受。而相反，裴承勋因形象和个性都属于乖乖型，更造就了这个传言的真实性。外界总认为裴承勋被崔允择压制得死死的，很多不明真相的粉丝甚至还发起裴承勋脱离崔允择魔掌，最好是连经纪公司也一起都换掉的倡议行动的恶帖！

而此时大家都担心到死的裴承勋同学，却专注地360度旋转把玩着印有他可爱头像的小镜子，前前后后，左左右右地照着。边照嘴里还边嘟囔：“怎么办？变丑了！这个样子要是上了明天的头条，那后天的头条应该是在汉江某处水域，发现疑是某某当红影星的尸体吧！”只要是有带耳朵的人都很清楚，我们大明星的意思很明显，他今天的模样如果被任何一个人发现，他就去“屎”！这孩子到底是有多爱美，不用说，周边的工作人员都太了解了！再加上处女座要求完美的强迫症作祟，连衣角有个皱褶他都会心塞一整天，何况这次还是他引以为傲的美貌了！

“允择哥，外面已经闹开锅了，粉丝和媒体都有点急不可耐了！”这时，从门外匆匆跑进来一个工作人员，急忙向允择汇报着外面的情况。

在这里的所有人都可以去死，唯独一个人不行。允择深深吸了一口气，对着化妆师说道：“马上给承勋换上工作人员的衣服，口罩墨镜帽子什么的都给他套上，一定要包裹到密不透风。其他人都收拾准备下，等会跟我出去应对媒体和粉丝，切记，都要冷静，别乱说话！”

一瞬间，整个房间的气氛又开始紧张火辣起来，服装师急忙拉着裴承勋进了化妆室，10分钟后，再次出现在大家面前的是一个粽子！包裹得完全看不出人形的186 cm的巨型粽子！本就紧张的气氛，一下子崩塌了，很多的肩膀开始抖动，嘴角微翘，但却又不敢发声，实在是憋出内伤啊……

“哎唷……什么嘛……连你们都……那我怎么办……”这次裴承勋干脆直接跺脚甩手地撒娇了！本就忍得辛苦的工作人员，再目睹史无前例的粽子撒娇后，终于忍俊不禁，“噗”的笑出声来！

而此时笑得最大声的居然是始作俑者裴承勋“小盆友”！边笑边还开心地给予工作人员爱爱的熊抱，然后做出一个剪刀手的动作问人家：“我可爱吧？”在这么紧张兮兮状况连连的时刻，他用自己娱乐大家，缓和了所有人紧张的情绪，就像冬天里的火焰，燃烧自己，温暖别人。难怪，爱他的粉丝都叫他暖男！

不过欢乐时光很短，以免引起其他人注意，化妆后的裴承勋决定单独从后门离开，其他人则从VIP通道去应对媒体和粉丝！

3

袁乐儿那个不太好笑的冷笑话冻结了车内的温度后，下一秒钟，她就很是尴尬地收拾包袱，顺带恶狠狠瞪了一眼气焰正嚣张的男人，然后把全部愤怒都用在了甩开车门上，结果……砰！紧接着是：“啊！”的惨叫声……响彻了整个机场的夜空！

这种杀猪般的惨叫声，不得不让袁乐儿慌忙跳下车查看什么情况。随着乐儿的离开，Taxi 随即疾驰而去，留下的只有排气孔的一阵浓烟和一个裹得像粽子一般的倒在地上的男人！

“嗯……嗨……你还好吗？”袁乐儿用蹩脚的韩语问询着这个看似奇装异服的男人。

好？你被车门撞到要害部位试试，看你还好不好！裴承勋痛得眼泪都快流出来了，瞬间在脑海中把这个罪魁祸首的全家都问候了一遍！然后欲哭无泪地抬起头，却语不惊人地冒出一句话：“我的墨镜呢？”

“啊？什么？对不起，我不是韩国人，听不懂你说什么，可以说英文吗？”袁乐儿一脸愧疚地看着对方。

这一连串的英文让裴承勋再次有了想死的心，全大韩民国的人都知道，他很是爱国，除了母语什么语言都不会！这女人今天是来找茬的吗？正想发飙的他忽然转念一想，既然说英文，那就不是韩国人啦，这样的窘况被她看到也没关系啦！想着想着，他居然傻傻地笑起来。

可他奇怪的举动，让袁乐儿很是惊悚啊，难道自己遇到了变态？穿成这样本就很奇怪，还一个人在那里傻笑，不是头脑有问题就是智商为零。今天到底是怎样？是她的受难日吗？为什么遇到的韩国男人都是奇葩！算了，闪人，懒得和他废话！做了决定的袁乐儿抓着手中的背包往身后一套，随即转身离开。

此时，还趴在地上的裴承勋则是搜寻着他被撞飞的墨镜，即使对方不是本国人，他的名气在海外也是不容忽视的，所以很是小心的他不敢有一丝松懈。可下半身还是痛到死的他，完全没办法站起身，结果画面就变得很是悲惨，堂堂韩流明星像个乞丐一样，在黑漆漆的地方找着黑漆漆的墨镜……

袁乐儿一边迈开步伐离去，一边又忍不住好奇的回头观望，此时映入她眼帘的是一个捂着下身，在地上到处摸索东西的男人的画面。摸索？袁乐儿疑惑地停下了脚步，一个正常人找东西不应该是摸索才对吧？难道他……有眼疾？

都说好奇害死猫，袁乐儿就这样被自己的好奇心驱使，再次转身回到了裴承勋身旁。而命运的齿轮也因为她的选择开始了运转。在袁乐儿积极地找寻下，终于看到了那副躺在地上的墨镜，这下对于自己的猜想，她已经深信不疑了，如果不是瞎子，谁会大半夜戴墨镜啊！刚才居然还冤枉人家是变态，真是太过分了！

“嗯……这个……是你要找的东西吗？”袁乐儿把脑中的单词迅速找寻一遍后，终于艰难地挤出几个字，还要祈祷自己发音正确，不然他们两个今天真心只能鸡同鸭讲了。

这个女人怎么又回来了？难道她认出自己了？满腹心思都是怕被发现的裴承勋

哪里有空去注意她的发音是否正确，只是一个劲地使劲武装自己。慌忙地他从头到脚火速整理一番，确保只有眼睛还在外面后，他却看到了一双白皙的手，递过来自己丢失的那副墨镜。正想伸手去接的他，却因为下身拉扯的疼痛而向袁乐儿的身旁抓去，结果与地面做了一个火辣辣的零距离接触。

放在他面前居然都看不到，这不是瞎子是什么。袁乐儿如今已经要愧疚到死了，急忙蹲下身，小心地扶起裴承勋，谁知她的举动却遭到了对方激烈的抵抗，不但不让她靠近，还慌忙把头埋下去，似乎很怕与她接触。

“对不起……对不起……我不知道你……别害怕好吗？我是……好人，不会……伤害你！”看着对方的反应，她真想扇自己几个耳光！一个眼睛看不见的人，对于外界都是陌生和恐惧的，而她居然撞倒了人家不说，还差点扔下这样一个他走掉了，她到底在干嘛！

她居然是说对不起，而不是大叫他的名字？什么情况？她眼神就这么不好吗？裴承勋在心里一阵嘀咕，笨拙地爬起身来。而袁乐儿不顾对方刚才的拒绝，再一次伸出手扶住了他。

“你……还好吗？”她似乎知道对方不会英文，只能用蹩脚的韩语再次问询。

“你为什么又回来了？”裴承勋似乎只对这个问题在意。而这次他也没再甩开袁乐儿的手，而是接过她手中的墨镜戴了起来。透过墨镜，他才正式打量起面前这个女人。

身高不超过 165 cm，属于娇小秀气型。模样嘛……光线太暗，再加上墨镜的阻挡，基本看不清。于是想看清的裴承勋躬下了他 186 cm 的身体，越来越贴近袁乐儿的面颊。

而袁乐儿正在努力回味对方的话，似乎听懂了“回来”两个字，聪明的她好像猜到了对方的问题是什么，于是开心地抬起头正欲回答，却差点撞上近在咫尺的载着黑超和口罩的脸。

袁乐儿木讷地眨了眨眼，然后抬起手托住了裴承勋的脸，动作很是轻缓地向外推去：“要……小心哦……差点撞到！”原来她以为裴承勋是因为看不见而差点撞上了她。

好不容易就要看清的裴承勋，就这样莫名其妙被对方推开了。不止如此，对方还尽说一些不着边际的话，让他实在忍无可忍！居然摘下了刚戴上的墨镜，嘴里大声问道：“小姐，你为什么总说奇怪的话？难道你不认识我吗？”就当他正要与抬头的袁乐儿四目相对时，忽然从机场门口涌出大批人潮，此起彼伏的怨声载道声喧闹了宁静的夜晚。

原来是没有接到偶像的粉丝和众多媒体们，因为对崔允择解释说裴承勋因家里有急事，单独离开的事实不满，大家带着负面情绪，闹闹嚷嚷地步出了机场。吓得裴承勋慌忙再次戴上墨镜，紧张不安地低下了头。

而感觉到裴承勋紧促不安的袁乐儿，还以为裴承勋是担心人潮太多而挤到他，于是慌忙用手紧紧地抓着裴承勋的手，扶着他往 Taxi 站走去。

“你……别害怕！我……会保护你……送你回家！”最后从她嘴里使劲挤出来的一句话，就变成这样了。

听到这句话的裴承勋微微一怔，透过墨镜看着她娇小的身影和她坚定的眼神，很难想象她的身体里到底有着怎样的力量，能对一个身高186 cm的男人，说出保护他的话。此时的承勋心里，莫名地有种暖流穿过，一个人打拼这么多年，很久没感受过被人保护的感觉了。而说这句话的人，却是一个还没认出自己的外国女人！他该开心还是该难过呢？

“好啊，谢谢！”而更让他自己惊讶的是，他居然同意了！这代表着他今天要和这个连面都没看清的陌生女人，一起回那个只属于自己的私密空间！这个空间对于承勋来说是唯一能让他安心放心的地方，也是唯一可以让他放松，躲避风雨的地方。没有工作时，家就是他的天堂，或许别人会觉得无所谓的家，对于承勋来说却是不可替代的城堡！

就在承勋思前想后的时候，袁乐儿已经招揽了一部 Taxi，扶着他坐了进去。“客人你们好，请问要去哪里？”司机的问询声把承勋拉回了现实。

“江南区××洞，谢谢。”由不得裴承勋再多想，急忙对着司机报出了地址。

听到这个地址后，司机微微一怔，然后悄悄透过后视镜向后座那个男人看去，不是他想好奇，而是这个地址不是普通韩国民众可以住的地方！可那个包得像粽子的男人完全无法回馈他的好奇心！于是，他只能满腹狐疑地驾驶 Taxi 驶离了机场大门，与他们擦肩而过的正是没能与偶像碰到的众多粉丝们。命运很奇妙，等待已久的往往没有结果，偶然撞击的缘分却有着不可未知的未来。

第二章 秘 密

1

此时车里的两个人沉默着，都静静地望着窗外。其实袁乐儿有很多疑问，为什么这么晚了有眼疾的他会来到机场？为什么穿着又会这么奇怪？为什么没有人陪伴在他身旁，等等。并不是她不想问，而是……她无法问！第一次觉得原来英语也不是万能的！

而裴承勋却沉浸在懊悔中，后悔怎么这么草率就答应她送他回家！若不是刚才情况紧急，他也不会做出这样冲动的举动！等下要怎样把这个女人打发走了？如果这个女人认出他来，会不会对他有所奇怪的要求呢？

而满腹狐疑的司机大哥也一边开着车一边偷看两人的反应，很是奇怪这两个零交流的男女，如果不是看见他们两人刚才牵着手一起上车，还以为他们是不认识的拼车人！

就这样，在三个人都各自满怀心思的时候，目的地到了。裴承勋主动自觉拿出皮夹，刷刷刷，掏出几张韩币递给了司机，没等司机找钱，就拉开车门跨出车外。还没反应过来的袁乐儿也急忙拉开车门跟了过去，然后顺手扶住了裴承勋的手臂。

看着这样的情况，司机明白了。原来小两口吵架了，看来男人很生气，而女人正在小心翼翼赔不是。哎，现在的年轻人啊真是身在福中不知福，要知道他家那个女人不对他河东狮吼就不错了，哪里会有这么好待遇啊。想着想着，抱着一颗好奇心，开着 Taxi 离开了。

剩下的就是一个满腹心思怎么打发别人离开的裴承勋和不明真相没有眼力见儿的袁乐儿了！忽然，裴承勋的手机响起，打破了这诡异的氛围。

“承勋，你现在在哪里？”刚接起电话，就听见崔允择很是焦急的声音。

“在家门口啊，怎么了？”裴承勋扯开袁乐儿挽住的手，往相反的方向慢慢走去。毕竟对于不熟识的陌生人，裴承勋的警惕心是很强的。

留下一脸目瞪口呆的袁乐儿，什么情况？她被嫌弃了？而且，他在看不见的情况下居然走得那么……平稳?！难道是自己哪里弄错了？百思不得其解的袁乐儿现在是走也不是，不走也不是，很是尴尬的杵在原地！

“你怎么还在家门口，要不然马上离开，要不然就赶快进去！你觉得我解释你家有急事，早已单独离开，记者们会买账吗?！我本想带着记者游大街的，但现在发现好像只有一部分人跟着我！”对于裴承勋这种慢条斯理的性格，崔允择差点没在电话里抓狂！

“你的意思是……”当裴承勋正要继续发问时，大厦门口忽然灯光闪亮起来，一部又一部的采访车陆续到达！紧接着部分记者和摄影师已从车里快速窜出，向裴承勋的方向跑来。

来不及细想的裴承勋，慌张地挂掉电话，急忙向大厦里面跑去，就这样从一脸诧异的袁乐儿身边快速闪过！

“喂！你……”袁乐儿再也无法淡定了！指着裴承勋的身影大喊。也难为她了，跑成这样的瞎子，应该是她生平第一次见！

对啦，那个女人！现在外面一大堆记者，如果那个女人乱说话的话，他就玩完了！想到这里，裴承勋忽然转过身，抓起袁乐儿指着他的手就往大厦刷卡处跑。

“啊！你干嘛?”袁乐儿就这样被强行拖走，重点是对方还是一个身高 186 cm，拥有一双大长腿的家伙，可以想象画面感是多么狼狈！

好在这里的管理设施很完备，只能由住户刷卡才能进入。因此安然上楼的两个人把所有记者甩在了大厦门口。

此时，房间里的两个人就这样对视着对方，虽然谁都没有出声，但杀气很是浓烈！如今的裴承勋依然戴着墨镜口罩和帽子，还是粽子一般的造型，除了鞋子换成了拖鞋以外，完全没有卸下任何武装！

袁乐儿深深吸了一口气，然后缓缓吐出。她在催眠自己淡定，一定要淡定，千万不要激动！虽然不知道这个家伙到底是什么情况，但至少他不能对自己怎样，这点自信她还是有的。忽然，袁乐儿似乎想到了什么，从口袋里掏出手机，噼里啪啦的打起来，正当裴承勋探头探脑想偷看时，袁乐儿已经把手机递到了他面前，害得他急忙尴尬地咳嗽起来。

“请问，能告诉我目前什么情况吗？你干嘛没事穿成这样还装瞎子，重点是还把我拖回你家，你到底想干嘛？难道你是变态吗?”此时映入裴承勋眼帘里的是一串韩语！原来，聪明的袁乐儿想到了利用手机里的翻译软件来交流。虽然翻译的话很奇怪，但至少是韩语，还是可以猜出大概的意思。

不过看到这串问题的裴承勋却很是崩溃！如果不是口罩遮挡，袁乐儿应该会看到他白里透红的皮肤此时已经变绿了！而还不知道踩到地雷的袁乐儿此时正仰着头理直气壮地瞪着高出她一个额头多的裴承勋。

裴承勋抖动了一下他微启的嘴唇，轻咬之时，双唇似血红般娇艳欲滴！而后他却忽然取下了墨镜，扯开了口罩，摘下了帽子，甚至开始脱粽子的包装！一边脱一边还一步一步向袁乐儿走去……

看着这样的情况，天不怕地不怕的袁乐儿似乎也开始紧张了。急忙用手做停止的动作，嘴里也开始慌张地叫道："停住！不对……Stop！"

不过，裴承勋似乎像没听懂似的，不是似乎，袁乐儿本来用的就是中英混合，他本来就听不懂……结果就是，裴承勋把袁乐儿逼到了墙角，然后紧贴着袁乐儿的身体，缓缓地低下了头……在袁乐儿就要双拳挥出的瞬间，他居然从裤兜里掏出了手机，迅速地打了几个字，放在了袁乐儿眼前。

"看清楚，我是裴承勋！"然后歪着头，自信地对着袁乐儿眨了眨眼！就在他以为对方会惊讶得热泪盈眶不敢置信地尖叫时，回馈他的却是袁乐儿很是茫然的眼神！

"你！不认识我？"不敢相信的裴承勋急忙又打出几个字，这次他全然不管脸上的红斑有多么……诱人，直接贴上袁乐儿的脸颊，直勾勾地瞪着对方。

这是两人真正第一次直面对视，这么近的距离，连对方脸上有多少毛孔都看得清清楚楚。袁乐儿看了一眼裴承勋打的字，满腹狐疑，难道我该认识他吗？然后正想对着裴承勋摇一摇头，却被她看到了他脸上鲜艳的红斑。

"你还好吗？"于是她打出了几个字。

看着这样的字，裴承勋露出了孩子般的笑容，一口大白牙闪亮地露了出来。看来，对方是认出他了，毕竟自己在海外的人气还是不容忽视的。

"我很好，只是过敏而已，记得保密哦！"刷刷的几行字递到了袁乐儿面前。

"过敏而已，又不是什么大事，保密什么？又没人认识你！"完全不明就里的乐儿快速回了话。心里还在嘀咕这孩子是不是有什么自恋症啊。

刚还一脸灿烂的裴承勋瞬间冻结了笑容，不敢置信的他双手托起袁乐儿的脸："没人认识？你难道不知道我是谁？你看清楚了吗？"着急的他哪里还有时间去打字，直接一串韩语甩了出去。

袁乐儿对着裴承勋茫然地摇了摇头，这下裴承勋彻底崩溃，嘟着嘴苦兮兮地看着袁乐儿，然后甩手跺脚地开始跳来跳去，嘴里还一个劲地叫："怎么会这样？怎么可以这样！"

他怎么了？只是没有听懂他的话而已，需要这么激动吗？可，这样耍赖撒娇的他，真的还蛮可爱的！而且，也很帅！虽然满脸的红斑，却无法掩盖他惊人的容颜：一双透析人心的魅惑双眸，在浓密而细长的睫毛下，似幽潭一般深邃明亮！一颗惟妙惟肖的泪痣，恰到好处地搭配在眼角，让冷峻的脸颊添加了一丝柔和和妖艳！而此时正呼天抢地的双唇红而不腻，厚而不重，恰如其分的幅度，显得异常性感！他，如果不是一个男人，应该是个祸国殃民的妖孽，但身为男人的他，拥有这样的容貌却很阳刚朝气，没有一丝女性的扭捏！到底上天创造了一个怎样的人？可以如此惊艳绝伦?!

袁乐儿失神了，就那样静静地看着，像在欣赏一幅赏心悦目的画。可裴承勋却不像她那么安静，直接跑到她面前，拉着她的手进到了一个房间里！然后孩子气地指着墙上一幅很大的海报，急不可耐地敲打着手机键盘。

“你看清楚，真的不认识吗？这就是我，裴承勋！目前人气飙升的韩国演员！”从来都很低调的他，第一次高调形容了自己，当打完这些字以后，小脸都微红微红的，还好红斑很顽强地帮他挡住了袁乐儿的视线。

其实他的担忧是多虑的，因为袁乐儿根本没空去看他，她的视线早已被海报上那个男人所深深吸引。这个还是人吗？画面中那个男人放荡不羁地斜躺着，半裸敞开的衣衫露出结实平滑的腹肌，微醺的眼神散发着摄人心魂的目光，嘴角露出蔑视众生的轻狂！而脖颈上那个展翅欲飞的文身，搭配着华丽的衣衫，简直入木三分！

但，他刚才说这个就是他?！袁乐儿不敢置信地猛然转身，却撞上了在她身后探头探脑，偷偷看她反应的裴承勋！结果，两人就这样华丽丽地倒在了地板上，一个在上，一个在下，及其暧昧的画面充斥着整个房间。而此时，房间的门却被推开来。

2

“你们……在干嘛？”一个似乎受到惊吓的女声尖叫起来。

就算再听不懂韩语的袁乐儿也知道目前状况很是大条，急忙从裴承勋的身上爬起，尴尬地站立一旁，一边整理服饰一边还用英文急忙解释道：“不好意思，不是你看到的这样，我们只是摔倒而已。”

而躺在地上的裴承勋却不像她那么积极，只是缓缓坐起身，淡淡说道：“你来了，怎么不先打个电话？”随即站起身，用手理了理头发。似乎全然对刚才的情景不在意，也不想解释。

“她是谁？为什么会在这里？”这个女生似乎对裴承勋的反应很是不满，指着袁乐儿疑惑地问道。

她？路人一个！至于为什么在这里嘛……裴承勋忽然停顿住，然后用深邃的双眸直勾勾看着对方，随即嘴角露出无奈而苦涩的笑容继续说道：“还不是因为你！”

“你什么意思？我都不认识她，为什么这样说？”不知道是不是因为对视的关系，女生的目光比较闪躲，语气也慌乱了很多。

“如果我记忆没错的话，那个给我蛋糕的空姐，应该是上次送你到我楼下来的小学同学吧？”一字一句的平稳语气中，却有着苍劲的穿透力，那种感觉是失望！

虽然不明就里的袁乐儿听不懂双方的谈话内容，但她似乎感觉到了裴承勋的内心痛苦，他的语气听似平静没有波澜，却显得落寞而伤感！而这个女生和他什么关系她的确不知道，但这个女生是谁，她却很清楚！虽然基本不看韩剧，但她对潮流从不陌生，这个女生就是代言××化妆品的韩流艺人申伊敏！

“什么空姐？……我……不明白你在说什么。你是不是才回来太累了，尽说些莫名其妙的话。”申伊敏此时完全没了刚才的气焰，像个小女人般撒娇地向裴承勋靠去。

“是吗？应该是你太累了吧，进来这么久居然都没看到我的脸过敏成这样，还是说你很清楚我的脸为什么会变成这样而不需要问呢?!”裴承勋依然那么轻言细语，温柔如昔，甚至还搂过申伊敏靠过来的身体，对着她的耳朵呼了一口气。

这样的画面就连智商为零的人也该知道什么情况了吧……袁乐儿觉得自己杵在这里简直就是一个没有眼力见儿的超级无敌大灯泡，慌忙急转身拉开门准备出去。

而紧靠在裴承勋怀中的申伊敏此时柔软的身躯明显紧绷起来，眼看就要出去的袁乐儿，她忽然松开裴承勋，拉住了正欲离开的她的手，紧张地问道：“你要去哪里?”

“嗯？什么?”被抓得有点疼的袁乐儿茫然地望着申伊敏。她不明白，自己的离开为他们两人留下空间，却引来申伊敏这么紧张的举动到底是为什么。

“你不用紧张，她不是韩国人，听不懂我们说什么，甚至连我们是谁都不知道，你大可不必这样对她的!”看着慌忙离开自己怀抱的她，裴承勋居然笑了，笑得从容，笑得不以为然，但他却不知道他此时的笑容惨淡得比哭还难看。

“你凭什么那么相信她？难道你不知道身为艺人的我们必须处处小心，步步为营吗？如果她把今天看到的说出去了，那我们不是都完了?”申伊敏依然没有松开紧拉住袁乐儿的手，相反还加重了劲道。不知道是因为太过紧张，还是因为讨厌裴承勋那么相信这个陌生女人的原因。

“所以你才会叫人把蜂蜜放在我的蛋糕里，以此来阻止我回国宣布恋情，避免你所担心的一切吗?”裴承勋极力地压抑，致使性感的嘴唇无法承受微颤起来。

“你！……你都知道?”申伊敏不敢置信地看着裴承勋，而身躯却像被雷电击中一般瘫软无力地倒退了几步，恍然地松开了紧拉住袁乐儿的手，艰难地紧靠墙角支撑着那摇摇欲坠的身体！

“那……那你为什么还吃?”她感到震惊的不光是裴承勋发现了秘密，而是发现后的他却依然吃了下去。甚至……还吃了那么多！

“当我发现你朋友故意装作不认识我，还问我吃不吃蛋糕时我就猜到了几分。但我选择相信，相信我们的爱情，相信你不会这么对我，相信……我是值得被爱的！而现实却告诉我，相信错了，是吗?”心痛到无法呼吸的感觉，裴承勋终于第一次深深地体会到。

“对不起，承勋……对不起！可我实在是没办法了，这都是你逼的！伤害你是我最痛苦的选择，谁叫你不听我的劝诫，一意孤行要公开，你能叫我怎么办？我们不只是艺人，我们还是偶像！一旦公开，我不敢预计后果会怎样，或许就是我们演艺生涯的结束，这样的后果，你能承担吗?”申伊敏的泪滴如潮水般凄然落下，楚楚可怜的模样，让人心疼不已。

可，裴承勋并没有被这样美丽的画面所触动，相反，他不但仰着头努力阻止即将滚落的泪水，甚至还不置可否地笑起来。那个笑声使在场的人无不为之动容，里面除了无奈还有绝望！

“我不过是想光明正大地谈场恋爱而已，这都不行吗？难道公开就这么可怕吗？可怕到你甚至背弃陷害我，让我无颜见人吗?!”这次，裴承勋吼出声来，一只拳头狠狠砸在墙上，鲜红的血滴顺延而下，一颗一颗如心碎般滴落在地！

“你到底怎么了？你明知道我们都是只能生存在闪光灯下的艺人，不得不失去很多普通人的权利，一旦有了负面新闻或者非好感绯闻，人们的恶言恶贴就会漫天遍野袭来，我们还会有未来吗？为什么要这样对我？我到底做错了什么?!”申伊敏布满泪水的美丽双眼，此时委屈得让人心碎，她的难过看起来不比裴承勋少。

“够了……我们都是演员！是演戏还是真心，我们彼此都很清楚。你不想公开的原因我们都心知肚明。因为我是新人，没有名气，而你早已位列于韩流明星，与当前数一数二的顶级韩流名列一起。你担心的恶评恶言，就是我的拖累！就算我再怎么努力，再怎么拼命，我和你之间都有不可逾越的差距，永远都不可能站起一起，不是吗？”男人如珍珠一般昂贵的眼泪，如今却像断了线索的珠子般，顺着他棱角分明的脸颊悄然滑落……他累了，也伤透了！

他哭了？像个孩子般，撕心裂肺地哭了！每一滴滚烫的泪似乎都在灼烧袁乐儿的心，到底是有多心碎才会让刚才那个阳光朝气的他哭成这样！虽然她不知道他们之间到底发生了什么，但那一定是伤害！双方都那么痛苦，在一个陌生人面前，毫无掩饰地袒露出最为脆弱和隐私的一面。袁乐儿爱莫能助，只能悄然地拿着纸巾，好心地递给了离她较近的申伊敏。

对于袁乐儿的举动，申伊敏似乎并没有很感激，她接过纸巾擦拭泪水后，淡漠地抬起头看着袁乐儿说道：“听承勋说你不是韩国人，所以并不认识我们！所以，请你忘记今天所看到的一切，我不希望以后有任何不实的消息传出，你能做到吧？”

很好！会英文！可是她的口气会不会太……让人不舒服了！这样的情况不应该是拜托才对吗？为什么她却是一副居高临下的姿态呢？袁乐儿微蹙着眉头，这辈子连她老爸都不曾对她这样说话过，而她，凭什么？

“这就是你拜托人的口气吗？申伊敏小姐！”本不想卷入任何是非的袁乐儿，就这样跳入是非之中！

她的话不仅让申伊敏吓了一跳，就连不会英文的裴承勋也被震撼了，毕竟名字他还是能听懂的。急忙笨拙地擦拭眼泪，一脸不敢置信地向袁乐儿问道：“你认识她？”前一秒还被伤到体无完肤，而下一秒却又紧张不已，挺身而出！这个傻瓜般的男人，就是裴承勋！

“你不是说她不认识我吗？”申伊敏对着裴承勋焦急地责问。

两个人同时焦急的话语和口吻，不用去想，袁乐儿也知道说的是什么。除了震惊自己叫出的名字，还能有什么！

“谁会不认识童星出身的知名演员申伊敏小姐，这有什么好惊讶的？”怕了？怕了就好，就是怕你不怕！袁乐儿故意用英文将她唯一知道的丁点信息，慢条斯理一字一句地说出来。

此时申伊敏一脸惶恐地瞪着裴承勋，眼神中似乎在说她不但认识我，还知道了我们所有的秘密！现在要怎么办??

而裴承勋根本就没听懂袁乐儿说什么，也没预计到这样的突发状况，所以有点不知所措。只能急忙掏出手机刷刷刷地打起字来。

“对于今天这样的情况我很抱歉，但可以拜托您忘记看到的一切吗？我是没关系，名气还不大，但她不同，不能受到一丝打击和伤害的。可以吗？拜托！”

看着手机上的字和裴承勋诚恳拜托的眼神，袁乐儿的心情莫名阴沉起来，为什么该拜托的人不拜托，为什么刚为了这个女人还痛苦不已的他，如今却这么袒护她！可是，袁乐儿却无法拒绝，似乎感觉自己的刁难会带给裴承勋更多的苦难，于是她不屑地看了一眼满脸警戒望着她的申伊敏，万般不情愿地点了点头。

“谢谢！真的谢谢！你真是一个大好人！”松了一口气的裴承勋，开心地冲到袁乐儿面前，给了袁乐儿一个大大的拥抱。他从笑变哭，再从哭变笑似乎是在一瞬间，但这一切都只是因为一个女人。

“你为什么总那么容易相信人呢？我就不信她那么好说话，一定有什么其他要求！”或许是名气太大，也或许天生就疑心病重，申伊敏很是急迫地拉开了裴承勋环抱着袁乐儿的手，站到了两人中间。

“你用什么样的目光去看待世界，世界就会回报你怎样的人生！敏儿姐，为什么你就不能试着去相信了？这样的你会更开心吗？”裴承勋忽然很是稳重的一番话，与平日单纯呆萌的形象截然不同。连申伊敏都感到讶然，似乎就像自己从来未了解过他一样。

“不是我不想去相信，而是不敢去相信！我们不能出一点错，难道你不懂吗？”但现在的申伊敏没时间去细想裴承勋为何态度会这么不同，她担心的只有今天秘密的泄露！

“那要怎样你才相信呢？”裴承勋放弃了，以自己对申伊敏的了解，她应该除了自己不会相信任何人。不然，她也不会不惜伤害他们之间的感情，而用蜂蜜来堵他的嘴了。

就在两人争执不休时，袁乐儿的手机却传来了“嘟嘟”的微信声。点开后，看到了一个大头美女的头像！袁乐儿笑了，这是她的死党兼闺蜜，程思琪！手机上出现一行字“你没有回国去哪里啦？刚才我去你家找你，结果看见阿杰在跪键盘，你老爹因为他没接到你的班机而气炸了！快说，你现在到底在哪里？”

“老爹？”正想回话的袁乐儿忽然想起什么，这是她们之间的暗号，当出现这两个字时，她那威严不可侵犯的老爸一定在旁边，这是思琪在暗示她！

“我在周游世界啊……羡慕吧！”唰唰几个字回给了程思琪。

"羡慕你个头，你这次玩大了，你老爹说如果你再不回家，就停了你的信用卡，让你身无分文流落街头！你可别指望我，你知道我很穷滴……"不到几秒钟，手机上再次传来一个信息。

看了这个后，乐儿知道完了！这是思琪在提醒她千万别用信用卡，不然她应该会被直接打包回国的。这次好像真玩大了，如今身上只有几百块美金的她，又没韩币，还不能用信用卡，到底该怎么办呢?!可这个还不是目前最让她气结的事，而是手机居然被某女就这样忽然抢夺过去，而且还肆无忌惮翻看着她与思琪的对话内容。

"你在和谁发信息？到底说了什么?"因为全是中文，申伊敏完全看不懂，急忙用英文质问着。

申伊敏是吧！本小姐目前心情真心很糟糕，是你自己撞枪口上，那可怨不了我啦！随即，袁乐儿转头对着一脸抱歉，还用手势给他赔不是的裴承勋，露出一个诡异的笑容，然后悠悠地开口说道："我在和中国的媒体朋友谈价钱了，毕竟韩流明星的独家新闻可不便宜，是吧?"

"你？你说什么？我就知道，我就知道你不会那么好说话，这么简答地就答应了承勋，也只有他那个傻瓜才会相信!"听到袁乐儿的话，申伊敏简直气炸了，哪里还顾忌什么高贵淑女的形象，对着袁乐儿大声地吼着。

"这有什么好惊讶的，你反正不是从来没相信过我吗？在你意料之中的事，你不应该很庆幸才对吗？干嘛一副要吃人的模样，要知道现在有绝密消息的我，随时可以瞬间毁了你!"袁乐儿看着越是着急发怒的申伊敏，越是心情卓越，开心不已，好爽！这可能是到韩国后，第一件让她顺心的事情吧。

而此时不明就里的裴承勋，用迷茫无辜的双眼左看看又右看看，虽然不懂对话内容，但他明显感觉到了两个女人之间不同寻常的气流已经布满了整个房间。

"承勋！你看看，这就是你相信的女人！要不是我动作快，她就把我们的事情高价卖给媒体了。"申伊敏气得发抖地把袁乐儿的手机扔给裴承勋。

袁乐儿一脸无谓的淡笑着，扔吧，扔吧，她就不信连英语都不会的裴承勋能看得懂中文！而目前，她也很是好奇这个男人到底又会有怎样的反应了?!

第三章　交　易

1

拿着手机的裴承勋就这样被两个女人注视着，似乎他的举动会牵一发而动全身，第四次世界大战即将为此拉开序幕一般。因此，所有人都屏住呼吸，房间挂钟滴答滴答的声音显得格外清晰。

在两大妹子聚光灯般的注视下，裴承勋却对袁乐儿的手机连眼皮都没抬一下，就直接顺手递给了她。同时，也把自己的手机放在了她面前，上面显示着7个字"你要多少钱?"

"什么多少钱?"袁乐儿本以为他会像申伊敏一样冷嘲热讽，歇斯底里了。却没想到他居然就这样从容询问。什么要求多少钱？她压根就没要求过，她哪里知道是多少！被这样突然的问道，瞬间还没反应过来的袁乐儿，直接用韩语嘟囔出声。

裴承勋低下头笑了，嘴角微翘着，如沐春风般的笑容温暖了整个硝烟弥漫的房间。而这瞬间的美好，又被打破了："你疯了吗？现在还笑得出来?"

申伊敏不愧为美好终结者，她一出马，瞬间死伤一片！本来即将好起来的氛围，又回到了起点。此时，被指责的裴承勋，嘴角闪过一丝无奈，用手挠了挠头，然后微笑着对着申伊敏轻声细语地说道："今天你也累了，就先回去，她的问题就让我来处理吧，至于今天发生的事……我们以后再说吧！"

申伊敏被裴承勋这突如其来的话，惊呆了！瞪大着双眼看着他。他居然让她走?！她不明白，他到底在想什么？难道就因为今天自己不得已的举动，他就完全不在意绯闻的曝光吗？还是正好想利用这个女人，让他们的恋情公告天下呢？越想越觉得害怕的她急忙拉住了裴承勋的手，眼泛泪光，可怜兮兮地说道："承勋，我知道今天是不对，我不该那样对你，但你也不能因为这样就在这么关键的时候置之不理啊?"

听见这样的话，裴承勋本就有裂痕的心瞬间有了破碎的感觉。是自己一直做得不够好，让她没有安全感了？还是自己从未走进过她、了解过她呢？怎么可以对朝夕相处的恋人没有一丝的信任了！裴承勋微蹙着眉头，一双深邃而富有魔力的双眼认真地看着申伊敏，似乎想在这个瞬间彻底看清楚她。可，越看却越是迷茫，明明近在咫尺的她为什么会有一种远在天涯的模糊感……

“相信我，我能处理好，我保证明天不会有任何不良新闻爆出，好吗？”裴承勋轻轻松开了那双紧拉着他的那双手，然后轻轻拍了拍申伊敏的肩膀。而这种看似安慰却很疏远的动作让申伊敏的心有了一丝空的感觉，她似乎觉得有什么东西抽离了自己！

“我没有不相信，我只是觉得这是我们两人的问题，有我在场不是更好吗？而且……而且你们语言不通，不是吗？你需要我做翻译啊！”申伊敏第一次感到莫名的心慌，莫名的害怕。她一直认为比她小的裴承勋是很听话没有主见的，那么爱黏她的裴承勋，非常爱她的裴承勋是永远不会离开她的，可今天……今天这样的他，她从来没有看过，她有了前所未有的紧张感！

“你知道我们是可以交流的，而且，不能对话至少不用担心吵架，不是吗？对了，你出去的时候小心点，我担心还有记者在外面，最好还是穿过地下车库，从隔壁栋出去吧，免得……被曝光！”说完这句，裴承勋拉开了房门。

而申伊敏呆如木鸡般杵在原地，此时的她觉得双腿似千斤重般，根本无力抬起。记得以前，从来都是她要离开，而他撒娇赖皮地堵着门，拜托只要再留 5 分钟就好。可今天，他却拉开了那扇门，亲自送她离开！他们之间到底怎么了？以前两人一直恩爱缠绵，为什么到了今天一切都变了，难道真是自己太过分，伤了他吗？

“放心，我真的可以。你只要回去好好睡一觉，醒来后一切都会照旧如常，不会有丝毫改变，好吗？”裴承勋看着站立不动的申伊敏，以为她还在担心自己处理不好，于是再一次承诺着。

他说不会有丝毫改变，这是在暗示她，他们之间不会有事了吗？听到这样的话，申伊敏这才含着泪乖乖地点了点头，随即还是不放心地回头看了一眼环抱双手在一旁看戏的袁乐儿，然后很不情愿踏出了房门。

2

在关起房门的那一刻，裴承勋就这样斜靠在门前，身体犹如被抽空一般，没了丝毫力气。原来，还是会心痛，还是会不舍……

“很痛吗？”袁乐儿用韩语问道。

对于对方时而韩语时而打字的情况，他早已不惊讶了，颓废地摇了摇头说道：“习惯了，也就麻木了。”

袁乐儿听懂了习惯了三个字，自然也猜到了他后半句说的话。于是用手指了指裴承勋还在滴血的手：“我说的是你的手！”

“啊……我都忘记了。”裴承勋有点小尴尬地报以微笑。其实，他对自己今天的举动也挺奇怪，不明白为什么那么容易就把心里的真实想法对这个女人全盘托出，平时他可是谨慎的人，难道是因为对方不是韩国人，比较轻松自在吗？算了，不去想了，目前好像不是想这个的时候。裴承勋顺手拉了两张抽纸把手上的血滴随便擦拭了一下，就拿起手机打起字来。

“说吧，你刚才为什么要那样吓敏儿姐？”一行中文出现在袁乐儿面前，只是内容嘛……让她很是讶异！她似笑非笑地打量着面前这个男人，很是好奇他脑袋的构造，为什么自己一句话在他这里结果却这么不同！

“为什么说我吓她，难道你就不怀疑不担心吗？毕竟这个消息可是会炸响整个娱乐圈，而爆料的报酬也绝不会很少！”袁乐儿不答反问。

“直觉！既然你答应了我不会说，我就相信你绝对不会说！”裴承勋又露出了可爱的笑容，歪着头看着袁乐儿。而此时他才发现，这个女生其实……还蛮漂亮的！

一张很精致的瓜子脸，看上去比巴掌还小；齐端自然的刘海下有着一双会说话的大眼睛，晶莹剔透中又带点狡黠，让人可以从她眼神中感觉到她的机灵和聪慧。非常标致挺直的鼻子，搭配着此时因淘气表情而微翘的樱桃般小巧的红唇，犹如画中人一般，不忍直视！一袭及腰的黑发随风飘逸散落双肩，而服帖的黑色劲装把她身姿的玲珑曲线勾勒得很是婀娜多姿！

“你看够了没？”本来对裴承勋的话很是满意的袁乐儿却被他灼热的目光，看得浑身不舒服，急忙用手在裴承勋眼前晃来晃去。

对于自己的失神裴承勋也很是尴尬，慌忙掩饰地伸出手往袁乐儿肩膀上拍打下去，嘴里还嘀咕着：“好大的蚊子。”结果，因为着急他伸出的是他受伤的那只手，所以下一秒就是他的嗷嚎声：“啊……痛，痛痛痛，好痛。”

看着噘着小嘴，一脸委屈可怜模样的裴承勋，袁乐儿也不好再说什么。用手机敲打出几个字：“医疗箱在哪里？”

或许无声胜有声就是说的如今这个画面吧，裴承勋坐在床上，倾斜着身体，伸出手任由袁乐儿摆弄着。而袁乐儿则是半跪着的姿态，小心翼翼地为他擦拭着伤口，接着消毒，包扎。全程两人都没说话，就静静地看着那双手，似乎除了这只手他们的眼睛不知道该往哪里放。气氛有点沉，也有点暧昧，导致谁都不敢轻易开口打破这份沉静。

还好，裴承勋的手机铃声在此时忽然响起。两人似乎同时都松了一口气，一个急忙找手机，另一个则开始收拾医疗箱，双方都默契地打破了沉闷的气氛。

“允择哥。”裴承勋看了一眼来电显示，随即接起了电话。

“你还好吧？没被记者堵到吧？”似乎崔允择每次来电都是火急火燎的。

“没有，我很好，在家了。不过……”裴承勋看了一眼袁乐儿，迟疑着要不要把目前的情况向崔允择汇报。

“不过什么？出什么问题了吗？”一听到不过两个字，崔允择全身的寒毛都竖起来了，他家这个小祖宗可不能出什么事啊，不然他这个最佳经纪人就只能回家吃自己了。

“你别紧张，就是出了点小状况而已，不伤大雅的，你不用担心！”一听到崔允择紧张着急的语气，裴承勋最终还是把话咽了回去。既然袁乐儿已经答应保密，那随着她的离开今天所发生的一切就不存在啦，又何必让允择哥担心了。

“别别别，你快告诉我，到底什么小状况？”崔允择才不相信他口中所谓的小状况，因为在裴承勋眼里很多艺人该在意的事情他都觉得没关系。比如粉丝见面会穿戴休闲，像个邻家男孩一般，他觉得不是问题。在拍摄现场与姐姐随便撒娇也不是问题，挖人家国民妹妹鼻孔还不是问题，甚至抱着哥哥亲昵地咬人家都不是问题！所以，崔允择明白，不是问题的他居然都说小状况了，那就绝不是小状况而已了。他必须要弄清楚搞明白，不然今晚铁定不用睡了。

“哎哟，真的是非常非常小的小状况，明天见面我再详细告诉你。今天一天太累了，皮肤也又红又肿难受到死，我就先睡了，允择哥拜拜！”不等崔允择说话，裴承勋急忙挂断了电话，然后深深嘘了一口气。要是让他知道今天这里的“小状况”，可能明天报纸的头条，汉江发现的尸体就不是什么疑是当红艺人了，而是某某某当红艺人的经济人了吧……

而被裴承勋直接挂断电话的崔允择，错愕地瞪着手机，欲哭无泪地看着满空繁星，他知道他今晚注定是一个无眠之夜了……

就在裴承勋接电话时，袁乐儿的脑袋也没空闲，一个劲地想着思琪的话和自己目前的状况。要嘛认命回家，要嘛揣着几百美金在这里流浪！两个选择都不是她想要的，但又不得不择其一。对于袁乐儿来说，回去，是绝对不可能的。当她那专制的老爸对她说了那番话以后，她就打定主意，直到老爸妥协之前，绝不回家。既然选择不回，那就必须自给自足生活下去。但偏偏自己好死不死来到这个语言基本不通又没朋友的国家，身上的钱连待两天都是问题，更别说未来了！怎么办？到底要怎么办才好呢？

这时接完电话的裴承勋向她径直走来，而袁乐儿望着这个越来越靠近的身影，居然乐呵呵地傻笑起来，因为此时的裴承勋在她眼里变成了一个超级大的钱袋……对不起啦，为了自己能活下去，就算说她卑鄙无耻下流，她也都照单全收了!! 打定主意的袁乐儿急忙掏出手机，刷刷刷，打起字来。

看着对方那种非正常的笑容，裴承勋不仅打了一个冷战，不会是有什么吧，怎么有种要被陷害的感觉。袁乐儿根本没给他想的机会，就已经把手机伸到了他的面前。

“我们来做个交易吧。”交易？裴承勋抬了抬眉毛，什么情况？

3

袁乐儿对着裴承勋嫣然一笑，那笑容太过甜美，宛如一颗杀人于无形的毒药，连裴承勋引以为傲的魅惑双眼都只能迂回闪躲，避其光芒，可想而知袁乐儿为达目的，是下了多大的血本啊……

“就像我刚才答应你那样，我会做一个瞎子和聋子，甚至失忆者都行！但……那个……你要怎么报答我啊？”哎呀，第一次做这种事，袁乐儿本来以为会很简单，虽然是不用说而用打字的，但居然都那么难以启齿……

看着袁乐儿又一次送到他面前的字，裴承勋似乎明白了什么。这次他不再回避，而是直接迎上袁乐儿的双眸，但对方却慌乱地闪躲开了。不止如此，还轻咬着粉红的嘴唇，用美丽的大眼偷瞄他的反应。裴承勋又一次埋头笑了，看来这个勒索犯比他这个被勒索的当事者还紧张嘛。

“那你想要我怎么报答你呢？难道……知道我是明星又这么帅气，要我……以身相许？”看着袁乐儿紧张担忧的表情，裴承勋调皮使坏的模式就自动开启了。

“啊！不是不是的！”当看到这行字时，袁乐儿瞬间急了，慌乱中一边用韩语回答，一边急忙摇头摆手，那个着急的模样很是可爱。

“不是吗？我想说如果是，我还挺期待的了。”裴承勋爱玩的性格一触动就无法阻止啦，故意用哀怨的眼神望着乐儿。

看着这段字的袁乐儿忽然发现自己被耍了！期待他个头！明眼人都知道这家伙爱申伊敏爱到要死的程度！好啊，要玩是吧！来啊，谁怕谁啊！袁乐儿狠狠地瞪了一眼裴承勋，然后刷刷刷地打起字来。

“给钱，走人！两不相欠！”这次她没再客气，很是直截了当，理直气壮地说出她的意图。不过下一秒她看到是这样的答复和这样的他。

“钱啊……没有！人有一个，要不你打包带走？”裴承勋用双手托着下巴，歪着头对着袁乐儿乖巧地眨了眨眼，而抿着的双唇随着他甜美而迷人的笑容，微微清扬上翘着，就像一朵娇艳欲滴的鲜花，美丽而夺目地张扬绽放着，完全让人有着想把他摘下的欲望。

不得不说，这瞬间……袁乐儿彻底融化在了他那看似纯真，却又极具魅惑的笑容里。不自觉地吞咽着唾沫，陶醉其中！

不过一下子就反应过来的她，马上凶巴巴地瞪着面前这个，让她差点沉溺诱惑中的妖孽！真被他气死！这家伙哪里来的勇气对一个拿捏着他生死大权的人这么吊儿郎当！

“我跟你讲真的，如果你不拿钱，我明天就去和媒体做交易，有什么后果你可不要怪我！”不下狠招，还以为姐姐我好欺负吗？打完这行字，袁乐儿很有气势地把手机放在了裴承勋眼前。

“我也说真的啊，钱真没有！你别看我外表光鲜华丽，其实都是赞助商资助的。至于酬劳嘛，因为新人的关系，都是公司占大头，我占小头的。而那小头部分又因为我不善理财，就都交给我妈了。如今，你要我用什么理由向她拿钱呢？”裴承勋嘟着嘴，可怜兮兮地望着袁乐儿，似乎很是委屈。

看他表情好像说的是真的，那现在怎么办？唯一有指望的钱袋居然只是个包装漂亮的空盒子，难道注定只能选择回家了吗？袁乐儿垂头丧气地放下了手机，颓废地叹了一口气。而此时裴承勋却拍了拍她肩膀，用眼神示意让她看他手中的手机。

“看你好像真的很急，要多少，我来想办法。”看着这行字，袁乐儿在感到一丝暖流穿过的同时，也被裴承勋的细腻心思震撼到。她与他只是意外相识的陌生人，在被自己要挟威胁的情况下，不但不在意，相反还伸出援助之手，这个男人……如果不是太过善良，就是太过睿智！早已看出自己根本无心要挟！

既然人家都这么有诚意了，袁乐儿也不扭捏，决定把自己目前的情况坦然相告！“如果你不嫌对话麻烦的话，我可以告诉你为什么要钱的理由！”

在异国他乡，语言还不通的情况下，她居然选择对一个认识不到几小时的陌生人坦然相告，这算是，她已经待他当作朋友的意思吗？裴承勋释然地点了点头，然后做了一个稍等的手势，走向了客厅。一分钟后，他手里拿着两瓶水，把其中一瓶递给了乐儿。自己则优雅地坐在沙发上，把水拧开，轻抿一口后，从容望着乐儿，大有你慢慢说，我慢慢听的意思。

袁乐儿轻咬着嘴唇，低下头整理了一下思绪，然后刷刷刷地打起字来。

“今天本来是我从洛杉矶回中国的日子，但……因为我和我爸在某件事上产生了强烈的分歧，而我爸却要一意孤行，不顾我的感受。所以，我不想回家！为了避开来机场接我的家人，我就随便买了一张即将起飞的航班机票，就这样来到了韩国。然后……莫名其妙地遇到了你。”

打到这里，袁乐儿抬头看了一眼依然在旁边很是悠然自得的裴承勋，然后埋下头继续：“到了这里才发现，时间太晚，找不到可以换韩币的地方，而身上美金现钞也不多。本以为……可以刷卡的，但刚才收到朋友信息说，如果不想被抓回去，就千万别用信用卡。我当然是不可能回去的啊，所以……所以我实在是没辙了……”打完长长的一段话，袁乐儿深深地呼出一口气，然后把手机递给了裴承勋。

原来如此！裴承勋嘴角露出了迷人的微笑，他就知道，他不会看错人。虽然在机场双方都对彼此有着误会，但当他与她第一次近距离对视时，从她那双水灵的大眼里，他看到了犹如晨曦露珠般的清澈和明亮。从那时起，他的心里就对她产生了某种信任感。裴承勋思索了一下，然后开始敲打键盘。

就在裴承勋低头打字时，好奇想偷看的袁乐儿，就悄悄抬头向他望去，却正好对上了裴承勋的侧颜。结果，她的目光却被某个点完全吸引住，无法动弹了。

天啦!! 这家伙的睫毛是不是太过于逆天了？不但又长又翘，还随着他时而呆萌迷茫，时而深邃专注的眼神，犹如蝶翼一般微微颤动着，浓密的阴影还在眼睑下形成了一个美丽的弧形！这……也太美了吧!! 此时的袁乐儿完全陷入了裴承勋的睫毛魅力中，一脸花痴地流着口水。

刚打完字，准备拿给袁乐儿看的裴承勋，一抬头就看见了袁乐儿一脸膜拜，笑得很是痴傻的表情！咦！裴承勋被这突如其来的状况，吓得打了个冷战，急忙拿起手机，直接贴在了袁乐儿的脸上，挡住这张让他会做噩梦的脸！

人家手机都贴脸上了，袁乐儿还能不醒吗？但依然还对裴承勋睫毛眷念的她，一边看着手机上的字，一边对着裴承勋停不住的傻笑。直到受不了的裴承勋用手按着她的头无法动弹时，她才认真看清了手机里的内容。

“如果是这样，我觉得钱，只能解决你一时的问题。假如你要长期和你爸爸抗衡的话，你必须要有工作才行！所以，我觉得当务之急你需要的不是钱，而是工作，你认为呢？”

“啊……对对对！”看到这番话后，袁乐儿是彻底清醒了。对着裴承勋猛点头，然后一脸期待地看着裴承勋。

“可是……你的外籍身份，似乎没有打工的权利！而且因为你是持有美国有效签证和出境机票的中国游客，所以可免（韩国）签证，通过入境审查后可在韩国停留15天。但15天的期限一到，就必须出国再次申请才能进来。所以，就算你想偷偷打工，也没人愿意请你啊！”

可是裴承勋接下来打的字，却是一盆冷水，让刚还激动万分，热情高涨的袁乐儿，瞬间像焉气的皮球一般，没了丝毫活力。此时的她，早已在心里把裴承勋浑身上下骂了个18遍！这家伙天生就是来折磨人的吗？明知道不可行干嘛还提这么没建设性的意见，害人家的小心肝在一瞬间又上山又下海的，很好玩吗？

眼看乐儿很是沮丧的神情，裴承勋想了想又继续埋头打起字来。“不过，也不是完全不行啦，可以找认识的朋友帮忙，去他们店里或者公司偷偷打工。这样吧，你告诉我你会什么？我看找朋友想想办法！”

当袁乐儿看到裴承勋的这番话时，咬着牙，闭着眼，深深地大呼一口气，然后再缓缓吐出，她知道如果她不顺一下自己郁结的气息，可能会压抑不了自己想掐死他的冲动!! 这完全是给一颗糖再甩一巴掌的节奏嘛，就不能好好一次性说完，非要这么折腾人吗?? 气死了，气死了!! 不过气归气，袁乐儿还是配合地拿着手机，一个字一个字使劲敲打着。

“我会英文，日语，当然还有中文，不过韩语只会简单的对话。在洛杉矶主修经济学，副修服装设计，钢琴8级，自由……”当打到这两字时，乐儿迟疑了，然后按了删除键。最终拿给承勋的就是：“我会英文，日语，当然还有中文，不过韩语只会简单的对话。在洛杉矶主修经济学，副修服装设计，钢琴8级。差不多就这些，有什么适合我的吗？”

承勋就这样一边看简介，一边盯着乐儿看。他很吃惊，看似个子小小的她，体内居然有这么多能量。这样的资历找工作简直太简单了。只是，他想了想后发现自己身边说得上话的朋友，几乎都是演艺圈的人，而演艺圈似乎也用不了乐儿这些辉煌的简历！怎么办？刚才还信誓旦旦给人家说找朋友帮忙的，如果现在告诉她好像都不太适合，会不会被她拍死啊！

看吧，果然又是一副绞尽脑汁很是为难的模样！一直偷偷观察裴承勋的袁乐儿，撇了撇嘴，完全一副未卜先知淡泊无谓的表情。还好，她这次根本就没抱什么希望，所以也没有多失望！

而此时，还努力在他那少之可怜的人际关系里，拼命搜寻的裴承勋，却忽然被手机上的一行字吸引住了，灵光一闪的他，急忙埋头打字起来。

“你说你副修服装设计？那你应该很有潮流触觉，也具有专业独到的眼光啦。假如，我是说假如，让你给我包装造型，你有没有信心塑造出一个拥有我本身特质，但又完全别样的我呢？”裴承勋在此时说出这句话，无非是间接告诉袁乐儿，他为她找到合适的工作岗位了。不过，她也必须具有符合的资格才行！

这个消息对于袁乐儿来说无疑是个深水炸弹嘛，把她刚才好不容易基本消化干净的各种心情，瞬间又都给震出了水面，要不要这么震撼和诱惑啊！虽然服装设计是她的副修科目，但对于5岁就自己DIY洋娃娃衣服的袁乐儿来说，她绝对具有一定的天赋，也具备了对服装喜爱的热情和创作力。不过，她也有着不可避免的遗憾，那就是没有实战经验。所以，袁乐儿似乎少了点底气，有点犹豫不决。

“没有兴趣？还是不能胜任？”对于袁乐儿的反应，裴承勋在意料之中，毕竟围绕在自己身边的工作人员，都是有足够的工作经验和不可小觑的绝对实力。之所以他提出这个提议，除了不想让袁乐儿失望以外，还有部分是出自于他的私心。虽然他很相信乐儿会信守承诺，但毕竟也会有未知的万一。对于一个要求完美极度自律的处女座来说，他需要绝对的安全感。所以，把持有自己秘密的人放在身边，利工作也益监督，公私两不误的完美结合！

这是在激将她吗？原本还在顾虑自己没有经验，担心影响到裴承勋形象的袁乐儿，不置可否地笑了。既然本尊都不怕，那她还有什么可顾忌的。

“好啊，我接受挑战！”袁乐儿露出一个自信而又坦然的微笑。

“不过，这只是我的提议，到底公司能否同意，我也不能保证……但只要你能证明你的实力，我就有信心去说服他们！OK?”难得啊，裴承勋居然为了配合袁乐儿的语气，还打出了OK两个英文……顺便还咧开嘴露出一口大白牙，对着袁乐儿很是鼓励地微笑着！

OK你个头啊!!袁乐儿直接翻了一个白眼，就差没晕过去了！既然做不了主，为什么刚才还那样鼓励加激将地燃烧她早已放弃的热情嘛？现在居然还一副自以为做了多大好事的灿烂笑容！天啦，她到底做错了什么，才让她遇到这个倒霉蛋来折磨自己啊??

看着面部表情多姿多彩的袁乐儿，裴承勋还以为对方在心里暗暗表决心，做决定了。于是还很是可爱地伸出双手，想为她击掌打气……这孩子是多么没眼力见儿啊！

欲哭无泪心焦到死的袁乐儿很想对着裴承勋大吼一声，拜托！还是给我钱吧!!但当她看见裴承勋那个能融化万千的灿烂笑容，和对她伸出的那双看好她而鼓励的温暖双手，她不但没了开口的勇气，甚至那不争气的双手不知在何时，早已与裴承勋十指紧握！哎，所谓一物降一物，此话当真不假！如果让老爸知道，专修经济学的自己，在占绝对优势的时候，做了一个如此赔本的交易，可能……会脱离父女关系吧……

就这样两大国家的代表人物和谈成功，交易形成。接下来就是和睦相处了。不过即将准备和睦相处的俩人，好像都还没正式地介绍过自己。

于是，宁静的夜空中，除了两人的呼吸声，就是达达的手机键敲打声了。似乎，谁也不在意这样的交流有多麻烦，相反一边打字还一边愉悦开心地笑着，好像比说话更加贴近，更加地了解彼此。

4

“叮咚……叮咚……”清晨6点，房门外就响起了急促的门铃声。而聊到凌晨3点才睡下的两人，完全在深度睡眠中，毫无反应。可门外的那人似乎很是执着，坚持不懈地按着门铃，终于在20分钟后，把袁乐儿吵醒了。睡眼蒙眬的她慢慢拖拖爬起身，摇摇晃晃地往门口走去。一边打着哈欠，一边按下密码锁打开了房门，却与差点正准备捏起拳头使劲敲打房门的男人撞上！

“对不起，对不起，我走错房门了！”男人急躬身道歉，嘴里不停地说对不起。但觉得哪里不对劲的他，又再次打量了一次房门号码。

听着对方一直道歉不停的袁乐儿睁开微醺的双眼看了一眼后，继续打着哈欠准备关上房门，却又被对方用手挡住了。

“我没走错啊！你……是谁啊？”这个伸手挡住房门，声音瞬间变调的人不是别人，正是一晚上无法入眠，撑到早上就急不可耐跑来确定发生什么小状况的崔允择！

此时的他因为睡眠不足，顶着一张完全水肿颓废邋遢的脸，双眼布满红丝，胡碴凌乱飞扬着，一身皱巴巴的休闲服外加慌乱错穿的不同款拖鞋，整个形象简直惊为天人！最为可怖的还是他那由于惊讶而高八度的声调，使似梦非梦的袁乐儿打了一个冷战。

“请问，您是？……”看着对方见到自己流露出难以想象的错愕眼神和欲哭无泪的神情时，袁乐儿知道对方绝对是和裴承勋很熟悉的人，于是礼貌地用英语问道。

还是个外国人？这个“小状况”果真很小啊!! 裴承勋，你！……崔允择一手气结地摸着后脑勺，一手紧抓住门把以免自己倒下。

“小姐！请问，房主在吗？”他哆嗦着用微弱的声音问着乐儿，甚至连裴承勋的名字都不敢提，他是有多希望这只是一场还没醒的噩梦而已啊。

“恩，还在睡！”袁乐儿很是自然的回答，听在崔允择的耳里却似催命符般血压飙升。

“那……那我可以先进去等他吗?”一字一句，完全是用尽全身气力拼挤出来的。

“可您还没告诉我，您是谁啊?”虽然确定对方认识裴承勋，但还没确定对方什么身份，袁乐儿还是很小心的。

堂堂的最强经纪人居然被一个不知道从哪里冒出来的外国女人挡在了自己艺人的房门前，这让他情何以堪！这将是他人生中最大的污点，更是这辈子最难以抹去的记忆……

“我叫崔允择，他的……经纪人！这样，我可以进去了吗?”崔允择尝试用使劲吞咽口水来压抑此时他就要动荡爆发的小宇宙！

“经纪人哦？您好您好，进来吧!”袁乐儿本是很热情开心的举动，看在崔允择眼里却是主人终于同意客人进门的情景，他紧紧咬着双唇，举步艰难地跨进了房门，然后经纪人直接往裴承勋的房间冲去!

看着一溜烟跑进裴承勋房间的崔允择，袁乐儿不以为然地关上了房门，随即也跟了过去。紧接着她却听到了震耳欲聋的吼叫声。

第四章　虎落平阳

1

“你这个混蛋，给我起来!”崔允择所有的淡定在进入房门那一刻起就消失不见了，此时的他只想劈死还躺在床上睡得和死猪一般的裴承勋。一阵狂风乱雨般的敲打，拖拉，蹂躏之后，床上的人终于发出了声音。

“哎哟……干嘛啦？人家昨晚折腾很晚才睡的……”还睁不开眼的裴承勋，一脸苦瓜嘀咕着。不过他完全不知道这句话变成了他的催命符，一个枕头准确击打在他引以为傲的俊脸上，直接把他的睡意驱赶完毕，一骨碌坐起身，揉了揉惺忪的双眼，看着面前这个怒气冲天的男人。

“允择哥你干嘛啦？我才睡下没多久耶!”早已忘了自己惹下什么大祸的裴承勋，还一个劲地嘟着嘴，万般不情愿地对着崔允择埋怨着。

“你还睡下没多久，那一夜没睡的我怎么办？快说，她是谁？”崔允择指着杵在房门口不明就里的袁乐儿咬牙切齿地问道。

抬眼看了一眼站立在门口的人影，裴承勋打哈欠缓缓地：“袁乐儿啊!”看来，聊半夜还是有用的，他至少准确无误地知道了袁乐儿的名字。不过崔允择却被他的回答气得要跳脚了。

“我管她叫什么！我是问你，她是谁……不是！她为什么在这里，又为什么和你……哎呀！反正，别告诉我，她就是你口中的小状况就行了!”崔允择已经被裴承勋刺激到语无伦次了。

不过他没有得到预期中想要的答案，回复他的则是裴承勋一脸天真又略带可怜的表情，嘴里甚至还发出“呵呵”的傻笑！他就知道，他就知道他的预感从没错过，这家伙的小状况非常人能理解！

“啊!! 你!! 你到底长脑子没？怎么会在昨天那样的情况下还带陌生女人回家，甚至还不是韩国人!”气急的崔允择跳脚了，对着裴承勋咆哮着，然后激动得在房间里来回不停踱步。

“呀！允择哥，你脚上穿的什么？怎么不换鞋就进来嘛……”处女座强迫症真是无处不在啊，这个点他居然也可以发射，不得不让人佩服。

“你这个混蛋！现在是关心我穿什么的时候吗？说，到底怎么回事！”崔允择彻底被激怒了，直接把坐在床上还揉着眼睛的裴承勋拖了下来，一副不说清楚今天没完的阵势。

裴承勋深深叹一口气，对着站立在门口还摸不着头脑的袁乐儿淡定地笑了笑，用眼神告诉她没事，放心。接到讯息的袁乐儿点了点头，走向厨房去准备早餐。

待袁乐儿离开后，裴承勋才开始把昨天发生的情况详细地告诉了崔允择，不过他跳过了申伊敏对自己的陷害和袁乐儿需要帮助的事实，而是加重了袁乐儿要做造型师的要求。越听越紧促眉头的崔允择，被最后袁乐儿做造型师的要求整得彻底不淡定了。

“开什么玩笑，一个来历不明而且毫无名气的人，怎么可能做你的造型师！顶多给钱堵她嘴，这个要求不可能答应！”崔允择转头看了看在厨房中忙碌着的袁乐儿，心里有一百个不爽，这个女人脑袋里到底装了什么，居然敢提出这么不可思议的要求，简直是莫名其妙，异想天开！

因为裴承勋想促成这个事情的成功，导致崔允择对袁乐儿产生了误解，因此对她的排斥感更加强烈！虽然崔允择目前的反应在裴承勋的预计之中，但没想到会这么决绝没有商量的余地，这让裴承勋有些犯难，思考着该怎么应对。

而此时，把餐具和食物都摆放好的袁乐儿却向两人召唤道：“先吃早餐吧，我做了好吃的三明治哦。”

本就一肚子火的崔允择，再一听到乐儿的声音，就更气不打一处来了，火急火燎冲了出去，想找袁乐儿理论！可映入他眼帘的却是个向他开心招手，热情微笑，拥有甜美笑容的美人。话说伸手不打笑脸人，望着这样的她，这时候的崔允择还真不知道该怎么开口了。而因为担心允择哥会口不择言乱说话的裴承勋，也急忙紧随其后跑了出来，结果他看到的却是手脚都不知道该怎么放的崔允择。

裴承勋抿着嘴偷笑着，然后直接拉过椅子坐了下去，随即用手指了指桌上的早餐，对着袁乐儿眨了眨左眼，结果袁乐儿直接掏出手机打了几个字对着他递了过去。

“你冰箱里有什么材料，就做的什么三明治，放心，没蜂蜜！”看着这样的答复，裴承勋嘚瑟地点了点头，正准备伸手去拿桌上的三明治，结果却被一只白玉般的葱指弹开，抬头一望，袁乐儿对着洗手间努了努嘴，他立马乖乖站起身向洗手间跑去。

这样的情景，让呆立在旁的崔允择差点没把眼珠子瞪出来，错愕的他张大着嘴，似乎再不急救，下巴就会掉落在地了。他们两个这是在干什么？表演哑剧吗?！而且居然还很默契十足，没有一点偏差！重点是他家的小祖宗居然那么乖巧听话很是配合，完全不像平时对自己那么苛刻！这到底是怎样？还要不要让人活啦？

“咳咳……能告诉我，你们刚才到底说了什么吗？我不太明白？”崔允择虽然对袁乐儿有诸多不满，但目前满足他的好奇心才是当务之急，于是好言好语地问道。

“哦……这是昨天彻夜聊天后的好处！为了减少打字的环节，我们整合了一些通俗习惯的小举动。比如，他眨左眼，就表示疑问？如果是右眼就表示肯定。抬手抹脖子是否定，竖大拇指就是赞同等等，这样就可以减少交流的时间啦，聪明吧！”袁乐儿边解释边把牛奶和三明治递给了崔允择，然后做了一个请的动作。

的确聪明，才认识一天不到就可以有这样的默契，不过对于聪明过头的人崔允择很是讨厌，因为他会目中无人，自以为是！崔允择没有接袁乐儿递过来的早餐，而是从衣服里摸出一包烟，自顾地点了起来。他这样很是没礼貌的举动，袁乐儿并没放在心上，相反从茶几上把一个卡通可爱的烟灰缸轻轻放在他面前。虽然她不清楚他们两人刚才在房间里说了什么，但她明显感觉到了崔允择对她的排斥，应该是工作问题吧，为了保住自己的饭碗，袁乐儿也不管自己目前的姿态有多低了。这是她人生中第一次尝试什么叫做人在屋檐下不得不低头！

“允择哥是吧？你是不是对我有所不满啊？其实……大家都是年轻人，有什么您可以直接告诉我的。如果我做得不够好，我可以改进的。”袁乐儿首先打破了寂静的沉默。

听到袁乐儿的话，崔允择也不再避讳地抬起头，直勾勾看着袁乐儿，似乎想看穿她一般，然后抖了抖烟灰，面无表情地说道：“听承勋说你想做他的造型师，是真的吗？”他倒要看看这个女人胆子有多大，居然敢提出这样的要求。

什么叫作她想做他的造型师，明明是他提出来让自己做的啊！现在是怎样？正想反驳的袁乐儿却看到刚从洗手间洗漱完毕的裴承勋对他做了一个抹脖子的动作，她只能把话硬生生吞回去，然后委曲求全地说：“是的……我知道这个要求很唐突，但请您相信，我绝对会很努力做好的，我在洛杉矶修服装设计时，成绩也是很好的。”

“你是不是太高估您自己了？首先，我们对您不熟悉，你以为娱乐圈是这么好进的吗？作为艺人的贴身工作人员，都必须是公司了解熟悉放心的人，而您？似乎才和承勋认识不到一天吧！再来，你一个初出茅庐，在时尚界毫无名气的人，凭什么胜任即将进入顶级韩流艺人的造型师？我真的很好奇，你哪来的自信居然这么大言不惭！”这次，崔允择没再留情，把不客气的话全都说了出来。

“哈哈……洗完啦！终于可以吃饭了吧！哎哟喂……允择哥你干嘛一大早就抽烟嘛，吃饭，先吃饭！”超级有眼力见儿的裴承勋装作什么都没看到一般，急忙笑容满面地跑过来，打破这僵硬的气氛。拿起一个三明治直接往崔允择嘴里塞去，气得崔允择干瞪眼。不过，当他心不甘情不愿咀嚼着嘴里的三明治时，顿时对袁乐儿有点另眼相看。因为，非常的美味！土司烘焙得不干不燥，软硬度刚好，而里面的配料也非常适宜，新鲜的生菜叶包裹着捣碎的金枪鱼、西红柿、甜椒和洋葱，搭配着甜而不腻的色拉酱，吃起来很是爽口。

“不错也！很好吃，厉害哦！”裴承勋嘴里塞满了三明治还不停地对袁乐儿竖大拇指。虽然此时袁乐儿被崔允择的话伤了自尊心，但看他们的吃相又有了些许的满足感，露出了缓和的微笑。

“你也吃啊，别光看着我们！”裴承勋继续对着袁乐儿说着，不过他似乎想起对方韩语不太好，可能听不太懂。急忙拍了拍吃得正高兴的崔允择的肩膀：“允择哥快翻译下。”

虽然万般不情愿，但毕竟吃人嘴软。于是，崔允择指了指位置，然后声音小小地说道：“你别光看我们，也坐下吃啊。”

听到崔允择的话，袁乐儿乖巧地点了点头，轻柔地拉开椅子坐了下去，先为他们两人填充了牛奶，然后拿起两片土司细腻地涂抹着色拉酱，再把所有配料用生菜叶有条不紊卷裹起来，整个过程她很是娴熟，基本一气呵成，没有停顿，不过动作却很斯文轻缓。最后对着卷裹好的三明治，微启红唇轻咬一口，然后细嚼慢咽品味着。不得不说此时的袁乐儿硬是把一个普通的三明治华丽丽地吃成了顶级韩牛！而原本吃得狼吞虎咽的两个男人，在看到袁乐儿这样的吃相以后，就像被闪电击中一般，瞪着错愕的双眼，张着因为太过震撼而无法合拢的嘴巴，全身僵硬地呆滞着，一动不动。

“怎么了吗?”袁乐儿明显感觉到了两道灼热的目光，瞪着一双大眼睛莫名的看着此时表情神态都极其怪异的两个男人。

“允择哥，我知道她可以做什么了！”忽然裴承勋擦拭了一下嘴上的屑沫，激动地叫起来。

“我也知道了！不过你确定这样好吗?”崔允择似乎和裴承勋也有了相同的想法。

“允择哥，你要知道她手里可是抓着我和敏儿姐的秘密，惹恼了她对我没任何好处！”裴承勋此时只想快点促使崔允择应承，只要搞定了他，相信他自然有办法会去说服公司。

裴承勋的话，崔允择很是明白。虽然这个女人可能是个麻烦，但放她出去或许更是个麻烦！走也不是，留也不好，简直是个烫手山芋。不过以目前情况来衡量，似乎先留下她才比较保险。思前想后的崔允择最终做了决定：“就这样吧！不过你要时刻给我看好她，千万不能出一点差错，不然我们俩都玩完！”

“没问题，我会24小时时刻监视着她！”或许是因为终于解决了袁乐儿的工作难题，裴承勋有点小雀跃的开心。

袁乐儿就这样被两个男人随口闲谈间，就确定了未来。一脸茫然不明所以的她，还自顾低着头继续吃早餐。

“奇怪？我怎么感觉你不像是被要挟，反而像主动要求自杀的啊？”崔允择很是怀疑地瞪着裴承勋。

“怎么会！我不是因为闯了祸想尽快弥补嘛，能让双方都满意这不是最好的解决方法吗？况且，我这个样子至少三天没法出门，你让我吃什么喝什么？”被受到质疑的裴承勋瞬间变苦瓜脸，一副被冤枉受屈的可怜样。

想想也对，反正承勋最近也出不了通告，只能在家静养，身边也的确需要一个人照顾。至少这份工作这个女人绝对可以胜任，只要管理好她的嘴，应该不会出什么状况。越想越心安的崔允择在了解完所有状况后，也有了倦意。

“那我先走了，一晚没睡，眼皮都要用牙签来支撑了！”崔允择看了一眼还埋头吃饭的袁乐儿，和裴承勋打了个招呼正准备开门离开，却忽然想到什么，又停住了脚步。

“你刚刚说24小时时刻监视着她？如果我没理解错的话，你是要把她留在这里住了？”崔允择不敢相信地看着裴承勋，连他这个多年的最佳拍档借宿一晚都会被嫌弃到死，如今，却让一个认识不到一天的陌生女人登堂入室，这会不会太伤他自尊了！

“这几天我不是不能见人吗？既不能出去，也不能叫外卖，有她在当然比较方便。你不说我还差点忘了，趁这几天的空当，就麻烦你赶快帮她在附近找个房子，等我脸稍微好一点，就让她搬过去，你知道我独来独往惯了，多个人实在很不习惯！拜托啦，允择哥！”裴承勋礼貌地对着崔允择点头道谢。

了解了裴承勋确切想法的崔允择，终于笑容满面，打开房门离开了。

“允择哥慢走哦……”裴承勋对着崔允择的背影，很是乖巧地挥着手。当房门一关闭，他就蹦蹦跳跳跑到袁乐儿面前举起了双手。

这又是要击掌的节奏吗？袁乐儿呆懵地抬起手配合着他，大眼睛滴溜溜转着。却不想被裴承勋顺势抓着拉了起来，随着他的步伐转起了圈。有必要这么开心吗？难道……允择哥同意啦？

裴承勋嘚瑟地摇着脑袋，嘴角撇着帅气的笑容，对着袁乐儿眨了眨右眼。

“真的吗？他真的同意啦？”得到肯定的答复后，乐儿也开心得跳起来。当两人都转累后，裴承勋才掏出手机打了几个字，直接就扔给袁乐儿，然后快速地冲进房间，关上了房门。

什么情况？满腹狐疑的袁乐儿拿过手机看去。

“恭喜你成为我的贴身保姆！”贴！身！保！姆！什么时候造型师变成保姆啦?!保姆?!为什么是保姆?!袁乐儿瞬间傻眼了，她……可是袁乐儿也！居然让她做保姆?!这简直是虎落平阳被犬欺嘛!!气结的她对着裴承勋的房间冲了过去。

"你给我出来，喂!! 出来!! 给我说清楚!"一阵急促而激烈的拍门声响彻了整个房间。

2

在房间里的这个死小孩任凭袁乐儿怎样叫喊敲打都毫无反应，死都没有出去的打算。相反，他还悠然地戴上耳机，躺在床上舒舒服服地听起了音乐。在他的认知里，在女人发飙时，千万不能有任何的正面接触，不然死伤会很严重，这是他亲爱的老妈给予他的经验之谈，不过听着听着，本就没睡好的他就这样睡着了。

就这样，敲打了很久房门的袁乐儿终于也累了，一屁股坐在裴承勋的房门前。冷静下来的她仔细想了想，似乎这也是目前最好的解决办法了。至少，她不用担心吃饭睡觉的问题，也更不用打包回家啦。保姆就保姆吧，顶多三餐外加洗衣服，打扫房间而已，反正这些她一个人在洛杉矶时也做习惯了。可是她不爽的是，这家伙都没跟自己商量，就把自己卖了，还让她帮他数钱! 有机会，她一定要扳回一成才行!

想着想着，没睡几个小时的她也渐渐有了睡意，于是直接倒在沙发上就睡了过去。正当乐儿刚进入梦乡时，急促的门铃声又把她惊醒了。哎，又是谁嘛，找这家伙的人还真多!

乐儿满脸倦容地打开门，看到的却是去而复返的崔允择! 原来，虽然答应了裴承勋留下了袁乐儿，但对未来这种很是无法掌控的情况，对于崔允择来说是从未有过的。即使袁乐儿的举手投足间流露出良好的家教和温文尔雅的淑女气质，但毕竟是一个语言不通的圈外人，稍有不慎就会发生不可预计的后果。因此，总觉得心里七上八下放心不下的他，又急忙调转车头，回到了这里。

"承勋呢?"一进房门，崔允择就先开口问道。

"房间里，你找他吗? 我去叫!"袁乐儿向裴承勋的房间走去。

"不用了，他不在更好，我是来找你的。"崔允择急忙唤住了乐儿，指了指沙发，示意她坐下。很是疑惑的乐儿，迟疑的走到沙发坐下，难道他又反悔了?

"我之所以回来，是因为的确放心不下。很多事情想和你交流，也要和你交代。毕竟，这是我第一次接触这么奇怪的事情，该怎么做我也没有经验，只希望不要出任何乱子。"崔允择很是礼貌，也非常语重心长，看得出来，他对这个事情的重视性!

当知道对方不是来反悔时，袁乐儿则暗暗松了一口气，然后一脸诚恳，很是认真地看着崔允择，安静而仔细地聆听着。在经过2个小时的促膝长谈后，崔允择终于站起身再次离开了，临走时还叮嘱袁乐儿，必须快速学习韩语，毕竟大多数工作人员都不会英文。

送走了崔允择，袁乐儿瘫倒在沙发上，现在的她彻底身心疲惫了！整整两个小时的交流，让她知道了身为艺人贴身工作人员的三大要素、八大纪律！总体来说就是没有固定上下班时间，必须24小时随时待命，贴身伺候。还要胆大心细，头脑敏捷，有眼力见儿。该回避则回避，该装聋作哑时就掩耳闭嘴！最重要的就是必须嘴紧保密，任何一切关于艺人的事情都不能向外界透露，特别是私生活！这个问题，崔允择整整重复了三次，而乐儿很是明白，那是在告诫她对于昨晚事情要绝口不提。

而这些还只是做艺人保姆的最基本的要求！其次，就是负责艺人饮食起居的问题。必须时刻小心照顾艺人的身体，伤不得，累不得，病不得……因为裴承勋是目前公司极力包装推崇的商品，有一点闪失就会有很大损失！当听到商品二字时，袁乐儿蹙了蹙眉，不知为何，她感觉很不舒服，无论那家伙怎样，但他不应该是人才对吗？但身为小保姆的她也只能听着，不敢有一丝疑虑。

接下来就是挡箭牌兼保镖！艺人出席活动时，她要时刻肩负起艺人的安全和阻挡媒体肆意尖锐的问题。听到这里时，袁乐儿简直要崩溃了，这些难道不是助理、经纪人或者保镖的事情吗？关她这个身娇体弱，细皮嫩肉的小保姆什么事啊?!

其实，她的想法完全没错，这是崔允择的故意刁难，想让她知难而退，早点离开。不过既然双方都没点破，这就变成袁乐儿的分内之事了。气结的袁乐儿拼命敲打着可怜的沙发发泄着怨气，当她实在无力后，才瘫软地拿出手机，一脸委屈地嘟着嘴，对着储存栏里的字，小声说："爸，我想你了……"

3

第二天一早，正式上任的袁乐儿就起了个大早，非常尽职地先做好早餐，然后叫醒死赖床不起的裴承勋，再监督他刷牙洗脸刮胡子，最后，在伺候他吃完早餐后，就风风火火开始大扫除，还好，这家伙的家还蛮干净的，应该定期有保洁人员来做打扫。既然这样，袁乐儿就加快了整理速度，想快点做完就出门去为这个大少爷买消炎药！可她千算万算，却算漏了这个大少爷是个超级洁癖又有绝对强迫症的家伙，所以，在很是干净的房间里，她被整整折磨了一上午，等她弄完出门时，已经是下午了。

站在韩国陌生的街道上，看着完全陌生的字体时，袁乐儿这才真正有了背井离乡的感觉。韩语很烂的她，只能拿着裴承勋画工不太好的模糊地图慢慢找寻着药店。在她停停看看地找了很久以后，终于在前面拐角处，让她发现了类似药房的招牌，于是，开心不已地向着目的地跑去。可，就在她奔跑的瞬间，一个黑影也随即从暗角处紧跟了过去。

什么都不知道的袁乐儿一股脑跑进了药房，笨拙地对着店员比手画脚解释自己的所需药品，哪知，当店员发现她是中国人以后，人家马上用中文热情友好地和她进行了对话！那一瞬间，袁乐儿简直就像找到亲人般激动不已啊！完全对大韩民国真心膜拜，这里的人都好好，好善良，只是除了家里那个让她恨得牙痒痒的瘟神！

买完药品的她，继续辗转找寻超市中，因为瘟神今天想吃辣白菜汤……而她又不会腌制辣白菜，只能去超市买现成的。于是，又拿着那张皱巴巴模糊不清的地图，再次开始找寻目的地。可走着走着，乐儿似乎偏离了方向，往一条没人的深巷走去。

而尾随其后的人也悄悄地向深巷迈进，可当他转弯进去后，才发现失去了袁乐儿的踪影！急忙东张西望地到处找寻着。

而此时的袁乐儿已经悄然隐藏在暗黑的角落里，她全身紧贴着墙壁，连呼吸都很是轻缓。原来，袁乐儿早已察觉自己被人跟踪，但不确定对方意图的她，只能故意装作不知情，不动声色地引对方来到了这个人迹稀少的地方，准备一探究竟。

可在角落里等了半天也不见对方人影，她有点没耐心了，于是小心翼翼，蹑手蹑脚走出去查看情况。让她没想到的是，巷子里除了她自己，连半个鬼影都没有?！傻眼的袁乐儿急忙往原路返回找寻，但依然没发现任何可疑目标！这下，她犯糊涂了……什么情况，难道是自己太过敏感弄错了吗？她不死心地再次回头看了看，确定的确没人后，才满腹疑云地转身走进超市。

就在袁乐儿离开不久，一个男人的身体软绵绵地从角落某处跌落出来。而另一个高挑纤细的人影，也随之快速地从容离开。这一切发生得很快也很隐秘，就像平静的湖面激起一层悄然浪花般，瞬间没了声息。

在超市逛了差不多一个小时的袁乐儿，终于买齐了所有的晚餐材料，结账完毕出门后，才发现此时天色渐晚，着急回去做晚饭的她，也不管路人诧异的目光，拧着大包小包就开跑，不知道的还以为她打劫了超市……

袁乐儿之所以跑成这样，是和昨天崔允择的谈话内容有关。崔允择的介绍让她知道了那个看似阳光活泼，整天挑剔捉弄她的家伙，其实……有着许多让人心疼的地方！随着他知名度的上升，如今的名气已经风靡整个亚洲。也正因为如此，他的工作行程早已排到了后年。每天基本是凌晨回家，早上就出门。而承载着超负荷工作量睡眠休息不足的他，还常常三餐不继！特别是在拍摄电视剧期间，有时为了赶租借场地的时间，一天甚至连个盒饭都没吃完就又继续开工了。

虽然袁乐儿和他认识还没几天，也没有多深的友谊可谈，但一联想到这几天的相处，那家伙除了有一堆怪异习惯以外，人，其实还是很温暖的。所以，本来就比较母爱泛滥的她，想趁他这次因祸得福的休息时间，为他做些好吃的，补补身体！

而此时在家休息的裴承勋，慵懒地盘着他的大长腿坐在电脑前，却早已没有面对袁乐儿的灿烂笑容，而是一脸落寞受伤地望着电脑，翻看着今天一篇又一篇的报道，无数媒体的大型标题让他本就白皙的肌肤，显得更加苍白没有血色！

“裴承勋机场玩失踪”

“新生代小生耍大牌，粉丝媒体被放鸽子”

“双面裴承勋”等等一堆标题，就是没有一个崔允择所说家里有急事，无奈先行离开的报道！

裴承勋不自觉地紧咬着下唇，本就吹弹可破的红唇，已经沁出丝丝血迹，随之而来的血腥味，也弥漫在裴承勋的嘴里。但，此时像个雕塑一样动也不动死盯着电脑的他，根本对此毫无知觉！而他那迷人的双眼，也早已没了平常的光彩，此时更像一把伤心欲绝的利剑，犀利决绝地游走在每个字里行间，似乎要把每个报道每行字都牢牢记在心里，溶解在血液中一般。

忽然，一种无力感油然而生，充斥着裴承勋的全身，他感到了前所未有的疲累，而脑海中也在此时浮现如老旧黑白电影的画面。那一幕又一幕闪过的片段，是这整整10年，他千辛万苦每走一步的记载！最终画面停止在那天的机场，裴承勋黯然闭上了双眼，双手环抱着蜷缩起的双腿，无法再直视新闻的他，把头埋在了双膝之间。

此时，偌大的房间和他孤零零的身影，呈现出太过空旷，清冷的画面！扑面而来的孤寂感像狂风落叶般洒落在周遭，侵袭了整个空间！裴承勋觉得好冷好冷，不自觉地更加用力抓紧了环抱着双膝的手。

他实在想不明白，为何媒体要随意想象捏造事实？也搞不懂这样的抹黑能为他们带来什么收益？更不清楚，现在的人都怎么了？难道非要无中生有，夸大其词地践踏别人，才能证明自己优越的存在感吗？那种似乎被全世界遗弃和背叛的感觉，让他本就易碎的玻璃心有了无法愈合的伤口。

或许，他真的不适合亲近人群；或许他注定了只能待在属于自己的角落；或许，不善言辞不懂掩饰的他只能与孤独为伍！

而此时紧促的电话声，打断了裴承勋的思索。当看了来电后，他迟疑了几秒，然后接起了电话。

“承勋，你还好吗？”电话里传来申伊敏满是焦急的声音。

“很好啊，难得有时间放假休息，我求之不得呢。”裴承勋很是愉悦的音调却让听的人感到心酸。

“对不起……对不起！我刚看到今天的报道，我没想到……我没想到会这样！真的对不起，我不是故意的！”申伊敏忍不住开始抽搐，哭泣起来。她知道自己错得太离谱，为了自己不但伤害了所爱的人，还让他的事业受到致命的打击！她现在后悔得要死！

“没事的，媒体报道的又不是事实！你别哭啦，我很好，真的，不用担心。”本来心力交瘁的裴承勋，此时却用轻松口吻安慰着申伊敏。

“承勋，你会原谅我的，是吗？你知道我是爱你的，今天这一切都是我没有预计到的后果，我真的没想到会这样！”申伊敏哭得越来越厉害，电话中的她似乎要声嘶力竭了。

“事情都已经发生不能挽回了不是吗？谁是谁非还重要吗？这次事件我也有不对，不该一意孤行不考虑你的感受，想趁回国时当着粉丝和媒体的面，高调宣布我们的恋情。所以，我不怪你，真的！你也别太担心，公司和允择哥会帮我处理的，好吗？别哭啦，再哭就不漂亮啦！”不过，后面的话裴承勋没有说，这个事情的确是谁也没有预计到的后果，但他们之间的信任出现不可抹灭的裂痕，这个是谁也无法忽视的。

“承勋……你真好！谢谢你！等……这个事件过去，我会好好考虑公开恋情这个提议的，或许公开并没有那么可怕，或许只是我自己在吓自己。但目前，你一定要小心，不能再传出任何不利的消息，而那个……那个女人，你是怎么和她协商的呢？”申伊敏知道现在问那个女人的事情非常不合时宜，但她的确不能放心，她现在很是好奇，想知道裴承勋是怎么处理的。

“她哦……解决啦！以免她出去乱说话，我和允择哥商量后，决定把她放在身边监视着，所以她现在……”为免申伊敏想太多，裴承勋用了善意的谎言，却在此时听到了某人开门进来后的声音。

“我回来了！”袁乐儿拧着大小包的各种菜式，气喘吁吁踏进了房门。

此时，电话那头的申伊敏惊悚了，那个女人不但没走，还住进了承勋的家，甚至“我回来了”这句话还说得那么顺口！这就是放在身边监视的意思吗?!

“承勋，我是不是听错了??”她不死心地希望能得到一个否定的答案。

“没有，就是她！我刚才不是说了吗，把她留在身边监视着，所以……她目前是我的贴身保姆，照顾我的衣食住行!”反正纸包不住火，裴承勋干脆和盘托出，全说了。

贴身保姆?！也就是24小时都在一起啦？不知道为什么，申伊敏忽然有种不好的预感，女人的直觉告诉她，她和承勋之间的未来，会因为这个女人而有所改变。

“承勋，我不放心她这样的人留在你身边，我们给她钱，一大笔钱打发她走好吗?”申伊敏有点急切了。

“不用了，好不容易和她都达成了共识，不想再有任何变故了。放心，我和她时刻都在一起，她做不了什么的，好吗?”一听到申伊敏说用钱打发这句话，裴承勋心里莫名的就有点不舒服，总感觉在拿钱砸人似的。

就是因为你们时刻在一起她才不放心啊！申伊敏见裴承勋不答应，急忙又说：“那让她来做我保姆吧，反正我这里也需要人，好吗?”

裴承勋皱了皱眉，她今天到底是怎么了？本以为她会因为自己好好地解决了此事而开心，却不曾想到她似乎更加紧张着急了。

“敏儿姐，你也看到了，昨天你们的相处……很是不愉快。而且，这个不是我一个人就能决定的事，当事人是她，她要是不同意，我们说再多都是没用的。我答应你，一定会好好好盯着她，不会让她出任何状况，好吗？”正当裴承勋还在极力劝慰申伊敏时，袁乐儿拿着药和水走了进来。眼见他在打电话，就很自觉地指了手中的药，放在了他的梳妆台上，转身离开。

“喂，你怎么可以随意把药乱放啊，应该直接拿给我嘛！”裴承勋急忙唤住了袁乐儿，然后对着电话里的申伊敏说：“敏儿姐，我先吃药了，晚点再给你电话！”

就这样，申伊敏被硬生生地挂断了电话，拿着手机犹如被点穴的她，一动不动呆立着。这是昨天开始的又一个第一次，以前每次都是自己要挂断电话，而他为多说两句而死活哀求着，今天却就这样轻易挂断了，犹如昨天轻易开门送她离开一般，完全没有一丝眷恋和不舍。难道这一切都是因为那个陌生女人吗？不行，不可以！他们之间一向都是她在主导，决不能因为一个毫不起眼，莫名其妙出现的女人而有所改变。此时的申伊敏，惶恐地咬着双唇，使劲拽着捏在手中的手机。

第五章　温暖的相处

1

被叫住停下脚步的袁乐儿，无奈地瞪了一眼她面前这个身高186 cm，却幼稚得像个孩子的男人。虽然她没听懂他的话，但从他的语气就能知道，他应该又是在挑剔什么了。从昨天她的身份转变开始后，她没少被这家伙指手画脚挑剔过！

“有什么问题吗？老板!!”手机直接递到裴承勋面前，还故意在老板两个字后面打了两个超级大的感叹号，以示她的不满。

裴承勋先是用手指了指药片，然后再用双手从上至下地挥舞着，身体也随着手的旋律而使劲扭动，最后用一个华丽的360度转身，作为所有动作的结束！然后，傲娇地把头扭开，嘟着嘴不爽地看着袁乐儿。

袁乐儿瞬间呆滞了，噗……袁乐儿哈哈地笑出声来！这家伙……肯定是疯了！的确该吃药了！他难道不知道他刚才的动作有多幼稚滑稽吗？如果让粉丝们知道，堂堂一个韩流明星私底下居然这么……这么“弱智”的话，肯定会脱粉吧！

“嗯？……”看着袁乐儿捂着嘴大笑的模样，裴承勋更加不淡定了！居然还敢笑这么大声，难道她不知道自己犯了多大的错吗？在这个满是灰尘的空间，居然把药片就这样扔在梳妆台上，吃药的同时不是把灰尘也吃进肚子了吗？

“喂！再笑扣你工资！”不知为何，面对这样一个她，裴承勋刚才泣丧的情绪居然烟消云散了。

已经笑到眼泪都直飚的袁乐儿，简直是停不下来的节奏。无奈对方提到了工资二字，她只能硬生生地咬着嘴唇，憋出会有内伤的笑意，乖巧地走到裴承勋面前。可……当她一抬头看着裴承勋那张满脸红斑，极度不爽的脸，再联想到刚才看到的世纪舞蹈时，她又笑开了。结果……这次她却遭到了裴承勋强而有力的攻击！两只大长手使劲搓捏着她的头发。

想反击的袁乐儿无奈本身材料太短，被裴承勋抵制得死死的，毫无招架之力。为保住自己的秀发，只能狼狈向门外逃离。而玩得正欢的裴承勋哪会这样放过她，紧追其后。于是，两人就在房间里开始了疯狂的追逐游戏，像孩子一般，疯疯打打地嬉笑着，而引起这起大战的药片，却孤零零地躺在梳妆台上无人问津。

"Stop!"累到不行的袁乐儿交叉双手表示休战，然后气喘吁吁倒在了沙发上。

谁知道裴承勋一把拉起她，然后把手平摊着伸到她面前，意思是：我的药呢？

哎，这家伙就不能消停下吗？袁乐儿狠狠瞪一眼裴承勋，心不甘情不愿走进厨房为他倒水、拿药，然后递到这个少爷面前。哪知道，裴承勋居然不用手接，而是直接张开了嘴。这下袁乐儿彻底不淡定了，对准他的嘴直接扔了过去，或许是速度太快，也或许扔的位置就那么刚刚好，药片准确无误进入裴承勋的喉咙中。

"咳咳……"卡在喉咙的药片把裴承勋的一张俊脸憋得通红，以免就这样英年早逝，裴承勋只能努力地吞咽唾液，使其尽快滑入腹中。

看着他痛苦的表情，吓坏的袁乐儿急忙把水递给他。玩笑开大了，昨天允择哥还说什么伤不得，病不得的，结果今天她居然差点把他整残了……不过，也不能怪她啊，谁叫他那么过分，整天衣来伸手饭来张口还不算，现在居然连药都要让别人喂！

在一阵折腾后，裴承勋终于吞下了那片差点要了他半条命的药片，然后气结地瞪着袁乐儿，掏出了手机。

"我不过是没有洗手，让你喂我一下而已，你至于要我命吗？"

啊……原来是因为没洗手才不接的哦?！看来，是自己错怪他了。很是不好意思的袁乐儿急忙举起右手点头哈腰地道歉："对不起，对不起！是我误会了，下次不会了，别生气啦。"

只听懂对不起的裴承勋很是较真地继续打着手机："刚才为什么笑？难道我很可笑吗？"

"因为你的脸和你的……舞蹈，很是惊为天人！"袁乐儿本想打"很是惊悚"，但目前才犯了错的她不敢造次，只好用了一个比较美丽的形容词。

哪知道，翻译软件的问题，裴承勋只看懂了脸的部分，后面的话自动省略了。搞半天，她居然是嘲笑自己过敏造成红斑的脸！太过分了，这女人完全没有同情心嘛。忽然，裴承勋眼珠子一转，既然这么对不起的话，那给点补偿吧。于是，裴承勋对袁乐儿做了一个你过来的动作，然后……就没有然后了……

"哈哈！……哈哈!!!"5分钟后，对于自己作品很是满意的裴承勋开心地大笑起来。

而只能任其摆布的袁乐儿却简直想找个地缝钻进去，她被裴承勋画上了相同的红斑，不止如此，画风本就拙劣的他还给她调了色!! 用眼影补充了蓝色、绿色和黑色！……如今的她早已面目全非，连自己是谁都不知道了，不对，应该是连眼睛鼻子放在哪里都不清楚了才对！这家伙到底是有多小气啊，做这么幼稚的报复举动！

"我饿了，去做饭吧！记得，脸不可以随便洗掉哦，直到我脸好之前，你就这样陪着我，看你还敢不敢嘲笑我！"裴承勋嘚瑟地给袁乐儿看了看他打出的字，然后一屁股坐在沙发上，打开电视机，坐等开饭了。

一再告诫自己要忍，要忍，必须忍的袁乐儿，深深吸了一口气，带着一股怨气走进了厨房，为裴承勋做起了晚餐。

而此时的裴承勋却拿着遥控器使劲地切换电视台频道，在切换了5次以后，他最终选择放弃，心事重重地看着电视。不可否认裴承勋目前的人气和出镜率，各大电视台都争先恐后，翻来覆去地报道着机场事件，他们言之凿凿地凭空捏造空穴来风的所谓真相，完全到了以假乱真的地步。很多不明真相的粉丝，在街头随机采访中对裴承勋也颇有怨言，认为他不似平时口中的他那么真实坦诚，只是一个披着面具虚伪做作的人。

刚刚才调适好情绪的裴承勋又一次不自觉地轻咬着嘴唇，双眸黯淡无光，犹如深潭幽泉般没有一丝波澜。叹了一口气后，他随即关掉了电视，然后随手掏出了手机。结果……所有实时报道，娱乐新闻，甚至搜索榜首，今天都是他的大名。裴承勋无奈地自嘲般笑起来，没想到在他从艺10余年来第一次上排行榜的首位，居然是不实的负面消息。人言可畏，果然不假。

不过，下一秒钟，这个一脸愁容，心急如焚的人，却一边吃着零食，一边想象着出门被砸鸡蛋扔菜叶的情景，然后自言自语道："最近穿什么才比较安全呢？要不化化妆，或者戴口罩墨镜遮挡下，不行，不行……太明显了。或者穿女装，戴假发……也不行，不行，没这么高的女人啊！还是，干脆就不出门好了，正好可以在家多学习下中文……"猛然的，裴承勋手中的零食掉落在地，他似乎也被自己的话吓到了，神经病啊！干嘛要学中文？

"呀!! What the hell are you doing?"正偷偷望向袁乐儿的裴承勋，却被袁乐儿中西语结合的吼叫声吓到了，不明白自己做错了什么。

袁乐儿此时本就怪异的一张脸，因为咬牙切齿地剧烈抖动，更加让人不忍直视了。早上出门前才辛苦做的清洁，这家伙没少指手画脚，这里没擦，那里没做好，上面不干净，下面还有灰尘什么的，一副绝对洁癖却又十指不沾洋葱水的一阵乱指挥，还以为他多爱干净了，结果！吃个零食居然弄得一地都是屑沫，而这位元凶目前还可怜巴巴地看着自己装无辜，袁乐儿气炸了！拿着吸尘器，就怒气冲冲地对着裴承勋冲了过去。二话不说就扔给了他。

看着袁乐儿的举动，裴承勋这才反应过来，原来是自己不小心弄脏地板了。乖巧的他急忙对着乐儿赔不是地傻笑着，然后点开了吸尘器，再然后……吸尘器动了，他也跟着动了。不过，看着整个画面的袁乐儿却完全崩溃了。因为裴承勋不是拿着吸尘器在做清洁，而是跟在自动除尘器的屁股后面，像个好奇宝宝一般东看看，西瞅瞅，不时还露出一副不可思议的表情……

这家伙的脑袋到底是什么构造？刚刚在厨房时就发现他一脸沉重地盯着电视，不用猜一定是看到了他机场事件的报道，虽然她不知道他为什么会在那么关键的时候碰到蜂蜜而过敏，但他情非得已地躲避，她却是很清楚的。

本来还在想要用什么办法去转移他的注意力，好让他开心点。哪里知道，前一秒还在很生气，浑身上下散发出生人勿进气流的他，在下一秒却像什么都没发生过一样，一脸呆萌地自动进入想象空间，天马行空地在虚幻世界中策马奔腾，任意翱翔！或许是翱翔中偏离了轨道，结果就这样突然的跌落回现实，不过谁也无法跟上他大长腿的节奏，更无法阻挡他特立独行的风格，因为他又开始跟着吸尘器满屋跑了……天啦，他怎么可以在那么短的时间内进入那么多角色？而到底哪一个才是真正的他呢？袁乐儿完全看不清搞不明，彻底绝望地又转回厨房继续做饭。

2

此时，Nova 公司的电话全都响个不停，接线员忙得不可开交。

“是是，您好，这里是 Nova 公司，您说的这个事件公司目前不做任何回应，请多多担待，多多关注我们演员的作品好吗？谢谢……”

“是是，这里是 Nova 公司，请不要对事件的不明性做任何揣测好吗？一旦公司有回应，我们会在第一时间通知大家的，谢谢你们对演员的关注！”

“您好，不是挂您电话，您误会了，刚才断线了……”

所有人员随着电话声跑来跑去，整个办公室就像菜市场一般，嘈杂凌乱。而在 19 层的高层办公室里，一个面色凝重的男人看着今天的报纸和杂志，而另一个人则恭敬地站立一旁。

“事情已经发生了，我也不好多说什么，但允择啊，你也太放纵承勋了，怎么可以那么迁就他任意离开，让所有媒体粉丝扑空了。”此人不是别人，正是 Nova 经纪公司的社长蔡锐麒！

“是，对不起，社长！以后我会更加小心注意的。”回答的人不是别人，正是裴承勋的最佳拍档崔允择。

“这个事情其实并不大，可能最近娱乐圈太闲，没什么大新闻，所以媒体都集中报道这个事情来了，导致越吵越烈。一直以来你也做得很不错，不要因为这个事情有什么负担，我会交给公关部处理的。”蔡瑞麒不愧在演艺圈打拼多年，遇事沉着冷静，不急不躁。

“可是，社长……我觉得还是和承勋商量下比较好！毕竟您也了解他，他是一个非常有想法和主见的人，此事又与他紧密相关，如果公关部的处理他不满意的话，可能后续……”崔允择没敢往下说，把后续会更麻烦的话吞进了肚子里。

“他就是太有想法主见才会造成这个事情的演变，刚还和你说别太放纵他，你现在马上就犯相同的错了。不过了……你说的似乎也没错，既然事情是他引起的，你就还是先和他商量下吧，不过，时间不能太久，今天之内必须做出决定，我们还要给大众一个交代。”蔡瑞麒不是傻瓜，了解裴承勋的人都知道，如果公司私自对外宣称或者随便找个理由搪塞，而这理由却不是裴承勋想要的话，还不知道会干出些什么惊天地泣鬼神的事来。所以，顺着崔允择给的台阶，他就顺水推舟做个好人了。

崔允择低着头笑了笑，社长还真会顺阶而下，明明知道承勋的脾气，还在那里摆谱。不过，笑归笑，但却不敢造次，因为他还有一个事情没有汇报……

“其实，当天晚上发生的状况还不止这一个……”崔允择硬着头皮小声地说道。

“恩？你什么意思？难道还有比这个更大条的事？”虽然久经沙场，但一波接一波的打击，是个人都会有点承受不了的，蔡锐麒的声音似乎有点变调了。

崔允择硬着头皮把当天发生的情况里里外外，详详细细讲解了一遍，然后偷偷抬头查看蔡锐麒的反应。只见蔡锐麒的脸由红变白，再由白变黑……怕得要死的他，急忙把头埋下，连大气也不敢出一下。

“你们！简直太过儿戏!！发生这件事第一时间就该向我汇报，怎么可以随着承勋的性子，把人留下来了？如果这个女人居心叵测打着其他主意怎么办？艺人的贴身工作人员是随便什么人都可以当的吗？不行，我坚决不同意！人，明天就给我送走，至于她要多少钱，我来处理!”这次，蔡锐麒没法淡定了，很是凌厉地对着崔允择开刷!

“可是……可是在目前这个风高浪急的关头，如果她很生气我们的出尔反尔，对媒体乱说话怎么办？我知道我们处理得不够好，但在当时的情况下，我们也实在没有办法。而且……而且我看过这个女孩，言谈举止很是端庄，人也长得非常秀丽，连吃饭都像一个大家闺秀般极致优雅，感觉不像社长您担心的那种人。”手心早已出汗的崔允择在心里把裴承勋骂了整整十八遍，不是他，他现在至于这样胆战心惊，步步为营吗?

“照你的意思，我们目前处于下风，没有选择权是吧？我就不相信给钱她不要，还要傻傻地待在别人身边做个小保姆。这样的人不是脑袋有问题，就是绝对有目的！明天你就去处理她，让她开个价，只要不是漫天乱叫，公司会给的！不过，告诉承勋，从他提成里扣!”商人就是商人，对于钱绝对不含糊，所谓的革命情感兄弟友谊，都是在没有利益下才会存在的。

蔡锐麒的语气很决绝，崔允择知道再说也无益了，只能期望袁乐儿比较好说话，让这个事情能云淡风轻地过去，不然……真是一波未平一波又起啊！他都不知道自己的职场生涯还有多久的未来。就在崔允择恭敬地告别离开后，蔡锐麒拿起了电话。

“您说的事情，刚才允择已经给我汇报了，放心，我不会放任一个来历不明的人待在承勋身边的。明天我就让他们把人送走，这下，您满意了吧？”从蔡锐麒的语气不难听出，他早已知道此事的内情，不止如此，他还为了某个人做出了送走袁乐儿的决定。

“让社长费心了，至于我答应您的事情，会和公司商量确定日子公开的。”电话里传出一个清秀的女性声音。

“如果是这样，那就再好不过了。希望合作愉快!”蔡锐麒的嘴角不自觉地往上扬，愉悦地挂断了电话，看来达成的这个共识让他很是满意。

3

裴承勋望着桌上的四菜一汤，抿了抿嘴，又看了看站立一旁的袁乐儿，似乎担心着什么而不知如何下手，就这样只看不动地犹豫着。

“干嘛不吃？”累半天的袁乐儿见他不动筷子，忍不住用笨拙的韩语问道。

裴承勋想了想，然后用手指了指其中一道菜，对着袁乐儿眨了眨左眼。

袁乐儿急忙掏出手机刷刷刷地打起字来。“你不是喜欢吃鱿鱼吗？这是火爆鱿鱼，是中国的川菜，很好吃的。右边这个是糖醋排骨，也算名菜一个，至于那个嘛，凉拌菜心算是粤菜啦，我很喜欢吃的……对啦，还有旁边这个，是台湾的客家小炒，也非常美味的，你试试看。”

看着袁乐儿华丽丽的这一大串字，裴承勋有点眩晕……翻译软件很多地方名都翻得不太对，再加上所有菜都是他没吃过的，所以还是有点小担心的他依然踌躇着。不过看着袁乐儿大汗淋漓的脸上一双急切的双眼，他终于鼓起勇气向着鱿鱼伸出了筷子。但当要靠近时，他又缓缓挪开，移动到了糖醋排骨那里，然后……又飘过到了凉拌菜心处，就这样反复移动却又难以下筷子，把在一旁的袁乐儿急了个半死。

“喂！你到底怎样？我很辛苦做的耶！”被他的举动惹得很是生气的袁乐儿才不管他是否能听懂，直接用中文气急败坏地喊道。

看见乐儿发火了，裴承勋急忙闭着眼睛夹了下去，然后胡乱塞进嘴里使劲咀嚼着。恩？越嚼越有嚼劲，味道也还不错。裴承勋缓缓地睁开了双眼，又在刚才的位置夹了一筷子，塞进了嘴里，真的……是不错也，非常好吃。这个就是什么……客家小炒吗？

裴承勋表情的小变化全都收入袁乐儿的眼底，看他吃得那么开心，袁乐儿终于松了一口气，虽然对自己的厨艺很有信心，但毕竟这些都是中国菜，很是担心他不适应，还好，他不挑食。

“好吃吗？”袁乐儿拉过椅子顺势坐下。

“恩，真的很好吃！”裴承勋又向其他菜伸出了筷子。

“喜欢就好，多吃点！”袁乐儿脑中一直盘旋着崔允择说他经常三餐不继的话，看着他大口大口的吃相，居然有一丝满足感。

“啊……辣……辣辣……水……水……”可这次裴承勋就没那么好运了，以为口味差不多的他，放心大胆地夹了一大筷子的火爆鱿鱼，结果就变成了这样。

袁乐儿本想递给他汤，但发现汤却是辣白菜汤……只有慌忙跑去冰箱为他拿饮用水。接过饮用水的裴承勋急不可耐地灌了下去，一边喝还一边跳脚，可见辣度不一般啊。

“对不起，对不起，你还好吗？”袁乐儿手忙脚乱地打着字，配合着裴承勋也跳着跳着到他面前，只为拿给他看手机内容。这回让袁乐儿有了发誓要学韩语的决心！

本来辣到眼泪直飚的裴承勋却看到袁乐儿拿着手机蹦蹦跳跳的窜到他面前来，一副花猫般的脸焦急万分地望着自己，结果直接把嘴里的水全喷了出来，笑弯了腰！

被他喷一脸水的袁乐儿，就这样拿着湿漉漉的手机傻愣地站立着。这是什么跟什么嘛，好心没好报，这家伙真的不能让人对他太好。

“对不起，对不起……”笑声不断的裴承勋一边道歉，一边用衣袖擦拭着乐儿的脸。此时的他完全忘了这件他最喜欢的衣服，只是一遍又一遍轻柔地擦拭着乐儿满是水渍的脸。当乐儿脸上的水渍擦干时，裴承勋的衣袖上沾满了五颜六色的颜料。

正当乐儿想叫他脱下来自己拿去洗时，裴承勋忽然一把抱住了她，吓得乐儿不敢动弹，大气都不敢出。

“谢谢……真的谢谢！”裴承勋嘴角带笑却眼里含泪地轻声说着。

不明白裴承勋为什么突然这样的袁乐儿，就这样僵硬地站着，无法回应也无法安慰，任由他紧紧地抱着。

到底有多久没有家的味道了，裴承勋早已不记得！他只知道从来都是一个人的自己，在他流干了所有眼泪后，终于学会了什么叫作坚强。16 岁离家寻找梦想的他，尝尽了年少被人欺的酸甜苦辣，也看透了所谓的世态炎凉，如今的他变得成熟、历练，也更加人情世故了。可这些都不是他想要的，因为他心底一直住着一个男孩，一个想放声大笑，无拘无束，自由自在的男孩；一个期望被保护被关心被爱的男孩；一个想褪去明星光环，做一个简单的普通人的男孩。

而从认识她的那天起，当她说出我会保护你的那句话时，他心底潜伏已久的男孩似乎已被唤醒，这两天的相处让他这个怕生的人，完全没有负担。相反，他感受到了温暖，一种前所未有的温暖。虽然他们还很陌生，但他却无法像平时那样拘谨、提防、疏远、矜持。和她在一起即使语言不通，文化不同，甚至生活背景不一样，但就是很温暖，很舒服，不用设防无所顾忌地说话，不用担心形象放纵地开怀大笑，原来人生还可以这么简单……

此时的裴承勋动情地抱着袁乐儿，在被全世界遗弃的今天，他很庆幸身边还有个她，不但处处包容谦让，还细心体贴地照顾着这个很是麻烦的自己。似乎有千言万语想说，但不善言辞无法表达的他，只能紧紧地拥着她，像亲人一般，纯粹自然而又感激地拥抱着。

“那个谁……你抱够没？”可被抱得莫名其妙的袁乐儿，实在是忍不住出声了。第一次和一个还很陌生，而且比自己小的男生这么亲密接触，让她很是不习惯！而且，这家伙太善变，完全不明白他在想些什么，难道他不知道这样的举动会让人误会吗？

裴承勋吸了吸鼻子，然后慢慢松开了环抱着袁乐儿的手，掏出了手机打起了字。

“以后我可以叫你姐姐吗？”袁乐儿看着这样的话完全摸不着头脑，早在相识那晚自我介绍后，他早已知道自己比他大四岁，却也从来没有对自己客气过，为什么今天突然这样呢？而且，这个和刚才的拥抱有关系吗？不过，既然对方没说，她一个女孩子也不好意思问，只能呆呆地点了点头。

“姐姐!”得到应允的裴承勋，笑得甜甜的，对着袁乐儿亲昵地喊着。

虽然不明白是什么状况，但他的笑容太过温暖、阳光。在不经意中袁乐儿就这样莫名的被感染了，完全忘记前一分钟她才被他吐成了个落汤鸡，而回以裴承勋腼腆的微笑。

“吃饭吧，你忙一天应该很累啦，我帮你盛饭。”裴承勋自顾自地用韩语说着，完全不管袁乐儿有没有听懂，直接走进了厨房。

看着裴承勋太过亲切的举动，袁乐儿反而很是紧张，绞尽脑汁地使劲在想他到底怎么了？怎么会突然变得这么好相处？不会是又想到什么奇怪的方法来折腾她吧。毕竟从相识以来，被欺负的一直都是她。

“姐姐，吃饭!”此时裴承勋已经把饭盛了回来，直接按着袁乐儿坐了下去，还帮她夹了大大的一筷子的菜，然后用手托着下巴，一脸愉快表情地望着她。

这次换袁乐儿不敢动了，看着面前的饭菜，再偷瞄一下笑容满面的裴承勋，她连手脚都不知道该如何摆放了。谁能来告诉她，现在到底是怎样？难道饭里加了其他作料吗？

“嗯？怎么啦，快吃啊!”裴承勋依然殷勤催促着。

袁乐儿觉得自己似乎受虐倾向比较严重，看着笑容可掬的裴承勋她全身居然起鸡皮疙瘩被这个怪异的氛围弄得就要发疯，于是拿出手机刷刷刷打起字来。

“你就直说吧，你到底想干嘛？”直接把手机贴在还摆着可爱造型的裴承勋的脸上。

“哎呀!”裴承勋好脾气地推开脸上的手机。然后做了一个一起吃饭的动作，又拿起筷子给袁乐儿再夹了一堆菜。

看他那期待的眼神，诚恳的举动，似乎不像是要陷害她。袁乐儿半信半疑地端起了碗，小心翼翼扒了一口米饭，轻轻咀嚼着大大的没其他味道，只是饭而已？看来是自己多虑了，不过他为什么突然这样啊？让人觉得很是奇怪，怕怕的。不过想归想，袁乐儿的嘴可没停下来，因为她真的感觉到饿了，决不能饿肚子的她从早上到现在，似乎一直都在做体力活，全身早已松散无力，头晕眼花了。吃吧吃吧，反正自己做的，有什么好担心的，吃饱了才有力气和这个变色龙作战。于是，袁乐儿也放开怀使劲吃起来，而那个吃得不多，却一脸满足感的裴承勋就这样在一旁，很是欣慰地看着她!

直到袁乐儿趴完最后一口饭，以为这样的尴尬气氛终于可以结束时，却见裴承勋已经把盛好的汤放到了她的面前。这难道是死刑犯最后的福利吗？为什么要这样对她啊！不行了，死也要死得清楚明白。袁乐儿再次拿过手机开始打字。

“为什么突然对我这么好？你到底在打什么主意干脆点说好吗？我不想死得不明

不白的！”

袁乐儿以为裴承勋看到这样的字，会像平时一样马上凌厉反击，不过映入她眼帘的却是非常乖巧的他，很是配合地低下头刷唰唰地打着字，这让袁乐儿拿着手机悬空的手，尴尬得不知道该收回还是该放下了。

“我是一个不善于表达，也不懂得怎么去关心别人的人！16 岁开始就离家来到首尔打拼，或许是一个人生活久了，变得太过自我独立，似乎无法去融入喧闹，不会再拥抱人群了。所以，我告诉自己，我很享受这种独居老人的生活……可是你却出现了！”

当看到手机里的这段话时，袁乐儿的心里忽然涌上一堆错综复杂的感觉，有难以置信，有不可思议，有心痛……也有心疼！他明明是孤独的，却催眠自己在享受。他明明想有家的温暖，却告诫自己不要沦陷，因为他不配！袁乐儿缓缓放下了悬在空中的手，双眸中不自觉地浮现出一丝雾气，抬眼看着面前这个看似微笑却又透露着落寞神情的裴承勋！

“我……是不是扰乱了你的独居生活？”袁乐儿轻咬着下唇，缓缓举起手中的手机。

“恩！扰乱了！而且，乱得一塌糊涂！我习惯休息时在家寸步不离我的床，就连吃饭也不例外。而你，却一大早叫醒我吃早餐！我习惯在家不计形象，邋里邋遢，而你却每天监督我刷牙洗脸刮胡子！我习惯看电视看个三天三夜，而你会直接切断电源，催促我睡觉！我习惯回家开着灯戴着耳机静静地听音乐，直到睡着。而你又说耳机戴太久会伤到耳朵，晚上睡觉不关灯不能进入深度睡眠！……我的习惯自从你来了以后就变得不再是习惯，你说，是不是扰乱得一塌糊涂？”

看着这一大篇的字，袁乐儿彻底傻眼了，她没想到自己平时正常的日常生活，到了他那里却有了这么极大的反差。更没想到自己的举动会迫使他感觉那么的不方便。可如今，他告诉自己这些又是为什么呢？

“那你的意思是？”因为自己似乎比较理亏，袁乐儿有点丧气地垂着头，用笨拙的韩语轻声问道。

但过了一会，依然发现裴承勋没什么反应的袁乐儿，缓慢抬起了头，映入他眼帘的是这么一段话：“你扰乱了一个独居老人的生活，却让这个家有了生气，产生了温度。虽然我很不习惯你的存在，但似乎你的存在也并不让我讨厌。甚至，还让我有了依赖，一种亲人般的依赖！所以，谢谢你的出现，谢谢你的存在！谢谢你对我的包容和忍耐；谢谢你，异国他乡的姐姐！”

眼泪不期然地顺着袁乐儿的脸颊悄然落下，是感动吗？袁乐儿不知道，她只知道此时的她心里犹如万马奔腾般狂乱。这家伙不是演员吗？为什么会说出编剧才能创作的感性词语呢，害得人家莫名其妙地流泪，太丢人了！纸巾，纸巾在哪里嘛！！袁乐儿不想让裴承勋看见这样的自己，慌乱地站起身来找寻着。却被裴承勋一手拉

住，依然用那只刚才擦拭过她水渍的衣袖，轻柔地擦拭着她脸颊的泪滴。还嘴角带笑说了一声：“바보!”（傻瓜）

呀！这哪是在擦眼泪嘛，完全是引发洪水来袭嘛。乐儿望着他，眼泪决堤般止不住往外流。她不是一个轻易落泪的人，更不是一个容易被感动的人，而今天却因为这个多变的男孩，哭得稀里哗啦，她都不知道自己到底怎么了。

“怎么越擦你越哭啊，好了，乖，别哭啦。以后，我就拜托你啦，姐姐!”裴承勋一只手擦拭着乐儿的眼泪，一只手还敲打着手机的键盘，看着手忙脚乱的他，乐儿忍不住嫣然一笑，在这么近距离看着她梨花带雨动人笑容的裴承勋，有了瞬间的走神。

此时，乐儿的手机忽然响起，吓了她一跳，昨天才办理的韩国卡，除了面前这个男人知道，还有谁会知道了？疑惑的她接起了电话。

“Hello?”

“袁乐儿小姐吗？我是崔允择，我现在就在楼下，你方便出来下吗？我有事情想和你商量？可以的话，别告诉承勋。”电话那头传来崔允择很是低沉的声音，似乎担心音量过高，被人听到似的。

“哦……好的，那你等我下，我马上下去!”袁乐儿很是自然地挂断了电话。

“谁啊?”裴承勋像个好奇宝宝般，伸着头过来偷看。

“打错电话啦。对啦，忽然想起我有些女性用品忘了买，先出去一下，你累的话就先休息，我回来再收拾碗筷。”乐儿快速地敲打着手机键盘，然后递给了裴承勋，确定他看清楚后，就对着他做了一个拜拜的动作，然后拿着背包走出了房门。

接了一个打错的电话，却想起了要买的物品，还行色匆匆地离开，裴承勋若有所思地望着袁乐儿离开的背影，说不出来有什么，但总觉得哪里不对劲。可目前脸上红斑还没消除的他，除了待在家里他也别无他法!

第六章　人算不如天算

1

咖啡厅里，袁乐儿与崔允择相对而坐，两人在相互点完咖啡后，就这样静坐着，谁也没有开口。为免气氛太过尴尬，崔允择则拿起咖啡，轻抿了一口。看似平静的他，其实此时心里却是七上八下，焦虑不安。脑海中一直在反复的斟酌着最为含蓄和温婉的词汇，只希望在不刺激对方的情况下能将其打发走。

对于崔允择的沉默不语，袁乐儿似乎已经猜到了几分，从刚才来电中的语气，就知道这次见面是来者不善，善者不来！不过，既然对方不开口，她也无所谓地静观其变。

“嗯……这么晚还来打扰，不好意思啊！”几分钟后，崔允择终于开了口。

“没关系，相信允择哥应该有什么要事找我吧？不然也不会叮嘱我别让承勋知道啦。”袁乐儿不想兜圈子，快人快语戳中要害。

崔允择不自然地咳了一下，然后舔了舔嘴唇，两只手在桌子下方紧张地搓捏着。他知道，虽然难以启齿，但该面对的也逃避不了！打定主意后的他，又拿起咖啡大大地喝了一口，然后一脸愧疚地望着袁乐儿。

“我知道这样说很过分，但请您理解我也只是个打工者说话没有分量的处境，我真的尽力了，但社长完全没有商量的余地。所以……答应您……待在承勋身边工作的事情，可能要食言了！对不起，对不起……但请您放心，我们会对您做出补偿的！”崔允择鼓起勇气，艰难地把所有话说完，然后很忐忑地打量着袁乐儿的神情。

补偿？袁乐儿撇了撇嘴角，不置可否抬了抬眉，虽然大致状况她已猜到七八分，但这样被人要来要去的感觉还真不好受，特别是自己都屈尊降贵做一个保姆了，居然还被嫌弃！难道是自己人善被人欺吗？

“我看是不是你们弄错什么了？现在不是我在拜托你们要这份工作，而是我对你们提出的要求！当然，你们可以不答应，不过结果嘛……那就不是我能预计的了！”袁乐儿一改往日温婉温柔的形象，冷然淡漠的语气让周遭都泛起一丝丝凉意。

惊愕的崔允择瞪着一双难以置信的双眼，诧异地看着此时面无表情的袁乐儿。虽然知道她可能会生气，但完全出乎他意料之外的却是袁乐儿的变化，那个看似娇弱不谙世事，知书达理的她，此时怎么会突然这么冷若冰霜，不可接近！本还抱着对方应该好说话想法的崔允择，此时陷入了两难的境地。他很清楚袁乐儿的话没有错，目前人家手中拿捏着承勋最致命的武器，一旦处理不当，将会导致难以挽回的后果！但社长的态度似乎又很决绝，没有商量的余地！目前，自己完全是处于左右为难的地步，两头不讨好！

看着崔允择面露难色阴晴变幻的神情，袁乐儿知道自己的话戳中了他的痛处，虽然她内心本没有想为难他的想法，但毕竟不表现出自己的姿态和立场，会一味地让对方以为自己好欺负。所以，袁乐儿依然装作一副高高在上，不可侵犯的模样，冷然地注视着一切。

“我知道您很生气我们的出尔反尔，但我也是身不由己啊！说实话，那天认识您以后，我真的很放心把承勋交给您照顾，您不但善良、心地好、脾气也……很温和，还有……还有您做的饭也很美味好吃，相信承勋在您的悉心照顾下，一定会比现在好！”当说到脾气时，不知为何崔允择顿了顿，偷偷瞄了一眼袁乐儿，然后继续说道：“可是，我刚才也说了，社长有社长的担忧，毕竟对于他来说，您根本是陌生的，而且还不是本国人，甚至从来没接触过娱乐圈，把您放在目前公司全力打造的韩流明星身边，他肯定是不放心的。所以……您能不能说个其他的要求，比如……钱什么的，我相信社长一定会让您满意的！好吗？”有了前车之鉴，崔允择这次完全没有自信，只能低声下气小心翼翼地征询袁乐儿的意见。

其实一开始，袁乐儿本就是想找裴承勋借钱离开这里的，没想到绕一大圈后，最终还是回到了原点。本就无心做什么保姆的她，如果一开始崔允择就这样决定的话，她会毫不犹豫地答应，头也不回地离开。可如今，就在刚才那餐哭得稀里哗啦的饭后，在裴承勋把她当作亲人叫她姐姐后，在他们彼此约定，未来好好相处一起生活后，叫她怎么就此离开……一想到那个内心有团火热情活泼的家伙，又一个人与四面墙为伍，蜷缩在自己的龟壳里，关闭所有门窗，过着四季都是下雪天的日子，她的心里就像被什么东西堵住一样，哽咽难受！

“钱，对于目前的我来说的确很重要……”袁乐儿淡淡地开了口。

“是吗？那太好啦！只要不是天文数字，我们一定会让您满意的！”一听见袁乐儿松口了，崔允择急忙兴奋地接口，只希望对方赶快说个数字，好快点结束这个让自己憋屈到死的谈判。却没想到，他对上了袁乐儿瞪着他的一双大眼，很明显，对方很是不满意他打断了她的话，吓得崔允择急忙唯唯诺诺地低头，不敢发出一点声音。

袁乐儿拿起咖啡浅浅抿了一口，然后轻缓放下，白玉般的修长葱指随即轻轻地敲打着桌面，就似弹奏着钢琴的琴键般，优美动人。但其实这却是袁乐儿在想重大事情时不自觉的习惯动作，这代表着她会做出一个必然的决定。

“不过，我似乎更喜欢保姆这个工作！所以，只能麻烦你回去告诉你们社长，要不答应我的要求，要不就一拍两散！”思索片刻后，袁乐儿终于再次发话了，不过结果却是崔允择最不想要的。

崔允择此时虽然万念俱灰，想死的心都有，但对于袁乐儿的选择却更加让他疑虑不已！就像社长说的一样，给钱不要，偏要做一个任人使唤的小保姆，这样的人不是脑袋不好使，就是另有目的。很明显，袁乐儿绝对不属于第一项，那就只能是第二项了？如果是这样，他就更加不会让她待在承勋身边了。有了决定后的崔允择，收起自己低人一等的姿态，迅速调整好坐姿，用满是怀疑透析着精光的双眼望着袁乐儿。

“我很好奇你这样选择的原因是什么？虽然你握着承勋的秘密可以对我们欲与欲求，但如果你有其他不纯的目的，放任一个这样的定时炸弹在承勋身边也是我绝不能容忍的，所以我要一个答案，一个能说服我的答案！”不愧为最强经纪人，脑筋不但转得快，提的问题也很犀利见血。

对于崔允择瞬间变化的姿态，这次换袁乐儿哑然了，要不要这么现实啊！一看没有回转的余地，马上就翻脸不认人，这就是娱乐圈的风格吗？不过对于崔允择质疑自己的态度，却让袁乐儿对他有了不同的看法。一直以来袁乐儿都以为崔允择只把裴承勋当作可以带来巨大收益的商品，没有感情更谈不上关心和爱，但此时在知道自己的选择后，他不是生气谈判失败，而是怀疑自己选择的目的不纯性，显然他是真的关心承勋，担心他会受到伤害。想到这里，袁乐儿对着崔允择露出一个很是舒心坦然的微笑。

“具体为什么，因为是私人原因我不想说。但我可以向你保证，绝不会做任何伤害裴承勋的事！这样的回答，您还满意吗?”当对崔允择印象有所改观后，袁乐儿的语气自然变得谦和礼让了。

虽然崔允择对于袁乐儿的话是半信半疑，但目前他却没有质疑的权利。不过既然她谈到了承勋，那他有些话也不得不说。

“既然你不说，我也勉强不了。但我想说的是，如果你真心为了承勋好，就请拿钱走人吧。韩国的娱乐圈不是你想象中那么简单，你别看承勋看似很自由，又是目前公司力捧的当红新人，所以过得很是惬意舒服！但其实公司的管理是很严格和严谨的。就像那天的机场事件，社长也是看在承勋本身价值的份上，才没有过多地追究责难，不过我相信，在未来的日子承勋一定会更加辛苦。而你又是承勋在没和社长商量的情况下，私自决定留下的人，届时两人之间的隔阂会越来越大，矛盾也会越积越深，这样的情况对于承勋来说是绝对不利的。”

崔允择的一席话很是推诚置腹，也绝对句句在理，这让原本决心留下的袁乐儿不得不开始怀疑，自己的决定是否错了？或许自己本身是出于好意，不希望看到裴承勋过着孤单的独居老人生活，但对于一个16岁就进入演艺圈想拼出一片天空的裴承勋来说，或许事业才是他更加需要且重要的。如果因为自己这个突然闯入的陌生人而导致他辛苦打造的一切化为乌有，他应该会很恨她吧……袁乐儿迟疑了。

眼见沉默不语，轻咬着嘴唇低头思索的袁乐儿，崔允择知道自己的话起作用了，看来她对承勋的确是善意的，不然也不会因为自己这些话开始动摇了。为了让袁乐儿了解事情的严重性，崔允择决定继续加一把火。

“承勋一路走来我都是看在眼里，疼在心里的。虽然名义上我是他经纪人，但私底下我早已待他当作朋友、兄弟。如今有此成就的他不是老天眷顾，更不是公司慧眼识人，而是承勋坚持不懈的努力和比别人多付出10倍甚至百倍的心酸换来的。我不希望有任何事或者人摧毁了他整整10年来的努力成果，所以，能拜托您放他一条生路吗?”

放他一条生路？低着头的袁乐儿无奈地笑起来，没想到自己的留下在崔允择眼里居然是那么可怕，可怕到把裴承勋推向绝路的境地！或许是自己想得太过简单，考虑得太过不周全了吧。如果必须要从生活和事业来择其一的话，以机场事件裴承勋的重视度来看，她当然明白到底哪样更为重要。既然有了决定，袁乐儿也不想再浪费彼此时间。

“行了，我明白您的意思了。我离开，明天就走，这下放心了吧?”说完这句话，袁乐儿随即站起了身，似乎多一秒都不想留在这里。她想快点出去呼吸下新鲜空气，这里太过压抑，在她说出离开二字时，心里居然有种说不出的不舒服感。

“等等，那……钱呢?”崔允择急忙唤住了转身欲离开的袁乐儿，他不明白为什么对方连钱都不提，就这样轻易答应离开，这样的幸福来得太过突然，相反让崔允择很是担心，谁知道她下一秒会不会出去爆料。

对哦，还有钱!! 她怎么会忘了如今身处尴尬境地的自己，那么重要的钱呢？袁乐儿停下了脚步。

“谢谢您提醒我，请把这几天我工作的薪水结算清楚给我。”袁乐儿坦然地对着崔允择伸出了右手。

薪水？崔允择不敢置信地看着袁乐儿，怎么会只要薪水了？不对，为什么会是薪水了？不是应该趁此机会好好敲一笔吗？这女孩脑子有问题吗?

面对崔允择讶异呆滞的神情，袁乐儿根本无心去理会，只想快点收钱走人。

“快点好吗？薪水！您不会连这个都不给吧?”袁乐儿抖了抖伸出的手，体现出了她目前的迫切性。

“不不不，给给给！肯定给!”崔允择生怕再发生什么变数，急忙从皮夹里掏出了所有现金，放在了袁乐儿伸出的手中。

“不用这么多，薪水就行!”看着手中的一叠钱，虽然不清楚是多少，但袁乐儿知道绝不止薪水而已，毕竟票面都是5万的纸币。

看着袁乐儿的态度似乎很是决绝的崔允择，急忙又从袁乐儿手中把钱币抽回了一半，然后再次对上了袁乐儿质询的眼神，茫然的他慌忙点了点头。随即袁乐儿把钱随意塞进了背包，对他再次伸出了手。

啊？什么情况？又来？崔允择彻底被整晕了，正要把还没放进皮夹的钱再次递出去，却听到袁乐儿说："这几天给您添麻烦了，不好意思，以后请多保重。裴承勋这个难搞的家伙应该让你操碎了心吧，以后还是拜托您继续帮助他、照顾他、守护着他吧，谢谢，还有再见！"

此时崔允择才明白，原来袁乐儿是要与他握手道别。崔允择不自觉地伸出了手，握住了不知是因为天气关系，还是袁乐儿穿得太少的原因，反正是她冰冷的手。这瞬间，崔允择似乎觉得有点伤感，对袁乐儿抱着一种莫名的歉意。聪明、善解人意的女孩，就这样走了，真的好吗？可，袁乐儿根本没给他过多的思索时间，已经潇洒地背起背包，转身走出了咖啡厅。望着她越来越远的娇小背影，崔允择低低地说了声："对不起！……"

2

自从袁乐儿离开后，裴承勋主动乖巧地收拾起桌子上的碗筷，他希望在袁乐儿回来之时，有点小感动，这是他对她感激的回馈，也希望自己些许的改变，能在未来和袁乐儿能更加和睦的相处！

此时心情愉悦的他，不自觉地哼起了小调，虽然明知道自己的歌声很是惊悚，不过好心情的他完全不在意，一边唱一边还摇头摆尾地扭起了屁股，完全一副小朋友得到心爱礼物的开心模样。正当他洗完最后一个碗准备擦拭时，桌上的手机响了起来，以为是袁乐儿打来的他，慌忙扔下碗就跑了过去。

"喂，都几点啦？你是跑回中国去买东西了吗？"看也不看就接起电话的裴承勋，对着电话稀里哗啦讲一堆。

对方沉寂了几秒后，才缓缓出声："承勋，是我，允择哥！"

"啊……允择哥哦，不好意思……我还以为是出去买东西的乐儿姐呢！怎么啦，这么晚有什么事吗？"听到崔允择的声音，吓一跳的裴承勋急忙看了看来电显示，果然是自己弄错啦，急忙道歉。

"那个……乐儿出去了吗？那你又在看电视？"约了袁乐儿出去的崔允择有点心虚，随便搭着话。

"没有，我在洗碗！"裴承勋笑容满面地说着。

"洗碗？你不是吧？你不是最讨厌油腻，还说什么洗洁精会伤手吗？"对于裴承勋这莫名其妙的奇怪举动，崔允择完全无法置信。

"嗯……好像，洗碗还蛮好玩的也！其实……我是想帮乐儿姐分担点，想感谢她这几天辛苦的照顾，我甚至很庆幸，那天在机场的相遇，她……真的是个不错的人！"裴承勋一边说着，脑海中也渐渐浮现出袁乐儿这几天忙前忙后的身影，嘴角不自觉地翘了起来，露出很是温馨的笑容。

电话那头沉寂了，崔允择忽然不知道该怎么接下去。如果让承勋知道，此次他约袁乐儿出来是让她离开，不知道他会不会和自己绝交啊……

“喂？允择哥？还在吗？”等半天对方都没回应的裴承勋还以为断线了，看了看手机没有啊，于是对着电话喊着。

“我在我在，对了，我打电话是要告诉你，社长要我和你商量怎么处理机场事件的问题，你有什么好的想法吗？如果没有的话，社长就决定交给公关部去处理了。”崔允择不想与裴承勋再谈到袁乐儿，急忙扯开了话题。

“这两天我想了很多，虽然那天是个意外，但我处理的方式也的确欠考虑，所以我决定亲自写一封道歉函给所有粉丝，希望她们能原谅我！”一提到这个问题，裴承勋的声音就变得低沉没有生气。

“道歉函？似乎……可行！但你要怎么解释了？”崔允择为这个问题也绞尽脑汁想了很久，在不能说真话又要大众理解的情况下，似乎会很难。

“实话实说！如果需要，我可以附上一张我过敏的照片！”裴承勋深深地吸了一口气，很是诚恳地说道。

“你疯啦？那我那天的说辞不就变成谎言了吗？本来现在大众对于你的信任感就有所下降，你这样坦然地说出事实真相会适得其反，会被认为是你在敷衍找借口！事情既然已经到了这个地步，我们不要自乱阵脚，需要冷静想清楚，好吗？”崔允择庆幸自己打了这个电话，不然以裴承勋那实诚的个性，如果在这个节骨眼说出真相，绝对会让民众更加反感他的欺骗。

“那好吧……我再想想，或者等乐儿姐回来和她商量看看，我总觉得她非常聪明！不过，她也去太久了吧，怎么还没回来了？”裴承勋一边说一边看向墙上的钟，小声嘀咕着埋怨道。

“也行，那你早点休息，明天我们再商量出道歉函的事！晚安！”一听到裴承勋开始叨念袁乐儿的话，心虚的崔允择急忙挂断了电话，只能在心里对着裴承勋说对不起。

嗯？挂这么快？裴承勋嘟了嘟嘴，放下了手机，随后走向厨房，准备去擦拭剩下的那个碗，而此时房门却响起了按密码锁的声音，调皮的他急忙站在门后躲了起来。

袁乐儿刚进门就看到裴承勋从门后一下蹦出来，还幼稚地张开双手大声喊着：“哇！”一脸阳光帅气，有着可爱笑容的他，袁乐儿又怎么会被他吓到了。只是，她很累，累得一点都不想动，只想就这样看着他，静静地，一直就这样看着他……

额？……她这是被吓到了还是没被吓到啊？对于袁乐儿的反应，裴承勋很是尴尬，不明白对方到底怎么了！

“姐姐，你还好吗？是不是我吓到你了，对不起哦，我开玩笑而已。”裴承勋不好意思挠了挠头，连忙礼貌地赔不是。

袁乐儿依然一言不发，忽然把头靠在了裴承勋的胸前，而手却紧紧地环抱着他的腰。这是第一次，袁乐儿主动地拥抱了裴承勋。只是，她心里很明白，这个拥抱是愧疚的道歉，是分手的离别！对不起，原谅她的不守诺言；对不起，此时就要说再见；对不起，明天以后再也无法嘘寒问暖……对不起，我的弟弟，承勋！

裴承勋被袁乐儿这突如其来的拥抱弄得有点懵，但以他对她的了解，她应该不是一个可以主动拥抱别人的人，绝对是发生了什么事情。但，既然她不想说，他也不会去问。于是，他温柔地用手轻轻拍打着袁乐儿的后背，以示安慰。

如果，他会知道，在第二天的清晨，等待了很久也没人来叫他起床的话；如果，他会知道，没有只言片语就会离开消失不见的人的话；如果，他会知道，这里又会变成只有四面空墙，更加冷清空旷的话，或许，他会抓着她问，为什么？为什么在他刚刚感受到一点家人的温暖时就弃他而去？为什么要走却又给予他希望？为什么连句道别的话都吝啬给予？为什么……又让他回到一个人四面墙的生活！

清晨，裴承勋的房门就轻轻地被推开来，一个纤细的身影轻手轻脚走到他熟睡的床前，小心翼翼又很轻缓温柔地帮他盖好被子，然后用手理了理他额前的发丝，再一次从侧颜真真切切地看着他又长又翘的睫毛。微风袭来，随风颤动的睫毛就似舞动的精灵般，灵动和纯粹！如今，红斑已经基本消失不见，这熟睡的颜就像一幅零瑕疵的画，美得惊艳，帅得夺目！

“안녕요，우리동생！（再见，我的弟弟）”袁乐儿轻声细语用韩语向裴承勋做最后的道别。她不是不想当面道别，但，她担心会有走不了的理由！她也不是不想给他留言，但，奈何语言不通！所以，她选择了悄悄离开，就似一个梦一般，一觉醒来，什么都回到从前。

再次环视了房间里的所有，虽然只有几天的回忆，但袁乐儿知道这些可以陪伴她很久很久，或许未来他们不会再有相见的一天，但至少会有这些美好的画面留在脑海深处，她会记得在韩国，有一个男孩，在光鲜亮丽的背后，是个追着姐姐跑，想要姐姐关心，期望被爱的撒娇鬼！

袁乐儿就这样离开了，就似夏季的雨水一般，突如其来地落下而又悄无声息地停止，不过唯一不同的是，没有拨开云雾见青天的彩虹，只有黯然神伤的落寞。裴承勋又环抱着卷曲了的双腿，冷然看着这一切的空。本就难以对人敞开心扉的他，此时变得更加冷洌漠然了。他不再对任何人抱有期望，也不再相信所谓的承诺，嘴角微翘看似微笑的他，全身却散发出冰冷如昔的气息。

很好啊，又回到自己一个人的日子，不用再烦恼一大清早就被抓起来刷牙洗脸刮胡子了，也不用勉强改变自己的习惯，更不用去适应多一个人的空间了！他和她之间从一开始就只是一场交易而已，现在既然她主动离开，对于裴承勋来说是百利而无一害的，他应该开心才对。

于是，裴承勋站起了身，不自觉地走进了洗手间，开始愤愤地刷牙、洗脸、刮胡子！当他看到袁乐儿留下的粉红色牙刷时，想也不想就直接抓起扔进了垃圾桶，再顺手把袁乐儿没带走的毛巾变成了擦拭厨房的抹布，最后把房间里里外外大扫除了个遍，确保这里再没任何一丝袁乐儿的气味，他才瘫软地倒在了沙发上，可，记忆呢？记忆要怎么抹去？在这个房间的每个角落随时都会出现袁乐儿穿梭的身影，懊恼的裴承勋拿起了车钥匙，用力地甩上了房门。

3

此时的袁乐儿背着她的旅行包，漫无目的走在大街上。这几天因为裴承勋每天都变得很是忙碌，没有停歇。而如今一身轻了，她却没了方向，不知道何去何从。数了数崔允择给她的薪水，居然有100多万……天啦，如果昨天不让他拿回去一些，那不是有几百万啊！袁乐儿诧愕地吐了吐舌，没想到一个经纪人随身出门带这么多现金，简直太有钱了！她哪里知道，这其实是崔允择为了和她谈判以防万一故意去银行取的。

小小的心算一下，除去飞美国的机票，再加上自己身上的美金，还剩很大一部分，既然都已经来到韩国了，没理由不到处去看看，吃一吃韩国的特色菜吧。打定主意的袁乐儿，深深呼了一口气，调整了一下自己的心情，然后露出一个重新开始的自信笑容，走进便利商店买了份首尔地图，然后伸手拦下了一部Taxi，对着司机用蹩脚的韩语说道："南山塔，谢谢！"

本想当什么事都没发生过的袁乐儿，却因为一路上看到的无数个"裴承勋"而心情低落。公车上、站牌中、店铺门口、海报、荧幕等等，到处都是他！这家伙到底是有多红啊，感觉整个韩国就他一个明星似的，满大街都是他的身影。袁乐儿故意选了一个没有裴承勋海报的餐厅，随便点了两个菜，在无聊中才想起，上次因为申伊敏抢夺手机，她与程思琪的对话就那样突然中断了。这几天一直在忙，完全忘了这回事，而自己的手机号码不但换掉了，还为了不让裴承勋找自己，而关机了，联系不上自己的思琪应该急疯了吧……

袁乐儿急忙开机点开了微信，对着程思琪的大头像发了一个信息：嗨……亲爱的，对不起，那天发生了突发状况，直到今天才有空找你，没生气吧？

不到两秒钟，对方就回复了，不过没有语言，只有一个满脸怒火的表情。外加三个感叹号！

"好啦好啦，我知道错了，别生气了……回来任你处罚，可以了吧？"袁乐儿发了一个可怜巴巴的表情。

"处罚你个头！我是担心到死！才说两句话你就突然不见了，害我和你爸一直尴尬地大小眼地瞪着屏幕等你回话。你现在不是在坑爹，是在坑我啦！"程思琪噼里啪啦地打一堆话，很明显她真的气炸了。

"那天最后怎样啦？我爸说什么了？"虽然是和老爸闹矛盾，但袁乐儿很清楚自己这次的做法，会让老爸操心，所以急忙问程思琪什么情况。

“你说会怎样？我说阿杰在跪键盘，你以为是开玩笑哦?！你老爸真的很生气，就差没把机场翻了个底朝天了！现在你家所有人都战战兢兢，没一天有好日子过，到底发生什么事情了，你怎么会做这么破天荒的事情?”程思琪已经懒得打字，直接用语音说话了。

“我破天荒？我，你还不了解吗？从小到大都是老爸说什么做什么，他要我学钢琴，我即使讨厌到死，也闭着眼学，他要我去洛杉矶读经济，不到16岁的我就一个人离家去了那么远的地方，偷偷副修设计被他知道后，连实习的机会都没有！这些我都忍了，可这次他居然给我私自定亲了？天啦，现在是什么年代了，居然让我回家就相亲结婚，你说他是不是太过分了!”面对死党的袁乐儿，把所有委屈一骨碌全都倒了个精光，她是真的太可怜了嘛，怎么会有这么一个专制的老爸嘛!

“不是吧？这么离谱？你又不是嫁不出去，至于吗?”听到袁乐儿的话，身为死党的程思琪果然没话说，马上站到了她这边。

“对吧，你也这么认为吧！我还没谈过一场真正的恋爱耶，在家里被管得死死的，走到哪里阿杰跟到哪里，跟我影子一般。好不容易去洛杉矶了，还以为可以自由点，谁知道多了N个阿杰，别说恋爱了，连个好点的朋友都没有！我真搞不懂我爸在想什么，一个电话叫我回来，然后就是相亲结婚，这次说什么我都不会妥协了，只要他不改变主意，我誓不回家！你一定会支持我的吧?”袁乐儿越说越生气，不自觉声调提高许多，引得周遭客人都对她频频观望，窃窃私语。不好意思的她急忙尴尬地点头道歉，用手捂着手机，低下头。

“支持当然是支持……不过，你还不了解你老爸吗？我想你应该过不了几天就会和我相见了……”不是程思琪想泼袁乐儿冷水，而是了解袁乐儿家的人都知道她爸爸的能力，如果计算没错的话，找一个人出来也不过几天而已。

“喂……你需要这么直白吗？我现在已经很惨了，需要的是你的安慰和打气，你怎么忍心这样对我……”很显然，袁乐儿很清楚自己目前的境况，只是能坚持多久算多久，她不想轻易放弃。

“不过，你到底在哪里啊？我有偷偷向阿杰打听哦，据说他们查了你所有可能去的地方，但都没有你的入境记录，你不会是去北美洲了吧?”程思琪忍不住好奇地向袁乐儿问道。

“怎么可能！你知道我不喜欢去肤色不同的地方，因为担心阿杰会堵到我，我当时就慌张地随便买了一张即刻起飞的机票，到了以后才发现是……韩国!”此时，服务员已经把袁乐儿点的菜端了过来，在袁乐儿示意放下后，还很是奇怪地看了她一眼，不明就里的袁乐儿顺着他的目光看去，才发现……自己点了两个汤，没有菜!!难怪人家那样看她，她一脸苦瓜懊恼，还对着人家服务员露出一个尴尬的笑容!

“我就说嘛，难怪你爸没找到你。他说什么也不会想到你会去韩国啊！毕竟你从来对韩国就没什么情结，不看韩剧，不喜欢吃韩食，基本不会韩语的你，甚至一个韩国朋友都没有，你去韩国干嘛？乐儿，厉害哦！没想到你歪打正着，还去对了耶！”程思琪似乎很是兴奋，就像小时候躲猫猫，大人找不到一样，居然有点手舞足蹈了。

“是是是，你都说对了，所以现在的我正过着点了两碗汤，没有菜的窘境生活！我已经订了回美国的机票，明天就走，到时候我换了电话号码再联系你，你小心点别说漏嘴哦。”袁乐儿一再叮嘱，生怕程思琪经不起“严刑拷打”就把自己光荣地出卖了。

“你疯啦，干嘛走？你一到美国就会被发现的，韩国很好啊，非常安全！”程思琪很是奇怪袁乐儿的选择。

“一言难尽，这里没钱，又不能工作，还没朋友，我可不想因为躲避老爸而客死异乡！好啦，不说了，我先把这不成形的饭吃了，你知道我不能饿的，等到了美国，我再打给你。”袁乐儿打了一个拜拜的表情，关上了微信，然后望着桌面的两碗汤深深地叹了一口气，把饭倒在了其中一碗汤里，吃起了没菜的汤泡饭……

一切都看似很平静，所有人都归于了本位。裴承勋开车到公司后，简单告知一下袁乐儿离开的事实，然后就与崔允择开始商量道歉函的事。而动了手脚知道袁乐儿已经离开的申伊敏也安心地接了最新的一部爱情剧。至于 Nova 公司的蔡锐麒社长，也在房间中悠然自得地点着烟，想象着接下来某个新闻的爆点为他带来的收益！所有人似乎都忘记了袁乐儿这个插曲的存在，她的离开让一切都归于原点，按照以往的轨道平稳推进着。

可人算不如天算，就在第二天袁乐儿到达机场准备登机时，机场大荧幕却爆出了一条惊人的消息。原本对韩国大小事都不在意的袁乐儿本不会去注意的，但那天不知为何她却抬头看了，韩语听不懂也看不明白的她，却因为此时屏幕上方滚动播出的新闻惊吓得掉落了手中的行李。

“当红影星裴承勋机场事件真相曝光！在当日撇下所有媒体和粉丝的裴承勋，对外宣称家中有急事不得不独自离去，其实是与某女约会，两人不但携手离开，还一起回了裴承勋的家。爆料者在外守候一夜，均未发现某女离开的身影！”随着播报内容，屏幕上大大的出现了两个身影，虽然很是模糊不清，但袁乐儿看得很清楚，男人是裴承勋，而女人……是自己！什么情况？到底新闻里说了什么，袁乐儿不知道，但她从停留在屏幕下方看新闻的民众脸上，看到了惊讶、诧愕、生气甚至愤怒的表情，她知道，绝不会是好事！而此时广播里开始播报往美国的××次班机已经开始登机，请旅客们做好登机准备……袁乐儿看了新闻，再看了手中的机票，最后……机票被她狠狠地揉捏在手中，然后拿起背包，撒腿跑向了机场大门！

第七章　误　会

1

一波未平一波又起，Nova 公司又一次陷入了混乱。电话铃不断，接线员忙碌不堪。高层集体开会的状况。一波未平一波又起，在裴承勋的道歉函还没发出时，再一次爆出了这样一个深水炸弹，让所有还没喘过气的人直接呼吸停止！公关部人员加班加点与相熟的媒体联系，希望能阻止新闻的扩大，尽量把消息扩散度降到最低，而信息部人员正在积极努力找寻此次爆料的根源，希望能找到对方协商和谈。

事件的当事者正面无表情地坐在社长室看着墙上的大屏幕，站在他身边的崔允择则战战兢兢满脸苦瓜地对着沉默抽烟的蔡锐麒躬身道歉着。整个房间除了新闻播放的声音，似死城一般萧寂冷清。这个状况把所有人都弄得措手不及，手忙脚乱，就连久经沙场的蔡锐麒也再无法淡定从容。

“你们到底是怎么做事的？居然被人爆出这样的新闻?！承勋，你是不是想结束你的演艺生涯了?”蔡锐麒用力掐掉了手中的香烟，对着裴承勋不满地责问道。

“我为什么要为无中生有的绯闻买单呢？明明就是莫须有的事情，居然说得像真的一样，解释清楚不就行了?”裴承勋轻描淡写的语气就像这件事与他完全无关一般，让蔡锐麒更加气结。

“解释清楚？怎么解释？现在人家有图有真相，完全看图说话，拿什么去解释?!你如今不但解释不了机场为什么放媒体粉丝鸽子，更无法自圆其说这个女人是怎么回事！混这么多年娱乐圈，你是白混了吗?”蔡锐麒越说越气，一想到自己花那么多心思和金钱去打造的商品，就要化为乌有，根本早已没了平时亲和善良的模样。

“锐麒哥您别这么生气，承勋其实早已知道错了，昨天还主动到公司来和我商量写道歉函给粉丝和媒体，只是没想到突然发生了这样的状况，我们会做出应急措施处理的，请您放心！”眼间房间的火花凝聚，崔允择急忙出来打圆场，他最担心的情况终于还是发生了，裴承勋果然还是和社长对上了，这家伙的个性就是太直，完全不懂隐藏。

“你以为你就做得很好吗？不但不制止艺人不端的行为，甚至还纵容帮扶，如今终于捅出娄子了，你怎么解决？还是说你准备不干了?”崔允择的出现不但没有化解此时的火药味，相反让自己也变成了蔡锐麒的炮灰！

“锐麒哥，您就别对允择哥发火了，所有事情都是我自己决定的，允择哥只是尊重我而已。以前的我的确是太随性了，给您带来诸多麻烦，真的很对不起！以后，我会更加自律，不会再有类似情况发生，请您放心。当务之急是解决这个突发状况，而我们都以您马首是瞻，都指望着您力挽狂澜了，所以，您就先消消气，别气坏了身体！”裴承勋一反常态能言会道，让蔡锐麒和崔允择都感诧异，两人都瞪着不可置信的双眼看着他。不过，蔡锐麒的惊讶是怀疑此人到底是不是裴承勋！而崔允择却是感动，他很清楚，裴承勋是担心自己被殃及池鱼，所以才降低姿态，对蔡锐麒恭维奉承！要知道这样做，对不善言辞极其冷傲的裴承勋来说，简直是比死还难受的！

看着裴承勋破天荒地对自己说出这么多动听的话，蔡锐麒的虚荣心得到了极大的满足，心里很是舒服的他也不好再对崔允择做过多的指责，于是轻轻地咳嗽一声，整理了一下西装角，一脸庄重端正地坐在了太师椅上。

“承勋啊，既然你也认识到了错误，我也就不多说什么了，希望你能说到做到，以后别让任何人有机可乘，再爆出任何对你不利的报道了。毕竟公司那么多人都靠你吃饭，你要是出了什么问题，你叫大家怎么办？至于这次事件，对方目前为止发出的照片都只是模糊的身影轮廓而已，只要我们抵死不认，他们也是无可奈何的。只是因为机场事件的铺垫，民众此时的抵触情绪很高，我们必须想一个能赚人眼泪的感人故事来模糊焦点，才能起死回生！”果然是见惯大场面的蔡锐麒，在任何危机时刻，他都能突发奇想冒出很多应急的好点子，不然在这个每天都意外连连状况不断的娱乐圈，他如何能生存到现在，又怎么能把一个名不见经传的小公司打造到如今这么大的规模，能力头脑人脉都缺一不可。

见自己的话达到了预期中的效果，裴承勋低下头撇了撇嘴角，然后再一脸崇拜地望着蔡锐麒，乖巧听话地配合着点头应允。不过蔡锐麒接下来的话，却让他皱起了浓眉，双眼似喷火般瞪着崔允择！

“对啦，昨天吩咐你做的事先别去了，既然都被媒体曝光了，我们暂时还需要她出来帮忙澄清……”当说到这里时，蔡锐麒忽然发现崔允择的表情惶恐，于是问道：“难道你已经把她打发走了？”

崔允择被蔡锐麒的话弄得手心冒汗，但又不能不回答，只能硬着头皮地点了点头，而此时他早已感觉到了裴承勋折射过来的灼热眼神。惶恐到死的他完全不敢抬头直视裴承勋的眼睛。

“我不太明白锐麒哥和允择哥在说什么呢？能让我清楚点吗？”裴承勋瞪着崔允择，却微笑着问蔡锐麒，说话语气虽然听似温柔但那一字一句地铿锵停顿，明显是在咬牙切齿！

“哦，没什么啦！昨天我叫允择帮你去打发那个想留在你身边工作的陌生女人，没想到他这次居然这么快完成任务！可能是那个女人对于我们开的价码很是满意吧。

可现在我们还需要她啊，承勋你有她的联络方式吗？”蔡锐麒自顾自地说着，完全没注意到裴承勋的脸色此时已经变得很是难看。

如今的崔允择恨不得把自己找个洞活埋了，低下的头基本上要与地面做零距离接触了。他知道裴承勋现在肯定气炸了。可，他也很无奈啊！

“原来如此，没想到让锐麒哥这么费心，真是不好意思！不过……更没想到允择哥的办事能力这么强，我就说奇怪嘛，昨天一大早起来就发现袁乐儿不见了，原来都是允择哥的功劳啊!!”裴承勋依然面带笑容，佯装一副轻松愉悦的口吻，不过崔允择知道字字句句都是讽刺挖苦和对他的失望！而如今的他的确无颜面对裴承勋，只能沉默无语地埋着头。

“对啦，联络电话哦？我没有耶。那现在怎么办好呢？”裴承勋看了一眼不发一语的崔允择，口是心非地回答着蔡锐麒。

原来，她是因为这样才离开的吗？因为缺钱很满意开的价码吗？那干嘛还做出一副难受到死的模样，蠢笨如猪的自己，居然还傻傻地去安慰……想到这里，裴承勋嗤之以鼻的冷笑出声！难怪昨天会那么主动地拥抱自己，是觉得愧疚无法面对吧！看来，这世间没什么是钱买不到的，真心？根本就不值钱！

“实在找不到，就制造一个她出来！找个和她身形差不多，背影看起来相似的比较面生的人顶替，我们对外宣称她是你的贴身保姆，与自己保姆一起离开，大家应该没什么话好说吧！”蔡锐麒的脑子动得很快，不过眼神却不怎么好，只一味地顺着裴承勋的话想着应对的措施，却没注意到此时的气氛早已暗潮汹涌。

“厉害!!不愧为锐麒哥，什么样的招您都能想到，那此事就劳您费心啦，这里应该不需要我做什么了吧，我就先回去休息了！”裴承勋夸张地对着蔡锐麒鼓起掌来，然后露出一个无比崇拜和甜美的笑容。如果眼神能杀人，崔允择现在已经死了不下千百次，如果笑容能摧毁，相信这个房间早已灰飞烟灭。如今的裴承勋，就像一个随时会爆发的炸弹，浑身散发出一股让人窒息的怒气。他很清楚，如果再不离开，刚才所有的隐忍都会化为云烟。

“也好，你回去整理下，等我们想好故事再通知你出面澄清，记得答应我的话哦，别再捅什么篓子，我可不能每次都帮你收拾烂摊子！”听到蔡锐麒的话，崔允择真想冲上去捂住他的嘴，以免裴承勋爆发，他急忙去拉裴承勋的手，想把裴承勋带离出去。谁知道，他的手却被裴承勋甩开了。

“允择哥不是锐麒哥的得力助手吗？您还是留在这里和锐麒哥慢慢商量吧！我，还是比较适合一个人，就不劳您费心了。”裴承勋冷淡的语气，话中有话地带刺，句句让崔允择难堪。但当着蔡锐麒的面，崔允择也无法回应，只能眼睁睁地看着裴承勋装作很是洒脱地转身离开。

“他那口气是怎么回事？不开心吗？”当裴承勋离开后，终于才发现似乎有什么不对的蔡锐麒，疑惑地向崔允择问道。

“没有，您想多了，他说话本就那样!”崔允择暗暗的为裴承勋捏了一把冷汗，急忙笑容满面极其卑微地应付蔡锐麒。

“算了，只要他不再给我惹麻烦就行了。你留下也好，马上和公关部开会，把所有事情梳理一遍，势必找出一个能说服大众的理由!”蔡锐麒此时也没闲情逸致去管裴承勋的情况，他重视的是整个大局的发展。也正因为如此，裴承勋才有了暂时的清净，为什么是暂时的？因为当他打开房门时，沙发上却坐着一个娇小的身影，此时正用一双美丽的大眼怔怔地望着他。

2

从机场心急火燎跑回裴承勋家里的袁乐儿，在敲门无果后，就自己按了密码锁进入了房间。在找遍了所有地方都没发现裴承勋的身影后，她懊恼地一屁股坐在沙发上，却在此时，房门却突然打开来，就这样，她对上了刚进门的裴承勋的双眼。

“你去哪里了？你的脸可以出门了吗？不乖一点好好休息，到处跑干嘛，害我回来找不到人!”袁乐儿很是着急而又担心地对着裴承勋打了一串字，却发现裴承勋只淡淡地瞥了一眼，然后面无表情的去冰箱里拿了一罐水，仰头灌下。他，是在生气自己突然的离开吧……面对裴承勋的反应，袁乐儿想当然地以为裴承勋在计较自己的不辞而别，而她不知道的却是，裴承勋早已误会了对她拿钱走人的背叛。

“看来我的密码需要换一下了，不然随便什么猫猫狗狗都可以进来!”裴承勋在喝完水以后，就低头开始打字，不过他的字还不如不打的好，因为句句都很伤人!其实，在见到袁乐儿的那一瞬间，他的心跳莫名加速了很多，只是他忽略了那是激动而以为是生气!

猫猫狗狗？需要讲这么难听的话吗？看来裴承勋的话的确伤到了袁乐儿，此时的她紧咬着双唇，满脸难堪的表情。

“我知道，你很生气，但也没必要讲这么伤人的话吧。我也是不得已才走的，并非我所愿啊!”虽然很受伤，但毕竟自己有错在先，袁乐儿还是忍着打字回应着。

不得已离开？说得好像是别人逼着塞钱给她走人似的，她不去当演员还真是浪费了!! 裴承勋看着袁乐儿的字不置可否地冷笑着。

“既然走了干嘛还回来？是觉得还有油水没捞够？还是说又想到什么新的要求需要谈判了？千万别说什么是因为担心我才回来的，我会觉得恶心!”裴承勋的毒舌果然不负众望，简直句句滴滴见血!

袁乐儿看着裴承勋手机中的字，美丽清澈的大眼此时却变得迷离蒙眬起来，紧缩的瞳孔和微蹙的眉头，完全体现出她此时的心情，简直是烂到爆!他现在是怎样？不但每句话犀利带刺，而且每个神情还都那么轻蔑不屑的!不过才一天不见而已，需要差距这么大吗？袁乐儿不明白，即使自己就算是不告而别，但也没做什么伤害他的事情啊!需要对着她展现出完全一副厌恶憎恨的表情吗？

“喂！裴承勋先生！你讲话不能客气点吗？我是真的看到新闻后连飞机都没上就直接跑过来的！是，我知道你在生气，我也很明白理解你的心情和感受，可即使如此，你也不能一直这样恶言恶语地伤害一个很是担心你的姐姐啊！”袁乐儿实在无法忍受裴承勋的冷言恶语了，也很是用力地点着手机键，啪啪啪地打出一串字。以前聊天不觉得这么累啊，为什么今天那么期望语言相通呢？

哼……果然是这个借口，担心的姐姐？难道就不能稍微真实点吗？比如觉得钱没拿够，或许还有更好的提议，甚至！还要继续赖在这里工作等等，都比这个假装担心自己的虚伪模样好。很多时候人们都说关心则乱，但相对的讨厌和恨也是一样的，没有无缘无故的爱，更没有莫名其妙的恨！裴承勋此时只知道自己对袁乐儿有多讨厌和深恶痛绝，却没发现，他的讨厌，他的失望其实是因为对对方有了太多的期望和喜爱！

“担心我？如果真的担心会拿着允择哥给的钱不告而别吗？一直以来，我都自认自己眼光不错，可惜，你的演技却更胜一筹，是我自持过高小看你了。不过既然如今大家都讲开了，你也不需要再演了，你累，我也累！”裴承勋一副看穿袁乐儿虚假面孔的冷淡表情，手里的字也依然不含糊。

够了，这家伙真是太过分了！即使自己离开再不对，也没必要一直咄咄逼人，说出一句又一句伤害她的话吧！袁乐儿猛然从沙发上站立起来，抓起背包甩在了身后，再一次用极其受伤和决绝的眼神看着裴承勋，既然人家这么不领情，自己又何必用热脸来贴别人的冷屁股呢！她收起了手机，不准备也不想再回一句话，她只想离开，这次她再也没有任何留下的理由！

裴承勋与袁乐儿就这样对视着，看见她的举动，他知道她决定离开了。终于演不下去要走了吗？他应该庆幸的，可为什么看着她那么受伤很是决裂的眼神，他的心里却有一种说不出的难受呢？如果不是亲耳听到锐麒哥和允择哥的对话，他甚至怀疑是不是自己错怪她了！

就这样，袁乐儿拉开了大门，径直地走了出去，没有一丝回头，更不再有一点眷念，有的只是对自己回来错误的懊悔！她知道裴承勋的目光停留在她身后，但她无暇去顾及他的想法，也不愿意再去关心他的感受了，因为她受伤了，而且很伤！

走了，她真的走了，依然没有一言半句，甚至连个“再见”的道别都没有。走得很是洒脱也很急促，似乎不愿意多留一分半秒！这次她应该不会再回来了吧……忽然裴承勋觉得心很空，像有什么东西抽离自己的身体一般，过程很痛也很难过！

3

虽然袁乐儿决意不再管裴承勋的事情，但照片中出现了自己的身影这也是她决不能允许的，即使老爸从不关心娱乐新闻，但她的曝光会引来多大的麻烦，她是很清楚的。所以她决定找出这个爆料者，阻止他后续的举动！

当电梯“叮”的一声把门打开时，袁乐儿的手机却在此时响了起来。疑惑的她从兜里拿出手机接通了电话。

“嗨！太好了，居然打通了，您还在韩国吗？”居然是崔允择的声音。原来，因为蔡锐麒的要求，不死心的崔允择一直执着地打着袁乐儿的电话，没想到在打了N通以后，居然接通了！开心不已的他，急忙向袁乐儿问询着。

“有事吗？我和你之间似乎该说的都说完了吧？”因为裴承勋刚才的态度，让心情极度糟糕的袁乐儿把怨气出在了崔允择的身上，语气自然不太美丽。

额……虽然知道这样的打扰对方会不开心，但没想到反应会这么大，但为了承勋崔允择也不管脸皮厚薄的问题了，还是赔着小心地说着：“对不起哦，我知道又来打扰你很过分，但这次真的需要你帮忙承勋渡过一个难关！不知道你看到新闻没，你们在机场那天的情景被不知名的人拍照而且曝光了，现在所有新闻都指责承勋独自离开是因为和您的约会！现在公司里一片混乱，我们社长希望你能出面澄清下，告知媒体你是承勋的保姆，这样承勋的绯闻就不攻自破了！可以吗？”

听到崔允择的话，袁乐儿抬头向裴承勋的房间望去，这家伙明明那么需要自己，为什么刚才却一句话不提，只一味地对自己发火恶言相向了？难道宁愿自己陷入万劫不复之地，也不愿意她留下吗？为什么他那么恨可以替他解围的自己呢？

眼见对方不说话，焦急的崔允择只能继续劝说道：“乐儿小姐，我知道我们一再麻烦你真的很没礼貌，但事出突然，这也是我们不想的！就当我求求你，好吗？你不是也很关心承勋吗？你怎么会忍心看着他的事业跌入无尽的深渊啊？”

袁乐儿微蹙了下眉头，即使是想帮忙，但自己也决不能在媒体面前曝光啊！如今这个情况简直是两难嘛，帮与不帮都不是最佳良策！但如果出于私心来说的话，袁乐儿也的确需要利用崔允择他们的人脉，找到那个爆料者。不过对于他们那个把人招之则来挥之则去的社长，袁乐儿真心不想那么容易让他如愿！

“忙，我虽然想帮，但您也知道，我只是一个普通人，不希望涉及娱乐圈这么复杂的圈子里，被人曝光影响我正常的生活。所以，我也是心有余而力不足，请您谅解！”袁乐儿给崔允择下了一个软套，希望他能说出自己想要的话。

“我懂我懂，完全理解您的顾虑，我们只需要您出面就好，绝对会保护您不让您曝光的！只要您愿意帮忙，我们就已经很感谢了，自然不会给您带来任何困扰的！”眼见袁乐儿有了松口的迹象，崔允择急忙捉住机会游说，而他的话也正是袁乐儿所需要的。

“其实了，我本人对您真的没什么意见，毕竟您也是听人吩咐做事，不过……你家那个社长大人嘛，的确让我没什么好感！赶我走不让我做保姆的是他，如今要我留下做保姆的还是他，他是不是觉得我很好欺负，让走就走，叫来就来啊？”袁乐儿开始实施第二步计划，不给这个社长点教训，还以为本小姐是吃素的！

听到袁乐儿的话，崔允择的全身直冒冷汗！很明显她的话不但没错，而且还很有道理。的确是社长做的这些缺德事，人家心里肯定不舒服！但如果因为这个原因袁乐儿不愿意帮忙的话，那自己所做的一切不都前功尽弃了吗？可让那个目空一切的社长道歉，似乎也很难吧……

“不不不，您怎么会是好欺负的？您是一个善解人意又心地善良的姑娘，就算我们提出很无理的要求，您都委屈自己答应，其实在我心里一直都是很感激的！只是我们社长嘛……您也知道，他位置不同，想法固然和我们不同，所以有时候做的事的确让人比较难堪，还请您理解和原谅！我代他向您道歉好吗？”崔允择只能硬着头皮向袁乐儿道歉，只求她这次也能比较好说话点。

“您又没错什么，干嘛道歉！如果他真心希望好好解决这次的状况，就让他来和我说吧，或许看在他态度诚恳的份上，我心情一好就答应了也说不定！”可惜，袁乐儿没能如他愿，这次似乎和蔡锐麒杠上了。

哎！崔允择忽然觉得这几天完全就是他的世界末日，从裴承勋莫名其妙过敏开始，他的心脏就一直濒临于随时停止的悬崖边。虽然明知道袁乐儿的要求不过分，但社长的性格，又怎么会那么好说话呢。可能他还没说完，就被扇出房间了!! 不管了，他也管不了那么多了，反正此次能否度过危机就看社长地选择了。打定主意后的崔允择急忙对着袁乐儿说道：“那……我试着向社长汇报您的要求，虽然不知道结果怎样，但我还是希望您多考虑考虑承勋的前途，别意气用事好吗？还有，您目前在哪里了？除了电话，我能怎么找到您？”

袁乐儿看了看电梯又望了望裴承勋的房门，犹豫几秒后说道：“我在裴承勋这里，等您确定好答案时，我暂时不会离开！”既然选择了帮忙，袁乐儿就只能留下，就算有任何突发状况，她是保姆的身份至少还能自圆其说！

“是吗？那太好了！这样我就不担心了，那承勋就拜托您了，谢谢，真的谢谢！”崔允择一听袁乐儿和裴承勋在一起，他简直开心到手舞足蹈，这样至少不用担心找不到人了，而且承勋的心情应该会好很多了，简直太棒了！可惜，他忽略了今天对话的插曲，早已让裴承勋对袁乐儿有了心结，完全不知道那边的两个人早已面和心不合了！

4

袁乐儿走了似乎很久了，裴承勋依然站立在原处，动也没动。他不明白此时的自己到底处于一个怎样的心态，明明是那么生气、那么讨厌，却在她踏出房门那一刻，他居然有种想冲去拉住她的念头！或许是一个人太过孤独了，有了人陪伴以后，自己变得很是依赖，太过感性了！裴承勋懊恼地甩了甩头，从裤兜里掏出了一包香烟，随着火花的窜耀，他闭着眼深深地猛吸一口，然后伴随着自己的吐纳掩饰着随之而来的叹息声。烟烧得很快，他吸得也很快，不知不觉一支烟就已燃烧到了末根，裴承勋用桌上的烟灰缸熄灭了香烟最后的火花，可他似乎还没理清自己复杂心情的根源，于是干脆躺在沙发上，又点燃了第二支香烟。

已经很久没有这样烟不离手的他，就在第三支即将熄灭之前，门口却响起了按密码锁的声音，他的心猛然像漏跳一拍一般，随即又恢复了淡然。他知道这个密码除了离开的袁乐儿知道以外，就只有申伊敏知道了。既然袁乐儿已经离开了，那肯定就是申伊敏了，所以他显得很是平静，很是泰然。

可当一个身影走到他面前时，他差点吓掉了手中的香烟，他甚至以为出现了幻觉。可，袁乐儿却很是真实的，就这样站在了他的面前！望着去而复返的袁乐儿，他居然没有想象中那么生气和讨厌，相反却有了松口气的感觉。

第一次看到他抽烟的袁乐儿也被他熟悉老成的抽烟动作吓了一跳，不过转念一想也对，不然家里那个可爱的卡通烟灰缸又怎么会存在呢。只是，他现在的模样很是烦闷焦虑，应该是在烦恼绯闻的问题吧。

“你别误会，我回来不是因为钱没拿够，也不是有其他新的要求，更不会死赖着要求做什么保姆，只是允择哥拜托我帮忙而已，等忙帮完我就会离开。所以，即使你有多看我不顺眼，有多讨厌和我相处在一起，也请您忍忍，坚持两天，等我们那无中生有的绯闻事件解决后，我马上就会离开！”袁乐儿首先开口，把刚才裴承勋对她的所有猜测如数家珍地全都还给了他。

原来是这样，看来她和允择哥的联系还很是频繁嘛，而她似乎也太好说话了，让走就走，叫来就来的，果然是吃人嘴软拿人手短啊！裴承勋用力把香烟按在烟灰缸里使劲熄灭，然后一言不发地站起了身，向自己的房间走去，接着用力甩上了房门。她回来了，为了解决自己的难堪处境，即使面对他的不爽和冷嘲热讽，她依然选择了留下，他本应该怀着感恩的心。可一想到她做这一切的缘由都是因为钱，裴承勋就实在无法掩饰自己生气的心情，既然不能让她走，那他只能选择无视，把对方当作透明人一般，看不到，听不到，也触摸不到！

看着裴承勋的反应，袁乐儿简直想冲上去扇他两个耳光，这家伙到底有没有人性啊？懂不懂什么叫作知恩图报感恩戴德啊！自己都那么委曲求全了，他居然还一副拽得二五八万似的高傲模样，到底有什么底气这样对一个可以帮他起死回生的人啊！！好，不理是吧，难道本小姐还非要理你不成吗？袁乐儿很是气结地往自己房间走去，也用力地甩上了房门。就这样，同在一个屋檐下，却相互当对方不存在的两人，隔着两扇门，傻傻地靠在门边，各自神伤，各自难过！

5

而此时蔡锐麒的办公室里气氛也很糟糕，崔允择埋着头不发一语，静静地等待着蔡锐麒的回答，当他小心翼翼把袁乐儿的话传给蔡锐麒时，他已经庆幸对方没有把他直接赶出去，还让他说完了所有的话。只是半天也得不到答复的他，早已有种灵魂出窍的感觉，提着的心也已经到了嗓子眼。

“行，你帮我联系她，我亲自给她道歉！”更让崔允择没想到的是，从来高高在上，目空一切的蔡锐麒居然答应了?！这个结果完全出乎崔允择的意料，于是惊愕的他瞪着一双不可思议的双眼，半晌没反应过来。

“还杵在这里干嘛？快去联系啊！这个是争分夺秒的事情，还有可以发呆的时间吗?”见崔允择即将要掉落的下巴，蔡锐麒又一次发声了。

“哦……是是是，我马上就去，不过，您确定要亲自去道歉吗?”崔允择以防是自己的错觉，再一次对着蔡锐麒确定着。

“当然！难道您能代替我去吗？我知道你在想什么，你以为我死都不会答应，决不低头对吗？所以说你注定只能做个小经纪人，而我却能驾驭一个经纪公司！在生意人眼里没有永远的敌人或者永远的朋友，只有共同利益！道歉如果能解决此次的危机，那有什么不能做的？即使就算让我下跪，我也不会皱下眉头，能屈能伸才是大丈夫，墨守成规不懂变通的人永远成不了大事，明白了吗？还不快去！”蔡锐麒果然是一个极其现实的生意人，在他眼中没什么里子面子，只有产生的收益和他要的结果，只要是对自己有利的，过程怎样根本不重要！只要过了这个危机，他再踢走这个不知天高地厚的女人就行了。

“哦哦，明白了，我马上就去联系她！”对于蔡锐麒的说辞，崔允择的心里那个感叹啊，简直是非一般的崇拜！与其说崇拜不如说是折服，如果是他，应该会做不到吧。不过既然他都答应了，那袁乐儿应该就不会再为难自己了，看来承勋这家伙这次有救了！一想到这，崔允择就差点没泪流满面了，急忙屁颠屁颠地去给袁乐儿打电话。

终于，袁乐儿见到了这个传说中的蔡锐麒社长。此男人的长相嘛，的确不敢恭维，但不可否认他的穿着打扮的确有着很浓的艺术气息，只是他透露着精光的小眼睛，搭配着深厚的单眼皮，却完全出卖了他那副资深铜臭的商人味！

“想必您就是袁乐儿小姐了，您好，我是蔡锐麒，Nova 公司的社长！认识您我非常荣幸，很感谢您百忙之中来到这里，对于您的协助，我代表公司全体员工向你表示万分的感谢！”蔡锐麒礼貌谦让地对着袁乐儿深深鞠了一躬，此景此景看似都那么虔诚和礼让，照理说袁乐儿应该满意才对，不过，她似乎根本不吃这一套。对于蔡锐麒的举动完全无动于衷，而是拉开椅子自顾自地坐了下去。

不是说来道歉和拜托的吗？从进来以后，这个精明的老板似乎根本没说过一句对不起吧？从头到尾都是对自己的恭维和对此次事件协助的她表示感谢，而对道歉之事却只字不提，如果稍微头脑笨点的人可能就会被他这样糊弄过去了。可惜，很抱歉，他的对手是袁乐儿，从小就在他那腹黑的老爸教育下，有什么样的人她没见过，有什么样的招她会看不明白的?！

见袁乐儿不发一语，只是漫不经心玩弄着她的手指甲，蔡锐麒咬了咬牙，知道自己遇上对手了，这小姑娘看起来似乎不那么好忽悠。聪明的小眼睛滴溜一转，随即很是自然地走向咖啡机，为袁乐儿端上了一杯热腾腾的咖啡，然后继续面容可掬地对袁乐儿说道：“看来乐儿小姐对鄙人有一些误会啊，我承认让您离开是我的主意，但这都是为了承勋和乐儿小姐好啊。要知道乐儿小姐一不是韩国人，二来从未涉及过娱乐圈，三嘛，看乐儿小姐的举手投足做一个小保姆根本就是大材小用嘛。承勋那孩子的脾气我很是了解，平时看似乖巧可爱，但私底下却很淡漠内向，与人很难相处。像乐儿小姐这样的陌生人，他不但很是排斥而且还会诸多挑剔找茬的……”正当蔡锐麒口若悬河滔滔不绝时，袁乐儿此时却站起了身，向门外走去。

“好，对不起，对不起，行了吗？我知道不该不顾及您的感受，就私自决定让您离开，对于我的无礼我向您诚恳道歉，希望您能接受和原谅，行吗?!”蔡锐麒也顾不得自己的身份年龄，急忙对着袁乐儿的背影大声地道歉着。

果然，袁乐儿停下了离开的脚步。深深呼了一口气的她，转过身来对着蔡锐麒微微一笑：“不容易啊，让蔡锐麒社长这样屈尊降贵向我道歉，看来我的确很重要呀!”袁乐儿别过头，暗暗一笑，如果她不用离开这招，这老狐狸会那么容易道歉吗？看来，他的确被她给逼急了，居然完全不顾及自己的形象，那么大声地赔礼道歉。此时的袁乐儿，心里已经舒坦多了!

“您别这样说，哪有什么屈尊降贵的，的确是我思量不周，让您生气了，理所当然应该道歉的。而且，您当然非常重要，只要您能帮助承勋度过这一关，我一定会好好感谢您的。”既然都已经把话说到这个份上了，蔡锐麒也不再顾忌什么形象和面子了，干脆谦卑到底!

既然已经得到自己想要的了，袁乐儿也不是那种见好不收，咄咄逼人的人，毕竟她还需要蔡锐麒的协助，找到那个爆料的人。于是，袁乐儿一副惶恐惊诧的神情：“看您说的，我既然来到这里了，当然就是来帮助承勋的啦，您真的无需这么客气的，还道什么歉嘛，您是长辈自然有您的考量，我自然是会理解支持的。以后，还需要您的照顾和帮助，希望我们能冰释前嫌，在未来好好相处啦!”

袁乐儿果然不腹黑，完全不腹黑，如果不了解内情的人，完全会以为这个女孩简直就是个天使，可蔡锐麒却很明白，她就是个有着天使面孔，却腹黑极致的魔女!不过，虽然他目前气恼到不行，但相反心里却对袁乐儿很是欣赏，娱乐圈里像她脑筋这么好用的人的确还没几个，或许她真的有可能成为裴承勋的福星也说不一定，毕竟裴承勋的性格太直，不懂变通，常常会在不经意中得罪人还不自知，如果有她在旁边提点和圆场，或许会有意料之外的收获!

就在两人暗中较劲之时，蔡锐麒的电脑却发出了提示新邮件的声音，对于邮件蔡锐麒从来都是第一时间处理，因为这都关系着所有艺人的工作安排和行程往来。于是，他对着袁乐儿不好意思地点了点头，急忙走向了电脑。在打开电脑那一瞬间，他的脸色变得很是难看，比起给袁乐儿道歉受到的屈辱，简直是小巫见大巫！在一旁观察的袁乐儿似乎也发现了他的变化，也慢慢挪步走向电脑，可惜映入她眼帘的是一堆密密麻麻的韩语，完全是她看不懂的内容，只能睁着迷茫的大眼看着蔡锐麒。

“爆料的这个家伙勒索我们拿一亿来换取裴承勋与您的照片，上面注明了交易时间和地点，如果在预期时间里我们没能给他答复，他就会把剩余的所有照片卖给媒体。他还说之所以第一期都是模糊不清的照片，是给予我们机会也让我们了解他手中内容的真实性。该死的！开口就是一亿，他以为一亿很简单吗？”果然，蔡锐麒不负袁乐儿的期望，把邮件内容一一讲解给她听。

当了解到邮件的内容后，袁乐儿迷茫的双眼忽然变得闪烁有神起来，既然有了交易时间和地点，那就不用再费心去找寻爆料者的动向了。看来今天果然没白来，收获很是丰富啊。于是袁乐儿冷静地向蔡锐麒说道：“无论他要多少，您都必须答应不是吗？既然如此，不如先回复他，先稳住他的情绪，等到交易时再想办法处理吧！如果蔡社长能信得过我的话，我希望您能让我去做这次的交易。毕竟不知道对方打什么主意，由我这个生面孔去现场，就算他还有什么计划，也不会对公司和承勋有任何影响，您觉得呢？”其实，袁乐儿根本不关心交易的问题，她最担心的是爆料人会留有备份，会在钱用光时再一次进行敲诈。以免这样的情况发生，她必须要想办法做一个了结。所以，她向蔡锐麒提出让她去交易的提议。

虽然蔡锐麒对袁乐儿可以说完全不信任，但她刚才的话也的确很有道理，如果交易只是个陷阱的话，被别人拿到他们试图买回照片的有利证据，那对他们来说会是一个更大的危机。如果只是担心袁乐儿携款潜逃，只要派人跟着她就好。于是，思前想后的蔡锐麒终于对袁乐儿了点头，并叮嘱她早去早回，注意安全。

在首尔一个很是繁华的地段中心，身处二楼的一间网吧里，一个带着黑色鸭舌帽的男人，正一脸得意地看着此时满世界都播放的新闻图片！这只是第一期而已，后期的图像可都是高清无码的，如果对方不能让他满意的话，他就把手里的所有资料卖给媒体，无论哪方，价格肯定都不会便宜。没想到自己无意中的抓拍，居然能抓到裴承勋这样的韩流明星如此劲爆的画面，简直是天降横财嘛！随着他指尖的敲打，一封邮件就这样发了出去，接着他悠闲地喝了一口咖啡，惬意地戴着耳机听起了歌。直到邮件的回复声响起，他才利落地拿下耳机，紧张地点开邮件，当看到邮件内容后，他露出了很是得意的笑容。随即起身结账，满面春风走出了网吧。

深夜，因为天气寒冷的关系，首尔的街头很是冷清，微弱的灯光和寥寥无几的人影，让夜显得更加的宁静。而此时，一个纤细高挑的身影敏捷地攀爬到了一栋大楼三楼的窗户边，熟练地撬开窗户边缘，拉开窗门，然后轻缓地跳入了房间内。在暗黑的空间里准确无误地找到了此时在床上正呼呼大睡的身影。一把投映着月光的匕首直接抵在了还在与周公约会的人的咽喉上。

“谁？”黑暗中发出了一个非常惊恐的男人声音。

“要你命的人！”而回答的人声音却极其奇怪，不男不女，甚至还很空旷！

第八章　斗　法

第二天清晨，袁乐儿依然习惯性地自然醒，揉了揉睡眼蒙胧的双眼，半闭着眼睛的她很是熟悉地走向洗手间刷牙洗脸。可是，她却没找到自己的牙刷和毛巾？奇怪，她记得自己没拿走啊，去哪里了？没办法，不得已的她只能硬着头皮去敲裴承勋的房门。不过裴承勋睡得太死，完全没反应。她只能自己打开房门走了进去，却不想看到了很是……清凉的画面！

可能因为房间开了暖气的关系，感觉到有点闷热的裴承勋在睡梦中掀开了被子，而他睡觉是习惯不穿睡衣的……因此，此时出现在袁乐儿眼中的就是赤裸着上半身，依然还在熟睡中的裴承勋！

袁乐儿很是惊愕地急忙用手蒙上了双眼，慌乱地背过身去。这家伙干嘛不穿睡衣啊，难道不知道家里有女生会很不方便吗?！本想快点离开这个尴尬之地的袁乐儿，却忽然停下了脚步，甚至还放下捂住双眼的手，贼贼地回头偷看了一眼，再一眼……因为她很是质疑自己刚才看到的一切，看似身材偏瘦的家伙，没想到内部居然这么有料?！不但有着白而嫩滑的肌肤，平坦的腹部上还齐聚着均匀的六块腹肌，而看似没肉的胸部甚至还有着健康的胸大肌！因此，为确定自己眼花看错的袁乐儿，一脸怀疑的向裴承勋的床前靠近，眼睛直溜溜地瞪着此时春光外泄的美男画面。

哇！真的是没看错！没想到这家伙居然这么表里不一，暗藏着这么性感火辣的身材！不过，这确定不是画的吗？袁乐儿似乎还很是怀疑，居然不死心地用手指搓了搓了裴承勋的胸部。不过，下一秒她就很是后悔自己这么冲动的举动了，因为她伸出去的手被一双大手猛然地抓住，然后很是用力地拽了过去，导致她整个身体全都压在了裴承勋光溜嫩滑的肌肤上，而因为力道的冲劲，来不及做反应的她，微张着的惊诧红唇就这样华丽丽地与裴承勋的胸部有了最直接的亲密接触！在这个很是尴尬的时分，她的耳边却响起了一个低沉却又及其性感的声音：“你在干嘛?”

其实早在袁乐儿敲门之时，裴承勋就醒了，因为不想搭理她，所以装作睡着不回应。哪里知道袁乐儿不但不离开，相反还推开门走了进来。因为自己没穿衣服而又掀着被子，当着她的面怕大家相处尴尬，他只能装着继续沉睡中，想说她看到这样的情景应该会落荒而逃吧。结果，他完全低估了袁乐儿的实力，身为女人的她，不但没落跑，还直溜溜地瞪着自己看，看还不够，居然还用手摸……他是彻底被她打败，实在忍无可忍了，终于伸出手抓住了这个罪魁祸首，只是没想到，力道过大，却把她整个人直接拉到了自己身上。

袁乐儿是很想回答裴承勋的话，可她的唇此时却还很是亲热地贴在别人的胸上！郁闷到死的她很想尖叫，啊！……谁来告诉她为什么她的初吻给了一个男人的胸啊?? 努力挣扎想快点爬起来的她，用力地扭动着她趴在裴承勋身上的身体，却因为一只手被裴承勋紧紧抓住的关系，重心不稳的又一次跌回他的怀中。

不过这还不是最尴尬的情况，因为就在她不停扭动时，裴承勋的身体已经起了一点小小的变化。这真不能怪他，他是个正常的男人，而且还是在一大早的清晨，被一个女人又摸又亲，还投怀送抱的，他没反应才奇怪了！而袁乐儿也似乎感觉到了那哪里不对，抬头就看到了裴承勋早已憋红的俊颜，平时妖孽魅惑的双眼如今很是委屈又悲愤的地瞪着她。

“呀！你……你这个小色鬼！”袁乐儿也不管裴承勋能否听懂，着急的用中文骂过去。然后又一次急忙爬起身，而裴承勋也慌乱地甩开了捉着袁乐儿的那只手。终于，两个紧贴的身体分离开来。

趁着袁乐儿离开的空当，裴承勋急忙拉过被子遮住了他春光外泄的身体，并且坐直了身体，卷曲起双腿也掩盖着某些部位的尴尬。而袁乐儿则是用火箭一般的速度冲出了房间！

啊啊啊!! 什么嘛！这家伙居然……他怎么可以……怎么可以这样!! 此时的袁乐儿脑子里闪现出无数出奇怪的画面，脸已经绯红的她还在使劲地拍打着自己的脑袋，不要想了，再想就要疯掉了！冷静，要冷静，这只是个意外……对，意外！没事的，没事的……努力想让自己平静下来的袁乐儿，一溜烟跑进了洗手间，使劲地拧开水龙头，没头没脑地浇了自己一脸水。

而因为身体变化，弄得两人很是尴尬的裴承勋，急忙掩着被子冲到门口把门反锁上，然后焦急地找寻着自己的衣裤，此时又急又羞的他，嘟着微翘的小嘴，一脸委屈地和裤子奋力搏斗中，该死的紧身裤，能不要那么紧吗?! 好不容易穿戴整齐，裴承勋也打开房门走了出去，他要去找制造这意外情况的罪魁祸首兴师问罪。

一走到洗手间就看到了此时满脸是水的袁乐儿在那里甩着头，很是自然的撩着头发。水珠顺着她清秀的脸孔顺延而下，滴落在白色睡衣上，水的侵蚀让此时的睡衣显得有些透明，而里面的火红内衣也变得若隐若现。

噗！本想大声责问的裴承勋差点没吐出一口鲜血，这一大早的要不要这么诱惑！这女人不知道此时是在一个单身男人的家里吗？完全没一点危机意识！而且……而且还一直在那里撩着秀发，她知道这样的举动对自己来说有多么引诱吗？该死！看不下去了！裴承勋冲进洗手间拿起一块巨大的浴巾直接对着袁乐儿劈头盖脸的扔了过去，把袁乐儿本就娇小的身体基本盖了一大半。

啊？什么情况？被弄得莫名其妙的袁乐儿吓了一跳，慌乱地抓扯着遮住自己视线的浴巾。而自己的手却被一双手抓住，以为他要干嘛的袁乐儿正想发火，却不想对方动作很是轻缓地擦拭着她湿潞的发丝。因为看不见，袁乐儿也不敢乱动，就这样傻傻地站着任凭裴承勋的举动。直到裴承勋认为可以了，才拉开了她的浴巾，结果他看到的是被自己弄得一头鸡窝的发型，忍不住的他扑哧一声笑了起来。

还好意思笑?!这个小混蛋一天不整点事就不爽是吧！袁乐儿不用想也知道裴承勋在笑什么，被他这样一直折腾揉捏的头发，现在还能见人吗？瞪着一双美丽的大眼气结地望着裴承勋。

“喂！你这是在干嘛?”袁乐儿用蹩脚的韩语愤愤地责问着裴承勋。

裴承勋挑了挑俊逸的眉，他干嘛？他还能干嘛！当然在做止血的事情。

“这句话是我该问你才对吧，你干嘛一大早跑进我房间来搞东搞西的?”迅速打好字的裴承勋对着袁乐儿伸出了修长的手臂。

看着裴承勋的字，袁乐儿猛然想起了刚才那些尴尬的画面。额……这个，好像真是自己惹出的麻烦耶。虽然很想气定神闲地回答裴承勋，可完全无法面对对方的她几乎把头贴向了地面，只是把手机高高地举起给裴承勋看。

“我进来是想问你，我的牙刷呢?”

牙刷？哦……牙刷！裴承勋顺手拉开了袁乐儿，很是嘚瑟地拿出自己的牙刷挤了一点牙膏，边挤边对着垃圾桶指了指，然后自顾自地刷起来。

看见裴承勋的举动袁乐儿明白了，自己的牙刷被他扔了！这家伙也太现实了吧，自己前脚才走，他就马上扔掉自己的东西，简直没人性。扔了是吧……袁乐儿露出一个使坏的表情。当裴承勋还很是得意地刷着牙时，她却轻轻地拍了拍他的肩膀，示意他看向自己的手机。

“扔了就扔了呗，旧的不去新的不来嘛。不过我忘了告诉你，在你折磨我做清洁时，我把你的牙刷拿去刷马桶了，不好意思哦!”然后很是潇洒地转身走出了洗手间。

噗!!刷马桶?!裴承勋惊愕地瞪着自己手中的牙刷，慌不择已地扔向垃圾桶，然后“哇”的一声把一嘴的泡沫全都吐了出去，边吐边反胃中。这该死的女人，看我不杀了你！当裴承勋正吐得稀里哗啦时，袁乐儿却又突然出现在了洗手间门口，高高举起手中的手机。

“哇，你反应也太大了吧……我不过开个玩笑而已，这下好了，你的牙刷也被你扔了，扯平!”然后又一溜烟地逃离开去。

“呀!!!”知道自己完全被地方耍了的裴承勋简直要疯了！对着袁乐儿的背影咆哮的大吼着。

哼，跟她斗？想死吧！袁乐儿才不管裴承勋的吼叫声，心情大好地跑回房间快速地反锁好房门，安全！正当她很是得意自己的杰出创作时，她的手机却在此时响了起来，在接完电话后，袁乐儿急忙换好衣服，拿着手提包打开了房门。

不过，门口站着一个满脸怒气很是不爽的家伙，双手叉腰地堵住了她的去路。是怎样，想打架哦！袁乐儿此时才没空陪他闹，因为她还要急着去和蔡锐麒汇合，拿钱去与那个勒索者交易。于是，袁乐儿对着穿着拖鞋的裴承勋狠狠地一脚踩了下去，然后像一阵烟一般，跑出了房门。

“啊……”没想到对方用这一招的裴承勋，又是一阵痛苦的哀号。眼看袁乐儿就要跑出房门，好在裴承勋有着脚长手长的优势，一瘸一拐地扑了过去，抓住了袁乐儿的裙角。忘了说，袁乐儿穿的不是连衣裙……于是，随着裙角的拉扯，裙子华丽丽的被拉下了一截，反应极快的袁乐儿慌忙抓住了裙腰，结果……撕的一声……裙子撕裂的声音响彻了整个房间！

“裴承勋!!”袁乐儿用手捂着被撕裂的地方，以防春光外泄，然后气结地对着此时还趴在地上错愕地看着她的裴承勋尖叫着。

看见自己闯祸的裴承勋本来很是惊慌，怕怕的想逃跑，不过转念一想，为什么要跑，刚才自己不但被她全都看光光了，还被整得反胃半天，她活该！于是歪着头露出一个超级阳光的笑容：“哦，看到了哦……红色滴……扯平啦！”然后傲娇地爬起身，一瘸一拐地往自己房间走去。虽然他表面上气势很强大，其实在转身后，他马上嘟着嘴，露出一个苦瓜脸，怕得要死……

扯平？这个能扯平吗？你死定了！袁乐儿对着转身后的裴承勋的屁股就是狠狠一脚。果不其然，裴承勋在她意料之中般摔了个狗吃屎，还不解气的她，直接骑上了裴承勋的背，狂风暴雨般一阵敲打，还把裴承勋帅气的头发抓成了鸟巢……

“啊……住手啦!! 好痛……放手，头发……头发……”可怜的裴承勋除了发出一连串的惨叫声，完全没还手的余地。

“向我道歉，错了没？”袁乐儿一手抓着裴承勋的头发，一手用两个指头勾住他的两个鼻孔。此时，身为韩流明星的顶级帅哥，整个造型完全惨不忍睹，更别说被提住的鼻孔，早已变成了猪鼻子的形状。

“嗯……嗯……错啦，我错啦！”裴承勋又不是傻瓜，在自己毫无招架之力时，不认错等死哦。

“叫姐姐，说姐姐我错啦！以后再也不敢了，会乖乖的！”袁乐儿可不想这么容易就放过他，把昨天所有的怨气全都发了出来。谁叫他昨天不但不叫姐姐，还全是软刀子的恶言恶语欺负她！她其实没发现，此时的她韩语好像好了很多，居然没说错一个单词……看来，人的潜力是需要刺激滴。

“姐……姐……我错啦！对不起，以后会乖乖的！”裴承勋那个惨啊……姐姐两个字喊得那个是咬牙切齿啊。谁叫他完全处于下风了，不认栽怎么办？

听到裴承勋的话，袁乐儿这下爽多了，最后再用力地揉了一下裴承勋的头发，这才舒服地站起身来，捂着裙子漏光的地方，快速地冲进房间。而裴承勋则是可怜地趴在地上泪流满面。很明显，第一回合，裴承勋完败!!

就在这两个人在家里斗来斗去时，蔡锐麒已经准备好了一亿现金用一个黑色的皮箱打包装好，而在一旁的崔允择则很是紧张地盯着这个箱子。因为，今天他接到的命令就是，箱在人在，箱不在了，他也不用回来了。

“我交代的事情记清楚了吧？”未免崔允择不明白，蔡锐麒再一次问询道。

“清楚了，跟着袁乐儿看她和谁交易，如果交易成功就拿回照片。如果是陷阱就不能出面，如果袁乐儿想携款潜逃需阻止，对吧？”崔允择恭敬地重复着蔡锐麒的吩咐。

“嗯，没错！不过这些都建立在你不能被发现的情况下，知道吗？我可不希望袁乐儿对我们再心存芥蒂，多了误会就不好了。”蔡锐麒的一番话让崔允择差点没吓得掉了下巴，什么情况？为什么担心袁乐儿对他们产生误会，社长不是一直都想踢走她吗？现在怎么会担心她会对他们产生误会了？

“别一副见到鬼的神情，我不是说过了吗，生意人没有永远的朋友当然也不会有永远的敌人！经过那天的接触，我发现这小姑娘非常聪明而且胆量不小，由她做承勋的保姆似乎还是个不错的主意。不过这一切都建立在这次危机解除以后，不然倒下的承勋还至于需要保姆吗？”本来蔡锐麒前面的话还让崔允择心里暗暗高兴了一下，可一听到后面的话，他的脸色就不太好了，很明显如果承勋不能度过这次的危机，公司就会放弃他，让他自生自灭了。对于蔡锐麒这样太生意化没有人情味的做事方法，崔允择始终不能释怀，毕竟裴承勋不只是公司的艺人而已，大家相处了这么多年，已经像家人一般，怎么可以说抛弃就抛弃了！可他只是一个小小的经纪人而已，又有什么说话的余地呢……

好不容易又换了套衣服，终于在指定时间跑到蔡锐麒办公室的袁乐儿，此时一个劲儿地喘着气，拉着椅子就一屁股坐了下去。她这么大咧咧的一面又刷新了在办公室里的两个男人的感观，这姑娘到底是大家闺秀还是女流氓啊？……

“不好……意思……我来晚了，钱……准备好了吗？”气还没理顺，袁乐儿就开始着急地向蔡锐麒问道。

“不急不急，你先休息下吧。不过，你怎么会跑成这样？”蔡锐麒禁不住好奇心八卦了。

为什么！还不是因为你们家那个裴承勋扯掉了本小姐的裙子！一想到当时的情景，袁乐儿的面部表情就变得愤慨不已，不过当她发现两个男人惊诧的目光时，急忙还以美美的微笑：“因为不认识路，走错了地方，担心错过交易时间，就一路跑过来啦。”

虽然她的回答听似很完美，不过两个男人还是半信半疑地对视了一眼，走错路而已，需要这种想杀人的表情吗？不过，此时也没时间让他们再八卦这样的小事，因为距离时间不到一个小时了。于是，蔡锐麒把桌下准备的黑色皮箱递给了袁乐儿：“这里是一亿，你一个女孩子提这么重的东西，而且又对首尔的路不熟，我还是让允择陪你去吧，不然我很不放心啊。”蔡锐麒故作关心地对袁乐儿说着。

“不用担心，昨天晚上我已经看过地图很多次了，交易地点早已背得滚瓜烂熟了。至于重量嘛，还好啦，在洛杉矶打工时，比这个重的东西我都拿过。您就安心在这里等我的好消息吧！”袁乐儿的话真假参半，她的确昨晚做了功课，看了很久的地图，至于洛杉矶的打工，那肯定是空话，未免崔允择的跟随影响自己的计划，她不得不说了善意的谎言。

“那好吧，那你小心点，注意安全，我在这里等你凯旋。”早已有安排的蔡锐麒根本不在意袁乐儿的回答，口是心非地叮嘱着。

袁乐儿提起了皮箱礼貌地对着看着她的两人自信地点了点头，然后转身走了出去。就在她离开不久，蔡锐麒对着崔允择使了一个眼色，崔允择对着他鞠了一躬，也急忙走了出去。

勒索者留的地址是首尔某个公园的一角，提着皮箱的袁乐儿走出Nova公司后，就急忙伸手拦了一辆计程车，向着交易地点赶去，而紧跟其后的崔允择也开着自己的车保持着一定的距离跟随着。

当天的天气不太好，灰暗的天空很是阴沉，空气中有种莫名的压抑感。在没有阳光照耀下的公园，又因为树影叠叠人烟稀少的关系，显得很是冷清寂寥。下车后的袁乐儿很是小心警惕地观察着四周，然后走到了指定的地点，一个长椅上坐下。不过袁乐儿的坐姿很奇怪，她基本是半侧着身躯歪斜着，原来未免身后的死角，她不得不小心背后的偷袭。

而停好车的崔允择也悄悄地来到了指定地点，未免被袁乐儿发现，他则是找了个转角处的制高点，一间咖啡厅里，顺着窗户望下去，基本可以一览无遗所有地方，确保没什么遗漏的他，安心地点了一杯咖啡，然后眼都不眨地盯着坐着的袁乐儿。

保持着警戒的袁乐儿无论什么风吹草动都很注意，从她身旁陆陆续续走过了几个路人，但他们的神情似乎对她完全不在意。抬手看了下手表，距离交易时间已经过了半个小时了，但交易的人似乎毫无踪迹，难道果真是个陷阱吗？袁乐儿紧促着的眉越来越紧锁，如果对方根本不安心交易，那发出的邮件又代表着什么呢？

而在高处的崔允择也很是焦急，蔡锐麒的电话一个接一个的打来，让他更是心慌。咖啡也喝了三杯了，再喝他都要爆掉了，可如今的他却连厕所都不敢去，此时他似乎有点理解狗仔们的心酸了。

已经过了一个小时了，交易的人依然没出现。袁乐儿似乎有种他不会出现了的感觉。因为坐姿奇怪，她很是腰酸背痛，于是她站起身准备起来走动走动。可就在她站起身来时，从一个树荫处的缝隙中闪过一丝微弱的光亮，让本已松懈的袁乐儿一下警觉起来，如果她没猜错，那是望远镜的反光。反应极快的她提起皮箱就往着闪过光亮的地方快速地跑去。

袁乐儿忽然的举动，吓得崔允择扔下一张钱币就冲出了咖啡厅。而后面的服务员一直追着喊“客人，找你钱……”即使那张钱是100万，崔允择目前也没有精力去管了，现在的他离袁乐儿有很大一段距离，如果袁乐儿此时跑不见了，他应该看不到明天的太阳了。所以，憋着满肚子咖啡的他拼着老命地向袁乐儿跑的方向追去。

制高点，刚才的光应该在半山坡上。袁乐儿提着一亿重的韩币居然像没事人般，速度极快地冲上了山坡。不过这里早已人去楼空，没有一个人影。看来对方也发现自己暴露了，速度极快地撤离了。袁乐儿仔细地观察着这里的一切，树上、地上甚至空气中……她认真的模样，不知道的人还以为她是特工呢，及其专注和看似很专业地搜索着这里每一寸地方。

忽然，袁乐儿停住了脚步，她深深地吸了一口空气，再慢慢地纳出。香水味？袁乐儿很是诧异，急忙抬头多吸纳了几次，空气中飘散着清爽淡雅的茉莉芬芳，的确没错，是香水味！这款香水袁乐儿不陌生，是世界顶级品牌——香奈儿5号！没想到监视自己的居然是个女人？而且还是个用得起奢侈品的女人！这个结果让袁乐儿很是惊讶，难道勒索者是女的？难道从头到尾自己都跟错了方向？

找到的这个线索并没让袁乐儿理清困扰的问题，相反还增加了她的困难度。在韩国这样一个陌生的过度，除了老爸派来的人，应该不会有其他人监视自己。但老爸派出的人首当其选肯定是阿杰，如果阿杰找到了她，根本不需这样监视，直接就会把她打包带回去了。所以袁乐儿很肯定这个女人跟这次的勒索有关。但为什么她只监视自己，却又不出现交易呢？想不通也理不清，袁乐儿简直要疯了！时间都过了这么久，未免蔡锐麒担心，袁乐儿决定先行回去再做商议。于是，她提着皮箱向山下快速地走去。

而在山坡的另一处有一双很是冷艳的双眸正凝视着她离去的背影，在树影的遮挡下，只能看到她微翘着嘴角。“果然不能小看你啊，袁乐儿!”随着一声低吟，高挑性感的身躯向着袁乐儿相反的方向快速地离去。

此时的崔允择快哭了……他跟丢了，彻底的跟丢了!! 这里除了零散的路人以外，他看不到任何和袁乐儿相似的身影。他完了，死定了!! 而那个催命符般的手机铃声却在此时又一次的响起，崔允择颤抖地用手按着装有手机的裤兜，不接，死也不接……能拖一秒算一秒，他真心不想这么英年早逝啊!! 不过，就算回去不死，他如今也要被肚子里的咖啡憋死了，反正人都跟丢了，他还是解决了当务之急再说，于是小短腿的他又呼哧呼哧地跑回咖啡厅，往着洗手间拼了命的冲去。

“客人，您又回来啦，找您的钱……”服务员看见去而又返的他，急忙再次热情地招呼着，不过这个客人根本没空搭理他，又像一阵风似的从他面前飘过。看来，人家根本不想要这个钱，既然如此就当自己的小费啦，服务员屁颠屁颠地把零钱塞进了自己的衣兜里。

终于舒服了，崔允择洗完手一身轻松地从洗手间走了出来。正当要离开时，他忽然想到刚才的零钱还没找吧，明天就要失业了，现在节约一分算一分，于是他对着服务员走了过去，然后伸出了手：“请把刚才结余的零钱找还给我，谢谢！”

服务员一脸纠结地望着他，什么嘛，叫的时候不要，不叫的时候却跑来问，早知道这次看到他也追着问哦。想归想，还是心不甘情不愿的从衣服兜里掏出刚才要找还的零钱。

“干嘛这个表情，我也很穷的好不好，你至少还有一份工作嘛，明天我就失业了，到时候是不是你养我？”拿到钱的崔允择居然对着人家服务员一阵稀里哗啦地大吐苦水，然后在服务员一脸错愕的表情中，很是可怜地看着手中的零钱，满脸颓废地向刑场走去。

袁乐儿一推开蔡锐麒办公室的大门，就急忙对着坐在太师椅上的人影说道：“我回来了！”然后放下手中这一亿的负担，很是疲累地坐在了沙发上。

“额……回来啦，回来就好！”蔡锐麒的语气似乎有点不对。袁乐儿抬头看去，才发现房间里还有一个人，此时这人还冷冷地看着她。裴承勋！？他，他怎么会在这里？因为这个事情从头到尾他们都一直瞒着他，所以裴承勋的出现让袁乐儿有点傻眼，不知道该如何面对。

“看来你很累，去哪里了？”裴承勋已经拿出手机对着袁乐儿。

面对裴承勋的问题，袁乐儿急忙望向蔡锐麒，想知道到底要怎么回答。而蔡锐麒撇着嘴暗淡地摇了摇头。看着蔡锐麒的反应，袁乐儿知道裴承勋已经都知道了，不用瞒了，也瞒不住了。于是掏出手机，刷刷地打了几个字，然后拿给裴承勋。

“明知故问！”四个字简单明了地映入裴承勋的眼帘。

“你以为你是谁？蜘蛛侠还是绿巨人？难道为了钱，你连命都不要了吗？这么危险的事情一个女孩子独自跑去，你到底有没有脑子？”裴承勋的毒舌又启动了，最近他似乎很容易毒舌，而毒舌的原因都是因为面前这个女人，她为什么总做一些让人很气的事情呢？

这家伙真的！！真的没法好好交谈！看着裴承勋打出的字，袁乐儿本就疲累不行的身体，此时连心都累了！什么叫作为了钱，她收了一分钱吗？一心一意为了他解决此次的危机，他居然没一句好话不说，还处处讽刺刁难。她吃错药了，做这么犯贱的事！

“你够了哦！我什么都不是行了吧，你爱怎样就怎样，我不管了可以了吧！我告诉你裴承勋，这个照片里也有我，如今是你把我拖下了水，不是我对不起你，别整天给我脸色看，还没一句好话！现在，你自己搞定你的麻烦，我的照片我自己去处理，再见！不，再也不见！”袁乐儿打完所有字就高高地举起，确定裴承勋看完后，就抓起背包转身向门外走去，这次打死她也不会再心软去管别人的闲事了。

一直看着两人用奇特方式交谈的蔡锐麒，不知道他们发生什么了，但从袁乐儿的神情和举动来看，肯定是吵架了。第一次看着无声的吵架也可以这么激烈，他很是讶异啊。不过，目前是该吵架的时候吗？蔡锐麒急忙唤住了袁乐儿。

“乐儿小姐，请留步！”

听到蔡锐麒的话，袁乐儿这才想起居然忘了这里还有别人，基于礼貌人家也是长辈，自己连招呼都不打就这样离开似乎不太好。于是，她停下了脚步，转过身去客气地对蔡锐麒说道：“不好意思，这件事情我已经帮不了什么了，今天该做的我都做了，但对方没出现我也没办法，以后的事情你们自行处理吧，我只想安静地过一个平凡人的生活，打扰了，再见！”袁乐儿根本不管蔡锐麒接下来要说什么，她主意已定，再次转身向外走去。

“你站住！”谁都没想到，裴承勋此时居然开口了，不但开口甚至还冲过去伸出了手，抓住了刚打开门的袁乐儿，在他的拉扯下，两人刚好站到了门的后面。在双方还没开口时，此时门口另一个人却开口了。

“对……对不起，社长。我跟丢了，对不起！”原来，是可怜的崔允择回来受死了，不过他出现的时机还真是……让人很纠结啊。因为他的话让蔡锐麒的脸一阵发白。

听到此话的袁乐儿转了转灵敏的眼珠，然后转头看向蔡锐麒，对上了此时他很是尴尬闪躲的眼神。随即从门后探出头去，看似很温柔地微笑着：“对不起啊，下次我迁就你，走慢点！”

哇！什么情况??崔允择看着突然出现的袁乐儿的脸，吓得就差没一屁股坐在地上了。怎么会这样？袁乐儿怎么会在这里?!那自己刚才的话不是……完了，这次不死也脱层皮了!!崔允择撇着颤抖的唇，一副欲哭无泪的表情看着袁乐儿。

“我有话和你说，跟我出来！”裴承勋才不理如今什么情况，依然一手拉着袁乐儿，一手打着字。

“干嘛？你还没骂够吗？我和你没话好说！”袁乐儿也快速地回着话，然后用手去掰开裴承勋的手。就在两人又要开始一触即发的争论时，蔡锐麒却忽然大叫他们快过去看新收到的邮件。

一听是邮件，所有人都瞬间紧张起来，连袁乐儿也忘了自己刚才才说的什么都不管的话，快速地向蔡锐麒的电脑桌跑去。

此封邮件的地址依然是勒索那个人，只是邮件的语言很是奇怪，居然是中韩两种形式！而内容也不得不让所有人震惊：对于上次鲁莽的行为，我很是抱歉。那天其实是不经意中的抓拍，没想到会拍到意料之外的画面，忽然财迷心窍的我原想因此赚点意外之财。但在昨晚细想以后，觉得很是不心安，所以今天我没来交易，而所有的照片我已都删除完毕，请你们放心。这封邮件将是我们最后的联系，以后不会再打扰，再见！

所有人在看完邮件后都面面相觑，不知该如何反应。这个完全是天上掉馅饼的消息，却让人觉得那么的不真实。明明就可以拿到一亿的人，为什么就这么莫名其妙地放弃了？而最让人奇怪的是，邮件里的中文是什么意思?!所有人都不自觉地看向这里唯一的中国人，袁乐儿。

而袁乐儿的脑海中闪过了今天山坡上的望远镜和留在空气中的香奈儿5号，不知为何她总觉得这个事情和那个神秘的女人有关，但这中间却又无法让所有画面联系起来，她实在想不出有谁会在这样一个陌生的国度，在自己才到几天的这么极短的时间里，了解自己的底细，还为此放弃了此次交易！到底是敌还是友？她完全无从得知！还在深思中的她却被几道齐刷刷的目光吓了一跳："干嘛这样看着我？我什么都不知道好不好？"袁乐儿很是无辜的用英文说道。

虽然大家都满腹疑惑，但看着袁乐儿一脸呆萌傻愣的表情，似乎的确也是毫不知情。不过不管怎样，至少照片的问题解决了，目前只剩下澄清绯闻了。目前两个当事人都在现场，那还犹豫什么，马上开会解决。就这样袁乐儿又傻傻地加入讨论中，她的健忘症还不是一般的快啊，完全忘了前几分钟还坚决要离开，再也不管某人的闲事了。而一旁的裴承勋眼看着那么积极的她，不自觉地露出了会心的笑容。如果，她那天不为钱离开的话，那该有多好。

当裴承勋和袁乐儿到家时，已经是晚上10点了，这个会议时间很长，把所有的突发状况全都做了总结和梳理，然后在蔡锐麒的带领下，编造了一个感人肺腑的故事以此结束，也确定了明日就发道歉函和澄清所有事件的时间。虽然，裴承勋很是不乐意这样的欺瞒，但他也很清楚，有时候善意的谎言才会比较圆满。因为此次事件要用到他亲爱的妈妈，所以进屋以后，他就直接拿起了电话与妈妈通话。而袁乐儿则开始收拾顺道回来时买的生活补给品，比如，牙刷、毛巾……

在两人都整理完毕时，都很是自然地走到客厅看起了电视。不过因为办公室的小插曲，此时两人的气氛很是诡异，似乎有很多话说，却又不知道说什么，于是，都托着下巴眼都不眨地瞪着电视机。在没几分钟后，袁乐儿累了！因为她根本听不懂电视里的内容，于是站起身准备进房间拿睡衣洗澡。

"那个……我们谈谈吧！"而正欲离开的她，手却被头都没抬的裴承勋抓住了。

袁乐儿停住脚步想了想，既然对方都开口了，那就谈吧。毕竟照目前的情况来看，未来他们还需要相处一段时间，不可能在公告天下她是保姆后就突然不见了吧。既然如此，不如把话摊开来讲，到时候好聚好散也不会有什么遗憾了。于是，她转身走到沙发旁，轻缓地坐了下去。

"我一直以为那天晚餐饭后，我们会相处得很融洽，没想到第二天你连一句话都没有就扔下我离开了……我明白也理解你目前处境对于钱的需要，但我们即使不是亲人还是朋友吧，你那样的离开难道对我就没什么话说吗？"裴承勋不想绕圈子，把纠结了他几天的问题用手机对着袁乐儿打了出来。

一听到钱，袁乐儿刚平复的心又蹿起了火苗，她就拿了自己薪水而已，这样就罪不可赦了吗？不过看在裴承勋没有恶言恶语而是心平气和的情况下，她也调理了下心情，慢慢地打起了字。

“我知道不告而别是我不好，但那天情况特殊，我真的是为你着想才选择离开的。而且我不明白你口中一直说的钱是什么意思，我不过是拿了做你保姆期间的薪水而已，难道这样都不可以吗?”

看着袁乐儿的回答，裴承勋很是惊诧地望向她，怎么会是薪水呢？锐麒哥不是说对提出的数据很是满意吗？难道这之间还有什么是自己没弄清楚而误会的吗？看着裴承勋的反应，袁乐儿也很是疑惑，然后用韩语说道：“怎么，你不相信?”

“不是，只是很好奇那天到底发生了什么，你能告诉我吗?”裴承勋恢复了以往很是乖巧呆萌的表情，像好奇宝宝一般，用征询意见的眼睛一眨一眨地望着袁乐儿。

他回来了，那个爱撒娇又阳光温暖的他，终于回来了……袁乐儿看着此时的裴承勋，似乎有种感动到哭的触动，不明白，为何自己对这样的他居然有着这么大的期盼。袁乐儿低下头，抿着娇小红润的嘴唇，压抑着她此时有点小雀跃的心情，然后掏出了手机，把当天的事情一一地打给裴承勋看。

由于打字很慢而且每次都打好后，袁乐儿又要举起来拿给裴承勋看，看着她很是辛苦的模样，裴承勋干脆挪到了袁乐儿的身旁，靠着她的肩膀注视着手机。这样袁乐儿一边打的时候，他就可以一目了然，不需再把手机拿来拿去了。本是很贴心的小举动，却让袁乐儿的心跳莫名的狂跳不已，连打字的手都有了微微的颤动，她怎么了，而她的心又怎么了？袁乐儿侧过头看向裴承勋，而裴承勋则一脸可爱笑容地相对于她，甚至还调皮地眨了眨眼。袁乐儿慌忙猛然地转过头去，睁着一双难以置信的大眼，她发现自己居然很迷恋他这般撒娇的模样！她一定是疯了，绝对是疯了，而且疯得不轻……第二回合，很明显，袁乐儿完败！

第九章　雨过天晴

终于在心绪纷乱的情况下，袁乐儿为裴承勋解释清楚了当天发生的所有事情，然后装作要喝水，急忙站起身逃离开裴承勋的身旁。而拿水过来的她却看见裴承勋一眼深邃地望着她，那个眼神里包含了很多东西，有感动、难过、抱歉和心痛。

“对不起，姐姐！是我错怪你了，对不起，真的对不起!”裴承勋连续说了三个对不起，可此时他很清楚，即使说100次对不起都不能原谅他这几天对袁乐儿恶言相向的伤害。他很懊恼，为什么自己那么笨，看事情只看表面，为什么不试着相信她到底。她不但没遗弃自己，相反处处为自己着想为他打算，而自己……居然这么幼稚不堪!

看着裴承勋后悔到死的表情，和一脸愧疚难过的模样，袁乐儿这几天所有的埋怨都灰飞烟灭，消失得无影无踪了。不只如此，她还很是庆幸自己还好没离开，差点就因为莫须有的误会，就再也见不到这个阳光可爱的男孩了。自此，袁乐儿暗暗地下了决心，只要待在他身边一天，她就绝不会让任何人再伤害他，她实在无法见到他受伤和委屈的模样，那样的他太让人心碎和心疼了。

“好，我接受你的道歉，不过你要答应我，以后无论别人说什么或者未来发生了什么，你都要相信我，无条件地相信我，好吗?”袁乐儿把手中的水递给了裴承勋，同时也把打下自己期望的手机端着给他看。

裴承勋很是真切地对着她含着泪点了点头，是的，无条件地相信。即使未来会发生颠覆所有的境况，只要她说的他就信！这样的绝对信任对于裴承勋来说，完全是不可思议的，因为除了家人，他连申伊敏都没彻底信任过，毕竟他很清楚申伊敏也从未全然地相信过他，有时他甚至觉得这段恋情很是浮夸，没有真实感。申伊敏就像一个高高在上的女神，让他常常有种触及不到的错觉，这样的差距他尝试用自身的努力去拉近去缩短，可越近却发现越遥远。而相反，和接触不到几天的袁乐儿他却很是心安，就像亲人一般亲近和温暖。难道，恋人和亲人之间的区别就这样大吗?

“谢谢！我也答应你，无论以后有什么事情我都会告诉你，与你商量，不再独自决定了，好吗？这样的话，我们是不是又可以好好相处了呢?”袁乐儿也很是真诚地给予了裴承勋绝对信任的回复，然后伸出手想与裴承勋击掌承诺。

可泪点很低的裴承勋压抑着即将夺眶而出的泪水，直接站起身拉过袁乐儿的手，把她扯入自己怀中，眼泪顺着他俊美的脸颊而下，真好，又可以叫姐姐了；真好，又不是一个人了；真好，能触摸到的体温！

早已习惯裴承勋一激动就不说话喜欢拥抱别人的方式，袁乐儿也不再讶异他的举动，而是很轻松地把头靠在他的胸前，闭着眼闻着他身上自然的清香味。原来，想照顾一个人的心情是这样，这是袁乐儿从出生以来第一次有了想保护，想守候一个人的心，没想到感觉却是这样的满足和幸福。

冰释前嫌的两人，一个哭得稀里哗啦，一个却幸福地微笑着，很是和谐完美的画面让整个房间充满了温情。不过温情的时光被裴承勋的电话铃声果断的结束了，裴承勋可爱地吸了吸鼻子，不好意思地低着头，未免让袁乐儿看到自己很糗的模样，他慌乱地拿起手机看也没看就接了起来。

“承勋，我好想你！”电话那头传来了申伊敏似乎有点酒醉蒙眬的声音。

不知为何，裴承勋听到这个声音的同时，居然很是紧张地看向袁乐儿，然后对着袁乐儿点了点，指了指电话，就小声地说着话向自己房间走去。

“敏儿姐你喝酒了吗?”这句话虽然很小声，但在安静的夜晚和空旷的房间里，依然如数的传入了袁乐儿的耳中，那瞬间，袁乐儿像被什么击打一般，突然有种说不出的难受感。她呆呆地看着裴承勋进入房间后关上的房门，她在不舒服什么，人家女朋友打电话来，他是该紧张的啊，而自己也应该替他开心才对啊，毕竟他们两人的情况这么特殊，见面的日子又那么少。呆滞了很久的袁乐儿终于找到了一个让自己不舒服的理由，应该是讨厌这家伙的见色忘友吧，对，绝对是这样，一定是这样！有了理由的袁乐儿心情一下子豁然开朗起来，然后走向房间拿睡衣，进入洗手间洗漱！

第二天裴承勋的官方网站上出现了一封道歉帖，此帖由裴承勋亲自发放，内容如下：

对于当天的突然离开，让等待已久的粉丝和媒体伤了心，我很是难过和抱歉。本是私事但因为身为公众人物，需向大家做一个明确的交代，因此我决定公开那天的行程。并不是此前报道的与某女约会，某女其实是我的私人保姆，因为公司担心我一个人独自离开，所以让私人保姆跟随我一起，而被有心人士拍照制造了莫须有的绯闻，让我很是冤枉，所以在此做出澄清。

而那天之所以着急离开，是因为妈妈拿着亲自做的泡菜来首尔看我，却忘记了我搬新家的地址，而因为我又在飞机上无法联络，这么寒冷的天气在街边等了我整整三个多小时，让我很是心疼和难过，所以当时才做出了不得已的决定。虽然这并不是个很大的理由，但请大家理解为人子女爱护妈妈的心情！在此，我郑重地向那天在机场等我很久，却没见到我本人的所有媒体朋友和爱护我的粉丝们道歉，以后我会更加自律，注意自己所有的言行举止，不会再让大家失望和伤心，对不起！

裴承勋　2014. 3. 29

此帖一出，所有网站相继转发，新闻也一个接一个的转播。本来对裴承勋颇有怨言的民众此时全都被感动不已，韩国本就是一个很遵循礼仪道德的国家，一个担心母亲受冷的儿子，那份赤子之心拿什么去埋怨和讨厌？一瞬间各大论坛网页，裴承勋的名字又一次出现在了首页之上，大家都纷纷留言支持裴承勋的做法，还说在未来也不会更改喜欢他的初衷，有任何困难都会陪着他一起度过。

看着粉丝的留言和民众的支持度，蔡锐麒笑了！这次的绝地翻身看来很是成功，只要承勋这孩子不乱说话，好好地配合自己，未来前景简直不可限量。不过此时裴承勋的表情却没有期望中那么兴奋，而是很淡然冷静。他不喜欢谎言，更不喜欢欺骗，虽然这次的危机就这样度过了，但他心里很是耿耿于怀，从艺10年来，他都那么真实，从未欺骗过。而这次，因为不得已的苦衷，对着民众编了一个美丽的谎言，让他的心很是不舒服，总觉得自己很过分，甚至开始讨厌这样的自己。

在一旁的袁乐儿显然看出了他此时的心情，用手碰了碰他的手，然后用手机打了一串字："别太自责，你已经做得很好了！这次的意外也是你不想的，娱乐圈很是现实，好的就捧，不好就踩，你必须强大才能保护自己。对那些爱你支持你的粉丝，在未来好好回报她们就行了，即使有一天她们知道了真相，也会理解和支持的。对啦，恭喜你，又多了一个喜欢你的粉丝哦！"

看着袁乐儿的字，裴承勋不太明白她最后那句的意思，用充满疑惑的眼神望向袁乐儿，却见袁乐儿笑得很甜美地歪着头，然后用双手在头上画了一个心，嘴里还用口形说着"撒囊黑"！裴承勋心里的阴霾瞬间化为乌有，裂开性感的红唇，露出白白的牙，笑得很是开心又很腼腆。

嗯?? 这两人什么时候变这么好了？昨天还是一副想扇死对方的表情，今天居然就可以笑颜相对了？蔡锐麒瞪着一双小鱼眼很是诧异地看着此时很是和谐的两人。不过，不得不说这个袁乐儿的确很有办法，本来蔡锐麒还很是纠结怎样劝慰裴承勋那个太直太坦白的性格，明知道这次这样让他配合，他心里肯定不舒服很不开心，没想到袁乐儿居然三言两语就让他露出了笑容，这样看来，这个保姆的确很有作用，必须好好利用起来。

"好啦好啦，承勋的危机算是度过了，脸也恢复得不错，一切算是雨过天晴了！接下来就是最近因为你堆积的行程了，所以，承勋啊，你必须打起12万分的精神哦。"蔡锐麒果然是个精明的生意人，解决完艺人的问题，就开始催促开工了。毕竟每个行程都是钱，多一个就会多一份收益，他可不想过多地耽误下去。

裴承勋很是明白，他的好日子到头了，又要开始像牛一样的工作了。虽然很是心伤申伊敏那天对自己的做法，但心中却不得不感激因为她而可以暂时地过几天身心休憩的日子，到底有多久没这么舒服地宅在家里好好休息了，他早已记不清。每天的行程都排得密密麻麻，赶了又赶，有时候真心希望自己只是个普通人。如果不是为了演员这个梦想，或许他现在应该在哪个角落，开心地开着一个咖啡馆，惬意地过着自由自在的生活吧。

“是，我知道！允择哥已经告诉了我今天的行程，所以我才一大早来到了公司。既然这里没我什么事了，那我们就先走了。”裴承勋对着蔡锐麒礼貌地鞠了一躬，然后拉着袁乐儿走了出去。

楼下的保姆车早已等待已久，眼见裴承勋走来，司机为其拉开了车门，裴承勋躬身进入，袁乐儿也随即上了车。这是两人第一次离开家，真正开启工作合作的第一天，袁乐儿心里其实很紧张，毕竟从未接触过这些东西，她很是担忧接下来要面对的一切。因此上车后，她显得有点拘束和紧促，两只手一直紧紧地拽着，似乎放在哪里都不太对似的。

细心的裴承勋发现了袁乐儿不安的情绪，伸出手抓住了她紧张的小手：“别紧张，有我！”然后轻言细语地用韩语微笑着对袁乐儿说道，他相信简单的韩语，她绝对会懂。

其实，就算袁乐儿不懂，他贴心的举动也给予了她很大的鼓舞，不过她的确也听懂了，所以才会更加地触动。简单的几个字，却让她有了一种可以依靠的感觉，那种温馨实在让袁乐儿无法用言语来形容。

“今天是你们两个第一天开工哦，希望你们合作愉快。哦，对了乐儿，因为才对媒体发布过你的消息，相信很多人会对你很好奇，所以应该会有媒体过来查探打听，你表现自然点，不要害怕，因为你的确是承勋的保姆，知道吗？”此时崔允择也坐上了副驾驶，转头对着袁乐儿细心地叮嘱着。虽然这个女孩特别聪明，但毕竟没接触过娱乐圈，他还是很担心她的应对能力，所以不得不提前打预防针。

袁乐儿乖巧地点了点头，即使自己再紧张，但为了裴承勋，她也必须去努力做好，决不能有任何错误被人拿捏，让人说闲话来影响他的声誉。

车开得很快，不到20分钟就到了目的地。今天裴承勋第一个行程是为某品牌的提包拍摄宣传照片，所以他们一行人来到了首尔市区某间摄影棚里。裴承勋首当其冲地下了车，轻松快步走入了工作场地，紧跟其后的是袁乐儿和崔允择，而司机则去停车场停车。

摄影棚内一片忙碌景象，布景师、灯光师、摄影师等等都在调试自己当家吃饭的家伙，而服装师和化妆师早已等待在门口。裴承勋刚一进入，就像夏日清爽的微风般，带去一股清新舒服的凉意。大家都簇拥向前，礼貌热情的鞠躬问候着，而裴承勋也客气的回礼着，对着所有工作人员露出一个腼腆甜美的笑容。所有人都知道他最近的经历，所以在很是担心之余也对他身后的贴身保姆很是好奇，紧跟其后的袁乐儿也明显感觉到了其他人探索的目光。

没事的，好奇之心人人皆有，既然你们要看，就让你们看个够吧。袁乐儿自信地仰起头面带微笑地对着所有人点头打招呼。因为她不是韩国人，所以还没习惯用鞠躬来问候。裴承勋用余光观察着袁乐儿的反应，心里很是佩服她的适应力，刚才还那么拘谨害怕的她，如今却这么淡然处之，不得不说她的心理承受力的确很好。

"承勋，这几天过得好吗？我好担心你，确定已经没事了吧？"首先说话的是裴承勋的御用化妆师，这位有着不得不说的传奇经历。18 岁就进入时尚圈作为当时红极一时的顶级化妆师的助理，在经历 5 年的助手生涯后，开始为各大明星化妆。如今已 28 岁的她早已代替师傅成为韩国最为炙手可热的顶级化妆师。因为名气越大，请得动她的人也越少，可让人意外的是，有一天她却主动找到裴承勋的公司，要求只为其化妆。这个事情在当时成了最大的话题，所有人都很好奇她这个举动的原因，而她只酷酷的说了几个字："能为神的作品化妆，是我此生最大的荣幸！"这句话当时被广为传之，也让裴承勋从此进入了大众的眼里，受到了大家的关注。所以，裴承勋对于她有着亦师亦友的感情，因为对方又比她大，因此他常常会对着别人撒娇。

"姐姐，我好想你，几天不见你又变美了哦！"裴承勋这次依然是不例外的撒娇，还用双手托着人家美女化妆师的脸，一脸沉醉的表情盯着人家猛看。如果不了解他的人，或许会以为这小子沉溺在自己的石榴裙下了。可了解他的人却很清楚，这孩子就是那么可爱天真，喜欢就喜欢，热情地去表达，完全无视自己的举动会让别人有所误会。

美女化妆师用宠溺的眼神望着裴承勋，然后踮起脚尖，抬起手轻柔地刮了一下他坚挺的鼻子。"你的嘴永远那么甜，别对姐姐太好，小心我爱上你！"听到她的话裴承勋似乎不但不忌讳，还爽朗地大笑起来，甚至还搂住美女姐姐的肩膀，把头偏过去靠着人家的脸。

袁乐儿在一旁看着他与其他同仁的互动，感觉画面好温馨，这根本不像蔡锐麒口中所说的什么内向、怕生、不善与人交际嘛，完全很和谐很融入啊。

裴承勋感觉到了袁乐儿很是讶异的目光，然后对着她招了招手，袁乐儿没想到裴承勋会叫她，急忙呆呆地走过去。而裴承勋对着美女姐姐相视一笑，向袁乐儿用韩语介绍道："这是我的化妆师，Mina 姐。"然后又转头对着 Mina 说道："这是锐麒哥给我新找的保姆，袁乐儿。她来自中国，别看她模样娇小，你还要叫姐姐了。"在裴承勋调皮地介绍下，Mina"哦"的一声很是惊讶地望着袁乐儿。

"你好，我是袁乐儿，初来乍到什么都不懂，以后还请多多关照！"袁乐儿一口流利的英语向 Mina 礼貌的问候着。

没想到对方居然用英语交谈的 Mina 转头茫然地看向裴承勋，结果裴承勋无谓地耸了耸肩："我说了，她来自中国，所以只会简单的基本韩语，目前只能用英语交流。"不过他却对上了 Mina 更加诧异的眼神，撇了撇嘴一脸委屈的他又说道："你那什么眼神嘛，是是是，我是不会英文，但我很聪明啊，你放心，我们完全交流无障碍，行了吧!”

看着裴承勋很是不满的表情，Mina“噗”的一下笑出声来，随即对着袁乐儿伸出了手：“你好，我是Mina，承勋的御用化妆师。刚才让你见笑了，没办法，他就是一个爱黏人的大男孩。因为我们一起合作很多年了，所以就像姐弟一样亲，大家都早已习惯了他热情的方式，以后你也会慢慢习惯的。希望你能快点融入我们这个大家庭，欢迎你的到来!”毕竟在娱乐圈多年，Mina很是自来熟，对袁乐儿非常亲和热情，这让很是紧张的袁乐儿稍微有了一丝缓和。于是，她也伸出手对着Mina温柔一笑，乖巧地点着头。

接着裴承勋引着袁乐儿向平时在自己周围的工作人员一一认识介绍，造型师Tian Na，助理闽有海，安保朴奎键等。因为其他工作人员基本都不太会英文，所以大家都只能相互礼貌地点点头，算是认识了。而裴承勋因为时间很赶，也不能浪费过多的时间，所以很快地跟着Mina与Tian Na进入了化妆间。半个小时后，再次出现在袁乐儿面前的裴承勋再一次刷新了袁乐儿的视觉官!

平时休闲自然斜搭的短发，此时随着发胶的塑形看似散乱却又有型的张扬着，眉宇间浅墨色的妆影使他坚挺的鼻梁更加凸显，而眼线的点缀勾勒让本就很是魅惑的双眼如今更犹如妖孽般的迷幻，即使淡淡一撇，即可有颠倒众生的魅力。

一件高腰闪亮的格子夹克搭配着九分的西式休闲裤，让他更加挺拔潇洒，手上随意装饰的戒指手链不但彰显了时代的潮流感，还体现出很是前卫的张狂感!总体来说，他就似一个完美的作品，无暇且又精辟!这样的他，袁乐儿还是第一次见到，忽然她脑海中闪过了第一天在裴承勋房间里看到的那幅画，原来那不是梦，这是真实存在的，而这个人却是平时和她打打闹闹像孩子一般的裴承勋?!袁乐儿哑然了，惊诧了，也混乱了!

裴承勋开始进入了拍摄中，根据摄影师的要求可静可动地摆放着无数个动作，每个画面的拍摄至少10~20张，随着摄影师的指导，紧锣密鼓地进行着，而裴承勋似乎毫无倦态，举手投足间都体现出了他的敬业和专业。这就是工作中的他吗？眼神不再清澈如水，而透析着无比的专注与认真。温暖阳光的笑容不再，有的只是画面需要的冷然高傲。

袁乐儿就这样像欣赏一幅画一般，静静地待在角落悄悄地看着他。看着他如何发光发亮，如何诠释何为目空一切舍我其谁的气势。直到造型师Tian Na拿着一张明细表向她走来，才拉回了她越飘越远的思绪。

Tian Na对着袁乐儿示好的点了点头，然后把手中的一份清单递给了她。清单上全是密密麻麻的韩语，不过好在崔允择很是细心地在旁边全都注明了英文。原来这是一份裴承勋接下来几个场所需要的服饰，因为有多家赞助商赞助，需要服装师去每个地点借取。本来这些事通常都是裴承勋的助理闽有海处理，但因为袁乐儿完全没涉及过这行，太过陌生，所以崔允择希望她能过早地接触、学习和认识，在未来才不会无法应对。

袁乐儿很是明白和理解崔允择的用心，非常认真地看了看清单的物种和品牌店的具体位置，然后收拾好东西对着 Tian Na 说了声谢谢，转头再看了一眼还在认真拍摄的裴承勋，接着就快步走出了摄影棚。

因为赞助商基本都为奢侈品，所以都集中在江南区鸭鸥亭、清潭洞一带，因此袁乐儿还算比较好找。从计程车下来后的她，决定以离她目前位置最近的 Patek Philippe 名表店找起。在经过一阵问询后，袁乐儿终于到达了 Patek Philippe 的店门前。她快步地走了进去，接待她的店员非常礼貌谦恭，贴心问询她的需求，而她拿出了名单和自己的工作证，告知店员自己是裴承勋身边的工作人员，来这里是取他下个行程所需要的物品。在明白她的意图后的店员微笑着请她稍等，随即进入了工作间拿出了一个盒子和一个表格，在袁乐儿签名后，名单上的第一个物品 Patek Philippe 的黑色男表已经搞定。看来这个也不难嘛，毕竟这些赞助商都与 Nova 公司合作了不短的时间，所以过程很是简单。在有了第一次的经验之后，袁乐儿以下的行程变得更是如鱼得水了。不到一个小时名单上的物品基本搞定了七七八八，最后就还剩一个 Louis Vuitton 的包了。于是提着大包小包的袁乐儿信心满满地向目的地走去。

终于在街尾看到了 Louis Vuitton 的专卖店的袁乐儿，急忙屁颠屁颠地跑了过去，因为没手只能用屁股推开 Louis Vuitton 的玻璃大门。进去以后，她先是把手中的东西堆放在大厅的沙发上，然后开始抬头打量 Louis Vuitton 店里的摆设。就在她还在东张西望时，一个身着黑色职业套装的女生向她走来。

“您好……请问，有什么可以帮到你的吗?”店员对着袁乐儿咧开嘴角露出一个比较勉强的微笑，然后用还算比较客气的韩语问道。在这些地方工作的人员可都是眼尖的角色，哪些人是消费群体，哪些人是看客她们都很清楚。而袁乐儿这一身路边摊货的休闲服，外加一堆杂七杂八的东西，在她们眼中属于第三种，即是连看客都不是的土包子，不是进来吹暖气的就是来看稀奇瞧古怪的。

“不好意思啊，我累死了，先休息一下。”袁乐儿一边坐着喘气一边用英语礼貌地向店员说着。

店员撇了撇嘴，她果然没看错，居然还说英语，不知道是哪个国家的土包子。既然不是自己的消费群体，她当然也不会再予理会，藐视地看了一眼袁乐儿就转身向柜台走去。

此时的袁乐儿掏出了明细单据，再一次认真地核对所有物品，确定最后一项的确是 Louis Vuitton 后，彻底地松了一口气。随即站起身，正准备向店员出示自己的工作证，不过一件东西却吸引了她的目光，她一步一步向她的目光点走去。那是一个浅蓝色的 Sunburst GM 大号包袋，放在店内很是瞩目的位置。袁乐儿专注的眼神看似很是喜爱，这个包似乎牵引了她某些回忆，让她有些感触，于是情不自禁地伸手抚摸着。

不过她的举动却让那个刚走入柜台的店员很是气愤，明明就是来吹暖气的土包子，居然还敢对店内的限量级奢侈品下手，要是摸坏了，把她卖了也赔不起。于是店员急忙走出柜台，语气不再似刚才般那么友好，而是尖酸地用英文向袁乐儿说道："这位客人，您知道您面前的东西值多少钱吗？如果摸坏了，您赔得起吗？"

本还在回忆中思绪万千的袁乐儿被店员的话拉回了现实，她很是讶异名品店员工的口气，为什么会对客人这么刻薄让人难堪？不过瞬间她就明白过来，这是个不但看脸还看钱的世界，自己今天因为第一天开工，担心会有很多跑腿的工作，所以随便穿了一身简单清爽的休闲服，而目前又因为赶时间跑得披头散发不说，还像土鳖一样拿着一堆乱七八糟的东西，的确不像一个逛得起奢侈品店的人……不过即使如此，进来则是客嘛，她这样做好吗？

"小姐，我只是看看而已，没必要这样说话吧！"袁乐儿因为理解对方的立场，所以语气还是很友善。

"实话通常都不太好听，看来客人不太了解，你面前这个可是我们店内的限量款，不但比其他产品昂贵而且为数不多，就算我们这里的 VIP 顾客要购买，都是需要提前预订才可以的。不是我小看您，但您应该知道您绝对没有购买的能力吧。我是担心您的触碰导致了瑕疵，赔偿的费用会让您很是难堪！"店员似乎没有因为袁乐儿的客气而有所收敛，相反句句讽刺和羞辱，这让原本想息事宁人的袁乐儿不淡定了。

正想开口说话的她似乎发现了什么，用手再一次触摸了一下 Sunburst GM 大号包袋的里面，奇怪……怎么会这样？袁乐儿不可思议地思索着，但她这一举动更加刺激了站在一旁的店员，对方很是不客气地把她手拉开，然后自顾自地整理起 Sunburst GM 大号包袋，而语气也更加不好："客人您能有点自知之明吗？怎么越说您越摸啊，虽然我理解您对这些昂贵奢侈品的向往，但也不能因为您的欲望就随便碰触啊。如果真有损伤，您负得起责吗？"

"小姐，不要说我买得起还是买不起，至少这个假货 Sunburst GM 包弄坏，我还是赔得起的。"袁乐儿不再客气，很是淡漠的口吻，不过她的话却像平地一声惊雷般让店员彻底爆发了。

"喂！对你客气，你还真把自己当回事了！明明一个什么都不懂的土包子，居然敢说我们店内的限量款是假货?！你知道真货是什么样的吗？你知道这个牌子叫什么吗？又知道它的价格是多少吗？说你两句而已，你居然还对我们店抹黑，你给我出去，这里不欢迎你！"店员居然开始驱赶袁乐儿，很是不客气地把她的东西塞给她，直接拉开了门。

袁乐儿就这样抱着一堆东西，很是冷静地站在门口，然后冷冷地对这位极其势力的店员说道："这款是 Louis Vuitton 在 2010 年推出的 Sunburst GM 春夏限量款，价格在 4180 美元左右。当时还有鞋品、饰品及成衣系列都获得了一致好评，并且连续好几期荣登各大杂志的封面，被无数欧美明星纳入衣橱，成为他们拍摄杂志封面或是出门街拍的最爱私物。不过可惜，你们店里的这个却是假的。你现在是因为我看出了不妥而恼羞成怒赶客人出门吗?”

袁乐儿的话让店员像见鬼一般，瞪大了双眼，张着不可思议而合不拢的嘴。她……她到底什么来头啊!！完全不起眼的一个人，居然会知道得这么详细，可她最后那句是什么意思？为什么一口咬定她们店的包是假货了？虽然此时的店员不似刚才那般瞧不起袁乐儿，但为了维护店的声誉，依然用很是不客气的口吻向袁乐儿说道：“虽然不知道你去哪里打听的这些消息，不过看得出来你的确是做足了功课的，说得都没错。但不能因为如此，你就可以随意栽赃陷害说我们店卖假货啊！你知道这个专卖店在首尔有多少年了吗？我们所有的客户身份都极其尊贵，常年以来都很是捧场，难道她们会比你眼光差，看不出真货假货吗？还是请你不要再无理取闹了，快点离开吧!”

眼见对方如此蛮横，袁乐儿也来劲了，直接把抱着的东西放在沙发上，然后用了一个与她那身衣服极其不相配的优雅动作坐了下去。然后低头开始整理东西，完全无视店员此时气得变形的嘴脸。

“喂，你再不走我叫保全了?”店员下了最后通牒，准备用对讲机呼叫店外的保全人员。

“在当今社会，你这样的服务态度我很是为你们老板心寒啊，此店应该也存活不了多久了吧。你信不信我出去以后马上就大肆宣传，你们店卖假货的事实!”即使再理解对方的立场，但从未受过这样鸟气的袁乐儿，的确无法去原谅。

“你敢！就算你去说也没人信，谁会理一个无名小卒的话啊？出去!”店员也来气了，直接抱起袁乐儿还在整理的东西，拉开门扔了出去。不过让她没想到的是，东西却落入了一个男人的怀里，而这个男人不是别人，正是首尔地区总代理 Louis Vuitton 的社长金逸晨，这下完全吓坏的店员急忙低下头，慌张地道歉。

袁乐儿看着为裴承勋拿的赞助品就这样飞了出去，正想爆发，却看见了门口那个被扔得一脸莫名其妙的男人诧愕的表情，居然引发了她的笑点，抿着嘴忍住窃笑的她，直接从男人怀里接过了物品，然后礼貌地对着对方致谢地点了点头，随即对此时战战兢兢的店员说道：“没错，我是无名小卒，但我家老板相信你不会陌生，只要被他穿上身或者代言的产品，无不引领潮流风靡一时，相信他的话应该会有人听吧!”

店员很是讶异地瞪着袁乐儿，什么情况，她的老板？听她语气她的老板似乎不只是时尚界的领军人物，甚至还是顶级明星。

“哦，对了，来半天差点忘了正事，这是我的工作证，今天来这里是为裴承勋拿今天行程的赞助品的，不过，既然你们连限量品都是假货，我很是担心用你们产品的承勋会受到波及，所以，你不用赶我自己也会离开，回去以后我会把今天所见的一切如数地告知他，相信他会明白的，再见！”袁乐儿不管店员错愕惊诧的神情，不依不饶地继续陈述着一个接一个的地雷，然后转身向门外走去。

裴承勋??!! 天啦，她刚才到底在干嘛……居然对着裴承勋的工作人员又骂又轰的，要是裴承勋不用她们的赞助品了，她不只饭碗不保，这行也应该无她立足之地了吧。而且，最倒霉的是，这一幕居然刚好被社长看到，她今天是彻底玩完了、死定了，或许应该会尸骨不存了吧……

就在袁乐儿与在门口那个男人擦肩而过时，对方却很是礼貌地唤住了她：“小姐，请留步！虽然不知道我们店员和您刚才发生了什么不愉快，但我很有诚意地为她向您道歉，也很想弄明白你口里的假货是怎么回事？可以耽误您一点宝贵的时间吗?”男人的声音有点低沉但不失为动听，语气谦卑礼让，让离去的袁乐儿不得不停下了脚步。

回头的她这才认真地看清面前的男人，身高不亚于裴承勋，有着健硕的身躯和模特的长腿，浅灰色的阿玛尼西装穿在他身上，比很多欧洲男模还俊朗帅气。而很有男子气概的国字脸上，一双很有深度的双眼此时正诚恳地看着她。这个男人气度不凡，看来应该是这个店的店长吧，虽然袁乐儿此时很赶时间，但当对视着这个男人很是诚恳而又散发着魅力的双眼时，他让她有着不可抗拒的魔力，让她无法说不。

就这样袁乐儿随着金逸晨又走回了 Louis Vuitton 内，甚至进入了写着店长室的房间里。这下袁乐儿深信不疑此男的身份，果然店长就是不同啊，不似某些狗眼看人低的人。

“请喝茶!”金逸晨亲手为袁乐儿沏了一杯茶，然后非常礼貌地用双手递给她。这样礼让的他让袁乐儿很不好意思，急忙也用双手接过，也因为这样他们有了短暂的肌肤接触，袁乐儿发现这男人的皮肤也很好，手没有男人般粗糙的触觉，相反还很嫩滑，看来和裴承勋一样，是个及其爱惜自己的主。

“谢谢，您太客气了。不过我真的很赶时间，可能喝不完这杯茶了。您有什么疑问就问吧，我会如实告知的。”袁乐儿虽然接过了茶，但她并没有要喝的意思，直接把茶放在了茶几上，不只是时间太赶，而是她的习惯，不喝也不会吃陌生人递来的东西。

对方似乎完全不在意袁乐儿的排外举动，依然很是客气地说道：“对不起，耽误您宝贵的时间了，我想知道您刚才说我们店卖假货到底是怎么回事，毕竟这个关系着整个店的声誉，我实在无法不重视，还请您理解。”金逸晨露出一个温和的微笑，然后对着袁乐儿做了一个请坐的动作。

袁乐儿很是理解地点了点头，随即大大咧咧地一屁股坐在沙发上，完全没有淑女风范。其实对于她时而淑女时而奔放的举动，裴承勋他们早已习惯，早就搞不清她到底是个怎样的女孩，但对于对她很是陌生的金逸晨来说，却投射出很是欣赏的目光，他觉得这个女孩不做作很自然，决不会是一个信口开河的人，她那样说肯定有她的原因。于是也转身走向办公椅坐下，准备认真聆听袁乐儿的话。

“虽然我不明白您为什么那么相信我的话，不过既然您要听，我自然不会吝啬。刚才在我触摸你们那款 Sunburst GM 大号包袋时，外观的确无可挑剔，完全和正版相似度接近，但里面的材质却不对，与往常的 Sunburst GM 系列出入很大，不但面料粗糙而且很硬，似乎更像外面制造的 A 货。所以，我很确定你们摆放在陈列台上的产品不是正品。不过，可能我这身行头没有说服力，不但被你们店员驱赶，还受到了极其侮辱的对待。好在，我的东西被您接住了，不然有什么损坏的话，我回去还不知道怎么向承勋交代了。”袁乐儿看似很礼貌的陈诉，可明耳人一听就会明白，她基本句句讽刺外加威胁，因为动裴承勋的东西，就是不把裴承勋放在眼里，这个结果不是每个人都能承担的。

“谢谢您的告知，不过请原谅我的好奇，可以问下您在裴承勋先生身边是做什么的吗？他的造型师，还是服装师？”金逸晨虽然不像店员那样以貌取人，但对高端奢侈品这么熟悉的人，绝对在时尚圈有所知名度的，但这个女孩他的确没有任何印象，不得不提出他的质疑。

“嗯……我是他的贴身保姆！”袁乐儿对着金逸晨尴尬地傻笑着。该死的贴身保姆，这样的身份就算刚才那些话多有说服力，人家也会七七八八折扣完毕吧，谁会相信一个保姆懂奢侈品啊，早知道他要问这句话，她才不会留下来讲这一堆有的没有的，丢脸死了!!

不过她完全低估了金逸晨的眼力见儿，能这么年轻就做 Louis Vuitton 在首尔地区总代理的社长，不只是家境显赫而已，没有绩优的学识和洞悉一切的眼光，是根本无法胜任的。此时袁乐儿尴尬的微表情被金逸晨尽收眼底，他不但不觉得此女孩真诚坦率，而且还很有胆识！而她看似很普通随意的休闲服，其实并不似店员眼中的地摊货，而是 Ralph Lauren 全球限量 100 套的运动服饰，因为 Ralph Lauren 基本以时装为主，这款运动服基本没流入市面就被上流社会的名媛争相预定，所以外界很多人都不知道！而能穿戴此物的人不只是富贵显赫，还具有绝对的社会地位才行。所以，在门口观望的他才会那么礼貌客气地请她入内详谈。这不能说明他的现实，而是对方的实力的确不容他小觑。只是没想到，这样的一个她居然只是在裴承勋身前做一个地位低廉的小保姆。

见对方不说话，袁乐儿知道糗大了，肯定在想着如何来反驳她的话，甚至又要把她扫地出门吧。算了，今天流年不利，算自己倒霉，没事说什么假货嘛，人家卖人家的，关她什么事！要不是那个势力的店员刺激自己，她也不会拿这个来说事，弄得自己现在里外不是人。既然不相信，她也懒得再浪费时间，裴承勋可能都要拍摄完毕了，她还要快速回去汇合。想到这里，袁乐儿也不管礼貌不礼貌了，直接站起身对着金逸晨说：“不好意思，我赶时间先走了，我说的那些话你大可不必在意，毕竟这些奢侈品像我这样的小人物顶多就是见过而已，也没那么熟悉啦，或许弄错也说不定，你完全不必放在心上，告辞，再见！”当袁乐儿刚拉开房门正欲离开时，对方却说话了，而且还说了一句完全出乎她意料之外的话。

“我相信您的眼光，这件事我会去彻查的。知道您赶时间，请让我为刚才店员对您的不礼貌做出补偿，送您回去！”金逸晨根本没给袁乐儿拒绝的机会，直接拿起她那些杂七杂八的东西，就向门外走去。

喂！那个谁，什么情况？喂！！她还没同意了！可人家和裴承勋一样，大长腿的节奏，已经就要走出店门外了，容不得袁乐儿在那里思前想后，只能跑着小碎步跟了过去。而在就要出门时，她听见那个男人听似很动听却很残忍的话：“明天我不想再在这里看到你。”刚才那个气焰很是嚣张的店员此时完全挫败的苦瓜脸，甚至连袁乐儿的脸都不敢看，弓着腰送他们出门去。哎……早知如此何必当初了，袁乐儿的同情心又开始泛滥了，似乎觉得这个男人太狠了点，完全不听人家小妹的话就直接把人 Fire away 了，完全没人情味。这个大小姐似乎完全忘了人家是在帮她出气，居然在心里暗暗地指责别人。

在经过差不多三个小时的紧张拍摄后，拍摄也进入尾声了，裴承勋活动了一下由于配合拍摄而不能随意动弹而僵硬的身体，对着助理做了一个喝水的动作。在一旁随时恭候召唤的闽有海急忙拿着矿泉水递了过去。一边喝水一边用眼睛扫视着周遭一切的裴承勋皱起了剑眉，怎么没见到袁乐儿的身影，她跑去哪里了？

“乐儿姐呢？怎么没看见她？”裴承勋终于忍不住向闽有海问询着。

“哦，她去为您拿下面行程所需要的服饰了。允择哥说为了让她快点进入状态，先让她去熟悉下平时您工作中的进程，也可以让各大赞助商认个脸，免得以后工作起来不便。”闽有海乖巧地回答着裴承勋。

不是吧……才第一天而已，允择哥要不要这么着急啊。袁乐儿对首尔根本不熟悉，而且还语言不通，要是迷路了怎么办？裴承勋越想越不妥，急忙对着还在和摄影师讨论照片的崔允择招了招手。看见他召唤的崔允择对着摄影师点了点头，然后快步向裴承勋走去。

“拍得不错哦，效果很棒！”还以为裴承勋是问询效果的崔允择，人还没到跟前，就笑容满脸地向裴承勋说着。

“允择哥，乐儿姐走多久了，你还是打个电话问下她目前在哪里了，我担心她会迷路！”哪里知道一向很关心效果的裴承勋今天开口的第一句话居然不是问询结果，而是找人。崔允择呆滞了一秒后，急忙掏出了电话，承勋的担忧也是没错，毕竟人家完全不熟悉首尔，要是人真的走丢了，他可是赔不起的。

“喂，乐儿……你现在在哪里了？东西都拿齐了吗？”电话一接通，崔允择就急忙开口问着。而一旁的裴承勋则把头向崔允择的手机边靠过去，想听听袁乐儿说什么。

“我就要到了，可能还有 10 分钟，东西基本拿齐了，除了一样因为有点小状况，没拿到，这个回来再给您说，你们拍摄完了吗？”袁乐儿说到小状况时偷偷瞄了一眼正在开车的金逸晨，然后急忙转换话题问崔允择那边的拍摄情况。

袁乐儿的小举动没有逃过金逸晨的余光，他嘴角微翘，露出一个阳光的笑容。看来她很是善良，不想刚才的状况让他难堪，只用了一句小状况来概述，给他留足了面子，也给他和裴承勋之间的合作留有了余地。这个神秘的女孩，让金逸晨不得不对她越来越感兴趣！

“恩，差不多完了，承勋现在要去换衣服准备离开了，等你回来刚好差不多一起，那我们等下见哦。”崔允择得到了袁乐儿确定的信息，算是小小地松了一口气。刚拿下电话的他却差点与裴承勋脸贴脸的撞在一起，很是奇怪的他瞪着眼睛望着裴承勋，意思是你在干嘛？

额……尴尬的裴承勋故作端庄地摸了一下自己的头发，装作什么都没发生似的向化妆间走去。笨蛋，白痴！听什么听啊？一堆英文摆明听不懂嘛，不知道自己在那里积极什么。

“喂，你走那么快干嘛，你不是问乐儿到哪里了吗？我还没说了！”崔允择不明就里地对着裴承勋急速离开的背影喊道。可是裴承勋像没听到似的，向化妆间飞一般地跑去。留下一脸错愕的崔允择在那里傻愣着。

金逸晨的车速很快，不到10分钟就到了摄影棚的位置。很是着急的袁乐儿对他说了声谢谢，就急忙跳下车打开后备厢搬东西。绅士的金逸晨怎么会眼见她娇小的身影拿那么多繁重的东西，自然地把她推开，自己从后备厢里一样一样地拿出大包小包的物品。袁乐儿觉得很是过意不去别人这样的帮忙，急忙伸手去帮忙，想说分担一点。不过金逸晨根本不让，把手向后一缩，避开了袁乐儿的帮助。可就在此时，一辆车速极快的车向他们两人驶来，金逸晨本能地用双手护住袁乐儿，因为手里有东西，只能用手臂把袁乐儿揽入怀中，自己则背向街边。还好，那辆车只是与之擦身而过，不过袁乐儿和金逸晨此时的姿势却很是奇怪。因为金逸晨太过用力，袁乐儿被他推到了金逸晨的车门旁，身体自然地向后倾倒，而又因为在金逸晨的怀中，在远处看过来就似两人很亲热般的极其暧昧……

而换好衣服从摄影棚出来的裴承勋就正好看到这一幕。他微微地蹙起眉，手不自觉地捏起了拳头，心里似五味杂瓶般的难受。这样的感觉他还是第一次，就连看到申伊敏和别人拍摄的吻戏，他都没这么不舒服过。急不可耐的他很是快速地走了过去，然后用力地拉开了正纠缠在一起的两人。

只是他没想到这个男人居然是 Louis Vuitton 首尔地区总代理的社长，他对金逸晨不陌生，毕竟因为赞助关系他们接触过多次，可……他怎么会跟袁乐儿牵扯在一起了？不过此时他没空去细想原因，因为他很气，莫名的心情不好，于是转过身非常大声地向袁乐儿训斥着：“你在干嘛？现在是很闲吗？不知道我们都在等你吗？”

被吼得一愣一愣的袁乐儿还没明白过来怎么回事，但因为看见了裴承勋，她就像见到亲人一般很是开心，急忙拉着他的手，愉悦地笑着。还从金逸晨手里拿过她今天努力的成果为之炫耀着，就像一个做了一件大事需要受到表扬的孩子般，撒娇地讨好着。

看到她的反应，裴承勋知道她完全没听明白刚才自己说什么，不过很是庆幸她没听懂，不然他又怎么会见到她如此可爱天真的一面了。随即，裴承勋对着袁乐儿竖起了大拇指，这是他们之间的暗号表示他的赞同和认可。得到裴承勋表扬的袁乐儿心情大好，对着裴承勋吐了吐俏皮的小舌头。两人的互动很是自然亲密，完全忽视了还在一旁的金逸晨。

“嗨，承勋！好久不见！”既然人家没看到，那就让他看到。金逸晨首先向裴承勋打起了招呼。因为两人同年却都是身居要职的人物，所以金逸晨没有用敬语，而是很自然的语气。

本因为不满金逸晨举动的裴承勋想装作无视对方的，但此时却不得不面对了。于是，裴承勋友好地伸出了手：“对啊，好久不见。”两个男人握住了对方的手，不再说话的双方就这样用眼神对视着，似乎都想把对方看穿一般，而手中的劲力也没放松，紧紧地握着彼此。

一旁的袁乐儿此时正怔怔地看着裴承勋，他卸妆了，又换上了简单舒服的休闲服，因为头发来不及洗，他为此还带上了一顶可爱的帽子来遮挡。此时的他像一个阳光温暖的大男孩，朝气活泼！但如果去探索他深邃迷人的眼神，就会发现里面涌动着男人般的坚韧。这个在男孩与男人之间游离的家伙让袁乐儿想起了一句话：男孩以上，男人未满！

第十章　状况连连

1

就在两个男人无声的较量中，其他工作人员也陆续从摄影棚走了出来。眼尖的崔允择看到了金逸晨，他怎么会在这里？崔允择惊讶之余，急忙快步跑了过去，对着金逸晨鞠了一躬，然后礼貌地问候道："没想到在这里能遇到您，您是来看承勋拍摄的吗？"崔允择猜测金逸晨是来关心裴承勋佩戴他们赞助产品，一脸恭维地微笑着。

"不是，我是专门送她回来的。"金逸晨指了指还在那里发呆的袁乐儿，他目前还不知道对方的名字，所以只能这样说。

啊？？这又是唱的哪一出！袁乐儿不过是一个去拿赞助品的小保姆，居然能让金逸晨亲自送她回来，这个完全是崔允择想破脑袋也想不出的状况嘛。到底是怎样，袁乐儿有着怎样的魔力让一个又一个人对她另眼相看啊。崔允择张着微诧的嘴，转头看向还在神游太空的袁乐儿。

"没想到我的小保姆魅力不小，居然还能劳您大驾亲自送她回来，看来她应该给您增添了不少麻烦吧。"裴承勋开口说话了，不过他居然用了敬语，感觉就像把金逸晨当生疏的外人。

裴承勋醋味很浓的口吻，就像一个被人抢了糖果的孩子，很孩子气地在对抢夺的人宣示主权。金逸晨很有气度地微微一笑："没有啊，她不但没有添麻烦，还帮我了一个大忙，我对她不但感激还对她很有兴趣！"金逸晨不但不避开裴承勋的锋芒，甚至还单刀直入。

本还沉得住气得裴承勋此时目光犀利地望着金逸晨，眼中似深潭般的幽水波涛暗涌，他刚才是说对袁乐儿感兴趣吗？为什么这句话听在他耳里那么不舒服呢？裴承勋放开紧握着金逸晨的手，撇了撇嘴角，然后抬头对金逸晨说道："我的保姆就不劳您费心了，她的事情我自然会处理，您还是把您的兴趣留给别人吧。"

金逸晨知道裴承勋似乎有点气恼了，他依然淡然地笑了笑，对着裴承勋微微一点头："好啊，那麻烦你替我谢谢她今天帮我的大忙，我一定会找机会感谢她的。就不耽误你行程了，我先走了，再见！"金逸晨依旧风度翩翩，客气地向裴承勋告别，随即看了一眼在一旁眼中只有裴承勋的袁乐儿，然后与崔允择打了个招呼就快步离去。

望着金逸晨离去的背影，不知为何，裴承勋似乎感到将来会有风雨来袭的错觉。虽然他们之间从未有任何瓜葛，但这种不名的预感却很强烈。会因为什么呢？难道是她吗？裴承勋回头看向袁乐儿，却正好对上袁乐儿依旧很是欣赏地看自己的目光。

“你一直傻傻地看什么？”裴承勋掏出了手机，问袁乐儿。

“看你啊！今天的你真的让我耳目一新耶。拍摄中的你和生活中的你完全不同，不知道的人可能会以为根本就是两个长得相似的人。你好厉害哦，我真心超级崇拜的！”袁乐儿一反常态，花痴般对着裴承勋腼腆地笑着，不好意思地低着头，把手机高高举在裴承勋面前。

裴承勋看见袁乐儿打的字瞬间有点小嘚瑟，心情愉悦。看来她还是很有眼光嘛，知道他的魅力所在。于是，他拉着袁乐儿的手说道：“以后够你看的，现在快赶行程，走啦！”

哦哦……只听懂“走啦”两个字的袁乐儿屁颠屁颠地迈着小碎步，紧跟着裴承勋向保姆车走去。不管怎样，今天做的第一项工作她算是比较完美地完成了。哦，对啦！她还忘了说 Louis Vuitton 的包没拿到的事情了。于是进入保姆车后，袁乐儿急忙向裴承勋打字说道：“刚才因为发生了点小意外，我没拿到 Louis Vuitton 的包，要不你们先赶行程，我再去拿一次？”

“没拿到就没拿到啊，顶多手上少样东西而已。以后你还是别去了，这些事情交给闵有海吧。”一想到袁乐儿以后还会与金逸晨有所联系，裴承勋就直接断了她的后路，虽然金逸晨这个人是不错，可他就是不希望袁乐儿和他扯上任何关系，不明白自己为什么这样，但心里有个声音却促使他这样去做。

“哦，那好吧。”袁乐儿嘟了嘟嘴，小脸显得委屈。不明白刚刚还心情好好的他，为什么忽然变得满脸不爽。还以为裴承勋在不满自己的工作，所以心里有点小挫败，于是小声地回答着。

保姆车快速向下一个场地行进，而此时已经是下午一点了，袁乐儿的肚子开始闹饥荒，咕噜叫起来，这时她才想起，忙过头忘记吃午饭了。可裴承勋一行人似乎根本还没吃饭的意思，难道他们不饿吗？但，自己却不能饿啊！思前想后的她最终鼓起勇气碰了碰在玩手机的裴承勋，速度极快地打了几个字递了过去。

一行字映入裴承勋眼帘：“几点开饭啊，我好饿！”裴承勋抬手看了看表，都一点多了，难怪她会叫饿，但因为下个行程依旧是拍摄画报，为了效果他是不能吃任何东西的。而其他工作人员也因为赶时间常常都会忘记吃饭问题。裴承勋看了看嘟着小嘴一脸渴望的袁乐儿，伸手拍了拍坐在副驾驶的崔允择。

“允择哥，等下我进去就好，你们先去吃饭吧，不用跟着我。”他与崔允择的对话，袁乐儿听不懂，但她深信他在帮她解决肚子问题，于是小脸笑得贼贼的，没白疼他，还是知道关心姐姐的。

“那怎么行，我们不饿，你不用担心，等你拍摄完毕，我们一起吃大餐去，顺便帮乐儿接风，欢迎她今天的加入。”早已习惯三餐不继生活的崔允择完全无视裴承勋的提议，直接就否决了。况且，有哪个顶级明星自己拍摄，身边的人都去吃饭的？他可不想被蔡锐麒拍死。

眼见自己的提议被否决了，裴承勋也不好再说什么，他转头看着一脸期待的袁乐儿，然后想了想就开始埋头打字。

“允择哥说赶时间不能吃饭，这样吧，等下到了拍摄地点，你随便买点什么垫垫肚子，坚持下，这边只是补拍一些镜头而已，应该不会太久，好吗？”

看着裴承勋的字，袁乐儿似乎很为难，紧紧咬着嘴唇，不发一言。她此时的神情在裴承勋眼里就似在和什么决斗似的。

“怎么啦？很饿吗？还是说你有胃病不能饿？”裴承勋担心地继续问着。

袁乐儿松开了紧咬的红唇，然后露出一个比较淡定的笑容，低头打了几个字：“没有啦，我坚持下吧，应该问题不大。”她没有正面回答裴承勋的问题，只是说了不让裴承勋担心的话。

裴承勋半信半疑地点了点头，因为工作的特殊性，他经常饭不定时，所以完全无法理解对于吃饭那么执着的袁乐儿，于是继续低着头玩着手机。而袁乐儿则闭起眼休息起来，她需要养精蓄锐，也需要冷静，因为她知道如果太饿，自己会变成怎样！

车在路上走了很久，差不多一个多小时才到达目的地，袁乐儿睁眼环视四周，彻底傻了，这里不是市区，而是一个偏僻的海边。既没有人烟，更没有所谓的便利店，情况完全出乎她意料之外，那她该怎么办，饿的感觉已经越来越浓烈，她的意志在退缩，而……恐惧却慢慢放大。

裴承勋此时也很茫然，不是说补几个镜头吗？怎么会来到海边了？他拍了拍崔允择的肩膀有些奇怪地问道：“为什么来这里？”

“哦……开始你在拍摄时，这边的摄影师临时打来电话，说客户要求拍摄一点户外的画面，于是他们选择了人迹稀少，而风景不错的海边，因为赶时间，忘了告诉你了，反正都是拍摄，你应该不会有意见吧？”崔允择随意地回答着。

裴承勋皱了皱眉，对他这样的专业演员来说，哪里拍摄都无所谓，只是……他回头看了看一脸紧促的袁乐儿，她会不会饿坏啊？哎，早知道刚才就该叫司机停车，先买点吃的再走。

“对不起，我也没想到会是这样。你还好吧，能撑得住吗？”裴承勋似乎发现袁乐儿的脸色不太对，平时红润的肤色此时变得卡白没有丝毫血色，而水灵灵的大眼却布满了仓皇感。

袁乐儿努力让自己镇定下来，然后对着裴承勋佯装自然地微笑点了点头，她可不希望因为自己而让裴承勋分心，影响了他的工作。

“你确定?”裴承勋似乎不太相信，直接伸出手去摸袁乐儿的额头，他以为袁乐儿是生病了，不过还好，温度适中，没有发烧的迹象。而这时，崔允择已经在远处叫他过去准备换衣服化妆了。袁乐儿也催促着推他离开，她的力气似乎不小，推得很重，让裴承勋感到放心地向拍摄地跑去。

当裴承勋一离开，袁乐儿则紧握拳头，闭着双眼，深深地吸了一口气，她安慰告诫自己，没事的，坚持坚持就好，都这么多年，应该没那么严重了。只要不去想就不会感到饿，她要让自己忙起来，对，忙起来，必须忙起来……袁乐儿安抚着慌乱的内心，跟着裴承勋的步伐向工作区跑去。

由于她的韩语太差，很多时候人家说什么她都听不懂，所以想忙碌的她变成了最闲的那一个，于是她只能直勾勾地瞪着裴承勋，稍微发现他有点热，马上就积极地为他打扇；发现他嘴干干地舔了舔，就在第一时间递上了水；发现他在看拍摄效果与摄影师交谈时，又急忙搬过去休闲椅让他坐……她的举动让不认识她的工作人员全都刮目相看，觉得裴承勋这个新保姆果然很有眼力见儿，对工作如此积极上心，难怪让挑剔的蔡锐麒会亲自挑选她待在裴承勋身边。

时间一分一秒地过去，即使袁乐儿想让忙碌来驱散饥饿的感觉，但饥饿感却越发浓烈，似乎已经到了她无法压抑的程度。此时的她已汗如雨下，白皙的肌肤更加无血色的惨淡，她知道她要撑不下去了，担心自己失控的模样被其他人看见，袁乐儿迈着蹒跚的步伐，向人迹稀少的地方艰难地走去。

2

袁乐儿使尽浑身力气，一人走开，最后瘫软跌坐在地。此时的她已全身发抖，意志在涣散，眼神也开始游离，周遭的景物似乎也变得模糊。但她咬紧牙关地坚持，甚至用颤抖的手从腰间取出了一把匕首，然后高高举起，对着自己的大腿狠狠地刺了下去。

可她的手却被一双手紧紧握住，耳边随即也传来一个慌乱的声音：“乐儿，你疯啦!”匕首应声落下，而袁乐儿还没来得及看清来人是谁，她的意志已彻底瓦解，陷入极度的恐惧中。随即惶恐地蜷缩着身躯，眼泪如决堤般倾泻而下，她好怕，好怕……爸……爸……快来救她!

因为大家都很忙碌，谁也没注意到袁乐儿，而陷入恐惧中的她完全沉浸在过往的回忆中，极度恐慌地全身哆嗦，嘴里一直不停地重复：我要回家，让我回家好不好……爸……哥……你们在哪里，乐儿好怕，好怕……别打我……好痛……呜呜……好痛……

“乐儿……乐儿别怕，乐儿乖哦……我们走，姐姐带你吃饭去。”此时，一个动人而温柔的女声轻轻地呼唤着已经失去理智的袁乐儿。可，袁乐儿神志恍惚，完全无视对方的好意，相反还极度排斥地抗拒着，抱紧自己蜷缩的身体，低呜地哭泣着。

而拍摄得差不多的裴承勋总觉得少了点什么，抬眼四处观望着，却没想到让他看到令人惊讶的一幕，一个不知道从哪里来的陌生女人，正在试图抱起拼命反抗的袁乐儿。

“喂，你干嘛?”裴承勋顾不得再看拍摄的画面，扔下一脸呆滞的摄影师就向袁乐儿跑去。

陌生女人根本不管裴承勋的呼叫，只是很着急地试着抱起在地上哆嗦着抗拒她的袁乐儿。就在她们纠缠间，裴承勋已然到了她们跟前。从未见过袁乐儿这副模样的他，完全被此时的景象惊呆了。袁乐儿就像一个小孩子般，满脸泪痕惶恐惊惧地望着陌生女人，一边哭喊一边抗拒着，她眼里的恐惧卷席了裴承勋的心：“乐儿姐……你怎么了?”裴承勋试着向哭闹的袁乐儿伸出了手，却被一旁的陌生女人用力推开。

裴承勋气愤地瞪着这个不速之客，黑色的鸭舌帽把她那盘起的长发和半张脸都给遮住了，但从脸的轮廓可以看出她非常漂亮。硕大的黑色墨镜让裴承勋只看得见她嘴角的那丝完美弧度，透着一股丰富阅历的自信，一袭大红色的休闲服把她衬托得异常冷艳与神秘。

“你是谁?想对她干嘛?”即使对方气势不一般，但裴承勋却根本不放在眼里，挡在了袁乐儿的前面，与之对视着。

“闪开，我没时间和你浪费!”女人说话了，声音依然美丽而动听，但显得冷傲坚毅。甚至，她还动手了，看似苗条纤弱的她，居然把裴承勋拉得差点飞了出去。然后蹲下身，轻言细语地对蜷缩着的袁乐儿说着话，至于说什么裴承勋听不懂，他也不想懂，他只知道这个女人很危险，决不能让她带走袁乐儿。

不明内情的工作人员全都面面相觑，从来把工作放第一位的裴承勋，他今天忽然跑开这是怎么了?不过眼观八方的崔允择很有眼力见儿，发现了那边情况不对，他急忙对着安保招手，几个安保快速地跑向裴承勋。

而裴承勋此时又一次走到神秘女人的面前，再一次挡在了她与袁乐儿之间。虽然对方戴着很大的墨镜，但从对方缓慢站起的身体和散发出的怒意，他完全能感到此女敌意的目光。

“很抱歉，她是我的人，我不允许你做任何伤害她的事，如果你再不离开，就别怪我不客气了。”因为对方是女人，裴承勋只能先礼后兵，所以向神秘女警告着。

“带她去吃饭是伤害吗?如果真是你的人，你又怎么不会知道她有饥饿恐惧症，而让她这么无助害怕呢?如果你再不闪开，也别怪我不客气了!”神秘女的手此时已经捏起了拳头，而几个安保也正好赶来，速度极快地挡在裴承勋的身前，全都警惕地看着神秘女。

饥饿恐惧症??这世间还有这样的病症吗?裴承勋被神秘女的话弄得有点不知所

措，茫然地瞪着神秘女。

“有什么好奇怪的，你不是也有瞩目恐惧症吗？裴承勋先生！”神秘女的话让裴承勋心里一惊，自己的这个症状虽说不是什么秘密，但都是圈内的人或者喜欢自己的粉丝知道而已，这个女人嘛……绝对不会是她们之一，却居然这么了解。不过在他转念之时，蜷缩在地的袁乐儿却出声了……

“承勋……承勋救我……我好怕！”她居然用韩语叫了裴承勋的名字。裴承勋急忙蹲下身，试着向袁乐儿一边伸手，一边轻声说：“我在，别怕，我一直都在。把手给我好吗？我带你离开！”眼神涣散的袁乐儿依然排斥害怕，但当裴承勋伸出的手向她慢慢靠近时，她忽然有种莫名的心安，有点迟疑地抬起手，一点一点向那只看似很温暖的大手伸过去。裴承勋激动地一把抓住袁乐儿伸出的手，用力地把她搂在怀中，然后抱起她娇小的身体就向保姆车跑去。

“喂，你带她去哪里？”神秘女紧跟其后，追着裴承勋的脚步。

“当然是医院，还能去哪里！”裴承勋一边回着话，脚步没停快速地跑到了保姆车前。

“笨蛋，去什么医院！带她去吃饭！”神秘女一手拉开了车门，然后急迫地坐上了驾驶位。

看着对方的举动，裴承勋有点木讷，但怀中哆嗦得很厉害的袁乐儿让他没时间去思考，只能快速跨进车厢，当裴承勋一关上车门，神秘女则熟练地启动车子，然后快速换挡，保姆车如离弦的箭一般飞驶而去。以免崔允择担心，裴承勋急忙给他打了个电话，简单告知了一下目前的状况。挂完电话，他才发现，在这个他都不熟悉的乡下地方，神秘女却熟悉地穿梭其间，对于对方的怀疑和好奇又多了好几分。

“不用那么看着我，有什么疑问等乐儿清醒过来，自己问她去。”没想到裴承勋悄悄地观察对方居然知晓，不过她的回答，令让他多了几分警觉，这个女人绝不是普通人，明明看似很焦急快速地开着车，却还能顾及身后的动静。所以，裴承勋把袁乐儿紧紧搂在怀中，一脸警惕地注意着神秘女的一举一动。

车很快离开了郊区，进入了首尔市区，随即停入了一家高级餐厅的停车场里。神秘女拉开了车后门，然后伸手去扶袁乐儿，但袁乐儿却退缩在裴承勋身后，不让其碰触，这让神秘女很是气结但也无可奈何，因为她很清楚，袁乐儿在这样的状况下，只相信心里那个可以信赖的人，只是没想到……这个人居然是才认识不到几天的这个家伙！神秘女一脸不爽地瞪着裴承勋，然后让开了身体，给裴承勋腾出一条路。

不知为何，当看到对方吃瘪的表情，裴承勋居然很想笑。可能是对方一直处于比较强势的位置，忽然这样让人感觉有些可爱吧。裴承勋忍着笑意，将袁乐儿抱了出来。当裴承勋往餐厅望去，才发现这是一家需要预定的高级西餐厅，裴承勋皱了皱眉，来这里干嘛？他们根本没预定，人家根本不予理睬的！

“不用担心，里面早就准备好了，快带她进去。”神秘女一语道破裴承勋思的忧虑，然后带头往餐厅里走去。

早有准备？这又是什么情况?！难道她早已知道袁乐儿会变成这样，也早就准备好了带她来这里吃饭？这个女人……简直太让人害怕了!！虽然这一路裴承勋都警惕小心，但对对方情况一无所知的他如今举步艰难，因为他不知道里面又是什么情况，如果自己正好送羊入虎口呢？于是，左右为难的他准备逃跑，眼看神秘女就要步入餐厅门口了，裴承勋抱着袁乐儿拉开了车门放了进去，然后快速地跳上车，正当他从车厢后面爬到驾驶室时，神秘女已经站在了车前方，然后摘下了那个宽大的墨镜，很是镇静地看着他。

“玩够了没？玩够了就下车，你是不是想她一直这样才满意？”神秘女的话一向简短精干，不过每句都是重点，好像从她嘴里没有一句废话似的。

被抓个现行的袁承勋对着神秘女尴尬一笑，从驾驶室乖乖爬回后面车厢，然后抱起几乎已经昏昏欲睡的袁乐儿走下了车。去就去吧，反正他今天是不会离开袁乐儿身边一步的，自己一定会好好保护她的。裴承勋打定主意大步向餐厅走去。

当裴承勋刚迈入餐厅，一个 Waiter 早已等待在门口，恭敬地对他弓着腰，然后做了一个请的动作，引领他走向餐厅的一件 VIP 房间。这里对裴承勋来说不陌生，因为这里的保安和保密措施做得不错，他偶尔会和申伊敏来这里吃饭，所以他驾轻就熟地向房间走去。

进到房间后，裴承勋轻轻地把袁乐儿放在了椅子上，而袁乐儿也因为地方的改变警惕地惊醒了，一双大眼睛惶恐地打量着周遭的一切。

“不怕，我一直都在，我们吃饭好吗?”裴承勋急忙掏出手机，对着眼神慌乱的袁乐儿打起了字。

或许是袁乐儿看到了吃饭两个字，马上乖巧地点了点头，然后嘴里用中文说着：“好，吃饭……我会乖乖的，我不跑，不闹，我要吃饭……”不过可惜，裴承勋一句也没听懂，但从她的眼睛里，他知道她此时一定还处于恐惧之中，为什么饥饿会让袁乐儿变成这样？他很是懊恼，忽然站起身对着紧跟在后的神秘女大声问道：“她为什么会这样？为什么这么害怕？又为什么会有这个该死的饥饿恐惧症?!”

“这些问题还是等乐儿自己回答你吧，我近不了她身，这些牛排都已经切好了，只能麻烦你喂喂她。等她吃饱后，睡一觉就会恢复了，我先走了，照顾好她！记住，她……可是很多人心中的宝贝！”神秘女这次终于说了一段很长的话，不过这些话却让裴承勋更加一头雾水，看着她将要离开的背影，裴承勋还是忍不住，向她问道：“喂！你至少要告诉我你叫什么吧，不然乐儿姐醒来后我怎么交代?”

神秘女停下了脚步，想了想后，轻轻地说了三个字：“韩雪晴!”然后头也不回离开了房间，最后还细心地为裴承勋关上了房门。

裴承勋收回了探寻的目光，他此时最为重要的事是帮袁乐儿吃下东西，好让她恢复正常。于是裴承勋用叉子插入切得很小块的牛排上，然后温柔地一口一口喂着袁乐儿。袁乐儿似乎饿坏了，狼吞虎咽地吃着，结果卡住了难以下咽，裴承勋急忙拿过牛奶，像喂孩子般轻轻地倒入她口中，卡住的牛排终于随着牛奶滑入了腹中，而袁乐儿的小脸也由卡白渐渐变得红润起来，裴承勋欣慰地露出了笑容。

因为饿太久的关系，裴承勋不敢让袁乐儿吃太多，一份牛排没吃完就抱着袁乐儿离开了。刚推开门，就发现门口早已有等候在此的 Waiter。Waiter 对着裴承勋恭敬地躬了躬腰，然后谦恭地说道："我们早已准备了休息室，请跟我来。"

休息室？裴承勋有点茫然了，这里到底什么情况，不是餐厅吗？什么时候餐厅还管客人休息了？不只如此，以往这里宾客爆满，今天居然一个客人都没有。裴承勋实在忍不住了，对 Waiter 问道："今天为什么一个客人都没有？而且什么时候你们这里还为客人准备休息室了？"

"今天我们老板说了不营业，只为你们提供贵宾服务。所以不但准备了丰盛的菜肴还为你们准备了休息室。不只如此，以后你们二位来到这里都无需预定，而且全部免费。" Waiter 恭敬地回答着裴承勋的问题。这些话让裴承勋更加疑惑。而 Waiter 也做了一个请的动作，前方带路。看着刚吃饱就像婴儿般嘟着嘴满足睡着的袁乐儿，所以，他不加细想，跟上了 Waiter 的脚步。

当 Waiter 推开一扇门时，裴承勋看清楚了整个房间的布置。房间不大，但很雅致，非常整洁，空气中飘散一种淡淡的香，像女人的闺房，但却没有普通闺房的女性化妆品，一个浅色的书柜和电脑桌靠墙而放，中间有着一张极大的蓝色大床，看来这里的主人是个很注重休息和喜爱看书的主。床的两头放着两个咖啡色的床头柜，上面摆放着一个电话和一个相框。裴承勋缓步进入，仔细看着那个相框里的照片，却发现相框里居然不是他心目中想象的女人，而是一个男人，一个很有男人味极其英挺帅气的男人。不过，这个男人的神韵却让裴承勋觉得有些熟悉，似乎感觉在哪里见过似的。

"你们好好休息，有什么需要就按下您面前的电话呼叫键，我就会马上来为你们服务，不打扰了。" Waiter 说完这句话，轻轻关上了房门。

裴承勋把熟睡的袁乐儿放到床上，为其脱掉外套鞋子，盖上被子，然后站起身准备去看下主人的书籍，谁知袁乐儿紧紧地抓着他的手，而熟睡的容颜显得焦虑害怕。为了安抚袁乐儿的情绪，裴承勋只得和衣侧躺在她旁边，伸出左手为其当枕头，而右手像哄孩子般，轻拍着袁乐儿的背。袁乐儿紧锁着眉头渐渐舒展开来，然后嘴角含笑地乖乖睡去。而一天劳累的裴承勋在拍着拍着的同时，也不知不觉地慢慢进入了梦乡，沉沉睡去。

另一间房间里的显示器里，清楚地记载了这一切，画面温馨也很美丽。坐在办公桌旁看着这一切的韩雪晴，此时拿起了电话："乐儿没事了，已经睡着了。而这家伙似乎也是个君子，你现在可以放心了吧？"

“这段时间辛苦你了，我这边的情况明天应该就可以解决完，然后马上就飞过来，等我。”电话那头传出一个浑厚低沉的男人声音。

“好，我等你！”韩雪晴居然嘴角微翘地笑了，语气也极其温柔。

挂断电话后，韩雪晴继续注视着监视器里，那瞬间，她的眼里流露出一种羡慕和向往的目光，或许这样的画面就是她一直想要却又得不到的梦吧。几分钟后她关掉了监视器，然后倒了一杯红酒，一边品尝美酒，一边望着桌上那张和床头柜上一模一样的照片陷入了沉思。

当裴承勋醒来时，已经是太阳西下，步入星光闪烁的晚上了。因为袁乐儿一直压着的手臂无法动弹，早已毫无知觉，麻木到不行。为了不打扰熟睡中的袁乐儿，裴承勋咬了咬牙，轻轻活动了下身体，就在他活动时，袁乐儿也缓缓睁开了双眼。不过映入她眼帘的则是极其暧昧的画面。她蜷缩着的身体靠在裴承勋的胸膛边，而她的手却紧紧环抱着裴承勋的腰……这是什么情况？他们怎么会睡在一起？

清醒后却不敢乱动的袁乐儿转动着灵敏的大眼，回忆往事。终于几分钟后她才记起自己失去理智前的画面。她饿坏了，又犯病了……不过，画面中似乎出现了一个女人……再然后她就失去意识！想起身却又觉得尴尬的她，不知该怎么办，只能装作熟睡中不知的模样，自然地翻了一个身，脱离开裴承勋的身旁。

裴承勋这才轻轻地用他的右手托着僵硬的左手，缓缓起身，然后轻手轻脚地向洗手间走去，他已经快要憋坏了，因此慌忙冲向洗手间的他，根本没注意袁乐儿已经偷偷睁开的双眼。当裴承勋进入洗手间后，袁乐儿也慌忙起身整理起自己的衣服，穿上外套和鞋子，然后好奇地打量着这个陌生的房间。当她发现桌上的那张照片时，袁乐儿惊诧得瞪大了双眼，目瞪口呆地望着照片一动不动，直到裴承勋出来她都毫无察觉。

眼见袁乐儿已经醒来，裴承勋激动地展开了笑颜，急忙掏出手机打着字。

3

“乐儿姐，你终于醒了，你还好吗？还有哪里不舒服吗？你知道你把我吓坏了吗？”裴承勋似乎有好多好多问题想问，一句话里就出现了三个问题。

可袁乐儿此时却无暇回答他，相反她却拿着手机对着裴承勋问了一堆问题：“这是哪里？我们为什么会在这里？是照片中的男人带你来的吗？那他人呢？”没想到对方不是回答却是反问，裴承勋有点木讷呆滞。他打字回答：“这是一个餐厅的休息室，是有个人让我带你过来吃饭的。不过不是照片中的男人，而是一个很高傲话不多的女人，她说她叫韩雪晴……你认识吗？”

雪晴姐?！听到这个名字的袁乐儿恍然大悟地笑了，她终于可以连贯这几天所有的疑点了。难怪邮件里有中文，难怪那家伙没来交易，难怪自己被监视，难怪有香奈儿5号……所有想不通的问题在知道韩雪晴这个名字以后，全都迎刃而解了。此时的袁乐儿只想快点见到她，算算时间，她们似乎有5年没见了，她真的好想她！

于是袁乐儿急忙拉开了房门，却没想到门口站着一个 Waiter 礼貌地挡住了她的去路，然后递给她一张便笺，上面写着几个娟秀的字：今天有事先离开了，明天我会来找你，勿念！

“雪晴姐……”看着这几个熟悉的字体，袁乐儿彻底肯定自己没有弄错，激动的她紧紧拽着手中的便笺，嘴角微翘地傻笑着。

就在这期间，裴承勋接了一个电话，似乎是崔允择的。电话里的崔允择有些激动，一个劲催促裴承勋快回去，好像有什么好事在等待着他。听得不明不白的裴承勋只能走到门口向袁乐儿打着字。

“乐儿姐，允择哥叫我们快回去，似乎有什么急事找我们。至于今天你……的情况，我只说了你不舒服，带你上医院了。不过，如果可以，我希望你能告诉我实情。”虽然裴承勋很想知道，但因为是袁乐儿的隐私，如果对方不愿意说，他也不会勉强，他就是这样一个善解人意的男孩。

“那我们快回去吧，别让允择哥等急了。至于我今天的状况，把你吓坏了吧……对不起哦，我以为我可以控制好的，但没想到最后还是……放心，以后不会了，我不会再让自己饿着的。至于为什么会这样，等以后我慢慢告诉你，好吗?”袁乐儿不好意思地对着裴承勋道歉着，自己失控的样子她心里有数，让裴承勋看到，他肯定被吓得不轻。但自己的故事，似乎她还没想好该怎么向裴承勋说起，所以她只能暂时安抚着他。

裴承勋表示理解地点了点头，然后露出一个温暖阳光的笑容，拉着袁乐儿向外走去。虽然他此时很好奇袁乐儿的一切，但他说过会绝对相信她，所以他决定等待，等到她想开口的那天。

4

两人很快赶回了公司，因为担心袁乐儿体力不支，裴承勋一路上都牵着她的手，直到进入蔡锐麒的办公室依然如此。不过，在见到一个意外之客后，裴承勋不自觉地放下了牵着袁乐儿的手。

“承勋，你回来啦！知道今天我为什么来这里吗?”转过身来一脸笑容的申伊敏，开心地跑到裴承勋身边，亲昵地拉着他的手臂。因为这里都不是外人，所以申伊敏大可不必装作生疏的模样，而像一个好久未见到情郎的女人一般，小鸟依人地撒娇。

这样的情况似乎在场的人都不意外，大家早已习惯他们私底下的相处方式，只是平日都是裴承勋依赖地跟着申伊敏跑前跑后，而申伊敏完全女神范儿般稳重高傲。而今天裴承勋虽然不高傲但却少了往日的青涩和孩子气，只是回以申伊敏淡淡的微笑。

“难怪允择哥叫我快回来，原来是你来了。”语气虽然不冷淡，但也没想象中那么热烈。

申伊敏此时却发现了在裴承勋身后探出头的袁乐儿，她完全像见鬼一样瞪着错愕的双眼，不知该说什么。她不是走了吗？为什么还在这里？随即，申伊敏向蔡锐麒投去一个问询的目光。而此情此景，蔡锐麒又能说什么呢？只能对着申伊敏尴尬地笑了笑。不过这些微妙的表情，让近在咫尺的裴承勋看得很清楚。他微蹙着眉头，心里似乎明白点什么。当时本就很奇怪没见过袁乐儿却执意要她离开的蔡锐麒是为什么，如今，他似乎知道是为什么了！这瞬间，裴承勋看着申伊敏绝美而又熟悉的容颜，却感到了前所未有的陌生和疏远！他不明白堂堂一个顶级明星为何连一个小保姆都容不下，在背后搞小动作逼人家离开。

在申伊敏面前，裴承勋是个藏不住心事的人。他懊恼生气地拨开了申伊敏拉着他的手，然后冷淡地向申伊敏说道："你这么忙还来这里应该是公事吧，我们就不打扰你了，先回去休息了。"他故意用了"我们"两个字，似乎在向申伊敏宣告袁乐儿和他如连体婴一般，去哪里都会一起，不会分开。

他的举动和语气让在场所有人都很吃惊，当然申伊敏也不例外，特别是他语气颇重的"我们"二字，让申伊敏有种说不出的难受，就似他们两人才是恋人一般，而自己却像个陌生人！但申伊敏很聪明，她不能在外人面前矮一截，更不能让其他人看到自己的失态，所以装作毫不在意地面带微笑，一脸宠溺地对着裴承勋说道："是是是，知道你今天拍摄一天很累，就不怪你的孩子气啦。不过，我到这里所谓的公事可是因为你哦，再累你也要听了才能走。"然后继续用手环抱着裴承勋的腰，那灿烂的笑容就像如沐春风般温暖，让人不忍拒绝。

裴承勋知道申伊敏又开始演戏了，为了给她找一个台阶下，当着这么多人裴承勋也不再好说什么，只能顺着申伊敏的话："对不起，今天我的确很累，语气不太好，你别介意。到底有什么好消息能让允择哥在电话里兴奋得话都说不清了？"

听见裴承勋的话，申伊敏着实松了一口气，她好担心裴承勋直来直往的性格根本不给她面子，让她的女神形象毁于一旦。还好，裴承勋懂她也迁就了她，心里的愉悦马上呈现在申伊敏的脸上。笑容满面的她昂着头对视着比她高出一个额头多的裴承勋，然后得意地说道："恭喜你，成为我这部新戏的男主角！这可是我对编剧力荐很久她才答应的哦，开心吧！以后，我们可以天天在一起工作，不用分开啦，怎么报答我啊？"

当申伊敏说完这个好消息后，蔡锐麒和崔允择就差没开心得跳起来，因为他们知道这部戏的编剧可是有收视保证的王牌编剧，而女主角又是申伊敏这样的顶级明星，对于演艺事业有着炙热追求的裴承勋来说，这可能就是他一飞冲天的绝佳机会，所以他们都认为裴承勋也一定会开心得疯掉。

的确，听到这样的消息，裴承勋很是心动，虽然他目前也算人气明星，但对于剧本他还是很挑剔的，一部戏是否成功关键就在于剧本的选择，当知道申伊敏接到这部新戏时他其实是羡慕的，因为这个编剧的戏不但捧红了无数新人，而且基本年年拿奖，更是电视台的收视保证。不过，这个编剧对于主演也非常挑剔，她选人都有她自己的标准，公司也曾经去接触过，但都被否定了，没想到在申伊敏的促成下居然让他有了这个机会，他应该高兴的，甚至激动无比的。可为什么，当他一听到每天都要和申伊敏一起拍戏，形影不离时，他却在不经意间回头望向了袁乐儿，这样奇怪的心情让他有点茫然无措，所以他没有如大家预料中兴奋得大叫，或者抱着申伊敏感动的致谢，而是专注地看着袁乐儿，深邃的目光似乎想穿透袁乐儿的心，窃听她内心的想法。

而袁乐儿也被这突如其来的消息弄蒙了，假如这是真的，那他们两人以后每天都会在一起工作，而自己又是裴承勋的贴身保姆，这就表示她也必须每天面对申伊敏这个女人了，可她却对申伊敏有着说不出的讨厌，从第一天认识开始她们就不对盘，以后怎么每天相处？而且，为什么一听到他们两人可以天天在一起边工作边恋爱，她就有种想发疯的心情呢?！不过，裴承勋应该是开心和幸福的吧……想到这，袁乐儿也抬头向裴承勋望去，却对上了裴承勋莫名感伤的眼神，这时，仿佛房间里就只剩下他们两人，无声地看着对方，一种无形的心伤笼罩着彼此，却又不知那种痛从何而来……

第十一章　奇怪的氛围

1

不知是因为有司机的关系还是什么原因，从公司出来的袁乐儿和裴承勋一路相对无语，两人都眼神空洞地望着窗外，沉寂的氛围就像暴风雨来袭前的闷热天气般，让人很是压抑难以喘息。

打开房门后，袁乐儿径直往自己房间走去，但当到房间门口时，她忽然停住了脚步，转过身对着裴承勋报以一个柔和的微笑，然后用韩语说道："恭喜你，加油哦！"然后轻咬了下嘴唇，转身推开房门，而她的手此时却被裴承勋拉住了。

"你是不是不开心？"裴承勋问道。

他刚接新戏了，还是他梦寐以求的编剧剧本，只是，袁乐儿此时的确没法和他欢声笑语，一起庆祝。她心里堵得慌，就像万千蚂蚁在撕咬一般的感觉，是因为讨厌申伊敏的关系吗？还是……不希望看到他们一起共事呢？这些问题困扰得袁乐儿很烦，她本想进房间就蒙头大睡，不想不管也不去猜，可谁想裴承勋却那么直白，非要问个明白。

转身面对裴承勋的她，看到了裴承勋那双关心的眼神，袁乐儿忽然觉得自己很过分，人家担心了她一天，而在他最为开心之时，自己却给他脸色看，她是不是吃错药了，怎么变得这么自私！可越是面对他，却发现越挪不开眼神的袁乐儿，那种心的漏跳半拍，那种呼吸的急促感……让困扰已久的袁乐儿很是惊诧，这种感觉虽然她不太明白，但那种悸动和渴望，似乎不只是喜欢一个弟弟的感觉！难道她……不会的，不可能的！袁乐儿慌忙躲开裴承勋幽深的目光，使劲地摇了摇头，她想她是疯了，她必须把那些奇怪的想法甩出脑袋去，不然在以后她要怎么面对他？

面对袁乐儿这么奇怪的举动，裴承勋更加疑惑了，抬起双手托住袁乐儿摇来甩去的小脑袋，固定地杵在他的面前。此时的他们，距离很近，近得似乎能感应到对方的呼吸。裴承勋歪着头，魅惑的双眼直盯盯对视着袁乐儿扑闪扑闪的大眼。

太近了，袁乐儿感到了前所未有的慌乱，她想闪躲却无奈被裴承勋的双手死死按着，完全无法动弹。这个笨蛋到底想干嘛，他不知道这样的举动会让她的心更加混乱吗？

“你在想什么?”此时裴承勋轻软的声音随着他性感的薄唇倾泻而出，让袁乐儿看得目眩神怡，怎么看怎么美，这个男人简直就是妖孽!

袁乐儿因为裴承勋双手太过用力，可爱的小脸早已被挤得变形而只能发出“唔唔”不清的声音，于是只能寄望于双眼杀伤力的她，狠狠地怒视着裴承勋。

看着只能嘟嘴和翻白眼的袁乐儿，裴承勋又露出了爽朗的笑容，还嘚瑟地对着袁乐儿摇头摆尾挑衅着，似乎在说怎样，你咬我啊!

这家伙的嚣张态度让本就很纠结的袁乐儿不知所措，因为如今无论他做什么在她眼里都是帅气无比，不忍直视。她要看不下去了，那些奇怪的念头又要涌入大脑了，她绝对不可以这样神思恍惚下去。于是，袁乐儿伸出双手扯过裴承勋的衣领，然后对着他的脚狠狠地踩了下去，想在裴承勋痛得跳脚的时候脱离魔爪。

哪知，裴承勋却根本没照着她的剧本走，相反，因为疼痛急于跳脚导致重心不稳的他，他竟然向后倒了下去，还紧拉着裴承勋衣领的袁乐儿也被这突然的惯性扯了下去，压在了裴承勋的身上，这已是第二次因为意外，两人亲密接触在一起了。不过这次，却没上次那么幸运，因为袁乐儿的唇就那么刚好印上了裴承勋的唇!!

时间，在瞬间凝固!这个意外让原本打闹的两人变得木讷惶然，尴尬不已，袁乐儿和裴承勋茫然地呆望着对方，谁都没有任何举动。

袁乐儿此时剧烈跳动的心脏似已爆表，随着裴承勋呼吸的吐纳，他唇间的温热和淡淡的唇香见缝插针地侵蚀着袁乐儿的五脏六腑，刺激着她所有的神经感官。心里似乎有个呼之欲出的声音在催眠她般，她不要离开!

而对于这个飞来艳福的吻，裴承勋除了惊愕之余，更多的居然是眷恋。袁乐儿娇艳欲滴的红唇此时诱人万分，唇留齿香的香甜让裴承勋有点欲罢不能，还想索取更多更多……

因为太过害羞，袁乐儿根本无法再与裴承勋对视，慌忙闭上了双眼，双手也松开裴承勋的衣领，然后按着地面想站起身来。而腰间忽然多了一双手把她狠狠拉回了刚才重叠的位置，未免再一次碰触到不该碰触的地方，错愕的袁乐儿急忙用手撑住地板，然后睁开大眼瞪着裴承勋。

“这样，你是不是就能好好说话了?”裴承勋幽深似潭的魅惑眼眸，与他此时性感无比的声音相互辉映，让本就心乱如麻的袁乐儿完全乱了方寸，那一点点的意乱情迷，那一次次的深陷其中，那一直慌乱无比雀跃跳动的心……全都体现出一个事实，她喜欢上了他!!即使她不明白为什么会在这么短的时间里有那么多喜欢，即使她想逃避不去面对这些日子里心里诸多奇怪的感觉，即使……她想忽略自己蠢蠢欲动的真心，但，喜欢就是喜欢，她躲不开也避不了!

终于坦诚面对自己感情的袁乐儿，知道以后再也无法像曾经那么自然不避讳地和裴承勋打打闹闹，甚至亲昵感性地拥抱了。相反，她要更加克制，不能有任何闪失透漏出自己对他的感情，不然，他们再也无法好好相处，一起共事了。

而只听懂说话两个字的她，猜测着裴承勋这句话的意思，应该是让她与他说话吧，不过非要这样的姿势吗？对于才正视自己感情秘密的她，这样奇怪的姿势还能让她好好说话吗？于是，袁乐儿一边闪躲着裴承勋直视的眼神，一边挣扎着试着脱离裴承勋的控制。可裴承勋似乎早已洞悉她的心，开口说了一句袁乐儿彻底能听懂的话："你再乱动，我就吻你哦！"

"你疯了，干嘛说一堆奇怪的话！"袁乐儿不淡定了，天知道她对刚才的碰触多么迷恋，如果裴承勋一再挑战她的忍耐力，她不知道是否能藏住那颗早已不受控制的心，于是，她对着裴承勋激动地用东拼西凑的韩语喊着，但小脸的表情不是愤怒而是胆怯和委屈。

她在怕？没想到袁乐儿不像平时那么凶巴巴回应自己的裴承勋，有点惊讶。原来，她也会怕的，只是冰雪聪明的她应该知道自己只是玩笑话而已啊，为何她却显得慌乱害怕呢？难道她很在意刚才那个意外之吻吗？

"只要你回答我，在听到我和敏儿姐未来会一起共事后，是不是不开心了？我就放开你！"裴承勋趁此机会继续耍赖，其实他也不知道他在期待什么，但心里有个声音怂恿他去挖掘袁乐儿的答案。

什么嘛！这一大串的韩语，他当她是韩语通哦，相处不到一周时间就能用韩语交流吗？而且这家伙的语速和其他人完全不同，快到不行，完全无法聆听。袁乐儿对着裴承勋翻了一个白眼，随即再抬起一只手放在自己耳朵旁转了几圈，然后再莫名地摇了摇头，很是明显地表达出自己没有听懂的意思。

果然裴承勋很聪明，马上明白了她的意思，于是鬼心眼很多的他对着袁乐儿露出一个水分很重，诡计非常明显的乖巧笑容，在袁乐儿还没明白过来之时，用迅雷不及掩耳之势抱着袁乐儿起身，然后，再翻身压了下去，于是，暧昧的姿势变成了男上女下。然后很是淡定的他腾出双手拿出手机开始打字，似乎他觉得只有这样才能让袁乐儿乖乖回答自己的话。

"呀!!!"可袁乐儿彻底被刺激了，自己就这样被裴承勋翻来覆去地抱着压着暧昧着……她是人不是神，被喜欢的人这样一次又一次地挑逗着早已按捺不住的芳心，她会疯的！此时的她生气地对着裴承勋大叫着，甚至用粉拳使劲击打着根本不知道她内心很是煎熬的坏家伙。

裴承勋根本无视袁乐儿的举动，慢腾腾地一个字一个字打好以后，再调皮地眨着眼把手机递到了袁乐儿面前。

"只要你回答我，在听到我和敏儿姐未来会一起共事后，是不是不开心了？我就放开你！"还是那句话，只是这次是打字的。

搞什么？把自己折腾来折腾去的，就为了这个问题？袁乐儿微张着诧愕的小嘴，很是懵懂地看着裴承勋，而裴承勋则对着她认真地点了点头，似乎在告诉她就是这么简单，但必须得回答！

可袁乐儿微蹙了下眉头，当明白自己真实的感情后，她的回答当然是肯定的，但如果说实话，那呼之欲出的答案就会被裴承勋知晓，那是绝对不可以的。所以，她对着裴承勋摇了摇头，很是淡然地否定了裴承勋的猜测。

不是吗？裴承勋持怀疑态度地对着袁乐儿问询状重复着摇头的动作，结果袁乐儿肯定地点了点头。忽然间裴承勋心里似乎有种说不出的滋味，他藏不住任何心事的小脸有点黯然，强作欢颜地对着袁乐儿露出一个明白了的笑容，然后缓缓站起身，向躺在地板上的袁乐儿伸出手，用力拉起了她，然后对着袁乐儿小声说了一句："晚安……"接着就向他房间走去了，留下一个一脸木讷的袁乐儿和他有点颓废的背影。

什么情况？还以为裴承勋只是说说而已，没想到知道答案后的他，居然就这么简单地放开了自己，袁乐儿完全被裴承勋的举动弄蒙了。费那么多事，折腾这么久，就只是问这么个简单的问题??他脑袋没坏吧？不过无论怎样，她算是过关了，好好地藏住了自己的心事，只要未来不被裴承勋察觉，他们之间的相处就不会有任何问题。所以，袁乐儿暗暗决定，把这份自己都觉得很奇怪的暗恋藏在心底的某个角落，不去触碰，不去念想，就这样安静地守在他身边就好。

不过，她低估了感情这个东西的魔力，如果可以像她想的那么简单，世间就不会有那么多的痴男怨女了。当她对他的爱开启之时，命运之轮就开始了飞一般的转动，是悲还是喜早已在冥冥中注定……

2

第二天，他们两人都起得很早，因为是申伊敏推荐的关系，编剧要求再见一次裴承勋，与之做一个深入的交谈和了解下裴承勋对角色的认知。所以，崔允择一大早就在楼下等待了。

梳洗完毕的两人，连早餐都没时间吃，细心的裴承勋从冰箱里拿出两个简易的三明治放进了袁乐儿的包里，袁乐儿对着他投以一个感激的笑容，他就是那么暖，让人怎能不被他吸引！

两人很快到了停车场，进入等候已久的保姆车中。崔允择有些激动，一路上不停地和裴承勋说着什么，袁乐儿猜测应该是叮嘱什么吧，毕竟这样的机会难得，错过这次，裴承勋不知道又要等多久了。只是裴承勋有一句没一句地搭着话，不似想象中那么热切，甚至流露一丝落寞的感觉，这让袁乐儿感觉困惑。车很快驶入了某栋大楼，崔允择与裴承勋快步进入了大楼内，留下了司机与袁乐儿在车里。

此时无聊的袁乐儿忽然想起很久没与思琪联络了，因为最近事情太多，连微信都没开，一定又要被她骂死了吧。正当她拿出手机准备点开微信时，车门却被拉开了，她抬头望去，一个全身名牌拥有精致妆容的人影引入她的眼帘，不过她完全无心欣赏，相反很是无谓地抬了抬眼皮，抿了抿嘴，似乎在埋怨这个人打扰了她的时间。

“怎么，很不想见到我吗？”不速之客首先开口，语气似乎来者不善。

“如果我说是，你是不是会离开？”袁乐儿的口气似乎也不太友好。

“那可能会让你失望了，难道你忘了以后我们可是要天天见面的。除非你辞职不干了！”很显然，申伊敏是故意上门来找茬的。

辞职？看来她真的迫不及待想让自己消失嘛。袁乐儿撇了撇嘴，淡然地看着申伊敏说道：“那可能也会让你失望了，我准备靠着这份工作养老呢！”要说吵架，袁乐儿还是很有自信的。

听到袁乐儿反击的话，申伊敏很是气结，她知道裴承勋今天会来这里见编剧，也知道袁乐儿肯定会跟着，她清楚编剧有不喜欢见到陌生人的习惯，料定裴承勋会让袁乐儿在车里等着，所以才盛装打扮，想给袁乐儿一个下马威，最好是能把她弄走。可她低估了袁乐儿的战斗力，对方不但不畏惧她的气势，相反根本不把她放在眼里，这让一直以来高高在上的申伊敏完全无法接受，有了前所未有的挫败感！可，她是申伊敏耶，韩国顶级韩流明星，申伊敏！怎么可以被一个小小的保姆打击呢。于是，她高傲地理了理头发，对着袁乐儿嫣然一笑：“是吗？那太好了，我还在担心自己的小保姆因为产假休息没人照顾我呢，既然有你在，我就放心很多了。以后，我和承勋就拜托你啦！”这句话让在她身后的一个女孩脸色微变，诧异地拉了拉她的衣袖，而申伊敏根本不予理会。

她这话的意思是，把自己当作廉价保姆，买一送一吗？袁乐儿瞪着不可思议的大眼，对着申伊敏好笑地眨了又眨，她是不是今天没吃药就出门了，脑袋这么不清楚，看来她很是搞不清状况，除了裴承勋，她袁乐儿可不会把任何人放在眼里！于是，袁乐儿也对着申伊敏灿烂地笑着，然后做了一个拜拜的动作，接着“刷”的一声拉过了车门，完全不理差点被门撞到脸的申伊敏。

“呀!! 你什么意思？你给我开门！”彻底被激怒的申伊敏气疯了，对着车窗一阵敲打，甚至还叫身后的女孩帮她拉开车门，可惜袁乐儿的动作太快了，在关上车门的瞬间就按下了锁门键，然后惬意地拿出手机，点出了微信，根本不理申伊敏的叫嚣。

对于袁乐儿的举动，申伊敏知道自己不但被对方无视了，甚至是彻底羞辱了，这个奇耻大辱她终生难忘，在未来她当如数奉还，甚至是三倍四倍十倍的奉还！因停车场内的车进进出出，申伊敏为免自己形象受损，停止了敲打的动作，用力地咬着牙，恨恨地瞪着黑漆漆无法看穿的车窗，然后跺着脚愤愤地转身离去，而身后的女孩也急忙快步跟上。

此时两耳不闻窗外事的袁乐儿正开心地和程思琪聊着天，把自己为什么没走还留在韩国的大概情形一一做了汇报，不过她隐藏了自己是裴承勋保姆的情况，谁叫她这个死党是忠实的韩流粉呢，如果一旦被她知道自己待在韩流明星身边，她可能会马上辞职跑来韩国当花痴吧……不过，程思琪对她说了一个她家目前的情况，让她感到疑惑。据思琪向阿杰打探的消息，她那专制的老爸居然叫所有人不必再找自己了，所有人力物力全都收回……这是代表老爸宣布投降放弃找她了吗？还是说他不要她这个女儿啦??!!

就在袁乐儿百思不得其解时，裴承勋和崔允择已经从电梯里走了出来，看他们两人愉悦的表情似乎谈得还不错。袁乐儿急忙收好手机，脑袋里想着要不要把刚才申伊敏来过的情况告知裴承勋，却发现，申伊敏也紧跟其后从电梯里走了出来。看来，什么都不用说了！

正当袁乐儿拉开了车门，准备走出车厢时，申伊敏不失时机热情地抱住了裴承勋，然后亲昵地说着道："恭喜哦！我就知道你会成功的，因为你是我的承勋啊！"这句话很简单，袁乐儿虽然不太会说，但她能听懂，那句你是我的承勋让她把刚才赢得漂亮的一仗全都淹没得无影无踪，原来，她根本输得彻底，从未赢过。黯然的袁乐儿收回了伸出的头，默默地挪了挪位置，向最里面靠去，她紧咬着红唇，努力提醒着自己不能不开心，不能表现出任何不妥。

而这一切却被面对她的申伊敏看在了眼里，得意的她弯了弯微翘的嘴角，吵架厉害有什么用，能拥有裴承勋的人才是最终赢家。既然人家这么在意他们亲密的举动，那以后可要多多表现才行，让她知道谁才是真正的主角！

而被申伊敏这突如其来热情的举动弄得不明就里的裴承勋有点疑惑，她这是怎么了，这里可是停车场，要是被记者或粉丝看到就完了，难道她不担心他们的恋情曝光吗？只是申伊敏的祝贺的确很适合裴承勋的心情，于是他也回以一个温柔的拥抱，轻声地说着："谢谢敏儿姐！这次让你费心了！"

画面很美，郎才女貌天造地设的一对，可此情此景看在袁乐儿眼里却那么刺眼，那么伤人。袁乐儿转过头，默默地告诉自己，没事的，习惯就好。就当他们在拍戏吧……

"傻瓜，你的事就是我的事，费什么心。只要你开心，我就开心了。"自从上次事件后，这是第一次裴承勋那么温柔地和自己说话，所以她很是激动和开心，很是感性地对着裴承勋说着她心里的话。

"嗯，我们一起加油吧！"听到申伊敏这样的话，不能说裴承勋没被感动，虽然她自私地陷害了自己，但人谁无过呢，这次为了他的事她肯定努力了很久，所以裴承勋很是感激，早已不再计较她对自己的陷害了。

"好了，走吧。这里人多，有什么你们小两口回去再慢慢说吧。"崔允择很是有眼力见儿，刚才过去的车里似乎已经有人在对他们侧目了，在双方恋情还没准备公开又在接新戏的关键时刻，还是不要传出什么绯闻的好。于是催促着拥抱的两人赶快上车。因为两人是各自坐公司的保姆车来的，所以申伊敏依依不舍地吻了一下裴承勋的脸颊，然后对着裴承勋温婉一笑，就走向了自己的保姆车，裴承勋也弓着身进入了车里。本想把刚才的结果与袁乐儿分享的他，却发现袁乐儿紧闭着双眼软绵绵地靠在窗边。什么嘛，她怎么一点都不关心自己进去的情况，居然还安心睡着了，真没义气。裴承勋有点埋怨地嘟着嘴，心情不爽地埋头玩起了手机。

袁乐儿像真的睡着一般，不管不问，就那样靠着车窗，一动也不动。其实，她真的很希望自己睡着，这样她的脑袋里就不会一直重复着他们刚才拥抱的情景，也就不会心情低落难过到死，更不会有想跳起来掐死裴承勋的念头！就这样，气氛怪异的保姆车向着下一站急速前进着。裴承勋接下来的行程是个简单小型的母校见面会，所以保姆车在不到20分钟的时间，就驶进了一所大学里。

5

学校门口早已挤满了等待已久的学弟学妹们，大家都拿着横幅大声呼喊着裴承勋的名字，袁乐儿继续装睡是不可能了，只能缓缓睁开双眼，装作才睡醒好奇地看着车外的一切。

裴承勋孩子气地对着袁乐儿嘟了嘟嘴，小脸似乎在埋怨说，你还知道醒哦！然后转过头深呼一口气，当司机拉开车门的瞬间，他满脸阳光笑容，谦和乖巧地呈现在迎接他的粉丝面前。袁乐儿吐了吐舌，果然是演员啊……变脸比翻书还快！然后，也急忙跟着裴承勋的脚步走下了车。因为崔允择给予她的任务是保护裴承勋的安全，所以她紧贴着裴承勋的身边，阻挡着疯狂粉丝对裴承勋的触碰。其实，她的举动是多余的，因为几个高大的保镖早已在裴承勋身旁，很是专业地360度围绕着他，热情的人群根本无法靠近裴承勋。

尖叫声，欢呼声此起彼伏，一波盖过一波，这样的情景袁乐儿还是第一次看到，在今天她才真实感到裴承勋在韩国的知名度和受欢迎的程度，她从侧面向裴承勋望去，忽然发现他像一个闪闪发光的巨星，耀眼夺目，虽然近在咫尺却远在天涯。

而这时，人群中不知道是谁用力地推了袁乐儿一把，根本没有防备的她毫无悬念地就这样直接飞了出去，然后狠狠地摔倒在地。而因为人群众多，保镖们根本无暇顾及她，所以倒地的袁乐儿就像被遗弃的小狗般，相当狼狈地趴在地上，最惨烈的是，因为她身材娇小目标不明显，人们的目光都随着前进的裴承勋而忽略了她的存在，所以，有双脚“不小心”踩上了趴在地上的袁乐儿手指上。

“啊……”还在和大地亲密接触的袁乐儿痛得叫出声了。

可惜，她的声音被人潮汹涌的尖叫声淹没，所以根本没人听到，也不会有人去关注到她目前悲惨的状况，而那双脚似乎并没想离开，而是继续用力踩下去。袁乐儿痛得眼泪都快流出来了，她努力地想爬起身，可人群众多，一个接一个从她身旁走过，有的甚至就要从她身上踩过去了，根本无人关心她的状况。正当她要绝望时，忽然人群安静了，一个身影向她跑了过来，她以为是自己眼花，但却是真实的。接着那双踩着她手指的脚也快速松开，顺着脚望去，袁乐儿似乎看到了一个似曾相识的背影一晃而过，混入了人群之中。

“乐儿姐，你还好吗?”裴承勋慌乱地抱起趴在地上无法动弹的袁乐儿，急切的声音让全场的人为之动容。大家都在窃窃私语这女的是谁啊，这么好命，居然被承勋哥这样抱着，紧张着。

一脸委屈痛到不行的袁乐儿，美丽的大眼里噙满了泪水，楚楚可怜地望着裴承勋，她好想抱着他哭，也好想对着他埋怨生气，为什么丢下她不管她，但她知道不可以。所以，努力对着裴承勋挤出一个勉强的笑容。可她不知道，这样眼含泪水，而手指已经红肿还面带委屈笑容的她，看在裴承勋眼里有多么心痛和多么愤怒!

裴承勋把袁乐儿紧紧搂在怀里，抬头望向迎接他的粉丝群，脸上早已没了阳光温暖的笑容，而是满脸冷峻，眼光犀利地扫视着人群。或许大家都没看过这样冷冽的他，大家都惊得不发一语，呆呆地望着他。

看着裴承勋此时的神情，了解他的崔允择知道，这是要发怒的前奏了，他很担心裴承勋会做出不理智行为，急忙扯了扯裴承勋的衣角，焦急地对着裴承勋摇了摇头。

“我相信我的粉丝都是有理智也很有爱心的，今天这样的情况希望以后不要再发生。我心疼你们每一个人，不想因为你们因为我受到任何伤害，也希望你们能爱护我身边的人，她们是我的工作伙伴也是我很珍惜重视的朋友，所以，也拜托大家能像爱我一样去爱她们，因为她们痛一分我会痛十分，拜托!”裴承勋毕竟在演艺圈成长了这么久，孰轻孰重他很清楚。因为是粉丝，裴承勋即使再气他也不会去指责，只能用恳切的语气，希望粉丝们能理解他此时的心情。看着这样成熟历练的他，崔允择深深地松了一口气，也被裴承勋有情有理的话所打动，很是欣慰地微笑着。

所有人都被裴承勋的话感动到不行，而那句“她们痛一分我会痛十分”的话，更令人动容，粉丝们全都愧疚地低着头。只可惜袁乐儿什么都没听懂，只是傻傻地抬头望着他的俊颜，看着表情凝重的他，感性地说着话，仅仅这样，她已经忍不住眼里的泪，那么十指连心痛彻心扉都忍住的泪水，此时却像洪水暴发般倾泻而出，打湿了裴承勋的胸膛。

“很痛吗?别怕，我带你去医务室。”面对哭得很厉害的袁乐儿，裴承勋还以为袁乐儿的伤情加重了，他更是用力拥着怀中的她，快速向他熟悉的医务室跑去。而身后的保镖也不敢怠慢，疾步向前簇拥着。因为这个特殊情况，迎接的粉丝们都不敢再跟上前，都乖乖的目送着他离开。而一个身影，趁此时急忙溜了出去，跑过街角，上了一辆深色的保姆车，随即保姆车疾驰而去。一切发生得很快，也很隐秘，根本没人注意到这个插曲。

医务室外站满了随行保镖，而医务室里也挤满了医生和校务处的人，大家都因为这个意外感到万分抱歉，校长不好意思地向裴承勋道着歉，而医生们则积极地为袁乐儿消毒包扎着。

裴承勋一边敷衍应付着校长，而手上却快速地拿着手机打着字。

“现在感觉怎样，还很痛吗？除了手还有哪里受伤了，要不我们去医院做全身检查吧！”本来咬着牙忍着痛的袁乐儿，看见这些字以后，似乎所有的痛都消失不见了，那种从心底涌动的温暖让她不知该说什么，只能一个劲地流泪和摇头。

可她的举动让裴承勋感到糊涂，不明白她是因为太痛而流泪，还是因为有其他地方受伤了无法开口。于是，慌张的他直接用手去触摸袁乐儿的身体，从脖子、手臂、背、腰，甚至腿一一不放过。一边触碰还一边碎碎念地问：“这里痛吗？这里呢？这里还好吗……”这样焦急担心的他，如果崔允择不清楚内情，似乎会认为袁乐儿是他的恋人似的。可，其他不明真相的人却不清楚啊，以免大家误会，崔允择急忙打圆场：“承勋这孩子就是这样，担心身边的工作人员比自己还紧张，多么善良贴心的孩子啊！”

听了他的话，在场的所有人都似懂非懂地点头，对本来就是学校代表人物的他，更加的骄傲自豪，全都赞许有加，敬佩不已。

“没事，别担心，我很好，你别着急！”看着这样不顾及形象这么担心自己的裴承勋，袁乐儿急忙用蹩脚的韩语一个单词一个单词地表述着。

“真的没事？如果有别忍着，一定要告诉我，知道吗？”裴承勋继续打着字。

“嗯，知道，放心。”袁乐儿一边感动着一边听话地轻声回答。

裴承勋因为活动时间安排不能继续陪着袁乐儿，就叮嘱两个保镖全程保护着她，一步都不能离开，而他自己则和崔允择一行人向活动现场走去。裴承勋走了后，袁乐儿的心情也慢慢沉寂下来，冷静地回忆了事发当时的情况，从自己被推倒然后被踩的一系列状况来看，似乎根本不是意外，而是明显有人在针对她而人为的，那个似曾相识的背影绝对是自己见过但又不太熟悉的人。在这个自己人生地不熟的国家，这么讨厌自己又熟悉裴承勋行程的人能有几个？

似乎理清思绪的袁乐儿，美丽的大眼闪出一丝精光，她低头看了看自己红肿不堪的手指，和全身狼狈可怜的模样，嘴角微翘，露出一个让为她诊疗的医生都为之害怕的诡异笑容。

而此时还在保姆车里暗自得意的申伊敏，忽然全身不自觉地打了一个冷战，一种不祥的感觉油然而生。她转头再一次向小助理确认着，当得到对方肯定的回答后，她自我安慰地想着，没事的，在那么多人的情况下，袁乐儿又会发现什么了，就算发现了，她抵死不认，又能拿她怎样了。想到这，她安心地闭上眼，欢愉地微笑着，一想到刚才袁乐儿趴在地上狗吃屎的模样，她就按耐不住的开心，和她斗，活该！

而此时一部黑色的奔驰停在了裴承勋出席活动的大学门口，司机恭敬地为后座的人拉开车门，一个打扮很休闲，戴着鸭舌帽的男人走下了车。而从另一边车门出来的则是身材高挑性感一身似火的韩雪晴。两人相视一笑，男人伸出手，而韩雪晴柔情似水一脸温柔地走向他，牵住了对方那双温暖的大手，小鸟依人般紧靠在其身旁。两人很有默契，就像逛街一般，惬意地走向了大学里面。

第十二章　摇曳的萌芽

1

此时校园因为裴承勋的到来群情激荡，兴奋不已。不过，裴承勋的活动时间很短，为新生到来做了简单的欢迎仪式，然后又给50名幸运儿签名互动后就准备离开了。今天的他笑得不太自然有点牵强，不是他不开心，只是因为担心还在医务室的袁乐儿，所以不似平时那么亲切温暖，活动中他有点急切焦虑。崔允择了解他的心情，也没有过多指责，只是不时为其打圆场化解尴尬。

袁乐儿其实不像裴承勋想象得那么脆弱，包扎完毕后便走出医务室来到活动现场，两个保镖紧跟其后。两行人终于在保姆车的地方集合在一起，裴承勋看着袁乐儿完好无损对着他微笑的模样，露出了一个从内心深处很是欣慰的阳光笑容。

“乐儿!”这时远处一个女性温柔的声音，亲切而热烈地呼唤着袁乐儿。

听到倍感亲切的中文，袁乐儿惶然转身望去，一袭大红的紧身连衣裙似火焰一般映入袁乐儿的眼帘，那个美丽而性感的身姿，让袁乐儿开心地裂开了嘴，毫无形象地大笑起来。

“雪晴姐！真的是你吗?”袁乐儿激动不已地大声回应着。

“乐儿，你眼中只有你的雪晴姐吗?”而回答乐儿的则是一个略显低沉浑厚的男人声音。

一听到这个声音的袁乐儿瞬间瞪大了双眼，惊诧地用手捂住了嘴。看着她如此反应的裴承勋，急忙向对方望去，那个男人……像在哪里见过？到底是哪里呢？哦，对了！照片！他是照片中的那个男人!！不过，看袁乐儿的反应，似乎很激动，他究竟是谁呢?

“乐儿姐，他是？……”裴承勋有点迷茫地小声向袁乐儿问道。

“我生命中最重要的男人……之一!”袁乐儿饱含泪水，一脸幸福的表情。然后快速地跑向了那个男人，没有一点含蓄地直接扑进了对方的怀抱。而对方也早已张开双臂迎接着她的到来，然后狠狠的环抱住了她娇小的身躯。

在场除了韩雪晴显得淡定以外，所有人都茫然地瞪大了双眼。这是什么情况，两人激动的神情和拥抱画面，简直堪比好莱坞大片啊。不知为何，裴承勋的心里似乎有点别扭，他和袁乐儿拥抱过很多次，但从没一次看到她如此主动和热情。而且，刚才她说什么，如果他没听错的话，这个男人是她生命中最重要的男人之一？也就是还有之二之三啦？一遇到脑子打结的事情，裴承勋就会不自觉地撇着嘴，双眼飘忽，神游太空，脑子里闪现出一幅又一幅离奇的画面……不愧为想象小王子啊！

袁乐儿紧紧抱着面前的这个男人，似乎很害怕一松手，对方就会消失似的。而男人则一脸宠溺的表情，用手温柔地抚摸着袁乐儿飘逸的长发，还动情地吻了吻她的额头。今天可能是袁乐儿的眼泪日，她扑眨扑眨的大眼噙满了泪水，吸着粉红的小鼻子，撒娇地大声哭泣着。

“好啦，好啦……不哭不哭，都多大了，还这么爱哭鼻子，让人看到会笑话的。”虽然男人的鸭舌帽挡住了他一半脸颊，但他愉悦微翘的嘴角，让远处观望的人能明显看到他英挺俊俏的侧颜。

“哥……我好想好想你！哥……”袁乐儿依然不依不饶地哭泣着，鼻音蒙眬地对着男人大声地喊着。原来此人不是别人，正是袁乐儿的亲哥哥，袁秦风！

“还敢说想我，想我会离家出走没有消息这么久吗？你知道因为你，家里都快急疯了吗？”袁秦风听似责怪却极其宠溺的口吻，对袁乐儿来说根本就没杀伤力。

“我不管啦，谁叫老爸那么专制，从小到大对我都特别严厉，要我出国就出国，叫我回来就回来，甚至还私自给我定亲找了个未婚夫！我真怀疑我是不是他亲生的，为什么我和你的差别那么大？”从小，袁乐儿和袁秦风的感情就特别好，无论袁乐儿做错什么或者在外面受到什么委屈，袁秦风从不问缘由就挺身而出，为其顶罪和遮风挡雨。所以，在离家这么多年的时间里，袁乐儿最为牵挂的就是这个哥哥。当那天，在那个陌生房间里，看到袁秦风的照片时，她就早已按捺不住激动的心情，但又因为担心自己的联系会让老爸知道自己的行踪，所以她只能无奈地忍着，一直忍着。直到今天，在她完全意料之外的相见，让她思念的心情完全一发不可收拾，就想这样一直抱着哥哥，再也不离开，然后像小时候一样，对着哥哥倒着所有的苦水和不满，然后在哥哥怀里找到想要的安慰和温暖。

可这一次，袁秦风并没有随着她的性子给予她任何安慰的话，而是拉开袁乐儿环抱着他的手，面色认真地对她说道：“乐儿，哥不允许你这样说爸，你怎么可以怀疑自己不是他亲生的呢？从小到大爸最紧张最爱护的人就是你，怕你饿着、冷着、伤着，总是把最好的东西给你，总感觉给予你全世界似乎都不够。是，哥承认，爸对你严厉了些，但这不能说明他不爱你啊，这样的话可不能让爸听到，他会很伤心的，知道吗？”

袁乐儿其实只是撒娇胡诌而已，没想到袁秦风居然这么正色，让她想寻求无条件支持的心有点委屈，只能嘟着嘴心不甘情不愿地“哦”了一声。看着她的表情，袁秦风知道她这个宝贝妹妹又在耍性子闹别扭了。只能无奈地摇了摇头，然后用手端着袁乐儿憋屈的小脸，微笑着很是宠溺地说：“对不起嘛，哥错了，不该帮老爸说话惹我亲爱的妹妹不开心了，老爸真的太专制了，太不民主了，太跋扈主观了，乐儿绝对有理由怀疑不是他亲生的……哥哥道歉，悔过，行了吗?”

听着哥哥口是心非的话，袁乐儿“噗”的一声笑出了声，或许别人不知道，但她很清楚，作为家族接班人的袁秦风，行事作风一向冷漠决绝，不但不讲情面，甚至绝不留人退路，常常使用非常手段把人赶尽杀绝，不留后患。但对于自己，他完全没辙，除了宠爱还是宠爱。

袁乐儿似孩子般灿烂地笑着，然后垫着脚尖用手环绕住袁秦风的脖子，随即一跃而起，两腿非常不淑女地夹着袁秦风，像个巴壁虎一般吊挂在袁秦风的身上。而袁秦风则用手很是轻松地托着她的身体，爽朗地笑着，任凭她撒娇胡闹。

看着这一切，在一旁的韩雪晴很是感动，她知道他们两兄妹有多久没像这样打闹嬉戏了，也知道他们的感情随着岁月的变迁不但没有淡漠，甚至是越来越浓。她很庆幸，那天送袁秦风离开后，在机场门口发现了袁乐儿的身影，本来还有些迟疑不敢确认，当她看到袁乐儿和一个男人抢计程车的情景，在一个陌生得连语言都不会的国度，还那么气势强大不惧对方是男人的女人，除了袁乐儿这个天不怕地不怕的人，还能是谁……

于是，她急忙与已经上飞机的袁秦风联系，因为飞机刚起飞，袁秦风的电话无法接通，所以无奈之下，以免惊动袁乐儿，她只能暗中跟着她，直到和袁秦风联系上以后，她才知道袁乐儿只身出现在这里的原因，居然是离家出走。而袁秦风因为家里有事无法抽身，只能拜托她看着袁乐儿，时刻保护好她的安全。所以，才会有后续的一堆情况。

这边场面温情感人，可远处的裴承勋却不淡定了，又抱又亲就算了，现在居然还像个八爪鱼一样攀附在一个男人身上，这个女人也太过随便了吧！就算……就算是男女朋友在这样光天化日之下做这些举动，也太过分了吧！而且，而且这女人还是自己的贴身保姆，如果被人传出去，他……他要怎么见人啊！对，必须阻止，为了自己的声誉和面子，他也要必须阻止！

裴承勋急忙对着还在撒娇中的袁乐儿冲了过去，然后一把抓住袁乐儿的胳膊，把她用力拽了下来，接着自然地把袁乐儿扯到了自己身后，然后昂头挺胸很有气势地瞪着袁秦风。

本就比袁秦风高半个头的他，其实大可不必仰头挺胸的，他面前的袁秦风看他还需要微微抬头。而原本笑容满面温柔似水的袁秦风，如风雨突变的天气般，面色骤变，目光如梭似两道闪电般，冷然地瞪着裴承勋。这家伙胆子不小，居然敢从他手里抢人！

裴承勋也明显感觉到了这个男人的气场不一般，虽然对方没他高，但却能给予自己压抑的气势，让他有种说不出的紧迫感。不过既然自己已经与对方对上了，他也不会有所畏惧。于是，裴承勋收敛了阳光男孩的温暖和青涩，表现出一副淡然从容的表情，此时的他全身散发着似寒冬三月的冰冷气息，回以袁秦风一个无畏的眼神。

被莫名其妙扯下来的袁乐儿则从裴承勋身后伸出半个头来，当她看到这两个用眼光就想杀死对方的男人时，极其无奈地叹了一口气，他们俩是要怎样，打一架吗……不过，很是清楚自己哥哥战斗指数的她可不想裴承勋受到一丝伤害。于是，袁乐儿甩开了裴承勋拉着自己的手，站到两个男人的中间，正欲开口，却被两个男人同时出声阻止："你走开!"

额……袁乐儿哑然了，只能灰溜溜地低着头从这个氛围紧张的战场走出去，乖巧地靠在韩雪晴的身边。

"你好，我是袁乐儿的老板，裴承勋!"裴承勋很有气度的首先开口！不过，对方似乎不感冒，冷冷地瞟了一眼他。

"你确定你能当得了她的老板?"袁秦风显然没给裴承勋台阶下，相反有点咄咄逼人!

不过，裴承勋也不是省油的灯，看似微笑却极具杀伤力的淡漠表情，似完全不把袁秦风放在眼里般云淡风轻地轻吐一句："这已然是事实，还需要质疑吗?"

两个男人的对话简短精辟，似乎谁也不比谁逊色。而无语对视的眼神中，闪耀着不同颜色的火花，似乎有着一触即发的火力!

呀！什么情况？他们两个到底在说什么??不懂韩语的袁乐儿在一旁很着急，急忙抓着在一旁看好戏的韩雪晴露出一个可怜巴巴求助的表情。

看到一脸苦哈哈的袁乐儿，韩雪晴随即伸出手挽住了袁秦风的胳膊，然后对着他甜甜一笑，那个笑容似乎在说，别闹了，他可是乐儿重视的人。袁秦风轻轻地拍了拍韩雪晴的手，似乎在回答她，他有分寸，放心！两人的默契十足，举手投足就像一幅美丽的画。

"是吗？那凭我妹的资历，你准备给她多少薪水了?"袁秦风再一次开口。

他妹?！原本还气势很强的裴承勋被袁秦风的话震得差点吓歪了嘴。什么情况嘛，刚才那么激动……那么热情……那么暧昧的画面，不是因为男女朋友，而是兄妹??!！那他如今这个样子是在干嘛，阻止人家两兄妹团聚吗？一瞬间，裴承勋汗如雨下，尴尬万分……不过，这家伙可是演员也，下一秒钟就已然换上一副很是乖巧狗腿的笑容："当然是她很满意的程度啦，我们公司对她可是求才若渴，喜欢得很！哥哥，您大可放心的!"说完，还很是诚恳地 90 度鞠躬。

韩雪晴知道袁乐儿听不懂，转头小声翻译给她听。哪里知道，袁乐儿听完后，很是不淑女的"噗"地笑出了声！就差没喷人家韩雪晴一脸口水了。虽然知道裴承勋平时爱玩偶尔使坏，但这样鬼马变脸她也是第一次见，实在是忍俊不禁。

对于袁乐儿的嘲笑，裴承勋只能恨得牙痒痒地偷瞪她，不过也因为乐儿的出声，使尴尬的场面有了一丝缓和。

其实，袁秦风对于裴承勋并不陌生，不只是裴承勋是韩流明星而已，而是韩雪晴这几天一直跟他汇报，当知道乐儿在发病时居然喊着他名字时，袁秦风心中其实早已有数，这个能进入难以对人敞开心扉的袁乐儿心里的男人，这次也是他来这里的目的之一。

从外形来讲这家伙的确无可挑剔，比自己还高出半个头的他体态均匀，天生的衣架子一个，体魄嘛也还算将就，虽然瘦了点，不过从他拉乐儿下去的力度可以看出，绝不是手无缚鸡之力的小白脸。而最让他出乎意料的则是看似外表乖巧很是胆小的他，居然在面对自己那么强大的气场下，不但面不改色，还能游刃有余地淡然处之，迎头而上！这份气魄和胆识可不是很多人能有的。所以，袁秦风对于裴承勋有点另眼相看。虽然他做不了自己妹夫，但做朋友还是不错的。因此，对于裴承勋如今要宝般的变脸，他也就睁一只眼闭一只眼地过去了。

“你不用这么客气行这么大礼的，毕竟以后乐儿还需要你照顾了！你好，我是袁秦风，乐儿的亲哥哥！”袁秦风扶起裴承勋的身体，顺便伸出了手。

裴承勋急忙用双手握住了袁秦风的手，这样的礼让裴承勋已经不记得有多久没做过了，自从成名以后，都是别人对他行礼，而他则客气礼貌地微微点头。他也不知道为何在知道对方是袁乐儿的哥哥后，他为何会这么惶恐紧张，似乎很担心给对方留有不好的印象。

“哥哥好，刚才是我误会了，对不起，请您别介意!”裴承勋很是嘴甜地应允着。

“我们算不打不相识嘛！不过，我今天可能要向你借下乐儿了，毕竟我们两兄妹很久没见了，还希望你能体恤。”袁秦风果然厉害，看似拜托的请求，但字里行间摆明让对方无法拒绝。

其实，即使袁秦风不提，裴承勋也早已有这样的打算，既然对方主动提出了，他当然会做顺水人情。急忙很是诚恳地说：“应该的，哥哥不说我也准备这么做的。看来，我们想到一块去了。”随即，裴承勋转头拍了拍袁乐儿的肩膀，轻声细语地说：“乐儿姐，今天你什么都别管，好好和哥哥聚聚，吃什么玩什么算我的，别跟我客气，知道吗?”然后对着助理闽有海招了招手，闽有海很是懂事的把裴承勋的皮夹递了过去。裴承勋从皮夹里拿出一张卡交到了袁乐儿的手里，然后附在袁乐儿耳边小声地说：“没有密码!”

对于裴承勋的这一大段话，袁乐儿自然有些迷茫。不过聪明的她从裴承勋的举动可以猜出他是叫自己拿钱去请哥哥吃饭游玩。虽然她根本不需要，但这家伙贴心的举动还是很让她感动。所以，为了不打击他的好意，她很是乐意地收下了卡，然后踮起脚尖，用手拍了拍裴承勋的头，露出温柔似水的笑容：“谢谢!”

而裴承勋也回以阳光的微笑，对着袁乐儿嘟了嘟嘴，似乎在不满她对自己似哄孩子般的举动。两人的互动自然而忘我，让看在眼里的袁秦风微微皱了皱眉。

就这样，双方在简单的寒暄后，在学校门口分道扬镳，各自离开了。车开得很快，一瞬间袁乐儿的身影就消失在车窗外，又恢复往日一个人的寂静，裴承勋忽然发现似乎有点稍稍不习惯。望着这几天袁乐儿坐的位置，他有点呆愣，不自觉地用手轻轻抚摸着似乎还留有余温的坐垫，脑海中闪过袁乐儿与自己这几天的过往，特别是她昨天害怕胆怯的眼神，让他微蹙起眉心。像谜一般的她到底受过怎样的伤害才会有那么无助惊恐的模样？裴承勋缓缓地收回了手，看着车窗外的人来人往，此时，心底间涌现出莫名的情愫，一种他无法用语言和大脑思考的感觉……

2

就在裴承勋思绪万千时，车子已经到了行程的目的地，某电视台的地下停车场。随行人员为他拉开了车门，裴承勋随即收回心神，面露微笑意气风发地走下了车。与此同时，另一部保姆车也到了，从随行人员的人数和车子的牌子来看，此人必定是顶尖的韩流明星。果然，不久后从车上走下一个身材高挑，及其时尚帅气的男人。

看到此人后，裴承勋急忙走了过去，点头鞠躬向其打着招呼。不过，此人只淡淡瞥了一眼裴承勋，然后向助理伸出手，助理急忙把端在手中的热咖啡递了过去。他对着裴承勋似笑非笑撇了撇嘴，然后轻轻抿了一口咖啡，随即蹙起了眉头，转头对着助理冷冷的地说道："我看你是翅膀长硬了吧，买的居然是你喜欢的口味而不是我的？你脑子在想什么了，以为在我身边混久了就成气候了，不把我放在眼中了是吧？"

当着其他艺人训斥自己人，这样的事情不多，因为毕竟家丑不可外扬。不过，这些话听在裴承勋耳中他可不以为这位前辈是在训斥助理，明显是话里有话在说他。但，裴承勋自认从没与他有交集，也没做任何有损他利益的事，不明白对方为何要这样说。

而被骂的助理似乎也很有默契般卑躬屈膝地低着头，愧疚地道着歉："对不起对不起，是我太不小心了，一不注意就得意忘形，失了分寸，忘了本分……请您原谅，下次不敢了！"

听到这样的话，裴承勋疑惑地抬了抬眉正欲搭话，却被急忙走过来的崔允择拉住了。只见崔允择很是圆滑地对着那位大帅哥鞠了一个躬，然后笑容爽朗地和其打着招呼："好久不见，您过得还好吗？最近您的电影真是大发啊，随处可见您的宣传画报，据说仅上演一周票房就已破百万了！您的作品和人气真是让我们汗颜啊，无论承勋怎么努力都不及您百分之一，有机会的话还请您多多提点下我们承勋，让这孩子跟着您沾沾光，多点曝光率，长点知名度！拜托啦！"

果然不愧为最强经纪人，不花哨的马屁拍得很是到位，不做作也不虚伪，顺带还把自家艺人踩了下去，让对方实在找不到可以挑剔之处。于是对方对着助理放下了手中的咖啡，面色稍微缓和的他对着崔允择也回以善意一笑："哪里，都是大家捧场而已。你们承勋也不错啊，虽然年纪不大，也没演过几部戏，不过好在外形条件不错，在这个靠脸吃饭的年代，相信假以时日绝对可以到达我的位置。加油啦，我还有专访，就先告辞了！”他说完这句话，在一群人簇拥下浩浩荡荡向电梯走去。

望着他的背影，裴承勋的双眸里似乎有团窜耀的火焰，火光中印着对方的身影，一点一点灼烧着他的画面。了解裴承勋的崔允择知道，此时的他很是生气，未免裴承勋做出任何冲动的举动，崔允择急忙小声说道：“别在意他的话，他今天是故意给你难堪的。听说你接手的这部戏，本来编剧指定他为男主角，可最终因为敏儿的原因，变成了你。所以他难免心生怨气对你不爽，毕竟你抢了他的角色，而且又是演艺圈的前辈，无论怎样你还是忍忍吧！”

本来以为对方无的放矢的裴承勋，在听了崔允择的话后，似乎也没那么气了。作为演员来说，被人家抢了属于自己的角色，任谁都会接受不了，何况对方还是韩国数一数二的人气明星。不过，在未来裴承勋却因此做了一个错误的决定，而导致自己身陷险境，这是后话。

3

袁乐儿完全沉浸在和亲人团聚的兴奋中，一路上叽叽喳喳地说个不停，似乎把憋了很久的中国话一次性发泄出来。好久说话没这么舒服了，不用打字，不用去看眼神更不用去猜测对方表达的意思。而袁秦风也很配合，满脸愉悦地陪着这个宝贝妹妹，因为某些原因，老爸不让他去美国探视，导致他们两兄妹整整 5 年没见面了。此时此刻，就算袁乐儿要天上的月亮，他都会毫不犹豫地为她摘下来！

“对啦哥，你和雪晴姐现在怎样了？”袁乐儿之所以问这句话，是因为在她离家的前一年，也就是 15 年前，韩雪晴的出现，差点让她失去了袁秦风，而也因为这个意外，也让韩雪晴与袁秦风有了不解之缘，成了不可分离的一对。只可惜，因为韩雪晴的身份让袁胜天无法释怀，一直不允许他们交往，直到袁乐儿被送离去美国，他们都是苦情鸳鸯，偷偷摸摸不能见光。如今，已经 15 年过去了，她想说应该会有所变化吧。

听了袁乐儿的话，本来还不错的气氛瞬间降到了零点。韩雪晴微微地低下了头，而袁秦风急忙用手环抱住她，一双聚光有神的双眼很是深情地看着她，得到袁秦风安慰的韩雪晴露出一个比较勉强的笑容。

看着这样的画面，袁乐儿明白，所有的一切根本没有丝毫改变！老爸是不是太过分了?! 15 年过去了，居然还这么顽固不化，试图拆散这对有情人。

“哥!! 你会不会太没脾气了？还是你根本不够爱雪晴姐啊！你为什么不反抗，为什么不给雪晴姐该有的名分？你到底在怕什么？”这是袁乐儿第一次对袁秦风大吼大叫，她对袁秦风的做法非常失望！一向雷厉风行做事狠绝的哥哥，为什么一味纵容老爸的专制蛮横而不给自己心爱的女人一个幸福美满的家呢？

“乐儿，别怪你哥，他已经尽力了。而且，现在我们也很好啊，除了没有名义上的那张纸，其实和结婚没两样的！你别难过，我真的很幸福，真的！”眼见袁乐儿对袁秦风的态度，韩雪晴急忙松开袁秦风的手，转头拉着袁乐儿的手。

“你骗人!! 分隔两地无法相见会幸福吗？没有彼此的陪伴会幸福吗？不能手牵手在阳光下散步会幸福吗？不能道晚安说早安会幸福吗……”袁乐儿越说越心疼韩雪晴的处境，红了的眼眶忍不住泪如雨下。

“乐儿乖，不哭……不哭！是哥哥不好，哥哥没用……对不起！”这个话题太沉重，沉重到让天不怕地不怕的袁秦风也词穷，只能愧疚地对着袁乐儿道歉。

“你没有对不起我，你对不起的是雪晴姐!! 你知道一个女人有几个15年吗？雪晴姐把最美丽的年华都给了你，而你给了她什么？哥！我对你真的好失望，好失望……”不知道为什么，一想到两个相爱的人不能在一起，袁乐儿的心里就犹如刀割般难受。她好痛，好痛……痛到似乎不能呼吸不能自已！

“乐儿，不是你想的那样！当年你还太小，不知道到底发生了什么，所以你误会了你哥，也错怪了你爸！他不让我们在一起并不是因为那次意外让你哥受伤，而是因为我……”

“行了！雪晴你别说了，都过去那么久了，别提了！的确是我做得不够好，也的确是我负了你，让你没名没分还不能见光地跟着我。乐儿说得没错，是我对不起你！”本来想说出隐情的韩雪晴却被袁秦风果断地打断了，似乎有些话题对于袁乐儿他们至今都是禁忌。

“哥，一句对不起就能换取一个女人的15年吗?? 我瞧不起你，我也绝不会像你这么软弱！这次，我会抗争到底，绝不会让老爸摆布我的婚姻，更不会跟一个不爱的男人结婚！”袁乐儿似乎下定了决心，她不只是为自己争取，她还要为哥哥和雪晴姐争取，就算老爸是天，她也要捅破这个老天一个洞。因为幸福是靠自己争取的，而不是等来的。

“乐儿，哥哥这次来就是告诉你，散散心就快回家，别任性了。爸爸做任何事都是有理由的，无论他做什么都是因为太爱你太在乎你，不想失去你！所以，听哥话别使性子了，好吗？”对于袁乐儿的话，袁秦风很是担心。因为从小到大乐儿的性格就像老爸，说一不二，脾气很拗也很直，只要是自己决定的就不会轻易改变，即使知道前面是死胡同，她也会毫不犹豫往里钻！

“在你眼中我还是那个只会任性不懂事的孩子吗？我只是争取自己的幸福而已，这样也不行吗？哥，你怕老爸，我不怕！无论如何这次我都不会盲目听从，我要寻找属于自己的爱情。”说完这句话后，袁乐儿忽然转头向着韩雪晴说道：“对不起，雪晴姐，今天看来不能陪你吃饭了，改天我们再好好聚聚，我先走了！”袁乐儿很是愧疚地对着韩雪晴鞠了一个躬，然后不理袁秦风头也不回地快步离开了。

当袁乐儿疾步离去时，忽然袁秦风大声地对着她的背影喊道：“你想争取的幸福就是裴承勋吧！你爱上了他是吗？他不会是你的终点，你别浪费时间了！你明知道老爸是不可能让你们在一起的！乐儿！！乐儿你听到没？”

“啊！！！”袁乐儿一边捂着耳朵大叫，一边跑起来，她不要听，她也不想知道。如今的她只想逃离，逃得远远的，逃到那个有他的地方去。即使不能在一起，只要能安静地待在他身边，默默地看着他……即使时间有限，即使……没有未来！就算飞蛾扑火，她也无怨无悔！

在做现场采访的裴承勋在说话时忽然咬到了自己的舌头，采访只能中断。他抿着嘴，脸痛得可怜兮兮地扭曲着，都说十指连心，可牙齿咬到舌头的痛似乎也差不到哪里啊！本来就不善于说话，又怕面对镜头的他，讲话基本很随意，却没想到会出这样的意外。助理闵有海急忙递给他一瓶水，让他缓和下。可，裴承勋却按着心脏的位置，他不明白明明咬到的是舌头，为什么心却很难受，很闷，甚至有点痛！

“承勋，怎么了？好点没？”崔允择看着脸色不太好的裴承勋，很是担心。

“没事，可能休息几天有点懒了，行程太多累了吧。”裴承勋淡淡的一语带过，对着崔允择缓和一笑。

“你可别懒啊，后续行程都排满了，大家可都指望着你吃饭喝粥呢。”眼见裴承勋无恙，崔允择着实松了一口气，与他开起了玩笑。

“这样啊……那你可要把我捧在手心才行，摔不得，冻不得，饿不得，累不得哦！”合作多年，两人的默契可不是假的，调侃起来谁也不输谁。

“是是是，我的大少爷。我会小心伺候您的！”崔允择居然还玩起了敬语。两人都忍俊不禁，哈哈笑起来。

经过小小的插曲后，主持人又开始对裴承勋的专访。

“承勋 xi，外界传言你是极品宅男一枚，只要没有工作就会死宅在家里。家就那么好吗？里面有什么那么吸引你的？”主持人开始犀利地发问。

“嗯……是没错！因为我个性比较内向，基本没什么朋友，除去工作以外，我都会在家里。一般会补觉或者看电视，把漏掉的电视剧都恶补一遍，这是我最大的乐趣。”裴承勋乖巧得体地回答着。

“那如果停电的话，你不是会跳脚？”主持人看着一说话就耳朵通红的裴承勋，开始逗趣他。

“应该会的，然后会打电话一直问一直问什么时候来电！”裴承勋腼腆地小声说着。

“哈哈……你太可爱了！可这样不出门的你，怎么交女朋友呢？能告诉我们你的理想型是怎样的吗？”果然不愧为知名主持人，话题转得很快。

“这个啊……嗯……要说实话吗？”裴承勋嘟了嘟嘴，眼神游离地望着主持人。

“当然！相信你的粉丝都会想知道这个答案，要知道你可是目前炙手可热的新韩流明星之一，对于你的理想型也是大家讨论得最多的话题之一哦！”本着娱乐精神，主持人可不想轻易放过这个可以挖新闻的机会!

“嗯……喜欢漂亮的!我喜欢一切美好的事物，所以女友一定要漂亮的!”裴承勋脑海中闪过了申伊敏美丽动人的画面。

“哇!只要漂亮就好吗?那我们这里有你喜欢的型吗?”主持人似乎不打算放过裴承勋，追问到底。

“这里似乎都是妹妹吧?应该不太适合我!我喜欢被爱，被照顾，所以姐姐似乎更适合一些。嗯……姐姐可以让我撒娇，可以让我任性，还偶尔可以被我欺负，永远都不会生气，也不会责怪，无论发生什么事情都会陪在我身边!即使，有了误会也不会离我而去，毫无芥蒂地相信彼此……”不知不觉间裴承勋像话唠一般说了一堆，而此时他的脑海中却满满的全是袁乐儿的身影。从机场的撞击，无厘头的回家，她为他擦药，为他做饭，被他欺负吐一身水，温馨地吃着家常菜，然后吵架、误会、分离和回来……所有的画面就像漫天飞舞的雪花般，一片一片飘落在他面前，也烙印在他心底。裴承勋似乎走神了……

第十三章　酸爽的相处

1

“承勋 xi？承勋 xi？你想到谁了吗？还是说你已经有意向的人选了？”主持人急忙唤回神游太空的裴承勋，不过他也扔出了更大的炸弹。

崔允择在一旁就要急得停止呼吸了，这家伙完全不按常理出牌，说话总让人担心，别一不小心就把申伊敏说出口，那问题就大了！

“嗯……没有啦！我只是在想我这样的孩子性格应该没女孩会喜欢吧，和我恋爱可能会太辛苦，我会不会找不到女朋友啊？怎么办……”裴承勋虽然不善于说谎，但聪明的他很明白此时他的每句话都有多重要，所以迅速掩饰住自己的失态，然后对着主持人可怜兮兮地撒娇。

“怎么会，只要你一句话，多少女孩都会为你而疯狂。假如哪天恋爱了，你会告诉我们吗？”主持人虽然是男人，但对着裴承勋嘟嘴卖萌的撒娇也无法抗拒啊，拿出手绢擦拭着额头的汗水。

裴承勋听到这个问题，想到了自己与申伊敏的过往，两年了，从在一起的那天开始，他就想让全世界来分享他的愉悦，可，事与愿违！直到两年后的今天，他依然无法向任何人诉说他恋爱的幸福。所以，这个问题他犹豫了几秒。然后向主持人反问道：“我恋爱的事情会很重要吗？大家会想知道吗？”

“当然！入行10年零绯闻的你，大家可是对你的恋爱史很是好奇哦，这绝对是一个爆炸消息！”没想到裴承勋会反问主持人，差点接不上话。

“这样哦……那好吧！假如我真的恋爱了，我想我应该会告诉大家的，因为我希望得到大家的祝福和分享我的喜悦！”裴承勋说出了自己心里真实的想法。

“哇！太好了！你真是一个坦诚的孩子。不过，还是不要了，让我们自己挖掘吧，这样爆炸性会更大哦。”主持人对于裴承勋的直白很是欣赏，愉快地与他交流着。

而此时，袁乐儿气喘吁吁地跑进了采访室，望着那个在灯光下闪闪发光的男人，看着他侃侃而谈的从容和温暖人心的笑容，看着他害羞腼腆绯红的侧颜，看着他因为紧张而不规矩动来动去的手指……每个画面都让袁乐儿无法挪开视线！她的脑海中响起了袁秦风刚才的话，你爱上了他！

是的，她爱上了那个比她小很孩子气，不同国籍还是明星的男人——裴承勋！此时的袁乐儿忽然很想冲过去紧紧地抱着他，不用说话，只要待在他怀里就好。可，现实不允许！所以她只能睁着美丽的大眼一眨不眨地看着他，想把他所有的美好一丝一毫记录在脑海中，烙印在心底。而越看却越难过，想起袁秦风的那句“他不会是你的终点”让袁乐儿的眼泪像倾泻的潮水般夺眶而出！

“乐儿？你怎么会在这里？”看到袁乐儿的身影，感到诧异的崔允择惊讶地叫出了声。

袁乐儿急忙慌乱地擦拭一下眼泪，转头使劲挤出一个温柔的笑容。“因为哥哥有急事需要离开，所以我就回来工作啦！有什么需要帮忙的吗，允择哥？”

看着眼眶泛红的袁乐儿，崔允择以为是袁乐儿在难过和哥哥才相聚就分离，所以心里理解没有点破，答道：“没有没有，承勋的采访马上就结束了，今天的行程也完毕了。本来以为你今天不在没人做饭给他吃，我刚还去饭店订了位置，顺便庆祝下承勋此次有惊无险渡过难关。既然你回来了，那就一起吧，正好也给你接风，欢迎你加入我们这个大家庭！”

“谢谢允择哥！您想得真周到，承勋有你在身边真的是无后顾之忧啊！”袁乐儿此次说的是肺腑之言，崔允择对裴承勋的确是照顾有加，面面俱到！

“哪里，你客气了。这么多年的合作，我和他除了工作上的关系，其实私底下早已把彼此当作亲人，只要是对承勋好的，我都会去努力争取，不会让他受到一点伤害。以后，承勋有你照顾我也很放心，从你宁愿被他误会默默离开来看，你是真心为他好的，上次的事情，我还没正式向你道歉。对不起，虽然是身不由己但我的确做了伤害你的事，请你原谅！”这是崔允择第一次放心把裴承勋交给一个陌生人，虽然和对方认识时间不长，但这个女孩总有一种可以让人安心放心的魔力，所以崔允择真挚地对袁乐儿说出了心里话。

“你别这样说，我从未怪过你，所以不存在原谅不原谅！你也别把这个事情放在心里了，好吗？我答应你，我一定会好好照顾他，保护他。不管未来发生什么事情，我都不会让他受到一丝伤害，我保证！”袁乐儿的这些话虽然是对崔允择说的，其实她很明白，这是她对自己的要求和对裴承勋的承诺。

“我相信，还有谢谢！”对于袁乐儿，崔允择真是越看越喜欢。这样一点就破很是聪明的女孩，如今真的不多。不但如此，还很讲义气非常有责任感，实在是不易。因此，崔允择露出了欣慰的笑容。

就在两人寒暄之时，裴承勋那边也结束了节目专访，缓缓地向着他们走了过来。只是，当看到袁乐儿的身影时，裴承勋有点不敢置信，于是，加快了步伐走了过去，就连主持人拿出笔纸让他签名纪念，他也完全没听见。

“你回来了？”裴承勋站在袁乐儿的身后，感到自己莫名的有些激动，用力地抓住她的手臂，把袁乐儿硬生生地拉转身。

袁乐儿转身就对上了裴承勋笑得很灿烂的俊颜，心里的悸动几乎无法掩饰，她微微地抖动着红唇，轻声说道："是，我回来了！"

"哥哥呢？你为什么不多陪陪他？为什么回来这么快，饿了吗？有没有吃饭？"裴承勋就像个问题宝宝一样，问了一堆问题，他似乎激动得早已忘了袁乐儿根本听不太懂韩语。

其实无论此时裴承勋说什么，袁乐儿也是一句也听不见的。只要能这样看着他，听着他的声音她就已经很满足了。不过，好在一旁的崔允择很懂事，低声用英语把裴承勋的话翻译给了袁乐儿听。当听到裴承勋这一堆担心自己的问题时，袁乐儿再也无法压抑内心的感情，眼眶泛红地对着裴承勋大声说道："为什么要对我这么好，你是笨蛋吗？你这样……你这样让我以后怎么办？"

现场所有人都被袁乐儿的举动惊呆了，就连裴承勋也是一头雾水，诧异地望着她。他不明白自己说错什么了，可以让袁乐儿如此激动，情绪失控。好在袁乐儿说的是中文，根本没有人听懂她说的话。可眼力见儿很强的主持人不淡定了，他总觉得这里面有什么不为人知的故事，所以凭着敏锐的观察力，注意起袁乐儿的一举一动。

裴承勋看着哭得有点抽搐的袁乐儿，急忙慌乱地拿出手机："乐儿姐你怎么了，是我说错什么了吗？对不起，你别哭了，无论我说了什么，你都别生气了，好吗？"完全不明状况的裴承勋只能傻傻地打着字道歉，虽然并不知道自己错在哪里，但一看到袁乐儿伤心落泪的模样，他的心犹如针扎一般难受。

裴承勋用双手捧着手机端正地放在袁乐儿眼前，焦急地盼希望袁乐儿看一眼。可袁乐儿还沉浸在难过之中，无暇顾及。不过旁边的主持人倒是歪着头偷偷地瞥了手机内容，一想到今天会有爆炸性的意外收获，主持人就有点忍不住地偷乐。

这一切全都落入了崔允择的眼中，他不动声色轻轻拍了拍袁乐儿的肩膀，但指尖却有点重力地敲打了几下，然后非常和颜悦色小声说着："你刚才是不是在告诉承勋哥哥因为有急事离开，你很难过啊？"虽然崔允择也不明白袁乐儿刚才说了些什么，但从袁乐儿的情绪来看，似乎在责怪着承勋什么。但，无论是怎样，对于与生俱来就肩负着保护承勋重任的他来说，所有对承勋的不利因素都必须扼杀在摇篮里，这是他的使命！所以，他只能悄悄地提示袁乐儿，希望袁乐儿聪明绝顶能明白他的意思。

失控的袁乐儿听到崔允择的话和指尖敲打的提醒后，瞬间被拉回心绪，她知道她的失控造成了现场的揣测和猜疑，因此她急忙擦拭着眼泪，暗定心神，轻吐一口气后有点愧疚地点了点头，对着崔允择说："对不起，因为太久没见到哥哥，却不能好好聚一聚就分开了，我真的很难过，所以……所以我失态了，对不起！"

果然，袁乐儿没让他失望，崔允择松了一口气，欣慰地看了袁乐儿一眼。然后用韩语故意提高音调向裴承勋翻译着袁乐儿的话。即使，他知道旁边的主持人早已听明白袁乐儿的英文，但做戏做全套，他很明白这是必要的。果不其然，在听到袁乐儿话后的主持人嘬了嘬嘴怏怏不爽地走开了。

而根本不明真相的裴承勋在听了崔允择的翻译后，迷人而又深邃的电眼此时充满了忧伤！于是，率性的裴承勋就这样在众目睽睽之下，无所顾忌地直接把袁乐儿拉近了自己怀里，狠狠地，用力地搂着她。他无法用语言去安慰，只能用行动来表明他对她的心疼。

而袁乐儿被他这突如其来的拥抱弄得很懵，在刚才自己的状况还没收拾完的时候，裴承勋又突然来这一招，旁边的工作人员会怎样想？担心会给裴承勋造成负面影响的袁乐儿急忙用力推开了裴承勋的手，随即还大声地说："那有姐姐让小弟弟来安慰的，我才不要那么丢脸。"然后还瞪了一眼若有所失的裴承勋一眼。

裴承勋不明就里转头望着崔允择，于是崔允择又急忙把袁乐儿的话翻译一遍。原来，他的好意被拒绝了，而且是毫不犹豫，狠狠的！不知为何，在她最需要人安慰的时候，她说不需要自己的安慰，他感到了前所未有的失落。裴承勋尴尬地笑了笑："是，姐姐很勇敢不需要弟弟安慰，那弟弟现在饿了，姐姐可以走了吗？"

"对对对，大家都饿了吧，走，吃饭！今天我可是下了血本，有顶级韩牛哦！"崔允择急忙顺着裴承勋的话，吆喝着其他工作人员收工吃饭。

随着崔允择的话，所有人的注意力都被吸引到吃饭的话题上了，每天都很是辛苦的大家，吃饭睡觉都是随意加方便，难得有这么好的伙食因此都很开心兴奋，早已不关注裴承勋和袁乐儿。

而袁乐儿也躲闪着裴承勋灼人的目光，装作很是忙碌的帮忙收拾东西跑离开采访室，冲进了保姆车。眼前就像倒带一般，全是刚才裴承勋拥抱自己的画面。她不知道当时是用了多大的勇气才会推开那个温暖健硕的胸膛，决然拒绝了他安慰自己的好意！看着裴承勋那副受伤的眼神，她真想掐死自己。正当袁乐儿懊恼之际，裴承勋也拉开车门坐进了保姆车，在这个狭小的只有两人的空间里，平时经常打打闹闹嘻嘻哈哈的两人，忽然有了死寂一般的安静。两人转过头看向窗外，那种背靠背却又想转头的悸动犹如春日的气流般缓缓流动着。

2

因为裴承勋是名人，崔允择订的地方自然不差，高级清净的餐厅和华丽的包房。除去两个沉默不语的两人，一行人都兴高采烈地等待着服务员上菜。不过当房门被推开时，进来的人却让所有人大吃一惊。

"嗨，我们又见面了！"此人似乎眼中只有袁乐儿，直接对着张着嘴很是诧异的袁乐儿打起了招呼。

"呵呵……嗨……好巧哦！"袁乐儿偷偷看了一眼裴承勋，然后极其尴尬地回应着对方。

“不巧，我是专门来找你的！”对方似乎不给袁乐儿自圆其说的机会，直截了当地说明了来意。

“哈哈……真是……巧啊！没想到金社长也来这里吃饭，如果您不介意的话就一起吧！”原来不速之客居然是前几日送袁乐儿回去的金逸晨！本想打圆场的崔允择第一次词穷了，人家都说不是巧合是故意来的了，他那句巧可真是自掘坟墓啊……

“怎么可能不介意，人家可是堂堂的社长大人，你居然叫他和我们这么一大堆人吃饭，太唐突了！我们就不打扰你了。”裴承勋狠狠地瞪了一眼无辜的崔允择，然后似笑非笑地对着金逸晨下了逐客令。

“社长也要吃饭嘛，我完全不介意和大家一起吃饭，那就谢谢邀请啦。”哪里知道金逸晨根本不理裴承勋，直接主动走到袁乐儿的身旁，原本坐在袁乐儿旁边的工作人员急忙站起身，给金逸晨让座。

此情此景令裴承勋心里有着说不出的不爽，他极度不满地瞪着金逸晨。而金逸晨却对着他惬意一笑，缓缓落座在袁乐儿的身旁。

“几天不见，你过得好吗？”金逸晨开口礼貌地向袁乐儿问候着。

“啊……哦！很好啊，谢谢你的关心！”不太明白对方什么意图的袁乐儿，只能虚与委蛇客气回答着。

“我回去后调查了你说的假包事件，果然被你说中了，是店长监守自盗做了手脚，还好你发现得早挽救了我们 LouisVuitton 的声誉！所以，我必须亲自来向你道谢。”金逸晨对着袁乐儿非常诚恳的微微一低头，算是鞠躬的意思。

所有人都被金逸晨震撼到了，一个堂堂的社长居然对着一个小保姆这么客气谦卑，在韩国这样一个尊卑观念极强的国家，这样的画面是根本不可能的。

就连裴承勋也不明白他们之间发生过什么，因为袁乐儿根本只字未提过！

望着众人的目光，袁乐儿有些尴尬，急忙对金逸晨说：“你不用这么客气的，我当时并不是那么好心帮你解决问题，只是用来攻击那个不太礼貌的工作人员而已，所以你完全不需要向我道谢甚至道歉，因为你并没做错什么！”

“无论意图是什么，但结果就是对于我极大的帮助，所以谢是一定要的！今天这顿算我的，大家尽情随意就好，请不要有负担！”金逸晨也看到了大家探询的目光，于是转头说明今天他道谢的诚意。

只是完全听不懂两个人用英文交流的裴承勋，只听到了金逸晨摆谱装阔要请客的韩语，这下他心里的不爽简直就要喷出火了。本来自己人好好地出来吃一餐，他莫名其妙跑出来就算了，还拿钱砸人来请客，难道一顿饭他还请不起吗？

“不用了，我们自己人聚餐怎么好意思要金社长您请客了，本来您就是突如其来的‘贵客’，我们顶多加一双筷子而已，您这么忙应该也吃不了多少，一下就会离开吧。所以，还是不劳您费心了！”裴承勋的话看似都谦恭，但只要有脑子的人都听得出来他逐客的口吻。

“我今天不忙啊，会同大家一起好好聚餐，既然承勋你这么客气，那就随你意好啦。”金逸晨依然如微风拂过般的温柔谦和，说完后，他又扭头对袁乐儿用韩语说：“那我下次单独请你！”然后看似不经意却很是嘲弄地看了一眼裴承勋。

晕！裴承勋差点没后悔到想咬掉自己的舌头，这家伙摆明故意的，明知道袁乐儿不会韩语，这不是说给自己听的吗！裴承勋微翘着小嘴，皱着可爱的鼻子，气愤地瞪着金逸晨，就差没冲上去咬他两口了。

夹在两个男人中间的袁乐儿也很不好过啊，两股明争暗斗的气流压抑得她差点喘不过气来！她就不明白了，金逸晨是怎么知道这里的，而且来这里到底是想干嘛？就算是道谢需要这么大张旗鼓堂而皇之吗？而裴承勋又是在闹哪样，人家又没招他惹他，处处和别人过不去。如果不是不能饿肚子的话，她真想离席逃跑！

就在大家都低头不语不敢吱声的时候，服务员终于推开门上菜了！一道道热气腾腾的美味佳肴出现在一堆饥肠辘辘的人面前。不过，因为金逸晨在，谁都不敢轻易动筷，只能看着咽口水。

只有一个人无视大家的眼神，对着一块肉就夹了下去，然后满足地塞进了自己的嘴里，当她正要伸出手夹第二块时，才发现大家用极其羡慕可怜的眼神望着她。

“你们干嘛？不饿吗？干嘛不吃？”袁乐儿不太明白为何大家都不动筷，疑惑的用生硬的韩语向看着她的人问道。

“大家吃啊，别浪费了承勋一片好意！”金逸晨完全自来熟地招呼着众人，然后自然地夹起袁乐儿第二次想伸出筷子夹起的菜，随即温柔地放到了袁乐儿的碗里，再对着茫然的袁乐儿露出一个舒心的微笑。

饿坏的众人见金逸晨动手了，也急忙开始操作起来，只有一旁的裴承勋，一双捏着筷子的手似乎要把筷子掰断了。他愤愤地紧咬着下唇，气坏的小眼神似喷火般瞪着金逸晨。接着……他也狠狠地夹了一大筷子菜用力地塞进了袁乐儿的碗里。

于是……接下来……两个人似乎在比赛似的，你一筷我一筷的，把袁乐儿的碗塞得满满的，毫无空隙。开始还吃得很嗨的袁乐儿并没太在意，不过后来，如堆积得像小山般的菜让她真心无从下手，才发现了这两个男人的不妥。看着一堆菜，袁乐儿真心想唱……今儿个不缺菜啊不缺菜！被弄得完全没法好好吃饭的袁乐儿“啪”的一声放下了筷子，随即很不淑女地翻了一个白眼。转向左右看了看两个不好好吃饭像孩子般的男人，一边拿出手机打着字，一边大声用英文说：“你们是怎样，还要不要我吃饭啊?!”

同一时间，手机也放在了裴承勋的面前。看到袁乐儿的举动和语气，两个男人都像做错事的孩子般急忙低下头，乖乖地拿起筷子，夹着菜吃饭不说话。袁乐儿深深舒了一口气，世界终于安静了!!

这顿饭吃得大家堵得慌，没人敢随便说话都只能埋头苦干，而三个主角似乎也状况不断，所以不到半个小时，桌面就像狂风扫落叶般只有些许的残羹剩菜了。所有人都如坐针毡地想离开这个压抑的地方。

这个时候，裴承勋似乎心情突然不错起来，语气欢快地对着崔允择说："大家都吃饱了吧，那允择哥叫他们来买单吧。"

"额……好的！不知道金社长您今天还吃得满意吗？不满意的话，希望下次还有幸请你吃饭补过！"崔允择在起身前还跟金逸晨客气了一句。这不是废话吗？谁都知道今天这个饭吃得很是纠结，金逸晨基本没怎么吃，不是使劲给袁乐儿夹菜，就是在和裴承勋斗气。

"很好啊，非常满意！第一次和乐儿小姐吃饭，我感到万分荣幸，还要谢谢承勋的盛情款待！"金逸晨犹如没有脾气似的好好先生一般，似乎在他眼中什么都很好，没什么不妥。

"那就好，那就好！"崔允择在得到的确切的答案后，暗地里松了一口气，舒心地按了服务铃。

"我还有话想单独和你说，等下我送你好吗？"金逸晨回头低声向袁乐儿问道。

袁乐儿正想开口，裴承勋却抢先一步回答了："这个就不劳你费心了，她和我住一起的，所以坐我保姆车就行了，你忙的话先走吧。"裴承勋一脸嘚瑟，满满笑意的脸此时像发光体般，亮眼夺目。

裴承勋的话不仅让金逸晨微微皱了皱眉，更让袁乐儿吓掉了下巴。什么情况，他居然听懂了英文??

金逸晨不置可否地微笑起来，难怪这小子一吃完就一副轻松惬意的表情，原来是这个原因。笃定吃饭结束，他就结束了，连送她回家的机会都没有。不过，金逸晨依然面不改色，冲着裴承勋笑容可掬地说道："那就麻烦你照顾她啦，我们有时间再聚。"

什么叫做麻烦他照顾她？说得就像他的人拜托自己照顾一样，这家伙还真是没脸没皮语不惊人的！裴承勋也急忙回以金逸晨一个皮笑肉不笑的表情："不麻烦，都是她照顾我而已，所以你还是别！费！心！了。"一字一句地顿挫，似乎已经完全表明了裴承勋和袁乐儿亲密的关系。

"理解，姐姐总是会照顾弟弟多一点，这是天然母性，谁叫乐儿小姐那么善良可爱呢。"两个人的唇枪舌剑似乎又开始了，看似没有硝烟的战场简直让观战的众人有种血别溅到身上的感觉。

"你跟我出来，我有话和你说！"实在无法忍受众人苦瓜表情的袁乐儿，拉着金逸晨就走出了房间。留下一脸错愕的裴承勋杵在原地，因为听不懂袁乐儿的话，他以为袁乐儿就这样和金逸晨离开了，把他抛下，头也不回地走了……忽然间，裴承勋脑海中一片空白，除了直瞪瞪地看着关闭的房门，他根本无力做任何事。

"OK！我不知道你今天为什么知道这里，也不知道你为什么来这里，更不知道你和承勋在闹什么，但我想告诉你，我不需要你的道谢也更不需要你道歉。所以，请你以后别再出现在我面前了，我不希望因为你的出现，让大家好好的一顿饭搞砸了。也不希望承勋不开心，一直闹脾气，好吗?”出门后的袁乐儿放开了金逸晨的手，简单明了说明了她的意图。虽然有点伤人，但她顾不了那么多，只要是裴承勋不喜欢的她就不喜欢！

本以为袁乐儿会和自己说什么的金逸晨被袁乐儿一席冷淡的话弄得有点手足无措，但他毕竟是在商场上身经百战的人，不会因为一点点困难就转身放弃。于是，他依然很绅士地面露微笑：“对不起，我不知道我的到来让你这么不开心，请原谅！之所以知道你们来这里，是因为这里是我的副业，你们订餐时我就知道了。而来这里本想单纯地请大家吃顿饭，然后向你道谢和……认识下你。因为欣赏你的为人，所以期待能和你成为朋友。至于承勋为什么不开心，我真的不明白，或许是我打扰了你们的聚餐吧。今天是我唐突了，不好意思，希望你别生气，我是真的很有诚意想和你做朋友！”

本就对自己的语气有点歉意的袁乐儿，却没想到对方不但不生气还那么客气礼貌，其实说起来人家似乎也没什么过错，是自己太紧张裴承勋，相反还有点过了。所以，在听到金逸晨的一席话后，袁乐儿有点不好意思了。

“其实……你也没做错什么。对不起，我刚才口气不太好，因为我……”

“不用向我解释，我明白！如果你真的觉得过意不去，答应我，下次单独让我请你吃顿饭好吗?”金逸晨聪明地打断了袁乐儿的话，他可不想袁乐儿说出一些他不想听的内容。而在袁乐儿怀有愧疚之心的时候提出自己的要求，他有把握对方不会拒绝。

果然，迟疑了几秒后的袁乐儿对着他温和一笑，微微点了点头。“好吧，有时间的话，我们吃个饭吧！”

“把你电话给我！”金逸晨很是开心地向袁乐儿伸出手。

袁乐儿迟疑地把手机递给了金逸晨，只见金逸晨刷刷刷按了几个数字，然后递给了袁乐儿。“这是我的电话和姓名，而你的电话我也拨到我电话了，这样以后，我就不会因为联系不上你而这么唐突啦。今天我就先告辞了，改天见，乐儿！”金逸晨对着袁乐儿温柔地笑笑，潇洒转身离去。留下一脸错愕的袁乐儿看着手机上的三个字，金逸晨！他刚才叫她乐儿？她似乎记得自己从未告诉他自己叫什么吧，他是怎么知道的？而且还叫得那么顺口……不管了，袁乐儿此时没心情去想那么多，她还要回去安抚那个情绪化的小子。

袁乐儿推开门那一刹那，看见一脸落寞，还傻站在原地一动没动的裴承勋。她很是奇怪地走到他面前，用手在他眼前晃了晃，然后掏出手机。

“你傻站着干嘛？回家啦！”

当看到回家啦三个字，裴承勋就像复活般清醒过来，他傻傻地咧开嘴对着袁乐儿使劲笑着。

“恩，我们回家!”裴承勋直接用韩语回答着袁乐儿，然后自然地牵着她的手，走出了房间。

所有的工作人员在看见大少爷的笑容后，全都深深吐了一口气，大家虽然知道裴承勋很孩子气，但像今天这样一直和金逸晨闹脾气还是头一遭。如果不是知道他和申伊敏在谈恋爱，所有人绝对会以为今天两个男人的斗气是为了袁乐儿。

只不过崔允择在看见裴承勋今天的种种表现后，可不像其他人想得那么简单，望着两人牵着手离开的背影，崔允择陷入了沉思中。和裴承勋合作这么多年，从未见他这么反常和不理性过，即使和申伊敏秘密恋爱以来，他都没这样紧张惶恐的时候，难道他……

在车上，袁乐儿发现裴承勋一直偷偷瞄着自己，然后还傻傻地笑个不停。他干嘛，是不是吃错药了？

“喂！你到底在笑什么?”实在无法忍受被偷窥的袁乐儿终于掏出了手机。

“没有啊，就是开心啊！刚才我以为你和他走了，不管我了，没想到……没想到你又回来了。所以，我就很开心啊!”裴承勋一边愉悦地打着字，一边还停不下地傻笑着。

看着他开心不已像孩子般天真的笑容，袁乐儿很是感触。傻瓜，这个让人挪不开视线，不得不爱的傻瓜！就因为自己没抛下他就可以让他开心成这样。如果，如果当他哪天知道，自己对他的爱不是姐弟而是男女之情，或许他的笑容就会不见了吧。那个时候，是不是就是自己该离开的时候了？一想到在未来的某天，她和他永不再相见，她的心就好痛好痛……痛得快不能呼吸不能自已了。

“我怎么会抛下你，我们不是说好了吗？不离开彼此，不欺骗，不放弃！除非哪天你不需要我了，我才会离开。”压抑住自己感情的袁乐儿，含着泪低着头对裴承勋打着字。

“我怎么会不需要你！那谁给我做饭，谁陪我玩，谁照顾我，谁又能像你一样整天被我欺负？世间只有乐儿姐你最适合当我的保姆，谁都无法替代！所以，我是不会让你离开的。”裴承勋完全没注意到袁乐儿的神色，依然开心地打着字。

对啊，最适合他的保姆！在他心中，只是保姆，姐姐而已。自己在奢望什么，不是想好了，只要待在他身边就好，为什么总会有些奇怪的想法，那么贪心地想拥有？袁乐儿偷偷擦拭了一下眼泪，随即露出一个装作生气的表情，狠狠地拍了一下裴承勋的头，表示对他欺负自己的抗议。

而裴承勋淘气地吐了吐舌头，故作委屈地抚摸着被乐儿拍打的地方，然后伸出他的大长手撒娇地抱着袁乐儿，还用头靠在袁乐儿的肩膀上，完全一副认错装乖的模样。

靠吧，抱吧。袁乐儿没有推开她一直渴望的拥抱，虽然意义不同，但她就想这样自私地留下这个瞬间，这样酸爽的相处，让她快乐着也痛苦着，但……她愿意！

“对啦，你刚才怎么知道金逸晨说的英文是什么意思?”袁乐儿忽然想到刚才那个让她差点喷饭的问题。

裴承勋抬起头，脸微微泛红，然后贼贼地敲打着手机，随即递给袁乐儿后就装作什么都没发生似的，扭头看着窗外。

“因为我会读心术……所以猜的!”当看到这几个字后，袁乐儿“噗”的一声大笑起来。这家伙真的不是一般的聪明，那么多句英文，他居然能猜得这么准，就在那个点那个时间，猜得到对方会说怎样的话……天啦，他的脑子到底是什么结构啊??

其实，裴承勋很明白，同样身为男人，他能感觉到金逸晨强烈的意愿和心情，在那个时间他笃定饭后金逸晨想送袁乐儿回家的想法，所以冒着被嘲笑的风险，直接打断了袁乐儿的话。还好，他猜对了，不然……他也不知道接下来该如何自处了！从来做事很谨慎的他，这次的确太过疯狂了，为了……为了某人疯狂了！望着窗外的夜景，听着袁乐儿爽朗笑声，他似乎已经渐渐明白了什么……

第十四章　我们的心

1

每天，袁乐儿都跟着裴承勋拍得满满的行程同进同出，就像他影子一般形影不离。虽然辛苦劳累，但她觉得幸福充实，因为他的笑容可以化解世上任何冰霜，可以驱散人间所有烦恼沮丧！直到裴承勋正式进入新片剧组开始拍摄，袁乐儿才体会到了什么叫作咫尺天涯！除了日常工作接触以外，任何私人时间申伊敏都会和他在一起，不只如此，申伊敏还经常以搭戏为由，待在裴承勋身边看剧本讨论剧情，完全没有给其他人能插入的机会。此时的袁乐儿只能待在角落，默默地看着他们同进同出，每次回头，每个微笑，每回离开的背影……那种明明很近却又遥不可及的距离让她有种揪心的痛。可即使如此，她依然想守在他身旁……

韩国历来的拍摄方式是边拍摄边放送，所以大家的拍摄进度非常赶，需要整个团队的默契合作和对电视剧的使命感才能完成这样的超负荷工作量。因此身为主演的裴承勋基本与家无缘，经常随便吃吃和偶尔打盹就继续开工了。才开工一周而已，裴承勋似乎整个人就瘦了一大圈。袁乐儿是看在眼里疼在心里，但她除了加倍照顾呵护以外，再无法给予他更多的关心，因为现实不允许！而最让她烦恼的是她入境期限剩余已经没几天了，她必须回国后再办理入境申请才能进入韩国，可不知道为什么，袁乐儿总有一种离开后就会有什么事情发生的不祥预感！可为了不影响裴承勋的心情，她对此只字未提，只能暗自希望自己杞人忧天。

今天是外景拍摄，要求男女主角在雨中和车来车往的公路上浪漫吻别。以免影响交通和吸引过多粉丝的聚集，剧组决定在一处比较偏僻人烟稀少的路段拍摄，很多后勤人员半夜就坐剧组车到达目的地准备场景布置了。因此一大早，袁乐儿不得不心疼地把才入睡不到三个小时的裴承勋叫起了床，推着还睁不开眼的他到洗手间，为他挤好牙膏，弄湿毛巾，就像照顾一个孩子般，又哄又宠，轻轻为他擦拭着他那光滑帅气的脸颊。

“乐儿姐，这里……还有这里……”裴承勋似乎很习惯这样的照顾，闭着眼睛用手撒娇地指了指没擦拭到的地方，然后还把帅帅的脸向袁乐儿靠了过去。

看着他满嘴牙膏沫还要赖的模样，袁乐儿忍不住笑起来，然后动作轻缓又很细腻地擦拭着大少爷不满意的地方。人，很奇怪，在环境的造就下，适应能力变得特别强，因为周边全是韩国人的关系，再加上本就有语言天赋的袁乐儿，韩语的听说能力提升得非常快，简单的日常用语和工作术语她基本都已掌握，所以，她与裴承勋很多时候的简单对话已经不再需要手机了。

“你能不能别这么赖皮，以后要是我不在，看你怎么办?”袁乐儿用手轻柔地弹了一下裴承勋吹弹可破的脸颊，无奈地说道。

裴承勋依然在半迷蒙状态，用包着牙膏沫的嘴口齿不清地说：“你见过影子离开过本尊的吗？只要我在的地方你就一定会在，我们是分不开的！”

这句话太长，袁乐儿只听懂了影子的单词，她似乎猜测到了裴承勋的意思。她停下了手中的动作，从镜子中看着裴承勋睡意蒙眬很是笨拙的刷牙模样，然后用中文低声地说道：“傻瓜，你不知道在没有阳光的地方，影子就会消失不见吗……”随即，袁乐儿不自觉地伸出手，摸着镜子中裴承勋的脸颊，露出一个凄美而无奈的笑容。

“说什么啦？你怎么可以用中文?”因为听不懂袁乐儿的话，极其不满的裴承勋忽然睁开了双眼，看到了袁乐儿抚摸着镜中自己的动作。瞬间清醒过来的裴承勋，若有所思地透过镜子直视着袁乐儿。袁乐儿慌乱掩饰，使劲擦拭着玻璃表面，嘴里还埋怨着说：“干嘛刷牙刷得到处是泡沫嘛，打扫很累的耶……”

“你刚才到底说的什么?”裴承勋猛然抓住了袁乐儿擦拭镜面的手，一双能透视心灵的眼睛，直瞪瞪地望着袁乐儿。

“没有啊，没说什么！”与裴承勋直面对视的袁乐儿，第一次有了心虚的感觉，慌乱地避开了他那洞悉人心的双眼，努力地想抽回被握住的手。可，裴承勋似乎并不打算放过她，不但不放手，还用另一只手抓住了她的肩，把她按立在原处动弹不得。

“你有，那句中文，别逼我背出来问别人！”袁乐儿的闪躲和逃避让裴承勋更加肯定了那句话的重要性，他不得不对袁乐儿说出了威胁的话。

裴承勋的话旁人听起来似乎是天方夜谭绝不可能，但对于天天守在裴承勋身边，看他背台词练习对话的袁乐儿来说，是绝对相信裴承勋是能做到的。因为常常整本剧本台词，裴承勋在5分钟内就能很流利地背诵出来，所以他的超强记忆力注定了他能成为一个优秀演员。虽然刚才自己说的是中文，但她的确没把握裴承勋到底记住了多少，犹豫再三后，袁乐儿不得已拿出了手机，把刚才的话打进了手机里，然后递给了裴承勋。

裴承勋看了这句话后，抬起头对着袁乐儿淡然一笑，然后松开了她的手转身走出了洗手间，随即将整个房间的灯全都打开，然后再拉着茫然的袁乐儿走到了灯光下，用双手捧起她的脸，低下头对视着袁乐儿的大眼，然后一字一句地说道：“没有阳光，我就制造灯光！我不会让自己的影子离开，因为没有影子的人是不会有生命力的！”

袁乐儿依然没有听懂，这句话太深，但她从侧面的地上看到了两人的身影，一高一矮很是和谐地靠在一起，画面很美，那种暗影的模糊感看起来就像一对紧密依偎的幸福情侣一般。她明白，他在告诉她，他不惧怕黑暗的存在，因为倔强而又自信的他，可以找到不让影子离开的方法，或许很幼稚也很笨拙，但他依然会去做，只为不和影子分开！

这个傻瓜，为什么可以傻得这么可爱！袁乐儿伸出手抱住了裴承勋的腰，然后把头深深埋进了他的怀里，10 秒就好，不，5 秒就够了！他的味道，他的体温和他独有的心跳，在这瞬间就像一剂强心针般注入了袁乐儿的身心里，所有的委屈难过都随之而去，留下的只有她与他唯一的回忆。

“感动吧？我就知道你会喜欢的！”这是第二次袁乐儿主动地环抱裴承勋，所以这孩子又嘚瑟了。

“嗯……谢谢！很感动！不过嘛……”袁乐儿没说完就抬起了头，望着高出她一个头的裴承勋，完全一副沉醉其中及其崇拜的表情。

“不过什么？”裴承勋欢愉的微笑着。

“不过啊……我想知道你能在我即将过期的证件上制造多少灯光，才能让我这个影子不离开你这个大少爷啊？”袁乐儿这句话不会的单词太多无法用韩语说，只能埋头打起字来。当她把这些话放在裴承勋眼前时，本来还气焰嘚瑟的他瞬间像漏气的皮球。

“呀!！你故意的!”裴承勋知道自己被耍了，害他刚才还那么煽情，做一大堆傻事去安慰她，结果人家从头到尾就是在看笑话！觉得很丢脸的裴承勋跳脚了，伸出他的大长手就去瘙袁乐儿的痒。

瘙痒可是袁乐儿的死穴，裴承勋的手还没碰到她就已经吓得闪开了，急忙向她房间跑去，想说关门避难，可惜啊，裴承勋不只手长，脚更长……她跑三步人家一步就搞定了，就这样袁乐儿的头直接撞在了裴承勋的胸前。

“哈哈，跑啊，看你还跑……”幼稚的裴承勋抓着袁乐儿就开始上下其手地瘙痒。

“啊……我错啦，我错啦!！放手，快放手，哈哈……好痒，不行啦!”袁乐儿又跳又叫又忍不住地大笑起来，这个时候完全没了平日的矜持和淑女，疯得不亦乐乎。

“叫你整我，叫你忽悠我，活该!”可能最近拍戏太过辛苦，裴承勋好久没这么疯狂地玩了，所以越玩越起劲，根本没打算轻易放过袁乐儿，相反动作还越来越频繁。

“啊……救命啊！偶巴……我错啦!”为了求饶，袁乐儿也不管什么脸面了，学着韩剧里的撒娇。

"嗯?"当听到袁乐儿的话后，裴承勋呆愣了一秒钟，趁这个空当，袁乐儿急忙抓住门的把手推开了房门跑了进去，正想关门的她却被瞬间反应过来的裴承勋挡住了，不只如此还顺势跟着她冲了进去，把她抵在了门上。可……因为太过混乱，裴承勋伸出去想瘙痒的手却放到了袁乐儿的胸上!!

同一时间，两人都傻傻地瞪着对方，停止了所有的举动。随即，裴承勋仓皇的小眼神向左向右的闪躲着，他还记得上次扯下裙子的后果，此时的他急忙松开手护住下身的重要部位，一脸害怕惶恐地偷瞄着袁乐儿。

"还傻站着干嘛，没时间了，快走啦!"这次袁乐儿没骂他也没扁他，就像什么都没发生过一样拉开门走了出去。

其实不是袁乐儿没反应，而是她根本不知道如何去反应!这么尴尬的瞬间她真想找个地缝钻下去，哪里还敢直面裴承勋。此时此刻她恨不得插上一对翅膀，飞一般逃离开这个窒息的瞬间。

"乐儿姐……乐儿姐……对不起，我不是故意的，你别生气!"看着反应极其不正常的袁乐儿，很是怕怕的裴承勋捂着下身小心翼翼、屁颠屁颠地跟在袁乐儿身后，嘴里还使劲道歉。

听到他的话，袁乐儿忽然停下了脚步，在她身后的裴承勋急忙也停住了，一动不敢动，撇着嘴哭哈着脸。

"以后，不许靠近我一米之内，不准对我动手动脚，不可以随便抱抱，也不能瘙痒……还有……反正!不准碰我，听到没!"袁乐儿憋着一口气，狠狠地说了一堆，说到自己都词穷了，谁叫她韩语很渣……能想到这些已经很不容易了。

"哦……知道了!对不起……"裴承勋急忙乖乖应允，本想习惯性地伸手去拉袁乐儿的手撒娇，结果刚到半空，就被袁乐儿杀人般的眼神吓了回去，然后很是可怜地低着头偷偷看着袁乐儿。

"换衣服，出门!"看着裴承勋那可怜兮兮的小模样，袁乐儿忍不住想笑，可为了此时的威严气氛，她只能转过身继续装酷。

"哦，马上去。"知道自己错得离谱的裴承勋今天可是乖得很，袁乐儿说什么他就应什么，一点都不敢调皮捣蛋，急忙跑进房间去换衣服。

从出门到停车库，裴承勋都很乖，远远地离袁乐儿差不多一米左右的距离，远了他就大长腿跨大一点，近了又急忙退开几步，两人一前一后的模样，就像被妈妈责骂的小孩，想要跟上妈妈的脚步却又害怕妈妈生气似的画面，很好笑但又很温馨。

2

可惜，这个画面止于某人的出现。申伊敏一早就来到了裴承勋的楼下，如今两人是电视剧的主角，就算经常在一起出入，也不会让人丝毫怀疑，所以申伊敏直接买了早餐来接裴承勋一起去现场。

“承勋，怎么这么晚，我都到了一会儿了。饿了吧，我买了早餐一起吃！”一看到裴承勋的身影，申伊敏就急忙接过助理手中的早餐开心地向他跑去。在经过袁乐儿身旁时，她还不屑地冷冷一瞥。

袁乐儿早已习惯申伊敏的各种小动作，她淡然一笑置之，然后躬身上了裴承勋的保姆车。而裴承勋却停下了脚步，他微微蹙了蹙眉，转头看了看周围，虽然此剧是他们两人主演，但过多的频繁接触，一样会招来人家的猜忌。或许在以前他可能会求之不得人们的猜测或狗仔的挖掘，可如今……他似乎越来越不希望这段恋情曝光了。

“敏儿姐，其实……你不用这么辛苦来送早餐的，有海早已有准备。而且，我们都有自己的保姆车，根本就不能一起走啊。”裴承勋有点迟疑却又依然面带微笑地说着。

“我不管，就是想和你一起吃早餐嘛。来我车里，我们吃了再走啊！”申伊敏撒娇地把早餐递给裴承勋，然后习惯性地去挽着裴承勋的手臂，可裴承勋却因为接过早餐拿着不太方便为由而巧然避开了。然后对着她温和一笑，先一步上了申伊敏的保姆车。

望着落空的手，申伊敏隐隐觉得裴承勋已经在改变，慢慢地离她越来越远，虽然两人每天看似亲密，做什么都在一起，但裴承勋非常注意尺度，甚至有时候连拍亲密举动的戏份，裴承勋都是点到即止，导演一喊卡，他就会毫不迟疑地退开，不会借此机会像恋人般舍不得。

人，很奇怪！曾经那么担心曝光恋情的申伊敏，此时却恨不得被某个狗仔挖出她和他恋爱的新闻。不是要失去才会觉得珍惜，而是总以为随便怎样都不会改变的人，如今却离自己越来越远让申伊敏无法接受。从认识到相爱，裴承勋都属于付出那个，申伊敏说什么就是什么，属于完全被掌控型。可自从上次申伊敏陷害他的事情后，他似乎就变了，变得申伊敏完全无法预计，更别说什么掌控了。如今的他脑子里到底在想些什么，申伊敏已经完全无法得知。

她知道那件事她太任性，错得离谱，还差点让裴承勋的事业跌入谷底，但这一切都已经过去了啊，难道他还没原谅自己吗？还是……申伊敏转头看向了裴承勋的保姆车，她眼中恨恨地似喷火般瞪着黑漆漆的车窗。看来，上次那个教训还不够，她还没体会到什么叫作痛！

“敏儿姐，不是要一起吃吗？你还不快来？”眼见申伊敏傻站在车外动也不动，裴承勋似乎觉得自己刚才的举动有点过了，所以急忙热情地招呼着她。

“哦，好啊！”听到裴承勋话的申伊敏笑了，看来他还是在意自己的，随即，抬头挺胸很是自信地迈开步伐走向了保姆车。

透过车窗，袁乐儿面无表情地看着申伊敏那敌视的目光，她一向不喜欢搞小动作整人害人，可人家似乎却不这样想，越是容忍就越变本加厉。袁乐儿摸了摸上次被踩受伤的手，嘴角浮起一丝浅笑，如果申伊敏知道这个笑容会让袁秦风都害怕的话，她可能会很后悔自己曾经做过的事！

早餐后，裴承勋与申伊敏相继坐自己的保姆车向拍摄地驶去。一回到车上的裴承勋急忙向袁乐儿问道："乐儿姐你饿吗？我有叫有海准备早餐哦。"

"不饿，很饱！"袁乐儿根本不对视裴承勋的眼睛，望着车窗淡淡回答着。

"你还在生气吗？"裴承勋想靠近一点去看她的表情，可一想到袁乐儿的警告，他又急忙退回车窗边，紧紧靠着。

"只要你离我远点就行。"最好是从我心里也走出去，这句话袁乐儿只能咽在了心底。

"我知道这里没有一米，可，车里就这么大啊，我也没办法……要不，我坐后面去？"裴承勋嘟着嘴准备站起身向后爬去。

"坐下，别动，这样就行了。反正也没几天了……"说完这句话，袁乐儿沉默了，而准备起身的裴承勋也呆住了，缓缓坐了回去，转头看着袁乐儿的侧颜，不知为何她那句没几天了，让他有说不出的不舒服。是习惯吗？习惯了两人在一起的时光，习惯了家里有她的身影，习惯了她的凶巴巴，也习惯了她的眼泪，是习惯吗？是吧……裴承勋努力游说着自己，应该是习惯，而不是喜欢……

3

清晨的阳光很微弱，也很清冷。早已做好准备工作的剧组人员，当看到主演的保姆车来了后，都很开心雀跃。韩国的冬天很冷，虽然如今还是初冬，但早晨的冷风还是很刺骨的，大家都希望早早结束掉外景，去暖和的内场拍摄。所以，当裴承勋和申伊敏到达后，服装师、化妆师、造型师等等系列人员就一扑而上了。

一般这样的情况就没袁乐儿什么事了，所以她去找闵有海拿了早餐，悠闲地享受着她美好的早晨。正当她吃得很愉悦的时候，忽然看见了申伊敏的造型师着急地在翻弄着什么。她眼珠子一转，轻缓地放下了手中的食物，对着造型师走了过去。

"嗨，需要帮忙吗？"袁乐儿露出一个天使般的笑容，对着造型师友好的打着招呼。

"完了，完了……我找不到今天搭戏的鞋子了，等下一定会被敏儿姐骂死的。怎么办……"造型师似乎要急哭了，一边回答着袁乐儿，一边在服装车里埋头找寻着。

哦……鞋子哦！袁乐儿伸出手轻轻拍了拍造型师的肩："别急别急，还有时间，我和你一起找。什么样的呢？"

造型师着急地一边用手比画着，一边详细告诉袁乐儿鞋子的款式和颜色。听明白后的袁乐儿果真和造型师一起认真找寻起来。她一定要找到，而且，还必须在造型师以前找到。以免被造型师提前找到鞋子，袁乐儿一边找一边捣乱地把衣服弄混乱，对于做过设计的她来说，很清楚衣服对于造型师来讲有多重要。果然，一边找寻却又一边急忙收拾的造型师一脸苦瓜地偷看着袁乐儿，心里极其后悔找了这个人来帮忙，简直是越帮越忙！

5分钟后，正当造型师还在手忙脚乱收拾服装时，在服装车的角落，袁乐儿看到了红色鞋子的一角，袁乐儿眼明手快拿起一件衣服扔了过去盖在了鞋子上，然后一边嘀咕找不到，一边不急不慢地走过去，抓起了包在衣服里的鞋子，走出了服装车。

然后嘛，就没然后了。终于，10分钟后，那双鞋子离奇般地出现在了造型师曾经找过的地方，欢天喜地的她拿着鞋子跑去找申伊敏了。而袁乐儿无谓地摇了摇头，继续拿起已经冷掉的早餐，吃得非常有滋有味。

所有准备工作就绪，两个主角也已到位，灯光摄影各就各位，水车也停好位置，就等导演一句话，场记打板就可以进入拍摄了。因为是浪漫的吻戏，一般男女主角都会先培养情绪甚至要求现场放点有气氛的音乐，但申伊敏和裴承勋根本不需要，不要说他们本身就是情侣，就是他们两人的演技都是可以分分钟入戏的。所以，在站好位后，导演就做了个开拍的动作。

全场一片寂静，随着摄影镜头的拉近，一部部车从两人的身旁驶过，而随之而来的雨水配合着场景淅沥沥地下了起来。剧本要求裴承勋难过地拥住申伊敏，然后深情地狠狠吻下去随即头也不回地走掉，而申伊敏却哭喊着追随着他的脚步，然后摔倒在雨中，一场凄美而经典的吻别戏。

于是，裴承勋抱住了申伊敏，脸上已经分不清是雨水还是泪水，但他深邃哀伤的眼神传奇地演绎出他的伤感和无奈，然后深深吻了下去，接着没有丝毫犹豫地转身离开。接下来的镜头，就是申伊敏哭喊着追着他的背影。结果，申伊敏是哭喊了，但身体却没动，而是直接脸朝大地扑倒下去……所有人都惊呆了，导演急忙喊“咔”。

助理们都急忙拿着毛巾冲了过去，因为是没有预警的摔倒，申伊敏根本反应不过来，所以摔得非常惨烈。身上摔得青一块紫一块的，脸也被擦破了，助理慌张地扶起哭成泪人的申伊敏，把毛巾紧紧裹住她冷得打战的身体，然后用力想拉起跌坐的她，可奇怪的是，申伊敏似乎在和助理赌气似的，铆足了劲动也不动一下，害得小助理扶也不是不扶也不是，哭哈着脸惶恐着。其他剧组人员也因为担心申伊敏的身体情况，全都跑过去帮忙。但申伊敏除了哭还是哭，不让其他人碰她。

此时，唯有一个人在保姆车里，笑得那是上气不接下气，花枝乱颤啊！

“哈哈……申大美女，感觉不错吧！我看你等下怎么离开。”保姆车里的袁乐儿贴着黑漆漆的车窗，就像私生饭一般，看得那个仔细认真啊。

“敏儿姐，您还好吗？伤得重吗？到底怎么了，对我说句话啊！”手忙脚乱的小助理不知道怎么办好，急得也快掉泪了。

“敏儿姐，你到底伤到哪里了？快起来我看看。”胡乱擦拭一下的裴承勋，披着助理递过来的外套，就急忙跑来看申伊敏的情况。

“哇……承勋……好痛……真的好痛……我的脸，我的脸是不是毁容啦……”一看到裴承勋，申伊敏彻底哭开了，直接扑进了裴承勋的怀里。

“没事，没事，还是很美，只是擦破点皮而已，真的！”裴承勋像哄孩子般轻轻拿着毛巾擦拭着申伊敏的脸，然后将她搀扶起来。可是，站起身的申伊敏却不动了，裴承勋不明就里地望着她。

“哇……我动不了，我的鞋子粘住了，完全动不了!!”终于，申伊敏说出了实情。不过这个实情出人意料，所有人的眼睛全都齐刷刷地瞪着申伊敏的脚。

裴承勋疑惑地躬下身去拉申伊敏的腿，果真如她所说，粘得死死的，一动也无法动。

“我刚才就是要跑向你，结果动不了就直接摔了下去！这绝对是陷害，有人故意要整我，到底是谁?”哪里受过这种委屈的申伊敏，简直要疯了，在众人面前摔个狗啃屎不说，一向引以自傲的美貌也被毁容了。她愤怒地目视造型师，因为搭戏的所有服饰都是造型师在管理，除了她没人能接近。

在她的怒视下，可怜的造型师惶恐地摇着头，急切地说不是她，真的不是她，她也不知道怎么回事。

出了这样的拍摄意外，袁乐儿如果还待在保姆车里一动不动的话，似乎就太说不过去了。所以，她假装不知道发生什么事情，也挤进了人群里，跑到了裴承勋的跟前。

“发生什么事情了?”装作一脸疑惑很是着急的袁乐儿对着裴承勋问道。

“不知道，敏儿姐的鞋子忽然被粘住动不了啦。”裴承勋如实回答着，一边说话，一边为申伊敏脱去了鞋子。

“你要干嘛?”看着这样的举动，袁乐儿伸手拉住了裴承勋。

“当然带她离开啊，难道一直这样站着吗?”很明显裴承勋想到了最直接的方法，就是抱着没有鞋子的申伊敏离开。可，如果这样，袁乐儿的报仇不是砸到了自己的脚吗？所以，袁乐儿按住了裴承勋的手，轻咬着嘴唇不说话。

极其聪明的裴承勋感觉到了袁乐儿按着他手臂的力量，似乎在告诉他，她不要他这样做。虽然不明白袁乐儿在想些什么，但此景此景他也不能放任申伊敏不管啊。所以，裴承勋拉开了袁乐儿的手，直接用公主抱的方式托起了申伊敏，大步向保姆车走去。

看着他抱着她离开的背影，袁乐儿刚才开心兴奋的心情早已消失殆尽，取而代之的是心碎一地的伤。无论怎样，他选择的还是她！他的在意，他的心疼，他的眼中也只有她。袁乐儿忽然觉得好累，累得迈不开步伐，累得睁不开眼，累得……不想待在这里一秒。

报复是痛快的不是吗？可为什么她却那么心痛。袁乐儿转过身，穿过人群，漫无目的地向外走去。此时，她再也无法压抑心中的情感，顺着脸颊滑落的泪犹如支离破碎的心，一片片洒落在地。如今，她谁也顾不了，也想不到，因为太痛，以至于无法呼吸，没办法思考。

袁乐儿越走越快，直到最后开始奔跑起来。一边抹着眼泪，一边号啕大哭，就像被全世界遗弃一般。这就是爱吗？原来爱是这么痛的，谁说爱上一个人是幸福，明明那么痛，为何世间的人还穷其一生去追寻。

“你们这些傻瓜，笨蛋，蠢货!! 袁乐儿……你是这世上最蠢的一个，你这个大白痴!!”袁乐儿跑累了，也哭累了，用尽最后的力气，对着空旷的天空，大声地哭喊着，然后脚一软，倒在了草地上。

她好累，她需要好好休息下。袁乐儿闭上了双眼，静静地聆听着风的吹拂。而此时，她的手机却响了起来，袁乐儿掏出了电话，看也不看就用力扔了出去。很是无辜的电话就这样掉在了软绵绵的草地上，而屏幕上一直闪烁着“裴承勋”三个字。

剧组因为今天这个意外只能停止拍摄，提早收工。安抚好申伊敏后，裴承勋回到保姆车上时才发现袁乐儿消失不见了，于是急忙打她电话。可，无论电话怎么响，都是无人接听的状态。裴承勋慌了，袁乐儿在这个人生地不熟的地方，她能去哪里呢？裴承勋急忙让身边所有的工作人员都去寻找，而他自己却回想起刚才在他抱起申伊敏的那个瞬间，他似乎看到了袁乐儿眼里的绝望，那种似乎失去所有的眼神，让裴承勋心乱如麻！他忽然有种感觉，他要失去她了，不是暂时，而是永远的失去。他似乎明白，她在他的身边早已不是习惯而已，因为习惯不会让他害怕，不会让他心痛，不会使他手足无措……他是喜欢了，不，或许更是爱上了！只有爱才会有令他怕失去的心如刀割！

“乐儿……乐儿……”裴承勋打开车门慌乱地冲了出去，第一次他叫了她的名字，而不是叫姐姐。忽然，他觉得很是顺口，完全没有违和感。这时的裴承勋什么都不去想也不要去管，他只要找到她，然后告诉她……告诉她，对不起，他爱上了她！

袁乐儿的电话一直响不停，让想好好睡一觉的她，完全无法清净。她气恼地站起身，在茂密的草地里找寻着，终于，看到了那个闪不停的屏幕。袁乐儿抓起电话，对着电话喊道：“你够了没？吵死了！我又不是你的谁，干嘛一直找我！”

电话那头愣了两秒钟，然后传来很是温柔的声音：“我……才打第一个电话而已，吵到你了吗？对不起！”

“嗯?”这个有点陌生却又似曾相识的声音，让袁乐儿急忙拿开电话看来电。“金逸晨”三个字闪亮地出现在袁乐儿眼前。啊……吼错人了。

“对不起，对不起，我不知道是你，我还以为……以为是承勋！不好意思啊。”及其尴尬的袁乐儿急忙向金逸晨道歉。

“原来你接电话都不看来电的哦……你们，吵架了？”金逸晨依然很是温柔的语调，就像春风拂过一般，让人心情感到舒爽。只是，如果袁乐儿在他身旁的话，就会看到金逸晨此时嘴角露出的浅笑。

“没有啦，他是我老板，我哪有资格和他吵架。只是最近太忙了，我太累，想好好休息下而已。”无论和裴承勋之间发生了什么，在关键时刻，袁乐儿都会向着他，就像使命一般，根本不需要考虑。

“很累吗？那介意我请你吃饭好好补一补吗？”金逸晨故意忽略刚才袁乐儿接电话的口吻，即使知道对手领先自己一步，他也不会轻易退缩放弃，因为他的字典里没有失败二字。

“啊……吃饭啊？可现在，我自己都不知道自己在哪里耶。”袁乐儿转头看了看四处无人的地方，忽然发现自己迷路了……

“没关系，你打开手机定位，我马上开车来接你。”金逸晨一边说，一边已经启动了车子。

“嗯，非要今天吗？我担心你找不到，而且……我现在还是上班时间。”袁乐儿迟疑了，其实她想说，她是担心裴承勋找不到她会着急的。可，一想到刚才他抱着申伊敏的情景，这句话就缩了回去。

“你放心，无论你在哪里，我都会找到你。还有，你不是说你累了吗？既然累了，干嘛不放自己一天假了，把心放开，或许能看到别样的风景哦。”金逸晨一语双关地说道。

“也对，那好吧。我打开定位等你。”袁乐儿挂断了电话，点开了定位装置，然后伸了一个懒腰，一屁股坐在草地上无聊地看着天空上的云。在这个没有朋友的国度，有个可以陪自己聊天谈心的人也不错，至少不会让自己满脑子都想着那个家伙。而此时，手机又响了，袁乐儿抬手一看，依然是“裴承勋”三个字。她犹豫了，很想接，但，接了又说什么了？说对不起，今天这一切都是她做的，因为报复上次申伊敏踩她的手吗？还是说，她受伤了，因为你选择了她……袁乐儿忽然发现，原来什么都不能说……所以，她只能看着闪烁不停地电话，就那样看着而已。

不到40分钟，金逸晨就出现在了袁乐儿的面前，还是那样帅气温柔的笑容，很是绅士地为其打开车门，还用一只手为其挡住头，让袁乐儿舒服地坐进了副驾驶的位置，而他则快步跑到驾驶位，在他即将启动的瞬间，从后视镜里，他看到了裴承勋呆立在远处的身影，金逸晨转头看了看显得疲惫，紧闭双眼在休息的袁乐儿，然后发动车子疾驰而去。

第十五章　离　别

1

焦急寻找袁乐儿的裴承勋，终于在不远处看到了她娇小的身影，激动得正想大声呼喊她时，却看到了在她身边的金逸晨。裴承勋哑然了，他明白在这荒郊野外的地方不会有什么偶遇，在自己打了无数通的电话，无人接听时，她却告知了金逸晨自己的位置，那他如今是来干嘛的？打扰人家约会吗？

就这样，他眼睁睁地看着她坐上了他的车，越来越远，越来越远……直到看不见。忽然，裴承勋的脑海中又想起了袁乐儿那句“反正我们也没几天了”，他顿时觉得时间太过有限，有限到他不想浪费每分每秒，于是，裴承勋急忙拿起电话按下了重拨键。而这次，在响了两声后，电话就被接听了。

“喂，你在哪里？我来接你！”电话一接通，裴承勋就先开了口。只是，他没想到回答他的却是金逸晨。

“不用了，乐儿要和我去吃饭，她现在很累睡着了，你别再打电话了，免得吵醒她。”金逸晨转头看了看依然睡得很熟的袁乐儿，淡淡地对着裴承勋说道。

“金社长最近似乎很闲啊？”裴承勋一边说一边向来时的路跑去。

“不闲，我的时间都用在我认为重要的地方。而乐儿，是让我可以花所有时间的人。”金逸晨开诚布公地向裴承勋说出了他的想法，似乎从一开始他就没打算掩饰他对袁乐儿的心意。

“可是，我似乎听说金会长早已给你找了个未婚妻，你这样又算是什么呢？”金逸晨的话让裴承勋停下了脚步，不由自主用力握紧了手机。

“看来你很关心我嘛，可我也似乎听说你一直都有在秘密恋爱啊，那你如今又算什么呢？”这样的对话让两个人男人都屏住了呼吸，对着电话无声地隔空较劲着。

裴承勋知道，对方没说错。现在的他的确没资格，不管是对袁乐儿还是申伊敏，他都是对不起的。与申伊敏开始时，他是喜欢的，开心的，幸福着的。只是后来，他才慢慢发现那种喜欢其实是对早已成名的申伊敏有着心底的崇拜和敬仰。申伊敏一直在屏幕上都是大家公认的女神，当一个遥不可及的女神成了自己的女友时，裴承勋早已忽略了那份感情的性质，错把崇拜当作了爱情。以为可以相安无事地错觉下去，却没想到袁乐儿的出现，牵引了他心的方向，找到了爱的真谛。但未来，他与申伊敏该何去何从，和袁乐儿又该如何面对呢？

“看来，我们似乎都没资格，不是吗？”沉寂几秒后，裴承勋再一次开口了，只是这次对话他少了些许的底气。

“我的未婚妻是我父亲选的，不是我。而你的恋人是你挑的，没得选。所以，从某种角度说我比你有优势，也比你更加真实，因此我的事情就不劳你费心了，你还是把心放回到你该爱的人身上去吧。改天见啦，承勋 xi！”金逸晨果断挂了电话，顺手把袁乐儿的手机关掉了。他放缓速度把车停了下来，轻轻撩了撩袁乐儿滑落的发丝，然后把外套盖在她的身上。从那天对话来看，金逸晨明显能感觉到袁乐儿心里已经有了裴承勋，所以他必须加快步伐才能追上自己落下的进度，因此，他不会让任何人来打扰他们在一起的每分每秒。

握着被挂断的电话，裴承勋紧咬嘴唇，捏紧了双拳。此时他很气，气的不是别人而是自己！他让自己处于尴尬境地，无法进却又不想退。

“啊！”裴承勋烦躁地对着空旷的四野吼叫着，宣泄着心中的郁结！

而此时，从他身后缓缓驶过一辆黑色的保姆车，车里的申伊敏若有所思看着裴承勋的身影。把自己抱回车里后，简单安抚几句就急忙离开的他，不是说很忙，还有后续行程吗？却在这里干嘛呢？当她刚刚离开时，看见他的工作人员到处寻找袁乐儿身影时，申伊敏就知道，有些事情似乎已经不在从前的轨道上了，而有些人也已在改变。她拿起了电话，看着他颓废落寞的身影因为车辆的疾驶而越来越小，和响了很久也没人接听的电话，申伊敏连最后的希望都破灭了，她气结地把手机狠狠摔在了地上。

“敏儿姐怎么了，发生什么事了吗？”小助理看着脸上贴着胶布，此时双眼就要喷出火般的申伊敏，一边捡起手机一边小声问道。

“你恋爱过吗？如果，如果你的男友要变心了，你要怎么办？”或许是身边的确没什么可商量的人，申伊敏居然对着小助理说出了实话。要知道，她可是韩国数一数二的顶级明星，被差距自己那么多的裴承勋甩掉，这样的事实对于申伊敏来说是绝对无法承受和面对的。

“那要看我爱不爱他啦？如果爱的话，我会去努力挽回，如果不爱的话，会潇洒地转身离开吧。”小助理知道申伊敏说的是谁，所以小心翼翼地回答着。

“爱就挽回，不爱就放手吗？”申伊敏低声重复着小助理的话。到底裴承勋在她心里是怎样的位置呢？申伊敏回想起他们第一次见面时的情景，那是一个冬季，两人第一次合作拍摄一个服装代言。早早就到现场的裴承勋把买好的热咖啡放在她的梳妆台上，然后还附上一张便签条“不知道姐姐的口味，就买了我喜欢的味道，姐姐一定要趁热喝哦。”旁边还画了一个可爱的笑脸。虽然那个时候裴承勋还不是很有名，但毕竟也是炙手可热的人气演员，能这样贴心对待一个初次合作还没见过的女演员，说明他的纯真和可爱。所以，拿着暖手的热咖啡，申伊敏露出了浅浅的微笑。

在拍摄时，裴承勋极其礼貌和尊重对方，虽然是剧情要求做出亲昵举动，但他都会先说不好意思，乖巧地鞠躬致歉，然后再投入地进入角色中。或许就是从那个时候开始，他对她就有一种无形中的吸引吧。不仅懂礼貌，很谦虚，不做作，还时常露出阳光又温暖的笑容，偶尔的害羞和撒娇更让申伊敏无法挪开心神。

两年了，这两年似乎她真的为他做的不多，因为两人隶属的经纪公司不同，所以档期常常抵触导致无法朝夕相处，可裴承勋从来没有怨言，只要一有空闲就发信息打电话问候，不但如此，从未下厨过的他还为了她努力学习做料理，虽然差点把房子烧起来，但当他一脸委屈嘟着嘴拿出黑漆漆料理时，申伊敏忍不住冲过去紧紧地抱住他。那是，他们的第一次接吻，似乎还处在惊愕中的裴承勋很是青涩，有点木讷，所以还是她引导的他。

这么久以来，裴承勋几乎没对她大声生气过，永远都是好脾气地微笑着，赖皮着，撒娇着。唯有一次，他提出了想公开恋爱的要求，却被她决绝地否定了，因为事业的特殊性，她不得不这么做。可裴承勋这次居然反抗了，决定一意孤行，才导致了她对他的陷害……

以往的美好画面一幕幕浮现在申伊敏的眼前，而如今，这样的一个男人却要离她而去了。她一直以为无论自己怎样，他都是深爱着她，离不开她的。是她太过自信了？还是高估了他们的感情了？申伊敏望着车窗外快速闪过的风景，而车窗上却出现了裴承勋刚才那渐渐远去的身影，她忽然感到心好痛……好难受！申伊敏摸着心口的位置，她终于知道，她是爱他的，而且是很爱很爱。

“没错，如果爱就绝不能放手！”此时的申伊敏，暗暗地在脑海中产生了一个大胆的想法。

2

终于，在一家餐厅前，金逸晨温柔地叫醒了睡得很沉的袁乐儿，她蒙眬地睁开了双眼，不淑女地擦拭了一下流出的口水。最近跟着裴承勋的拍摄行程的确是太累了，很久都没好好睡一觉了，所以从上车开始她就陷入了深度睡眠中。袁乐儿看了看身上搭着的外套，似乎还留有自己口水渍，很不好意思对着金逸晨露出了一个尴尬的笑容。

“没关系，这是我的荣幸。”看着她可爱的表情，金逸晨埋下头笑了，然后伸手拿过外套，还为她解开了安全带。“不知道你喜欢什么，就带你来吃韩国料理了，可以吗？”

“哦，没关系，我不挑食，什么都好。”袁乐儿客气地回答着，然后开始找寻着什么。

“你在找它吗？”金逸晨打开储物柜，从里面拿出了一个粉色手机。

“啊……对！嗯……这个怎么……”袁乐儿有点疑惑地接过了金逸晨递过来的手机。

“看你似乎没睡好，想让你好好休息下，所以我把它关掉放到里面去了。希望我的自作主张不会让你不开心。”金逸晨总是那么坦荡，做了什么都直言不讳。

“你也是关心我，我怎么会怪你呢。只是……有很多人找我吗？”袁乐儿看了看黑屏的手机，在犹豫开还是不开。

“不知道，就承勋来了一个电话后，我就关机了。你……在等谁电话吗？”金逸晨故作不知地轻声问道。

“啊……没有啊！我就是问问，走，吃饭吧！”袁乐儿避开了金逸晨的问题，拉开了车门走了下去。

“你怎么不问我承勋说了什么？”金逸晨也走下了车，但他可没打算就这样回避这个话题。很多时候，越是逃避越不能解决，直面一点，或许才更有出路，这是他一向做事的风格。

“有什么好问的，顶多就是叫我回去工作工作还是工作……”袁乐儿不明白金逸晨干嘛执着这个问题，依然随便应付着。

“不是啊，他问你在哪里，说要来接你。我告诉他你累了睡着了，我带你去吃饭，希望他不要再来打扰。”金逸晨把和裴承勋的全半段对话如实告诉了袁乐儿，然后观察着她的表情。

“说得很对啊，就算上吊也要喘口气，对吧。我还真的很饿了，这里有什么好吃的啊？”当听到裴承勋要来接她时，袁乐儿的眼神闪烁了一下，即使对他刚才的举动很受伤，但却无法忽视他的任何消息。以免金逸晨看出什么来，袁乐儿自然地拿起菜单看着上面密密麻麻韩语字……发呆。

“别看了，还是我来吧。”金逸晨不是没看到袁乐儿细微反应，既然她依然不想面对，他也不便逼得太急，于是他从袁乐儿手中拿过菜单，对着服务员招了招手。

不一会儿，金逸晨点的东西就拿来了，全是地道的韩食。看着这一堆菜，袁乐儿傻眼了，就两个人至于这样铺张吗？不只有五花肉、石锅拌饭、烤牛肉，还有烤鱿鱼、烤牛排、火锅面……这是要吃死人的节奏吗？

“干嘛这么看着，吃啊！”金逸晨贴心地为袁乐儿切了一块烤牛排放入了她的盘中。

“你不会觉得太多了吗？我们才两个人而已！”袁乐儿转头看了看四周向他们行注目礼的人，小声地向金逸晨说道。

“那又怎样，又不是要吃完，每样吃一点尝尝味道也不错啊。好了，快吃吧，你不是不能饿的吗？”这次，金逸晨干脆夹起了块五花肉递到了袁乐儿的嘴边。袁乐儿有些尴尬，接也不是不接也不是，未免大家都这样杵着，她只能微微地张开了红唇。金逸晨笑了，开心地笑了，然后又顺手把一杯饮料放到了袁乐儿的面前。

袁乐儿一边咀嚼着五花肉，一边思索着金逸晨的话，他怎么知道自己不能饿的？这家伙似乎关注着自己的一切，连那么隐秘的事情他都可以了解到。袁乐儿偷偷抬眼向金逸晨望去，只见他很斯文地吃着拌饭，一边吃还用餐巾擦拭着嘴角，似乎随时都保持着干净整洁的形象。哇……不得不说这个男人真的很帅，往那里一坐就像一道美丽的风景线般。和裴承勋的吃相比起来，简直……哎，一个天一个地。那家伙就差没把头埋进碗里了，完全无任何风雅可谈！不过，也因为他的随性，看着他狼吞虎咽吃下她做的饭菜，让她很有幸福感。

该死的，干嘛会想起他来！结果，袁乐儿呛住了，剧烈地咳嗽起来。金逸晨急忙站起身过来看她，结果袁乐儿对他摆了摆手，向洗手间跑去。

丢人死了！看着镜中的自己，袁乐儿懊悔地嘟着嘴。难得好好吃顿饭，没事干嘛想起不该想的人，他现在应该在对着申伊敏嘘寒问暖吧，哪里会想到她！那个电话也不过是发现她不见了的敷衍，毕竟她还算是和他比较亲近的姐姐吧。

袁乐儿拧开水龙头，使劲地捧水洒在了自己脸上，心里暗暗对自己告诫着：袁乐儿，别再沉迷了，你要清醒点，打起精神来，把这段不该有的暗恋好好整理清楚，他不属于你，从来都不属于你！知道吗？袁乐儿埋下了头，她知道自己必须这样去做，可，为什么却那么那么的想他，在与他分开的这点时间里，脑子里满满都是他。看到任何东西和人都会把他联想在一起，这让她怎么去整理，怎么去忘记!!

懊恼自己没用的袁乐儿，抓起纸巾就胡乱往脸上抹了抹，然后转身向外走去。转身之时，与刚进入洗手间的一个女人轻微相撞，袁乐儿急忙不好意思地点头道歉，好在那个女人正在接电话也没说什么，直接走进了厕格里锁起了门。

正想离开的袁乐儿却看到了地上掉落了一个证件，她抬头望了望厕格，相信应该是刚才撞到得那个女人掉落的，于是她捡起了证件，看了看上面写着××电视台记者证。她正欲敲门还给她，却在此时听到了对方用英语和电话那头人的对话。

“你也没想到吧，我也是啊！接到她电话时我还以为是恶作剧呢，没想到她说的是真的，要给我独家爆料！亲爱的，这次我要发达了!!”厕格里的女人或许认为洗手间没人了，而且自己又说的英文，应该不会有人注意。所以，声音显得很是兴奋。

其实，这些话根本没说到什么关键内容，但不知为何，袁乐儿抬起的手放下了，可能是和裴承勋待太久的关系，只要是和娱乐圈有关的消息，她都很在意。

“她叫我明天去××医院等，一定会等到我想要的独家。如果明天真拿到了，我答应你，这次绝不放你鸽子，放自己一个长假和你出国旅游去。”厕格里的女人按下了马桶键，然后打开门走了出来，结果看到了洗手台上她掉落的证件，她急忙慌张地看了看周围，没有发现一个人影。还好还好，她暗自松口气。

而此时站在洗手间门口的袁乐儿却蹙起了眉头，一听到医院二字她就联想到了今天摔倒的申伊敏，难道今天自己的行为不但让裴承勋与她增进了感情，还让她有了要制造新闻的机会吗？袁乐儿使劲摇了摇头，应该不会的，韩国那么多明星，每天都有不同大小的拍摄事故，自己应该没那么好运就那么刚好碰到申伊敏这个。对对对，一定不是的，申伊敏那么反感恋情曝光，她不会搬石头砸自己脚的。没错，一定是她太敏感了。

“乐儿，你没事吧？”等了半天还没见袁乐儿人影的金逸晨，准备来看看什么情况，哪里知道远远地就看见又是摇头又是皱眉的她，急忙走过来问询。

“哦，没事没事，你怎么过来了？”没想到金逸晨会过来的袁乐儿，担心里面的人听到自己的声音，急忙对着金逸晨迎了过去。

“我担心你啊，那么久都没回来，还以为你发生什么事了，你还好吗？”金逸晨关切地看着袁乐儿。

“谢谢啊，我刚才在排队……”袁乐儿真是语不惊人，这里可是高级餐厅，又不是百货商场，排什么队啊。不过，金逸晨似乎没注意听，他只是很认真地盯着袁乐儿的脸，然后向她伸出了手。不明状况的袁乐儿慌乱向后闪躲，却靠在了后面的墙上。结果金逸晨一手抵着墙圈住了她娇小的身体，然后缓缓向她靠近，慌张的袁乐儿急忙把头转开。

“别动，你是怎么整理的，脸上居然还有纸屑。以后别用洗手间的纸了，我送张手绢给你。”金逸晨从袁乐儿脸上剥掉了白色的纸屑，然后对着紧闭双眼很是紧张的袁乐儿笑了笑。

哦……哦……纸屑哦!! 吓死她了！袁乐儿大大地呼了一口气，睁开了美丽的大眼，却对上了金逸晨似笑非笑的眼神。

“你干嘛紧张成这样，不会是以为我要吻你吧？”虽然他很想，因为这是第一次这么近距离的接触，而她娇艳欲滴的红唇就在他眼前，不是理智的牵绊，他似乎就要狠狠吻下去了。

“哪有!! 怎么会……我……我只是以为，以为……”以为个屁啊，袁乐儿词穷了，很是尴尬的她急忙低头躬身从金逸晨的手臂下跑出去，一边跑还一边说：“好饿啊，我还没吃饱呢。”

看着她逃跑的身影，金逸晨这次爽朗地笑出了声。她怎么可以那么可爱，明明怕得要死，还死撑！此时金逸晨下定了决心，不管老爸给他找的未婚妻是谁，他都会反抗到底。

3

时间过得很慢，裴承勋在窗前走了不下十次百次了，看着楼下的人来车往，就是没有他想看到的身影，几点了，吃个饭要很久吗？平时在家里，不到半个小时就搞掂了，和别人吃却要那么久，搞错没!! 很是纠结的他又拆开了一包香烟，点燃一支。不过冷静下来后，他忽然想起，每次吃饭似乎都是自己狼吞虎咽解决的，好像不怪她啊……不行，下次吃饭他也要慢慢吃，慢条斯理，一口一口地慢！慢！吃！

一说到吃，裴承勋才想起从回来到现在他似乎忘记了吃饭，现在肚子好饿……该死的，保姆在外面吃香喝辣的，老板在家里饿肚子，这样说得过去吗？等她回来，他一定要告诉她扣她薪水，无故缺席早退，扣！本职工作没做，扣！利用上班时间约会，扣！反正什么都扣扣扣!!

想归想可肚子还是好饿，裴承勋不得已只能打开冰箱找吃的。结果，里面除了生菜根本就没速食食品，因为袁乐儿说速食没营养，饿了就告诉她，她随时给他做。饮料也没有，袁乐儿也说了，碳酸饮料对身体不好，会导致身体机能退化，要喝还是喝白开水吧。不过好在还有酸奶，因为袁乐儿又说了，睡前喝点酸奶不但养颜还比较好睡。可是肚子已经都是胃酸了，还怎么喝得下酸奶，瞪着冰箱翻白眼的裴承勋简直就要疯了。什么时候这里变得不像他家，成了袁乐儿的天下了??

这时，裴承勋忽然看到了冰箱里上次崔允择过来看球赛时买的几罐啤酒，然后他露出了一个狡黠反叛的表情。之所以这些家伙现在还存活于世，是因为袁乐儿还说了，喝酒伤肝对皮肤的刺激也很大，再加上裴承勋的酒量很差，一喝就倒容易误事，所以还是等下次崔允择来自己解决吧。一想到什么都是袁乐儿说说说，裴承勋就毫不犹豫地拿出了所有啤酒，然后嘟起嘴，眯着眼，气焰嚣张地对着啤酒说："看什么看，你别以为我不敢动你哦，我现在就喝光光你！气死你!"

然后，当袁乐儿回家时，屋子里除了烟味就是浓浓的酒味，急忙捂住鼻子的她，摸黑按开了开灯键。"啪"随着灯亮，袁乐儿不可置信地看着屋里的一切，东西乱七八糟地倒一地，啤酒罐四处散落着，烟灰缸里满满的烟头，却唯独少了那个制造这一切的罪魁祸首。袁乐儿推开裴承勋的房间，打开房门，里面一切如常，床上也没睡过的痕迹，这个家伙到底去哪里了？袁乐儿奇怪地着头打量着房里的周遭，结果……她忽然发现了沙发后面有一只没有穿袜子的光脚丫子。于是袁乐儿迟疑地走了过去，顺着脚看上去，只见裴承勋醉得不省人事趴在地上，还流着口水说梦话了。

"笨蛋，没事喝什么酒？你不知道你的酒量就是小学生吗?"袁乐儿很生气，明明知道酒量差，喝酒对身体也不好，还这么折腾，假如生病了怎么办，明天的拍摄又怎么办？怎么可以这么孩子气，就算申伊敏受伤了，也不至于这么不开心难过吧，她就让你这么牵挂吗！

袁乐儿躬下身，使出浑身解数去搬弄睡得很沉的裴承勋，结果不但没拖动他分毫，还让自己累得半死，喘气不停。不管啦，管他去死！袁乐儿站起身准备去他房间里给他拿毛毯，谁知道她却无法挪动半步，因为她的脚被裴承勋抓住了。

"呀!! 你干嘛啦，松手!"袁乐儿使劲用力地甩脚，试图让裴承勋松手。谁知裴承勋不但不松手，还顺着她的脚笨拙地爬起了身。歪歪倒倒站立不稳的他，就这样拉着袁乐儿一起倒在了沙发上。

"啊……臭死了，讨厌醉鬼，走开啦!"袁乐儿被60公斤的裴承勋死死压制沙发上动弹不得，只能大声抗议外加小粉拳毫无杀伤力的敲打。

"嗯……嘿嘿……你回来了？吃饱了吗？"在袁乐儿一番敲打下，裴承勋终于睁开了双眼，对着袁乐儿傻呵呵地呆笑着。

"谢谢，吃得很饱，不用你操心。快让开，重死了！"袁乐儿想捂住鼻子避开裴承勋的酒气，歪着脸转过头去。

"可是……我好饿哦……家里都没吃的，嗝……"刚说完这句，裴承勋就打了一个酒嗝，熏得袁乐儿要醉死了。

"我看你喝得很饱啊，还需要吃吗？快起来，不然我叫非礼啦！"这家伙好重，看似身材高挑苗条，没想到压在身上还是那么有分量的，她都要快喘不过气来了。

"呵呵……你叫啊，叫啊，看有没有人理你……"因为醉了，此时的裴承勋就像孩子般，嘚瑟地摇头晃脑对着袁乐儿傻笑着。

看得袁乐儿气也不是笑也不是，和一个已经烂醉如泥的人能说什么了，你说什么他都是无所谓的。真的无所谓吗？袁乐儿忽然怔怔地看着裴承勋，想起下午他抱着申伊敏离开的情景，所有的委屈就涌上心头。

"喂，我手好痛，让开。"虽然裴承勋醉了，但一听到袁乐儿说痛，他还是很乖地急忙侧身让开，终于让袁乐儿腾出了一只手，或许这就是习惯使然吧，只要她喊痛，他就很担心。

袁乐儿在裴承勋眼前伸出两个手指头，然后上下左右地晃动着，跟着她的手指游走的裴承勋，就差没变对眼了。

"承勋啊，这个是几啊……"原来袁乐儿是要测试裴承勋到底醉成什么样了。

"아……몰라……（不知道啦）。"就差没把眼睛晃花的裴承勋，极其不耐烦地甩了甩头。

呵呵，不知道啊……很好！！袁乐儿又侧身把自己的另一只手抽了出来，然后两只手捧着裴承勋贴近自己的脸，似笑非笑地看着他。接着，再对着他头狠狠地弹了一下。

"啊……好痛！干嘛啦？"结果，裴承勋放开支撑的手，可怜兮兮地去摸被袁乐儿弹的地方，导致体重全都压在了袁乐儿的身上。

"啊……好重！！你要压死我啦！起来，混蛋，给我起来！！"身材娇小柔弱的袁乐儿差点没气结，用腾出的两只手使劲地推托着裴承勋。

"你说，你干嘛要打我？"裴承勋委屈地看着袁乐儿，即使是酒醉，他依然什么事情都要弄明白，这是处女座的天性吗？喜欢清清楚楚明明白白，不然就会打破砂锅问到底。

"因为你欠打！谁让你抱着她离开，活该。"袁乐儿忍不住把话说出了口，很是紧张的她急忙忐忑地望着裴承勋，希望他不要有什么反应才好。

听到她话的裴承勋居然怔住了，呆愣了几秒后，才用游移飘忽的眼神望着她："她是敏儿姐吗？那她受伤了啊，难道不管她吗？"

袁乐儿其实只听懂了敏儿姐，受伤，其他单词都是模糊不清的，不过早已习惯猜测的她已经大概明白裴承勋什么意思了。心情不好的她大声地对着裴承勋说道："她是活该，谁叫她上次叫人踩伤我的手。"

裴承勋皱了皱眉，用力眨了两下眼，似乎在思考袁乐儿的话。"你的手是她踩的？那这次她受伤是你弄的？你怎么做到的？"裴承勋似乎终于想明白了，在30秒后用一副很是惊诧的表情看着袁乐儿。

袁乐儿才不担心呢，反正这家伙已经醉死了，说什么第二天起来他都不会记得，告诉他也无所谓。然后挪了挪下手，再一次托起裴承勋的脸，胡乱蹂搓一翻后，再用得意的口吻说道："遇水即黏的PVA合成胶听过没？她踩我手，我就让她摔……底朝天！"本来袁乐儿想说狗吃屎的，可惜似乎这个单词她目前水平还不够，也不知道人家韩国有没有这句话，所以只能用底朝天代替了。

没想到，听到这句话的裴承勋居然傻傻地大笑起来，然后用极其崇拜的眼神看着袁乐儿。什么情况，这家伙疯了还是傻了，他听到这样的话不是应该愤怒发飙吗？干嘛笑得这么爽，难道酒精已经侵蚀了他大脑，把他变傻了??袁乐儿急忙松开捧着裴承勋脸颊的手，去摸他的额头，看他发烧没。谁知，裴承勋抓住了她的手，迷离而蒙胧的眼神里闪过一丝深邃，然后口齿不清地问道："那和我抱着她离开有什么关系？我又没做错啊？"

"我想看着她光着脚的模样不行哦？"这家伙真的很认真耶，喝这么醉还不忘问问题，袁乐儿对着裴承勋翻了一个白眼。

"就这样？所以你生气走开，不接我电话，还和那个……谁谁谁去吃饭？"裴承勋的语气越来越清楚，不似刚才那么口齿不清了。

"当然不是……"袁乐儿忽然放低了声音。

"那到底是怎样啦？"裴承勋继续撒娇，还把一张绯红的俊脸贴向了袁乐儿。

望着他醉眼蒙胧的双眼和赖皮的模样，袁乐儿实在无法再压抑对他的情感，心里有个声音一直在怂恿她：说吧，告诉他，告诉他你心里所有的一切，就算明天醒来他什么都不知道，至少你坦诚地面对了自己。

"因为我喜欢你！所以不喜欢你抱她，这样可以吗？"终于，在挣扎很久以后，袁乐儿对着裴承勋大声地说出了自己的心声，这种释放的感觉真好……袁乐儿长长舒了一口气。

听到这句话的裴承勋呆愣了，但仅仅只有两秒时间，他就大声地笑起来，无所顾忌地开怀大笑。袁乐儿苦瓜着脸，气死了!!这家伙连酒醉后都能调侃她，早知道这家伙会这样，她死都不会说！

"笑死吧你！怎样，我就是喜欢你，喜欢到不行，喜欢到发疯，喜欢到……唔……"袁乐儿的嘴居然被裴承勋封住了，但他不是用手，而是用他性感的唇！

裴承勋用力环抱着袁乐儿纤细的腰，用舌尖撬开袁乐儿的贝齿，深入却又很是温柔碰触着袁乐儿的舌尖，他感觉到了袁乐儿的青涩和胆怯，虽然他也并不是接吻高手，但那么多场吻戏不是拍假的，每个吻，每个角度每次动作，都在导演喊卡时做了无数遍，所以他很熟练，但这次他不是拍戏，而是忘情而又投入深陷其中，欲罢不能。就这样一次又一次地似狂风扫落叶般深入而又贪婪地吸取着她的美好。

从未和异性有过这样接触的袁乐儿呆滞了，还在极度慌乱中的她，此时大脑已严重缺氧，简直就要昏厥过去了，只能任由裴承勋的欲予欲求……

时间一分一秒过去了，而裴承勋似乎根本没打算放手，他不知道原来她可以这么美好，他根本停不下来，于是，他顺手拉下了袁乐儿的T恤一角，露出半边香肩的袁乐儿此时看起来太过诱惑迷人，但深夜的冷风是凌厉的，把沉醉在裴承勋热情似火漩涡里的袁乐儿吹得打了一个冷战，瞬间清醒的她，急忙用力推开了裴承勋，然后慌乱地扯上了衣角。

“你疯了吗？喝醉就可以乱来吗？”袁乐儿瞪着被推得很远，斜躺在沙发上的裴承勋大声地吼着。

“醉了不行，那清醒就可以吗？”裴承勋一改刚才酒醉蒙眬的模样，双眼又似往日般妖艳似火地望着袁乐儿。

“你……你醒了？还是……根本没醉？”看着这样的裴承勋，袁乐儿错愕地瞪大了双眼，她似乎觉得那个答案很可怕。

“我从来没说我醉了啊，是你认为的。”果然裴承勋的回答让袁乐儿泄气皮球般跌坐在沙发上。

“那你干嘛不说，让我一直误解，你到底在想些什么？”想着刚才自己说的那些话，还有他们刚才……的情景，全都是在裴承勋清醒的情况下，那未来，他们要怎么办？

“我说了，你会说实话吗？我说了，会知道你的真实想法吗？”裴承勋激动地抓着袁乐儿的手。

“知道了又能怎样呢？”袁乐儿茫然地看着裴承勋，那个眼神似乎充满了绝望。

“知道了，你就可以爱上我吗？知道了，你就能和她分手和我在一起吗？”袁乐儿拨开了裴承勋的手，步履蹒跚地站立起身，缓缓向房间走去。

“乐儿，如果我说我爱上你了呢？”裴承勋大声地对着她的背影说着。

袁乐儿停顿了一下，转头用很是无谓的笑容看着裴承勋，然后拿出手机低头打字，当把手机递给裴承勋时，她深深地看了他一眼，似乎想把他的模样牢牢地记在心间，然后转身向房间走去。

出现在裴承勋眼前的是：别拿这样的谎言来安慰人，你对她怎样我很清楚。还有两天我就离开了，本来还想着快点回来，只要待在你身边多看你一眼，我就很满足了。但现在，似乎不太可能了，我想我应该不会回来了，保重！

就这样，一扇门隔开了两个相爱的人，裴承勋不明白为什么袁乐儿不相信他，望着那扇紧闭的门，他却没有勇气去敲……

第十六章　回不去了

1

韩国冬日的清晨比较清冷，阳光极其微弱，感受不到丝毫的温暖，为了生计早早起来奔波的人们穿梭在大街小巷中。而有个人此时还蜷缩在床上，不是没醒来，而是整夜没睡。窗外的微曦，让头埋在双膝之间的她抬起了眼。下雪了……虽然不大，但雪花随风飘零，就像她此时的心情般，凌乱散落……今天已经是倒数第二天了，明天就是她离开韩国的日子，也是她离开他的日子！

时间这个东西很奇怪，在美国的时候，她总埋怨时间太慢，每天都在度日如年，浑浑噩噩地看着日历数手指。可如今，她却觉得时间快如闪电，一眨眼半个月就已消失不见，可与他相遇的情景却犹如昨日般，异常清晰。

袁乐儿微微蠕动了一下，这个坐姿她保持了整整一晚，手脚似乎都僵硬了。时针指向了7点，如果是平时，她早已弄好早餐叫隔壁房间的他起床吃饭。可今天，因为昨晚的种种，她知道他们回不去了，再也无法回到那个随心所欲，简单纯粹的从前了。所以她没动，似雕塑般，一动也无法动。

就在此时，门口响起了窸窸窣窣的声音，袁乐儿揉了揉熬夜的熊猫眼，然后定睛一看，发现了门口出现的一张小纸条。她扭动着僵硬的身体，然后迟缓下床蹑手蹑脚地走了过去，很是疑惑地弯腰捡起了纸条。她只看了下纸条内容开头，就忽然捂住了嘴，臃肿的大眼里瞬间滑落出两行清泪。因为，密密麻麻的内容，居然全是中文！

这个家除了他还有谁呢？这个16岁离开学校就进入演艺圈的家伙，到处告诉别人自己是学渣，学习成绩非常不好，可……他却用中文给她写了一封信，虽然字数不是很多，虽然字迹歪歪扭扭也很难看，但可以想象他有多么用心和用功。原来，昨夜不只是她一个人没睡，还有个笨蛋不但没睡还在努力写信中……袁乐儿把信紧紧拽在手中，然后抓住了门把，她能感觉得到他就在门外，她几乎忍不住夺门而出的冲动，可她知道出去以后就不会有回头路了，她不能这么自私，也不能不顾及他的立场和他如今的地位，任何一点点不利的消息都可以粉碎他那么多年的努力，所以，袁乐儿黯然地松开了握住门把的手，然后回到床上打开了那封信。

对不起，乐儿姐，我，你伤心了，我错误了。昨晚我是真话，没骗人，或许你相信不了，但我会可以你相信的，时间，请等我哦。知道你不心情好，一定睡很长久，所以我做了早餐哦，只是味会怪怪，但请一定吃哦，我走了，敏儿姐医院等，我有责任陪，你会明白，等我回来，一定哦，等我……

承勋:% >_ <%

看着这封语法乱七八糟，字迹也歪歪斜斜的信，袁乐儿却哭得不能自已，泣不成声。她再也无法思考，拉开了房门冲了出去，房间里已空无一人，而桌上摆放着一盘黑漆漆的东西和一瓶酸奶。袁乐儿径直走向餐桌，坐了下去，然后一边流泪一边吃着不知道是什么东西的早餐，忽然她擦拭着泪苦笑了起来："鸡蛋也可以被你煎成这样，你是怎么活到26岁的，你个大白痴！这个到底是什么味道啦……又咸又甜的，你故意整我的吧……"虽然骂着，可她的手和嘴却没停，一口接一口地把黑漆漆的煎蛋全都吃了个精光。这是这辈子以来她吃得最难吃的一顿早餐，但她却吃出了前所未有的幸福感。随即袁乐儿继续打开酸奶喝了起来，只为他那句请一定吃哦。就像有魔力般，牵引着她。

终于吃完了，袁乐儿放下餐具站起了身，走到窗边拉开了窗帘，天气似乎好了起来，雪停了，风也没那么大了，可忙碌的人们似乎谁都没在意这些变化，依然迈着急促步伐向着心中的目的地前进着。对啊，谁会在意呢，人们关心的只会是他们心中所想所期待的一切，即使此刻街景如画，没有驻足停留观赏的心，那也只是枉然。

袁乐儿苦笑了一下，似乎她此时也不是怀有审美情调的人，因为再美的景色，角度不同心境不同感受也会不同。她不只看到了美好，也看到了后巷里的吵架、小贩们的争执、情侣的离殇……因此，她拉起了窗帘，随即转身走进了厨房，拿起煎锅又煎了两个鸡蛋，只是这次她故意开很大火，也不去翻弄煎锅，一下子煎蛋就变糊变黑了，然后她再撒上了一堆盐和一些糖，再原封不动地把煎蛋放回到了桌上。

"对不起……"袁乐儿望着桌上的煎蛋，随即拿起了外套走出了房门。她现在只想去确定一件事情，那就是裴承勋在纸条里提到的医院，但愿她在昨天偷听到的医院里不会见到他们两人的身影，即使自己要离开了，她也不会让任何人做陷害他的事，因为她不要他受到一丝伤害，即使是申伊敏也不行！

一向很注意形象的裴承勋，今天有点小纠结，因为整晚都在倒腾着翻译软件练习写中文，如今，他挂着两个很明显的黑眼圈。以免疲劳驾驶，他坐了计程车，此时，他从包里拿出基本不离手的小镜子，一边看着自己包裹得只剩下两只眼睛的脸，一边小声地嘀咕着："不知道乐儿姐起来没，早餐放久了会凉的……她会吃吗？哎呀，还是不要吃好了，那么丑又很奇怪的东西。可，那也是我一番心意啊，应该会吃吧……嗯，会的，应该会的……"

计程车司机透过后视镜看着他自言自语，爽朗地笑起来。

“嗯？师傅你笑什么？是不是我的黑眼圈很明显啊？”听到师傅的笑声，裴承勋又急忙拿起小镜子前前后后仔仔细细地照起来。

“小伙子你是不是新婚啊？”师傅似乎根本没注意他所谓的黑眼圈，而是问了个奇怪的问题。

师傅的话就像个炸弹一般，把裴承勋炸得差点跳起来。他什么眼神啊，哪家新郎会在新婚第二天把自己包裹得像粽子一般鬼祟出行的？不过也因为师傅的这句话让裴承勋不由得轻松起来，这说明自己武装得很成功，他根本没认出他来。

“什么新婚？师傅你弄错了吧，我只是昨晚没睡好有黑眼圈而已，这个和新婚有什么关系？”本就话痨的裴承勋收起了小镜子，也透过后视镜与师傅聊起天来。

“你全身都那么黑，我哪会看到你的什么黑眼圈，我说的是你刚才说的话，就像一个新婚丈夫第一次做饭给老婆吃一样，既希望她吃又担心她会不喜欢。”师傅似乎很随和，与裴承勋侃侃而谈。

新婚丈夫做饭给老婆吃？裴承勋呆愣了一秒后，随即露出了害羞和花痴的笑容，还好口罩把他遮掩得很好，不然师傅可能会因为这个想象小王子的表情导致出车祸。

“我说对了是吧？年轻人啊，作为过来人不得不提醒你，婚姻不是结果而是开始，你们的路还很长，一辈子要经历很多很多，既然选择了她就要不离不弃地走到最后。或许未来有坎坷也有诱惑，但你只要专心地看着她就好……这样才会永远幸福！”师傅似乎说得很感触，看来也是个有故事的人。

婚姻？裴承勋微微抬了抬眉，这个他一直很渴望的人生历程，他常常和周边的人说希望在自己最美丽的时候结婚，然后与她过着电视剧中幸福快乐的婚姻生活。曾经他也偷偷想象过与申伊敏一起宅在家里做饭、打闹、嬉戏、甚至吵架的画面，他知道他到底有多向往拥有两个人的家。可，连恋爱都无法公开的恋情早已让他无法延续那个梦，但如今……他的脑海中涌现的都是这短短 14 天与袁乐儿在家里的情景，这种简单纯粹又随意的生活，似乎更贴近他心里的那个梦。裴承勋闪烁的眼神中忽然有了一丝坚毅和明朗，他明白自己更加期望和适合怎样的未来，有些事有些人是该做个了断了。

“嗯，明白。谢谢您师傅，我一定会记得您的话，过着眼中只有她的生活，我们一定会幸福地走下去……一辈子！”这句话似乎不是在回答别人，更像是裴承勋对自己的允诺。

随着二人轻松的对话，裴承勋的目的地也到了，他付钱下车后，警惕地看了看周围，然后整理好口罩带上羽绒服的帽子，低着头低调地从医院的侧门走了进去。他本就不喜欢在外约会，再加上申伊敏的小心警惕，所以他们在外面一起的次数屈指可数。而今天，也不是约会，因为申伊敏昨天的拍摄意外，她要来医院检查希望有他陪伴在旁，即使再强的女人在受伤时也是很脆弱的。而这家医院属于需要私人预约的高级会所，因此保密措施是做得很专业的，所以裴承勋今天才决定低调现身。

根据申伊敏的留言，裴承勋从侧门进入后，就上了电梯到三楼，这里的病人并不多，因为没有临时接待的病患者，所以裴承勋很轻松地就找到了主任办公室。他站在门口轻轻敲了敲门，很快门打开了，申伊敏温柔似水地望着他，然后很激动地投入了他的怀中，随着门关闭的瞬间，从另一个房间偷开的门缝里伸出一个高炮镜头，咔擦咔擦，按下了无数的快门键，记录下了他们相拥的画面。

完全什么都不知道的裴承勋在进入房间后，轻轻地推开了还赖在他怀中不动的申伊敏："敏儿姐，等你检查完我有话想对你说，去你家好吗?"

"去我家吗？你要说什么啊?"申伊敏显露出小女人的羞涩，用极其害羞又渴望的眼神看着裴承勋。

对于申伊敏的反应，裴承勋尴尬地眨了眨眼埋下了头，他准备说的话不是惊喜更不会有什么甜言蜜语，所以对着申伊敏如此期待的眼神，他心里很是愧疚。

"嗯，去你家，我不想有人打扰。快去检查吧，我等你。"裴承勋避过了申伊敏的问题，对着他暖暖一笑。

申伊敏迟疑地点了点头，转身后，她微蹙起眉，虽然他的语气温柔笑容也很明朗，但他那不对视自己的双眼，似乎藏匿了些什么。两人曾是那么亲密无间的情侣，对于裴承勋的一举一动她都非常清楚了解，他是个藏不住话和情绪的人，开心与否会从他的双眼或者表情毫无掩饰地表现出来。而今天，申伊敏却没法看透他，他收敛了自己的真实，对她展现了演技，这到底是好还是不好呢？申伊敏握紧了纤纤十指，忐忑地去找主治医生。

袁乐儿此时也来到了昨天偷听到的医院地址，下车后，她环顾着四周，因为不熟悉地方，语言也有障碍，所以她只能自己一步一步探索。这个医院看起来不是很大，病患似乎也不多，进门后她受到了接待人员的热情接待。

"您好，请问您预约的哪位医生呢?"对方对着她礼貌地鞠着躬，然后面带笑容地问着。

预约？难道这里不是什么人都可以来的？袁乐儿也急忙对着对方鞠躬客气地问道："不好意思，没有预约不能看病吗？我不是韩国人，所以不太清楚。"

"哦，您生病了吗？可是不好意思耶，我们这里属于私立病所，只接待熟悉的预约客户，所以如果您不舒服的话，请去附近不远的公立医院吧。"接待人员一如既往地礼貌解说着。

"哦……那我可以参观下吗?"对于接待员所说的话，袁乐儿半句都没听明白，但从她的表情和用手指着外面的举动猜出，应该是请她离开吧。但如果就这样离开，她今天来这里就没有意义了，所以她想继续争取下。

"不行的，因为这里属于私人高级诊所，来这里的人都要求隐私保密，所以抱歉啦。"接待员直接拒绝了袁乐儿的请求，又对她做了一个请离开的手势。

袁乐儿不死心地再向里面看了看，然后对着接待员无奈地笑了笑，怏怏走出了医院大门。看来今天是不会有什么收获了，但还好，至少没看到承勋或者申伊敏的身影，这已经是最好的结果了吧。袁乐儿伸手招揽了一架远远驶来的计程车，当车在她面前慢慢停下时，正欲上车的袁乐儿却被人捷足先登了。一个女人很是急促地拉开车门坐了上去，然后还对着袁乐儿做了一个鬼脸。

“啊!!! 你!”敲打着车窗的袁乐儿忽然停住了，因为这张脸她见过，是那个在洗手间遗落记者证的女人。此时，这个女人抱着一个很大的挎包，动作很是小心翼翼，似乎里面的东西很重要，然后催促着司机开车。

车子在袁乐儿的眼前飞驶而去，这是袁乐儿在韩国第二次被人抢车了，因此没有第一次那么震撼，而且今天没有急事，她也不那么在意，又伸手招揽停了另一辆车，上车后，她准备去买明天的机票，正当车辆慢慢启动时，她不经意地转头望去，却看到了一个一袭黑衣，戴着口罩的高挑身影从医院走了出来。

不，不会的!! 车子疾驰而去，仓皇的袁乐儿只能从车窗里看着那个身影变得越来越小，直到最后看不见。

“师傅，转去××电视台。用您最快的速度，我加十倍的钱。”袁乐儿担心的事情果然还是发生了，此时，她不容多想，只希望还来得及阻止!

“十倍？小姑娘你确定?”司机不敢置信地从后视镜里看着袁乐儿。

“确定确定，只要你够快就行!”袁乐儿着急地拍着司机的座椅，很是肯定地回答着。

“那你坐好!”本来现在生意不好做，难得遇到这样一个大客户，司机也很是积极，趁说话的空当，就驾着车飞驶而去，一路上见车超车，见缝插针地快速奔跑着。可惜，就在还有5分钟车程的地方，堵车了。前面的车辆似一条长龙般一动不动。司机面露难色地看着袁乐儿，似乎他已经无能为力了。

袁乐儿焦急地看着这个情况，她知道这样等下去是不行的，问了司机详细的方向后，递给司机50万元韩币就仓促下了车，然后穿梭在车流中亡命地奔跑着。留下拿着即使10倍车费都超过绰绰有余的司机，目瞪口呆地看着她的身影。这姑娘绝对是记者吧，看来如今抢新闻也很拼命啊……

袁乐儿没命地狂奔着，她必须要赶在那个女人到电视台之前拦截下来，不然承勋会受伤的，被最心爱的女人出卖，那该会有多疼啊。如果袁乐儿知道申伊敏其实这已不是第一次陷害裴承勋的话，可能她会不理智地做出什么事吧!

再一个转角就到了，加油，袁乐儿你可以的。已经上气不接下气的她，5分钟的车程她不停歇地跑了至少15分钟，因为腿软她左脚绊到了右脚，一下子摔倒在地，袁乐儿不顾擦破皮的膝盖，忍着痛爬起来继续跑……终于，在她要用光所有力气时，看到了××电视台的标志，她激动地向着大门跑了过去。

2

因为不希望在停车场被人看见，裴承勋和申伊敏决定相继分别离开，申伊敏独自开车，而裴承勋继续选择坐计程车。他走出医院大门后，抬手看了看手表，如今已经是上午 10 点多了，不知道乐儿姐起床没，早餐也不知道吃了没？裴承勋拿出了电话，点出了袁乐儿的名字，可就在要按下的瞬间他似乎犹豫了，打通要说什么了？如今自己的身份尴尬，似乎根本没立场对她许下什么承诺。裴承勋黯淡地收起手机，他决定先把这边的事情处理好以后再回去找她好好谈谈。于是，裴承勋坐上了计程车向申伊敏的住址驶去。

不多一会裴承勋就到了申伊敏的家，站在门前的裴承勋，深深地吸了一口气，抬起手想敲门又似乎少了些许的勇气。两年了，说长不长说短也不短，他们曾经那么相爱，到底是哪里出错才会走到如今这个地步？就在裴承勋犹豫之际，房门忽然开了，申伊敏睁着一双若有所思的大眼，怔怔地看着他。其实，申伊敏早已从监视器里看到了他，自然也看到了他的犹豫不决，她知道如果她不开启这扇门，或许……他们之间就永远会隔着这层门了。

“嗨……我，来了！”申伊敏突然开门，让举着手的裴承勋有点惊诧，只能尴尬地打着招呼。

“你傻啊，来了就进来啊。”申伊敏不愧为演员，瞬间调整情绪变脸，撒娇地拉着裴承勋走进了房间。

“你等着，我去给你泡你最喜欢的咖啡。”申伊敏转过身正欲向厨房走去，她的手臂却被裴承勋抓住了。停下脚步的申伊敏屏住了呼吸，紧咬着双唇，控制着几乎要颤抖的身躯。

“敏儿姐别去了，我来是有话对你说，我们好好谈谈好吗？”裴承勋知道有些话越拖似乎越不能启齿，不如直接面对还比较好。于是，他不让自己有任何退缩的机会。

背对着裴承勋的申伊敏，眼角似乎已经滑落出泪滴，她知道他即将下来会说什么，但那不是她想要的，所以，她推开了裴承勋紧拉着的她的手，然后轻轻擦拭了一下眼泪，依然愉悦地说道：“好啦好啦，知道你有很多话想对我说，但不影响喝咖啡啊！等我，泡杯香浓的咖啡给你暖暖手。”然后申伊敏像逃跑一样，根本不给裴承勋继续说话的机会，直接走进了厨房摆弄起咖啡机来。

望着她仓皇而逃的背影，裴承勋似乎也感觉到了申伊敏知道了什么，为免伤害更大，他不能让申伊敏再为他做些什么了。因此，裴承勋也走入了厨房。

“你出去，出去啦，这里我来就好，我不需要你帮忙。”申伊敏双手用力地推搡着裴承勋，而裴承勋却乘势抓住了她的手。

“敏儿姐，有些问题我们无法逃避，我知道一句对不起或许会更加伤害你，所以我不打算说……”裴承勋好不容易鼓起勇气，却被申伊敏激动地打断了他的话。

“够了，我不要听，不要听！你就那么急不可耐吗？不是说了等我泡好咖啡再说吗？为什么连一杯咖啡的时间都不给我呢？”申伊敏此时不再掩饰她的落寞和心伤，眼泪如倾泻的大雨般席卷而出。

“我不想你再为我做什么，因为……结束了！我们之间，出了很多问题，但具体的问题出在哪里我不知道，我只知道，我希望你开心快乐，永远的幸福。但，我给不了你那些，所以……”裴承勋用手轻柔的地擦着挂在申伊敏脸上的泪滴，可申伊敏却推开了他的手。

“所以怎样，所以你要转身离开吗？快不快乐幸不幸福由我说了算，你怎么知道我不快乐我不幸福了？只要你在我身边我就是全世界最幸福的女人，所以，你还要离开吗？”申伊敏抢在裴承勋前面，堵住了他还未说出口的话。

裴承勋被申伊敏的话震撼到了，这是第一次申伊敏对他说出这么感性的话，从来都高高在上的她，在曾经的日子里，从不曾这么降低身份对自己讲一些温柔的情话。倒是裴承勋每每撒娇耍赖腻着她，说一堆依赖的话。

“敏儿姐你……怎么会……”裴承勋迟疑了，看着在他眼前哭得梨花带雨的申伊敏，他似乎愧疚自己的残忍。

“怎样，觉得不可思议，还是认为我在演戏呢？”申伊敏泪眼婆娑地瞪着裴承勋，红通的眼里透析着高傲的倔强。

“不不不……我一直以为，你不会是说这种话的人。我也一直以为你对我没有我对你那么喜欢，总让我感到有着无法逾越的距离感。”裴承勋急忙解释着。

“是，以前是我做得不够好，我总摆出姐姐的模样，让你感觉到高高在上不可碰触。也对你不够关心，不够理解，可如今我知道错了啊，我已经在改了，难道你连这个时间和机会不给我吗？承勋……我爱你，很爱很爱你，不想失去你！”申伊敏放下了最后所谓的高傲和身段，对着裴承勋说出了埋在心底的话。

没被感动那是假的，裴承勋动容地看着此时依然美丽而又楚楚可怜的申伊敏，他迟疑了，犹豫了。不是因为一时的动情，而是对于这段两年的恋情无法做到的决绝。就在这时，他的手机响了起来。裴承勋看了看来电，屏幕上闪烁着“乐儿姐”三个字。申伊敏同样看到了，于是她紧张地望着裴承勋，一脸惶恐地摇着头，期望裴承勋别接电话。

在犹豫几秒后，裴承勋还是对着申伊敏小声说道：“对不起！”然后按下了通话键：“喂，乐儿姐……”他一边接电话，一边转身正欲离开，忽然被申伊敏拉住了手臂，裴承勋茫然转过头，没想到申伊敏像发狂似的捧住了他的头，随即踮起脚尖就狠狠吻了上去。裴承勋被这突如其来的举动弄得不知所措，慌乱之中想挂断电话却按到了视频键……于是袁乐儿的脸出现在了他的手机屏幕上，而他们激烈接吻的画面也出现在了袁乐儿面前！

“对……对不起，打扰了！”袁乐儿慌乱地挂断了电话。她睁着一双空洞的大眼，抬头望向天空，此时空中又开始飘下美丽的雪花，一片一片地落在袁乐儿眼前。袁乐儿木讷地伸出手想去接住，可雪花太过薄弱，遇热即化，所以无论袁乐儿多么努力手中依然是一片空……拖着沉重疲累的身体，袁乐儿步伐蹒跚地一步一步走下了××电视台大门的台阶，是她多事了吧，如果不是刚才那个告知裴承勋这个事情的信息，对方没有回复的话，她就不会着急打这个电话，也不会……看到不该看到的画面。

她该离开了，无论时间和人，她都该离开了。在裴承勋看到那个信息后却让她看见了他们拥吻的画面，就是在告诉她，他无所谓恋情曝光，因为这是他一直期待的。忽然，袁乐儿摔倒了，无预警地摔倒了，从台阶上狼狈地滚了下去，可能是摔得太重，这次她没能爬起来，而是直挺挺躺在台阶下，美丽的大眼里没有一滴泪水，除了空洞还是空洞，随即她缓缓闭上了双眼。她累了，太累太累了，很想就这样睡过去，一直睡过去……

旁边一堆好心人围了过去，大家都很焦急，一声声呼唤着她，还有人急忙拨打了119。可，袁乐儿却越睡越沉，地上的冰凉不及内心万分之一，她想家了，想爸爸，想哥哥，想所有所有……周边的声音越来越小，袁乐儿彻底昏厥过去，而她身边雪白的地上却侵染了一片血红，犹如一朵朵耀眼盛开的玫瑰般，很是刺眼也很是扎人。

申伊敏抱着裴承勋冲动地深吻着，直接把186 cm身高的他硬生生抵到了墙边，可她似乎觉得还不够，伸手去扯裴承勋的外套。本不想太过激烈对待申伊敏的裴承勋，不得不用力地推开了几乎疯狂的申伊敏，然后不自觉地抬起手臂擦拭着嘴角，他不知道他这个举动看在申伊敏眼里是多么的讽刺和心痛。于是申伊敏彻底爆发了。

“你觉得很脏很不堪吗？你就那么讨厌我的吻吗？”

“敏儿姐，不是那样的……我，我只是希望你能冷静地对待我们的问题，不想连最后的美好都破坏掉，对不起，我还有事，先走了！”裴承勋心急袁乐儿看到刚才的画面，想赶快打电话去解释，于是打开了手机锁，却看到了一条半个小时前袁乐儿发过来的信息。

“对不起，承勋，我尽力了，可是还是无法阻止。申伊敏把你们恋爱的消息曝光了，她约了××电视台的记者拍下了你们刚才在医院的画面，我追了很久还是没追到，对不起，没能保护好你……对不起……”

当看到这样的信息内容后，裴承勋错愕得张大了嘴，妖孽般的双眼瞬间红了眼眶，他紧紧捏住手机，强忍着即将夺眶而出的泪水。他完全无法想象在为他做了那么多还看见自己和申伊敏接吻的袁乐儿如今会怎样！裴承勋猛地回头瞪着申伊敏，这次他没再犹豫，冷冷地向申伊敏说道：“一次又一次地陷害，还叫爱吗？敏儿姐，我们……回不去了！无论未来怎样，我们都再也回不去了，你自己多保重，再见！”

裴承勋说完后头也不回地拉开房门走了出去。

“承勋……承勋！不要……不要……走！”望着他决绝离开的背影，申伊敏双脚一软，跌坐在地，她不知道裴承勋忽然知道了什么，但在他从未对自己出现过的冷眼相对时，她似乎觉得这次，他是真的离开了，真的不会回来了。申伊敏再也不顾高傲和体面，毫无掩饰地号啕大哭起来。

裴承勋一边着急拨打电话一边迈着大长腿拼命狂奔，他此时心乱如麻，只想快点回到袁乐儿身边，告诉她这一切都是误会，她看到的不是真的。可，袁乐儿根本不接电话，无奈，他只能坐上计程车快速向××电视台奔去。就在裴承勋要到××电视台时，一辆救护车呼啸着与他擦肩而过。所以裴承勋到达时这里早已人去楼空，而他因为太过急切没注意自己的伪装，被众多粉丝认了出来，越来越多的人潮涌向了他，以免引起事故××电视台的安保急忙把裴承勋紧紧围住，然后护送他进入了电视台躲避。

裴承勋不得已拨打了崔允择的电话，不到20分钟后，终于坐上了崔允择的保姆车从停车场离开。裴承勋以为袁乐儿回家了，所以他急不可耐地冲回了家，在打开房门那一刻，他没看到袁乐儿的身影，却看到那盘原封未动的早餐……

裴承勋哽咽着走到餐桌旁，拉过椅子缓缓坐下。就那样一直看着盘子，一直看着，然后他拿起叉子木讷地一下又一下搓着盘中的煎蛋，再一口一口地吃了下去。果然很难吃，难吃到裴承勋忍不住落泪。

“真的……好难吃，所以你才没吃吗？真好，你没吃，还好……你没吃……”裴承勋一边胡乱地把煎蛋悉数塞入嘴里，一边低声呢喃着。忽然他站起身，急切地跑进袁乐儿的房间，仓皇打开她的衣柜，看着柜子里放着的背包和衣服，他落泪的脸又浮现出欢愉的微笑。她没走，没有离开，可，她到底去哪里了？

3

当袁乐儿再次醒来时，她已经在飞往中国的空中。当她睁开双眼苏醒过来，看见了一个熟悉的身影。

“哥……你怎么来了？”袁乐儿急忙坐起身，诧异地看着瞪着她不说话的袁秦风。

“我再不来，可能就再也见不到我的宝贝妹妹啦！你到底在干嘛，弄得自己这么狼狈不堪，遍体鳞伤还进了医院？”这是第一次袁秦风对着袁乐儿生气地大声说话。从小到大，无论袁乐儿做错什么，袁秦风都无条件原谅包容，可这一次，他做不到，他无法看到自己捧在手心呵护的妹妹，落得这般模样。

“对不起，我没照顾好自己，让你担心了。路太滑，我跌倒了，是我太不小心，对不起，哥……你别生气了。”虽然袁秦风吼她了，但袁乐儿知道那是关心爱护的心痛，所以她乖巧地拉住了袁秦风温暖的大手小声道歉着。

“滑倒？滑到会让你没有求生意志，会让你排斥医生的救治，会让你在昏睡中一遍又一遍地叫着裴承勋的名字??你当我三岁孩子吗？裴承勋这家伙是不是做了什么伤害你的事，混蛋，我绝不会放过他！”袁秦风甩开了袁乐儿的手，原本冷毅的脸此时显得更加冷峻，全身上下散发出接近零度的冰冷气息。

“没有没有，哥你误会他了，他对我很好，真的很好……”虽然嘴里说着他的好，可不知为何，袁乐儿却流下了泪。袁乐儿越是擦拭眼泪却越涌越多，多到她无法自控。

“哥……不关他的事，从来都是我一厢情愿自作多情，我知道错了，我已经决定放手了，你别怪他，更不要伤害他，不然……不然我会恨你的！哥！你答应我，我要你答应我，好不好？”袁乐儿一边放声大哭着，一边努力想站起身去拉袁秦风的手。眼见袁乐儿辛苦的模样，袁秦风哪里还有什么气，急忙躬下身急切地抱着几乎就要跌下床的袁乐儿。

“好好好，哥不怪他，不伤害他。只要你好好的，哥什么都可以不管不要，乐儿不哭，乐儿乖……”袁秦风把袁乐儿娇小柔弱的身体紧紧拥在了怀中，生怕一不小心袁乐儿就此消失一般。

“唔……唔……哥，我的心好痛好痛，对不起……对不起……”被袁秦风这么宠溺地抱着，袁乐儿放声大哭起来，她终于可以卸下坚强，终于可以不再装作淡漠无谓，她是人，还是个有血有泪的女人。她无法接受裴承勋在吻了她以后再和申伊敏缠绵，她做不到，她会痛。

“哥知道，哥都知道！乐儿有多痛哥就有多痛，我们回家，回家后你依然是我们的掌上明珠，依然是我们所有人的小公主，哥不会再让任何人欺负你，绝不！”搂着袁乐儿单薄的身躯，袁秦风不由得心头一酸，哽咽起来。

回家？对了，她的出境时间到了，明天她就要离开了……袁乐儿忽然抬起头，有点犹豫地望着袁秦风，然后小声地说：“哥，我想出院。我想回去收拾东西，然后和他道别，因为我不会回来了，所以我不想这样不明不白一走了之，好吗？”因为沉睡，袁乐儿根本不知道她所谓的明天其实就是今天，所以更不知道此时的她已经在袁秦风的私人飞机上了。

袁秦风伸出手温柔地抚摸着袁乐儿的长发，然后深深地吸了一口气：“对不起，不是哥不答应你，而是你根本回不去了。因为你一直在昏睡，今天已经是你的出境日期了，而且……如今，你正在三万英尺的高空上，所以，你只能不明不白地离开了。而且，哥也不希望你再见他了，忘了他吧，好吗？”

三万英尺？一听到袁秦风的话，仓皇的袁乐儿不相信地拉开了窗帘，窗外除了片片白云空无一物。她知道袁秦风的话是真的，她离开了，彻底地离开了，她回不去了。这很好不是吗？她终于可以放下了。可，为什么，她此时却笑不出来，而心却像撕裂般疼痛……

第十七章　不再交替的平行线

1

网络、电视、平面杂志等一系列媒体平台都是××电视台强力打造的全新水木剧新闻，因为由当今炙手可热的人气偶像裴承勋和顶级韩流女神申伊敏携手主演，所以此剧的演员阵容一公布就引发了大众不小的期待，再加上某家记者独家公开的裴承勋与申伊敏秘密恋爱的画面，导致这部新剧还没放送就已登上了话题榜首位。

秘密恋爱的消息犹如深水炸弹一般，震惊了整个娱乐圈和粉丝圈。因为申伊敏名气过大，女方粉丝认为裴承勋高攀不上，而男方粉丝却认为申伊敏老牛吃嫩草，骗走了他们欧巴的心。因此当事双方的经纪公司都做出了紧急公关措施，召开记者会陈述两人真心相爱的事实，并希望得到粉丝们的理解和支持。而身为当事人的双方也各自向自己的粉丝道歉，解释隐瞒恋爱的缘由。

但在这个事件中，让崔允择最不能理解的是，裴承勋似乎已知情般早就做好了陈述准备，就像履行一次程序般，循规蹈矩地背着台词，根本没有曝光后的激动和幸福感。不过申伊敏却很明白，裴承勋此刻根本是在演戏，就算在记者会上对着自己含情脉脉深情相望都是他的演技，根本没有一丝真心。她做到了，让恋爱曝光了，可……却失去了他。这场仗她到底是赢了还是输了呢？她不要去想，她只知道至少在人前他是她的，她拴住了他，这样就够了！

而此次事件也让粉丝产生了分歧，有理解支持和祝福的，也有生气讨厌脱粉的，但无论怎样，却让这个话题和新的电视剧占据了连续一周的话题榜，比任何宣传都来得给力。所以，电视剧的拍摄依然马不停蹄地进行着，没受到丝毫影响。

因为申伊敏之前的事故发生拖延了拍摄进度，为了能如期公映，剧组上下所有人基本都不眠不休地加班加点。自然，裴承勋也不例外，身为男主角的他戏份太重，每天有拍不完的场景，可很奇怪，本已早该体力透支的他却像没事人一般，精神抖擞，冲力十足。不但认真拍好每个镜头，甚至对自己的表演挑剔苛刻，常常不满意主动要求重拍。大家都对他的敬业很感动和敬佩。可只有崔允择知道，这家伙是疯了，他根本就没把自己当人，简直就是一部机器，一部没有思想没有血肉只会工作的机器。

裴承勋已经一周没回家了，不只是拍摄日程太紧的关系，而是即使中间有休息时间让他回家洗澡换衣服，他都会直接去崔允择的家，换洗衣服也让崔允择去拿。似乎那个家有病毒似的，让他完全不想靠近。

今天也一样，在凌晨4点时拍摄终于结束了，裴承勋拖着疲累的身体习惯性地向崔允择走去，然后伸出了手。这一次崔允择没有给他钥匙，而是脸色凝重地看着他："你干嘛不回家，你没家吗？你不是最喜欢宅在家里大门不出二门不迈吗？你不是很讨厌和别人同在一个屋檐下吗？你不是无法在你不熟悉的地方睡觉吗？"眼见越来越消瘦的裴承勋，崔允择心疼不已，他无法再这样坐视不管，让他任性下去了。

"对啊，我没家！行了吗？钥匙！"裴承勋的语气就像刚才的问题根本不关他事一般，很是云淡风轻。

"承勋！！你清醒一点，她走了，彻底消失了，也不会回来了。你到底要折磨自己到什么时候？"崔允择恨铁不成钢地紧紧拽着裴承勋的手臂，用力摇晃着。

裴承勋目光散乱无神地看着一脸焦急的崔允择，然后露出一个落寞的微笑，随即轻轻拍了拍崔允择抓着他的双手："你到底在说什么，我不是因为忙无法回家吗？跟她有什么关系，你想太多了。别闹了，钥匙给我，好累，我想休息了。"

"你也会累吗？不吃不睡熬这么多天，我还以为你没知觉是铁打的呢！"崔允择向裴承勋抱怨着。

哪里知道裴承勋根本不搭话，转身就向保姆车走去。

"喂！你又去哪里？"崔允择急了，急忙追着他跑。

"上车睡觉！"裴承勋背对着崔允择随意地挥了挥手。

"给，钥匙！"崔允择没辙了，直接叫住了就要上车的裴承勋，无奈地交出了钥匙。接过钥匙，裴承勋对着崔允择微微一笑："谢啦，允择哥。"然后上了保姆车疾驰而去。

望着驶离的保姆车，崔允择黯然地摇了摇头，这个平时总是保持微笑开朗阳光的家伙，如今却连笑容都是苦涩阴暗的。自从袁乐儿莫名其妙消失以后，他就变得不再是崔允择认识十几年的那个他了。崔允择很着急，想为裴承勋做点什么，可似乎裴承勋根本不给他机会，完全不想走出他自我禁闭的心扉，沉浸在寂寞和忧伤之中。

坐在保姆车里的裴承勋感觉很累，身体似乎都已经不听使唤了，全身上下犹如散架一般，毫无力气，但他却没有丝毫睡意。他依然习惯性地看着袁乐儿曾经坐过的位置，那里早已没有任何袁乐儿的痕迹，但他总觉得就那样看着似乎就感觉到她依然在自己身边一样。

还记得那天，他等她等到深夜，直到最后他累得在沙发上睡着了。醒来后，他第一时间冲向了袁乐儿的房间，推开房门，满以为会看到他期望的身影，却没想到依然是空空如也的冷清。他深信她会回来的，她不会这样一言不发就离开自己，至少……至少会给他一个告别的机会。所以，他继续等，一天，两天，三天……直到崔允择告诉他，袁乐儿早已过了入境期限，已经离开韩国，他才不得不接受她已离开的事实。

房间里似乎还留有袁乐儿独有的香气，就像毒药一般侵蚀着裴承勋的感官和心灵。他抚摸着每样袁乐儿曾经用过的物品，然后无力地倒在了袁乐儿的床上。闻着枕头上袁乐儿发丝的清香，裴承勋不自觉地流下了泪。就那样，他蜷缩着沉沉睡去……在梦中，他见到了她。她笑得很美，一双聪慧狡黠的大眼弯成了一条线，站在街的对面对着他挥舞着双臂，然后大声对他喊着："裴承勋你这个世纪无敌大笨蛋！"裴承勋想穿过车流跑过去，她的身影却在一瞬间消失在人海中，他拼命地找寻着，拉着一个又一个貌似她身影的人，可都不是她。

"乐儿！"就这样，裴承勋呼叫着袁乐儿的名字从梦中醒来，睁开双眼，他看到的依然是人去楼空的房间，而脸颊冰冷的是他泪水打湿的枕头。

他知道，他不得不面对袁乐儿离开的事实，没有拿走任何东西，没有一点消息，就像她从未存在过一般，彻底消失了……他怕了那种梦中相遇醒来空的心痛，所以从那天以后，他就不再回家了。

2

回家已经半个月了，袁乐儿基本没出过门，不是她不想，而是袁胜天下了禁令，不让她离开家里一步，还把她的手机缴械了，导致她完全无法与外界联系，连死党程思琪都不可以。所以她每天除了喝一堆佣人煲的汤和吃一堆营养药以外，就只能看看新闻或者电视剧打发时间。但，袁乐儿似乎有个禁忌，一旦碰到与韩国有关的消息，她就会自动屏蔽，更别说看韩剧了。因此，裴承勋那么大的恋爱消息她根本不知道，或许她就是不想知道才故意不去看。

"啊!! 要憋死了！不行，今天必须出去走走，不然要发霉了！"袁乐儿对着窗户外大声地发泄着，然后转了转大眼珠，拉开了房门。

"大小姐早！"结果，门口两尊门神恭敬地对他躬下了身，敬畏地打着招呼。

袁乐儿翻了一个白眼，"砰"的一声狠狠地关上了房门。该死的老爸，到底是怎样啊，要关自己到什么时候，她还不信他能像古代一样绑着她上花轿！不让她出门是吧，她就偏要出去！袁乐儿扯下了床单，然后用剪刀把床单撕成了长条，接着把它们连接起来打成死结，扔下了二楼的窗户。

袁乐儿扯了扯布条，非常结实，然后很放心大胆地爬上了窗台，正欲顺着布条往下滑，却在往下看时吓了一跳。因为一个男人此时正瞪着一双茫然的眼睛看着她。

"阿杰，你站在我窗户下干嘛？想吓死我哦？"袁乐儿嘟着嘴，愤愤地对着楼下的男人吼着。

"秦风哥叫我来这里的，他没说理由，只说站着就知道了。我想，我现在应该知道理由了。”阿杰乖巧地回答着袁乐儿的话。不过他的话差点没让袁乐儿吐血，该死的老哥，这不是断她后路吗？气急败坏的袁乐儿只能又跳回房间，收起了布条，然后一骨碌懊恼地倒在没有床单的床上。

“不行，找老爸谈判!”不死心的袁乐儿又翻身跳下了床，然后拉开房门走了出去。

“大小姐需要什么吗?”两个门神依然恭敬地问询着。

“需要我老爸，你们两个能给我拿来吗?”袁乐儿气势凌人地瞪着大眼。

“额……天爷在公司开会，现在不在家。”两个命苦的门神哭哈着脸小心地回答着，虽然是天爷派他们守在门口的，但他们很清楚，这个家里谁才是隐藏的终极BOSS，谁要是得罪了这个大小姐，下场一定会很惨。

“那就对啦，既然你们没法叫他来，我就只能自己去找他啦。”袁乐儿迈出了房门，直接向楼梯走去。

“大……大小姐，您不能出门的，天爷说了，如果你离开别墅一步，他就废了我们的腿。求大小姐体恤……”眼见袁乐儿就要走到一楼了，两个苦命门神只能急忙跑到袁乐儿的面前挡住了她的去路。

体恤他们，那谁来体恤就要发霉的她呢？袁乐儿今儿个似乎是铁了心要离开，于是开始和两个门神捉起了迷藏，东窜西窜地闪躲着他们的围堵，急速地向大门跑去。却在将要迈出门口的瞬间撞上了一个胸膛。

“谁啊，撞死我啦!”在这个家里，袁乐儿不似外面般谦让客气，因为从小到大都习惯了整个家都围着她转，所以千金大小姐的骄纵显现毕露。

“想去哪里?”低沉悦耳的声音和这样的口吻，除了袁秦风还有谁了。

“嘿嘿……哥，这个点你怎么回来了?”眼见是袁秦风，袁乐儿自动进入笑脸马屁模式。

“有人都要跳窗户了，我还能不回来看看吗?”袁秦风瞥了一眼袁乐儿。

该死的阿杰，居然打小报告，看她等会儿怎么修理他。袁乐儿简直恨得牙痒痒的，心里把阿杰骂了个体无完肤。

“我不是没跳吗……哥……我好可怜哦，整天关在家里，都没人陪我玩，这群家伙都呆头呆脑的，像个跟屁虫似的，看到都烦死了！你就让我出去走走嘛，好不好嘛，哥……”袁乐儿拉着袁秦风的手，呼哧呼哧地甩着，嘴里还一个劲地说好话撒娇，就差没飙出两滴眼泪了。

“不是我不让你出去，是老爸不让你出去，我也爱莫能助啊。”袁秦风撇着嘴对着袁乐儿做了一个爱莫能助的表情。

“哎呀哥……你就帮帮我嘛，我真的再不出去走走，就要疯了！你不想看到我变神经病吧?”袁乐儿一副抱大腿的可怜表情，还故意使劲眨了眨眼，想努力挤出两滴眼泪来。

“我宁愿你变神经病，也不要违背老爸的话。谁叫你胆子那么大搞什么离家出走，现在你可是上了黑名单，谁帮你谁倒霉。所以，你还是乖乖地在家等着老爸回来再说吧。”袁秦风似乎不为所动，对着两个门神做了一个眼色，两人急忙站在别墅大门旁，堵住了袁乐儿的唯一去路。

眼见撒娇卖萌装可怜都无效后，袁乐儿深深地吸了一口气，然后转动了一下僵硬的脖子，睁着一双狡黠的大眼，露出了一个深邃的微笑。看见她的表情，袁秦风忽然慌了，急忙抓住了袁乐儿的手，对她着急地摇了摇头。看着袁秦风担忧的神情，袁乐儿思索几秒后，终于狠狠跺了跺脚，生气地向二楼走去，一边走还一边大叫：“啊!!! 烦死啦!”

看着袁乐儿的背影，袁秦风如获重释般地吐了一口气，这丫头胆子越来越大了，居然想……不行，以后还是要多注意点她才行，不然会出大事的。

忽然，袁乐儿半途又转回了身，直盯盯地看着袁秦风，然后一步一步向他走了过来。袁秦风刚放下的心瞬间又提了起来。

“你……你要干嘛?”天不怕地不怕的袁秦风居然口吃了……

“手机拿来，我要和思琪聊天，如果这个都不答应的话……”袁乐儿对着袁秦风凶巴巴地努了努嘴。

“哦，好啊，给你！但，你不能……你知道的!”看着袁乐儿的表情，袁秦风知道他这个宝贝妹妹此时真的是要憋疯了，再不答应她的要求，可能她会炸了这个房子吧。但又担心给她电话，她会和裴承勋联系，所以最终他还是忍不住提醒她一下。

“我对数字不敏感，记不住电话号码，你放心吧。”袁乐儿当然知道袁秦风说的是什么，所以直接告诉他，他的担忧是多余的，因为就算牢牢刻印在脑海中，她也不会去打。

终于可以和思琪联系了，袁乐儿急忙兴奋地拨打了着电话，在响了三声后，对方接听了。

“秦风哥，你找我?”因为是袁秦风的电话，所以程思琪拿起电话就礼貌地打起了招呼。

“嗯，妹子，我找你。”一听到死党的声音，袁乐儿就开心不已，故意用低沉的声音逗程思琪。

“啊啊啊，乐儿！怎么会是你？你回来了吗?”哪里知道程思琪在呆愣了两秒后，就发出了高昂的尖叫声。可想而知，她的激动指数。

“哈哈，我回来啦!! 想我了没，我想死你了。”袁乐儿也倒在床上手舞脚蹈地开心着。

“想个屁，你个没良心的在韩国都不跟我联络，还指望我想你哦，你去死吧!”程思琪激动得差点哭出声来，自从 5 年前跟着袁秦风去美国看过袁乐儿以后，她们就再也没见过面了。

“好嘛，我错啦，错啦还不行吗？在韩国……我很忙，你也知道又要躲避老爸的追杀，还要打工，我哪里还有那个美国时间和你联络嘛。其实我已经回来半个月了，但是被老爸关起来，无法和外界联系，不然我早就飞奔向你的怀抱啦。亲爱的，我好可怜哦……”袁乐儿向程思琪诉着苦。

“你活该，居然敢对你老爸那样的人搞离家出走，没把你脚打断已经很仁慈了。不过，你真的被关起来不能出来吗？我还想见面狠狠修理你呢。”两人的对话听起来一点都不和谐，却也因为这样的随意真实，更加体现了她们感情的深厚。

“嗯……真的关起来了。今天还是对我哥发飙，才好不容易拿到电话和你联系的。最近你好吗？”袁乐儿委屈地嘟着嘴。

“不好，一点都不好！”程思琪正对着电脑上那张屏幕照片狠狠地说着。

“怎么啦？发生什么事情了吗？”袁乐儿担心地坐起了身，着急问道。

“我喜欢的欧巴恋爱了，忽然的没有预警就恋爱了，我接受不了，心情超级不好，气死了！我恨他，决定不爱他了！”程思琪对着屏幕上的照片不屑地转过了头。

“晕，神经病！你是要吓死我哦，害得我还以为你发生什么事情了呢，白担心一场。人家恋爱关你屁事啊，难道一辈子不恋爱不结婚你才爽哦。脑残粉！”听到程思琪的话，袁乐儿气得翻了一个白眼，又一次倒在了床上。

“喂，你不懂就不要乱说，什么脑残粉，你没有迷上过一个明星，你根本不懂也没资格批判我的心情。我可以接受他属于所有人，但无法忍受一个人拥有他！！怎么办，当听到这个消息后，我真的心情超差，好难过，觉得他不属于我了，已经离我而去了。”程思琪很是认真的口吻，让袁乐儿这个不追星的人的确无法理解。但毕竟是死党，她也不能过多地打击她的积极性，只能好言好语安慰她。

“好啦，我是不懂你的心情啦，对不起嘛。不过你要知道，明星也是人，明星也要结婚生子过着属于他自己的人生啊，如果你真爱他的话，就应该支持他的选择，期望他幸福才对啊。不然你就不是真的爱，我鄙视你的爱，太自私了。”

“哎，你说的是没错，我也很清楚这个事实，只是我就是气不过嘛。他说过，如果哪天恋爱的话一定会告诉我们，不会秘密恋爱的，如今却被记者爆料他早已秘密恋爱好久，这样的欺骗我受不了，所以才生气的。”一说到偶像，程思琪就停不下来。

“明星说的话你们也信哦，人家只是说说而已，你们却当真，幼稚。”袁乐儿不以为意地撇着嘴。

“他不同的，他不像其他明星那样说一套做一套，他是个很真实接地气的男孩，身上完全没有大牌韩流明星的扭捏作态。我喜欢他不是因为他长得帅，而是他的真诚和努力感动了我，我不许你这样说承勋，不然讨厌你了哦。”明明嘴上是埋怨，可一听到死党的诋毁，程思琪就马上反弹了，或许这就是粉丝的心情吧，自己可以埋怨生气，但决不允许别人说他不好。

“你……刚才说谁?”本来还笑容满面的袁乐儿又一次坐起了身，此时的她一脸紧促。

“承勋啊！如今韩国的超人气偶像裴承勋！哎呀，给你说了也不知道，还问个屁啊。”程思琪不以为意地说着。可她却不知道，听到这个名字的袁乐儿猛然地滑落了手中的手机，充满灵气的双眼此时变得呆滞木讷。

“喂……乐儿……喂?你还在不在?”等了半天都没有回应的程思琪对着电话大声喊着，她还以为断线，急忙拿开手机看信号，满格啊，怎么回事?

终于还是曝光了吗?他们现在应该很幸福吧，谈了那么久的秘密恋爱，如今终于可以在阳光下牵手逛街约会了。那么期望得到全世界祝福的他，此刻终于如愿以偿了，一定很开心满足吧……她是该祝福他的，可她却没法想出一句祝福的话，因为心太痛，痛得无法呼吸，无法思考。

袁乐儿伸出手抓起了电话：“思琪……对不起，我累了，改天再打电话给你，好吗?”随即袁乐儿松开了手机，软绵绵地倒在床上，眼泪扑簌地顺着脸颊无声滑落。

“喂……乐儿……搞什么，喂……”任凭程思琪怎么叫喊，袁乐儿也毫无声息。

新片紧锣密鼓地紧张拍摄着，今天已经是放送日了，剧组所有人都很紧张收视率。但因为没时间去看，所以大家都怀着紧张而期待的心情工作着。终于外景拍摄完毕以后，有20分钟的休息时间，大家都急忙冲进电视台围着电视机，刚好赶到第一集结束，随即所有人全都忐忑地等待着收视率的统计数据。很快，数据出炉了，剧组全体人员都双手合十闭着眼虔诚祈祷，辛苦这么久如果第一炮没打响的话，会大大打击所有人的积极性。可当数据贴上了数据板后，所有人却都不敢睁开眼去看。

“AGB全国7.9%，AGB首尔8.6！TNS全国7.7%，TNS首尔9.9%！AGB和TNS均为同时段第二!！还不错啊，你们干嘛不看。”只有一个人站在数据板前冷静地读着数据。天知道，此时的他有多紧张，捏着的拳头似要捏出水一般，紧紧拽着。

裴承勋的话就像兴奋剂一般，让大家全都睁开了眼，一窝蜂冲到了数据板前，瞬间把裴承勋挤了出去。大家七嘴八舌地相互恭喜着对方，还有人激动地抱在一起跳脚。作为电视人，经常会无法落家，睡眠不足，有一餐无一餐地过着，所有的辛苦和心酸都在最后的成果上，当看到自己的努力得到了广大观众的认可时，他们会幸福得想死掉。所以，这一刻大家是开心满足的，包括裴承勋，不善言辞又害羞腼腆的他，居然狠狠地抱住了A组的拍摄导演。

“谢谢，辛苦了！”裴承勋感恩地说着。

“您也一样，辛苦了，我们继续加油！”导演也激动地拍着裴承勋的肩膀。

这一幕是感人的，没参与这部剧的其他工作人员都对着他们鼓起掌来。每制作一部电视剧都像一场战役，看似没有硝烟却有着血淋淋的成败。各个电视台都在无声地较劲和比赛中，收视率就是他们的成绩单，想要成功受到大家的瞩目，就必须傲视群雄站在制高点，所以一部电视剧是整个团队通力合作的完美作品。这个时候没有所谓的明星，只有相濡以沫的团队，一个人都不能少。

只有一个人显得形单影只，很是落寞。因为在刚才当大家都兴奋地道贺拥抱时，她对着裴承勋伸开了双手，却没想到裴承勋居然无视她而转身抱住了导演。申伊敏尴尬的双手就那样停在了半空中。她以为在人多的时候，裴承勋会留有余地，但裴承勋似乎根本不在乎大家的眼光，赤裸裸地展现着他对她的漠然。

申伊敏毕竟是演员，她收回双手，嫣然一笑，显得落落大方，让人感觉是裴承勋太过激动没看到她而已，所以就不了了之了。但申伊敏望着裴承勋的背影默默说道："你就这样吧，不喜欢甚至讨厌都无所谓，只要待在我身边就好。我不会放弃，绝不，我一定会让你回心转意的。"

因为首播第一集的成功，记者们要求采访演员和剧组。在采访时，裴承勋想到了那次在停车场的事情，为了向那个前辈示好，所以他谦虚地告诉记者，其实这部剧一开始编剧并不看好他，而是让××前辈来演绎的，但前辈因为档期太忙，还有着对后辈的提携之心，力荐了自己，所以才有了他出演的机会，因此借此机会他向那位前辈致以深深的谢意，没有他就没有今天的裴承勋。

没料到这样的报道一出，某人很是生气地摔落了手中的报纸。

"裴承勋！你这家伙得了便宜还卖乖是吧？明明没人知道我被辞演，你却让全天下的人都知道了。是在记恨那天对你的奚落吗？好，既然你那么感谢前辈的力荐，我一定不会让你失望的！"咬牙切齿地某人露出一个诡异的笑容，拿出了电话拨打了一个号码。

而裴承勋还沉浸在收视率不错的喜悦之中，完全不清楚一场阴谋正向自己靠近。有了第一集好的开始后，剧组所有人都更加积极卖力，大家对未来充满了信心。所有人都通力合作，氛围热烈和谐。都说好事成双，裴承勋因为名气上升，居然接到了国外一家酒吧的开业邀请，对方不但任凭蔡锐麒开出高昂出场费，还答应了所有住宿餐饮要求，所以蔡锐麒把这个消息第一时间告诉了崔允择，让他去问询裴承勋的意见，毕竟裴承勋不再向往日那般没有话语权，如今，他在公司里可是唯一的一哥。因此接到消息后的崔允择兴奋地跑去告知裴承勋。

"承勋，承勋！好消息，社长帮你接到了一个国外酒吧的开业邀请，据说出场费不菲，而且还给我们提供五星级酒店的住宿和丰富的饮食。"看着裴承勋越来越集聚人气，离成功更加接近，崔允择就打从心底为他开心。

国外酒吧开业邀请？裴承勋并没有崔允择想象中那么高兴，而是蹙起了眉头，一看到裴承勋表情，崔允择就像被泼了一盆冷水般，紧张地瞪着他。因为如果他大少爷不同意，所有一切都要泡汤。

"可我不喜欢出国耶，而且，你知道的，我只喜欢拍戏，其他项目我没兴趣。酒吧开业请我干嘛？我又不会唱歌跳舞。"果然，裴承勋直接就拒绝了。

"喂，我的大少爷！你管他请你干嘛，又不是要你唱歌跳舞，只是剪彩而已，时间很短，顶多半个小时就搞掂。况且，这次出场费用很高，你不是答应妈妈，赚钱后每个月都要给她买名牌包吗？难道人家送钱给你，你还嫌弃哦？”崔允择急忙开始给裴承勋洗脑。

“我现在的档期很满，拍摄进度也这么赶，根本就没时间嘛。况且，我如今买不起包吗？非要跋山涉水去国外赚吗？而且，我对机场有阴影，不想去。”裴承勋还记得一个月前的过敏事件，被粉丝责骂怨恨的情景，他怕了，所以他很排斥机场，不到万不得已，他实在不愿意出国。

“是是是，我知道那次给你留有阴影，但以后我们注意就好啦，坚决不吃任何含有蜂蜜的东西。而且，社长有说这是××前辈因为你采访时对他的感恩，他很感动故意向对方引荐你的，如果你不去，是不是太不给他面子了？”裴承勋看似很随和听话，但其实他是个极其有主见的人，一旦他认定的事情，就很难回头。所以，为了让他答应，崔允择可是费劲了脑汁。

“即使是这样，我也可以因为抽不出时间婉言拒绝吧。允择哥，你知道公司安排那么多行程，即使再累再疲惫，只要是我能做到的，我都会配合。但这个，我真心不喜欢，不但要出国，还是什么酒吧开业，跟我平时的形象和我的工作性质完全不同，所以，我真不想去，对不起。”无论崔允择口水都讲干了，裴承勋依然还是不同意。眼见社长交代的任务就要无法完成了，崔允择也急了，直直地甩了一句话给裴承勋。

“那如果是中国呢？中国你也不去吗？”虽然崔允择也很不希望用这个话题引起裴承勋的兴趣，但无奈这是最后的撒手锏了。

果然，裴承勋在听到这两个字后，瞬间沉默了。面部表情没什么变化但又不说话的他，让崔允择紧张地擦了擦汗。

“真的费用不菲？”过一会儿裴承勋终于开口了。

“真的，比珍珠还真。”崔允择的头向公鸡啄米般地点着。

“确定不超过半个小时？”裴承勋再一次提出了疑问。

“绝对，对方承诺就剪彩和简单的采访，不会超过半个小时。”崔允择一脸期待地看着裴承勋。

“其实，中国的菜……似乎……还不错。那就……吃吃看吧。”裴承勋扔下最后一句就跑掉了。留下崔允择在那里开心地跳脚。不过开心过后，崔允择又黯然了，什么中国菜不错，是中国的人不错吧。讲半天都死活不答应，一说到中国就马上松口了，这家伙……哎，以后要怎么办！

天黑了，佣人敲了无数次门叫袁乐儿吃饭，但袁乐儿都没有应允。她不是睡着了，而是睁着失神的大眼呆呆地看着天花板。不知道的人或许还会以为她在思考着什么，其实袁乐儿的脑子中根本是一片空白。

他和她公布了恋情，而她也回到了中国，从此两人就像两条无法交替的平行线，再无瓜葛。袁乐儿露出凄凉的苦笑，小声地低喃着："忘了吧，乐儿！忘了才不会痛彻心扉，忘了才不会思念到死，忘了……或许还可以重新开始。求你了，一定要忘了！"

人，很奇怪！越是压抑越容易爆发，越是强迫就更会反叛，越是想忘记相反思念却更浓……嘴里还说着要忘记的袁乐儿，脑子里全是和裴承勋在一起的各种画面。袁乐儿捂住了耳朵闭上了双眼："你走开，快走开，不要来骚扰我！"

"你叫谁走开啊，叫你吃饭多少次了，干嘛不出来？"此时袁乐儿的房门却被一个人用钥匙打开了，此人不是别人，正是刚从公司开完会回来的袁胜天，袁乐儿的威严老爸。

一听到老爸的声音，仓皇的袁乐儿急忙擦拭了一下眼泪，然后嘟着嘴别过头，完全不理会袁胜天。

"又闹什么脾气，你不是不知道自己不能饿的，快出来吃饭。"刚一回家就听到佣人说这个宝贝女儿怎么叫都不出来吃饭，袁胜天只能急忙找到备用钥匙来开门，还好她没饿坏，只是在闹脾气，所以袁胜天暗暗松了一口气。

"不想吃，没胃口！"袁乐儿依然扭过头，不看袁胜天。

"都30的人了，你以为你还小哦，还用不吃饭来抗议，快点来吃饭，别让我生气。"袁胜天就是袁胜天，即使他再疼这个心头肉，威严也的确是不可侵犯的。

"你也知道我都30啦，那你干嘛还关着我不让我出门？"袁乐儿憋了这么多天实在无法不生气，直接对着袁胜天发起脾气来。

"你还敢讲，是谁在机场甩掉阿杰跑掉的？又是谁不和家人联络离家出走的？又是谁弄得浑身是伤让秦风跑到韩国去接的？都这么大了还这么任性，你让我怎么放心！"这个女儿从小到大个性就很倔强，像极了她的母亲。越是要她做什么她越反叛。袁胜天叹了一口气，走到了袁乐儿的床边，本想好好劝劝袁乐儿的，结果却看到了地上一堆布条和没有床单的床。

"你……！你是要气死我吗？"一想到她那还没恢复好的纤弱身体，居然顺着一根布条从二楼滑下去，袁胜天就急得挥起了手。

"你这是要打我吗？虽然从小到大你都不喜欢我，我做什么你都看不顺眼，但至少你还没打过我。如今连这个你都要破戒了吗？"袁乐儿不敢置信地瞪着举着手的袁胜天，委屈的眼泪哗啦啦流了出来。

"妈……我好想你，你干嘛要走那么早，我讨厌老爸，非常讨厌，讨厌死了！哇……妈……"袁乐儿不理袁胜天，站起身来哭着就向楼下跑去了。

"乐儿……乐儿……爸爸不是……想打你"当听到袁乐儿呼喊着妈妈时，袁胜天就已经很后悔自己举起的手了，懊悔的他急忙追了出去。

当袁胜天追下楼时，却没看到袁乐儿的身影，他看了一眼站在门口的两人，胆战心惊的两个门神急忙小声地说："刚才大小姐哭得很厉害跑出去了，我们……我们不敢阻拦。对不起天爷，我们去把大小姐追回来。”

袁胜天看着外面黑漆漆的天空，对着两个门神缓缓摇了摇头：“算了，由她去吧，她还能去哪里，顶多是去思琪那里吐吐苦水。明天你们去程思琪小姐家把大小姐接回来。”

“是，天爷！”腿抖到不行的两人，各自暗暗松了一口气。差点没被大小姐搞死，再这样弄几次，他们的小心脏可能会直接挂掉。

冲出别墅的袁乐儿一边抹着眼泪，一边回头偷望着，眼见没人追来时，她居然露出了开心的笑容。

“哈哈！！我终于出来啦！！思琪，我来啦……”

第十八章　意外重逢

1

因为要迁就裴承勋的国外行程，剧组将裴承勋的下集镜头都提前拍摄完毕。一周后，裴承勋出现在了仁川机场，得到消息的众多粉丝都来送机，毕竟这是裴承勋宣布恋情以来第一次出现在公开场合，所以粉丝媒体都悉数到场，把机场围了个水泄不通。

裴承勋从保姆车里向外望去，见人海如潮，感到紧张，因为他有瞩目恐惧症。他害怕讲话，因为他总讲错话。他也不喜欢被人随意拍摄，因为会觉得不自在。可是他却不幸无奈做了演员，他必须接受这一切。很是讽刺的人生，无奈却又渴求。裴承勋拉了拉自己的口罩，再带上了墨镜，不是他想要酷，而是不想被粉丝或媒体看到自己仓皇紧张的眼神。

崔允择等待着裴承勋的旨意，当裴承勋做完几次深呼吸之后，对着崔允择镇静地点了点头时，随即崔允择“哐”的一声拉开了车门。

“啊……”

“欧巴”

“承勋 xi”一片排山倒海的呼喊声随即响彻云霄，划破天际。

在大家的呼喊和拉扯中，保镖们紧张地护送着裴承勋快速向机场里面走去。因为口罩和墨镜的遮挡，让裴承勋稍微有了些许的放松，他对着粉丝和媒体乖巧地挥手打着招呼。随着他的举动，又一次响起了震耳的呼喊声。看着大家的热情，裴承勋其实有点懵，他想自己如今有这么红吗？为什么大家会喜欢他呢？那不喜欢他的人又是为什么呢？处女座的思维模式一打开就会无穷无尽，天马行空。所以，开始神游太空的他，相反还淡忘了自己的恐惧，惬意地迈着轻松的步伐跟着保镖们进入机场里。

或许他不知道，那天所有的机场图全是他轻快的步伐和轻松的表情。而新闻报道，则写的全是“公布恋情的裴承勋心情大好，出国捞金!”

舆论就是这么随意，人们总是想当然地去想象她们所期望的东西，然后无厘头地安插在她们在意的人身上，自动忽略掉她们不喜欢的，再写上她们自以为看到的，根本不会去在意客观真实。

就这样，裴承勋坐上了飞往中国××城市的班机。飞机升空后，裴承勋摘下了墨镜和口罩，拉开了遮阳板，看着万里碧空，裴承勋露出了久违的微笑，然后安心地睡去。大概在两个多小时后，飞机降落在了中国的××国际机场。

这次与裴承勋一起出行的工作人员包括保镖在内大概10人左右，在崔允择叫醒裴承勋时，其他工作人员已经先行下机与中国机场的地勤联系，安排裴承勋出机场的安全事宜和路线。

“嗯？到了吗？这么快？”裴承勋因为连续很多天没睡好觉，今天心情不错睡得特别踏实，所以当崔允择叫他时，他根本反应不过来。睁开睡眼蒙眬的双眼，然后慵懒地伸了一个懒腰，随即唰地站起身来。似乎刚才短暂的休息又让他充满了活力。

“走吧，闽海他们都先下去准备了，据说机场很多粉丝接机，你等下别太紧张哦。”崔允择提前给裴承勋打预防针，免得这个内向害羞的家伙，等下又惊慌失措一脸茫然的表情。

听到崔允择的话，裴承勋眨巴眨巴了两下萌萌双眼，然后翘着嘴有点小诧异地问崔允择：“很多粉丝？在中国也有很多喜欢我的人吗？”因为这是裴承勋第一次来中国，所以他根本不清楚自己在中国的知名度怎样。

“嗯，很红，别怀疑，好吗？刚才闽海有打电话给我，告诉我现场已经挤满了粉丝和媒体，连机场安检都全部出动维持秩序了。”崔允择很有自信地向裴承勋点了点头。

“也就是说，我来中国的消息大家都知道咯？也就是说……呵呵，好啊，那我们快走吧！”裴承勋似乎像打了鸡血似的，忽然开心得一蹦一跳地走下了飞机。

2

“袁乐儿，你敢不敢快点，去晚了就占不到好位置啦！”程思琪就不明白了，叫死党陪自己接一下欧巴的飞机而已，干嘛一副要死不活的模样。就算不认识不喜欢，也不至于讨厌吧。

被程思琪死活拖着来到机场的袁乐儿煎熬地捏紧了双拳，不是因为程思琪说什么不陪她就绝交的话，她是死也不会来到这里的。离机场越近一分，她的心跳就漏跳一分。可完全不知情的损友还一直拼命催促着。不得已袁乐儿只能勉为其难地小跑起来，跟上了程思琪的步伐。

“我告诉你哦，承勋超级帅气，你看到一定会喜欢的。他不但身高186 cm，而且还是完美的衣服架子，穿什么都能引领时尚潮流。”程思琪完全沉醉在对偶像的崇拜中。

“哪有186，顶多185.1。”袁乐儿不屑地嘟了嘟嘴。

“喂，那也差不多嘛。讨厌，干嘛那么较真。而且，他性格非常好，对人又有礼貌，非常乖巧哦。”程思琪继续向死党炫耀着她家欧巴的可爱之处。

“好个屁，就一个整天使坏喜欢欺负人的家伙。”袁乐儿不自觉地反驳着程思琪。

“那哪是欺负，顶多是撒娇耍赖而已，你懂什么。”程思琪一脸花痴地继续为自家欧巴辩解。

“嗯，的确是要命的撒娇，像没断奶一样，腻死人了。”袁乐儿想起了裴承勋动不动就嘟嘴卖萌拥抱自己的情景，吓得她急忙用手拍打着自己的脸。当她抬头时，却对上了程思琪看着她一脸怀疑的表情。

“干嘛这样看着我？”袁乐儿有点忐忑，是不是自己刚才太随意，让思琪发现什么了。

“喂！果然不愧为死党啊！我爱死你啦，你什么时候背着我偷偷做功课的，居然比我这个超级脑残粉还了解他。”哪里知道，程思琪却激动地抱着袁乐儿开心的跳脚。

“呼……”袁乐儿暗自松了一口气，还好，思琪性格大大咧咧根本没发现什么。

“命苦啊，谁叫有个花痴死党这么喜欢他，为了配合她的脑回路，不得不恶补下了。”抱着程思琪的袁乐儿偷偷吐了吐舌，有点小愧疚对她的欺骗。

“这就对啦，走走走，飞机应该到啦，等下记得多帮我拍几张他帅气的机场图哦，我好拿回家慢慢欣赏，哈哈……”随即程思琪抓起袁乐儿的手就向国际航班的出口奔去。

当程思琪和袁乐儿到达时，出口处已经涌满了来接机的粉丝和媒体。两人几经辛苦好不容易挤进了人群，站在了比较接近出口处的角落。

“看吧，都是你，我说占不到好位置了吧，前面他走出来那段几乎都看不到，只能在这里看到他离开的样子了。”程思琪一想到要少见几秒欧巴的身影就对袁乐儿埋怨死了。

“我都说不想来啦，是你硬要拉我来的，现在又来怪我……”袁乐儿真想唱‘太委屈’，这个世道真是好人难做啊。

“啊……乐儿，马上就能见到活生生的他了，我好紧张啊！”程思琪很是兴奋目不转睛地瞪着悉数从机场内走出来的旅客，而双手却又紧紧拽着袁乐儿。

其实，袁乐儿的心跳频率也要破表了，她的紧张程度不亚于程思琪。真的要见到他了吗？自从她无奈离开后，已经差不多有一个月没见到他了。无数次告诫自己要忘记，却无数次在梦中与他相遇。可是，他如今已经公开恋情，如果见到自己应该会很难堪尴尬吧？

“思琪，我还是出去等你吧，我又不是他粉丝，如果等下他出来我傻愣愣的没反应，看起来太扯了。”袁乐儿想打退堂鼓了，与其相见伤怀，还不如不见。

“有什么好扯的，你别看现在风平浪静的，等下绝对风起云涌尖叫不停，你再不认识也绝对会认识的。况且现场这么多人，他根本就不会看见渺小的你，担心什么。反正不准走，要陪着我！”程思琪一边说一边还用力挽住了袁乐儿的胳膊，生怕她落跑。

也对，现场数以上百的粉丝，裴承勋那家伙本就讨厌机场，一定会快速离开，哪会注意到她了。听到程思琪的话袁乐儿相反淡定了，然后，随着程思琪一起直盯盯地望着出机口。

在大概等了10分钟后，前面响起了震耳欲聋的尖叫声!!

“来啦来啦，乐儿，他来了!! 快快，准备拍照!”程思琪激动地拉着袁乐儿尖叫，然后急忙拿出手机紧张地对着出机口的通道，生怕自己一不小心漏掉了欧巴任何一个镜头。

来了吗？袁乐儿急忙也学她拿起手机对着了前方的位置。虽然不是粉丝但袁乐儿却被粉丝们的热情感染了，也像少女怀春般紧张期待着。

3

在保镖的簇拥下，裴承勋终于步出了接机口，当看到一大片举着他名字的手牌和长长的欢迎条幅时，他的确是有被震撼到。万万没想到自己在中国的人气如此之好，有点错愕的他转头看向崔允择，结果崔允择对着他嘚瑟一笑：“早就跟你说，你在这里很红，是你不相信而已，如今吓到了吧，活该。”

因为第一次来，裴承勋其实也很紧张，这里不只是语言不通，而且都不是自己所熟悉的粉丝。他生怕做错什么给粉丝留下不好印象，急忙露出可爱的笑容，热情挥手向粉丝和中国的媒体朋友打着招呼。随着他的步伐，很多粉丝和媒体也开始奔跑起来，每个人都努力抓拍着他的一切，不愿意遗漏一个镜头。

透过墨镜，裴承勋认真观察每个粉丝的脸，他想记住她们，虽然他知道他记忆有限，但在有限的能力范围内，他希望自己能多记住几个对他微笑热情的笑脸。因为她们，让他有了更加拼搏努力的心；因为她们，让他裴承勋这个名字更加的响亮；因为有她们才会有他存在的价值!

当看到人群涌动，开始推搡奔跑时，裴承勋担心粉丝们的安全，于是放慢了脚步，甚至停下驻足，再一次向大家招起了手。而他站的地方，却刚好是袁乐儿和程思琪站的位置。

程思琪不敢置信地看着站在她面前的裴承勋，这小妮子完全忘了拍照，就那样目不转睛傻傻地望着，似乎口水都要流出来了。而袁乐儿也无法拍照，完全没想到裴承勋会停下脚步，急忙埋下头躲到了程思琪的身后。

一闪而过的身影其实对于裴承勋来说完全不会去在意，但很奇怪，正欲抬腿继续前进的他忽然转身向袁乐儿这个方向望来。

“啊……欧巴!! 乐儿，乐儿! 他居然转头看我耶! 啊……我要晕了!”眼见裴承勋看向自己这个方向，程思琪彻底无法含蓄了，一度花痴地尖叫，甚至还拉着身后的袁乐儿，试图把她拽出来看这个奇景。

袁乐儿不但不敢抬头甚至还越来越退缩，直到淹没在人群中，袁乐儿才向门口跑去，她此时需要冷静，需要呼吸新鲜空气。也因为如此，她没看到因为粉丝推挤导致一个粉丝跌倒，裴承勋急切扶起对方的神情，和那日她跌倒一般。

裴承勋本来还在嘲笑自己眼花，却看到了追随他而奔跑跌倒的粉丝，这个情景瞬间让他联想到了曾经跌倒的袁乐儿，他居然穿过保镖快一步跑到了跌倒在地的粉丝面前，蹲下身用双手扶起了对方。在看清对方不是袁乐儿时，他才急忙恢复心神，微笑着拍了拍小姑娘的头，提醒大家注意安全，然后在保镖的簇拥下急忙离开。

因为这个举动让在场的所有人暖透了心，大家都开始激动地哭泣起来，全都大声叫着“裴承勋”的名字，然后跟着他的步伐，追着他的车子离开。人生无处不相逢，裴承勋的车子驶离现场时，刚好与在外面呼吸透气的袁乐儿擦肩而过，如果那时，裴承勋不是在黯然没看到袁乐儿身影的话，他就会发现其实她与他只有一窗之隔。

随着裴承勋的离开，粉丝也相继散去，而袁乐儿的电话此刻也响了起来。

“喂……”袁乐儿接起了电话。

“喂，你去哪里了？人呢？”原来程思琪花痴完毕，转头发现不见了袁乐儿，只能打电话找人了。

“门口啊，我被人挤出来了，你也快出来吧。”袁乐儿有气无力地说道。

“哦哦，等我。”程思琪挂了电话飞快地跑了出去，终于在门口看到了一脸暗淡神伤的袁乐儿。

“乐儿，你怎么了？是因为刚才人太多挤到你了吗？脸色这么难看！”其实不花痴的程思琪还是很细心的，她发现了袁乐儿的不妥。

“嗯，有点累了。我们回去吧。”袁乐儿无法向程思琪诉说她此刻纠结的心情，那么思念深爱，而她却无法抬头看他一眼。那种近在咫尺却又远在天边的距离感，让她的心好累。

“好好，我们回家。但你要答应我，明天还要陪我去看他。”程思琪撒娇地拖着袁乐儿的手。

“明天还看？不是接机就行了吗？明天还要看什么？”袁乐儿以为今天陪陪程思琪就好，没想到明天还要去见他，她真的很担心自己再一次遇到他，她是否能忍得住不去相认。

“当然啦，他来中国就是有行程的啊。明天是××酒吧开业，所以才邀请他过来剪彩的。今天只是接机而已，明天才能真正地好好看看他。我现在好兴奋哦，完全无法思考任何东西，脑子里全是刚才他停步在我面前的画面。怎么办，怎么办，乐儿，我是不是疯了？”程思琪口沫悬飞地拖着袁乐儿的手，又开始花痴般脑补刚才瞬间的情景。

看着死党这副沉浸的模样，袁乐儿却无法开口拒绝，只能勉强点了点头：“好，就明天哦，看一下下就走，我不太喜欢待在人多的地方。”

“好好好，反正剪彩就那么一会儿，我们看一下下就走，谢谢你，亲爱的……我爱死你了，来，亲一口！”眼见袁乐儿答应了，程思琪开心地抱着袁乐儿亲了一口。

这就是追星族吗？等那么久只为见几十秒的瞬间。人家明星根本就不会记得谁是谁，而她们却因为一个笑容一个举动而幸福很久很久。这样的热情和喜欢，袁乐儿不懂，但不能不说没被感动。或许这就是追星的快乐和享受的过程吧，所以当程思琪开心地亲她时，她只能无奈地摇了摇头。

正当袁乐儿和程思琪就要离开机场时，忽然来了几部车，下来一群人，向着她们跑了过来。因为没看清人，紧张的袁乐儿拉起程思琪就开始跑。后面的人看到袁乐儿跑了，全都奋力追着，一边追还一边喊：“大小姐，别跑啊，天爷让我们来接您回去，您别跑啦，别伤到了啊！”

原来是袁胜天派来接袁乐儿回家的保镖。听到喊话后，袁乐儿终于放下了心，但她依然没放慢脚步，因为她刚才才答应了思琪明天要陪她见裴承勋，如果被抓回去了，她还怎么出去啊。所以袁乐儿继续亡命奔跑着，一边跑还一边回答：“你们别追啦，不然我乱跑受伤你们就死定了！回去告诉老爸，明天我自己会回去，不用担心。”说完，还直接向车流中间跑去，吓得后面的人一身冷汗，全都紧急刹车不敢再追，只能眼睁睁看着袁乐儿跑掉。

4

裴承勋下车后，走进了中国主办方安排的酒店，中方的人果然没有食言，不但是最好的五星级酒店，还安排了总统套房和适合韩国人口味的上好韩食接待了裴承勋一行人。对于这些安排韩方到目前为止都很满意，双方都对明天的开业典礼充满期待，希望这次的合作愉快能为未来的合作奠定好的基础。

这些商业性的琐事轮不到裴承勋操心，他自顾自地进了房间，疲累地倒在了床上。忽然，他似乎想到了什么，急忙掏出手机，在搜寻栏那里输入了裴承勋三个字，瞬间屏幕上一骨碌出现一堆他今天的新闻，原来他很在意自己在机场的表现，急切地想知道媒体和粉丝们的看法。

首先就是标题很大的“公布恋情的裴承勋心情大好，出国捞金”的新闻，接着就是他神游太空时的照片，看着这样无厘头新闻，裴承勋苦笑起来。什么时候开始，自己的一举一动都可以成为凭空想象的话题了，看来以后他要更加约束检点自己的言行才行。

接着往下翻，就是刚才到达中国机场的新闻和图片视频。裴承勋每一条都很认真细读着，也关注着粉丝们的留言。还好，今天所有的新闻除了有点无厘头以外，都是向上不错的。不止如此，他那段扶起粉丝的视频如今在网络上疯狂转载，粉丝和媒体都对此大大地赞扬，说他是世纪暖男。

没出错就好，裴承勋正欲关掉新闻休息时，忽然一张粉丝拍摄的照片吸引住了他的眼球，他瞬间像打了鸡血，一下子从床上坐了起来。那是一张今天在中国机场，粉丝照他时圈入了后面部分粉丝画面的照片。

一个低头转身离开的侧颜，虽然在众多人潮中根本不显眼，但裴承勋却激动得在房间里跳来跳去。她来了，她果然来了，该死的，怎么会没发现她。裴承勋就像捧着一个什么宝贝一般，急忙把照片下载当作了自己的手机屏幕，就那样拿着，一直傻傻呆愣地看着，笑着。不知道的人还以为他多自恋，对着自己的照片傻笑。

忽然裴承勋想到，假如今天她来了，那明天自己的活动说不定她也会来。对对对，她应该会来的，明天，无论明天怎样，他都要从人群中认出她，找到她，然后告诉她，他有多想她，没有她的日子，他像行尸走肉般的躯壳，没有灵魂少了血肉。

“呵呵……呵呵……哈哈……”崔允择谈完事情刚走入房间，就看到裴承勋一个人拿着手机在那里使劲傻笑的模样。

“喂，你干嘛？鬼上身哦，别吓我！”崔允择伸出头想去偷看裴承勋在看什么，结果裴承勋急忙紧张地把手机藏了起来，似乎就像自己的宝贝要被别人窥探一般。

“允择哥……中国不错，我很喜欢，谢谢你让我改变主意来，谢谢！”裴承勋一边说一边还忍不住扯开嘴露出大白牙，一脸阳光花痴地对着崔允择笑。

“什么情况？你是不是瞒着我什么，怎么忽然像变了一个人似的。”崔允择很是怀疑地盯着裴承勋。

“没有啊，就是喜欢嘛。这里的粉丝都好热情可爱，没想到第一次来这里就受到了她们如此热烈的欢迎，我觉得很幸福啊，真的，非常幸福。以后要常来哦。”裴承勋这次没说假话，他此刻真的很幸福，因为那张照片，那个身影，他感到了前所未有的幸福。

“早说了你在这里人气很火，是你不相信嘛，现在怎么突然这么感性了。不是说讨厌出国不想去机场吗？不是说除了拍戏其他都没兴趣吗？忽然全变样了，你还敢说没发生什么事情？难道……？”崔允择欲言又止了，因为他害怕自己猜测正确，因为那个答案会让裴承勋很危险。才公布恋情的他，如果有了其他绯闻，会彻底毁了的。

“人会随着环境改变的嘛，最近太忙太累，出来走走换个心情也不错。你别瞎想了，我先去洗澡，然后睡觉！明天一定要美美地出镜才行！”裴承勋好心情地对着崔允择比了“耶”的手势，然后屁颠屁颠地进入了浴室。看着变了个人的裴承勋，不知道为什么，崔允择更有一种不安的预感。崔允择只能暗自祈祷明天不要发生什么事情，活动正常结束快快回国。

5

第二天晚上，××酒吧门口就聚集了人潮，当然不是准备进入酒吧喝酒的客人，基本全是裴承勋的粉丝。但因为酒吧场地受限，所以只有办了 VIP 卡的贵宾才能凭票入场，对于程思琪和袁乐儿来说这是多么简单的一件事，如果袁乐儿高兴，买下整间酒吧都行，所以提前就拿到票的两人早早进入了酒吧内场。未免被裴承勋发现，袁乐儿穿了一身黑色的运动服，再把长长的秀发扎了一个马尾，脸上还带了一个黑色口罩，在酒吧比较暗淡的灯光下，袁乐儿这一身基本是可以忽略的。

不过程思琪却因此埋怨了她很久，说人家见偶像都打扮得花枝招展的，还穿上比较显眼有色彩的衣服，试图让欧巴多看自己几眼，记住她。袁乐儿这一身简直就是都市侠客嘛，谁会关注。结果袁乐儿回答，她又不是粉丝，干嘛要他关注就堵回了程思琪的所有话。懒得理发神经的袁乐儿，程思琪自己穿了一身超短可爱的粉色套裙，外面还批了一件橘红色的大衣，整个人看起来很是青春靓丽。谁叫她的欧巴喜欢橘色呢，没把自己全身上下都弄成橘色都不错了。

VIP 都陆续进入了内场，大家都窃窃私语地讨论着，兴奋着，等待着。当时针指向八点时，裴承勋准时出现在了酒吧门口，当然又是一片震耳欲聋的尖叫声，在听到外面嘈杂的声音时，袁乐儿知道裴承勋已经到了，慌忙整理衣服和口罩，微微地低下了头。

随着安保的护送，今天一袭白色西装，笑容满面心情不错的裴承勋，阳光地走入了酒吧，登上酒吧的演绎舞台。翻译和主持也紧跟其后，因为要对他做简单的采访。在采访结束后，裴承勋还会和在场的 VIP 们集体合影留念，然后再去门口进行剪彩，这是今天所有的活动内容。

因此早已心中有谱的裴承勋上台后，就对着下面的粉丝开始了急速的扫射。一边听着主持有一句没一句的问话，一边到处找寻着袁乐儿的身影。因为酒吧不大，只容纳了大概 100 位粉丝，所以，站在制高点的裴承勋还是很有搜寻优势的，唯一不好的就是台上灯光太强烈，以至于台下显得比较阴暗。

袁乐儿在人群中偷偷抬眼向台上看去，白色的西装搭配着他白皙红润的肤色，在强烈的灯光下，他就像一个发光体般闪闪发亮。只是，他似乎瘦了，脸都尖了，小了整整一圈，但还好精神不错，笑容也很自然。看来，恋情公开后，他的确开心了许多。

“这样就好，只要你开心幸福，我就放心了。”袁乐儿低声的呢喃着，本想低下头不去看他，但眼睛却不听使唤地望着不忍离开，他太过帅气阳光，与主持人侃侃而谈，时而嘟嘴，时而卖萌，时而又傻傻大笑的模样，就像一块吸铁石一般，紧紧地锁住了每个人的目光。

采访很快就结束了，裴承勋心里有点着急，因为他依然没发现她娇小的身影，但他却有种她就在人群中注视着他的感觉。不过还好，还有合影的机会。主持人要求所有人站起来，与裴承勋一起对着镜头做桃心的手势。正当所有粉丝站起之际，忽然裴承勋对着翻译说了两句话，翻译有些奇怪地望着他，然后转头告诉主持人，因为裴承勋第一次来中国，受到了大家这么热情的接待很感动，所以临时决定在合影后与所有 VIP 握手道谢，要求大家遵守秩序排好队，一个一个上台。

这是主办方没有要求的活动内容，对于主办方来说是求之不得的，而对于粉丝来说这样的福利也是可遇不可求的，当听到主持人的话后，现场发出了高昂的欢呼声，唯独一个人慌了神。这家伙搞什么，怎么办，怎么办……袁乐儿慌乱地看了看四周，她低声对程思琪说道："思琪，我去下洗手间，等下回来。反正握手什么的我也不感兴趣，你加油多看几眼哦。"然后袁乐儿悄悄地从人群中摸黑退了出去，向着洗手间跑去，当关上厕格的门时，袁乐儿才深深舒了一口气。

就这样裴承勋的目的达到了，一个又一个粉丝与他面对面的握手说话。可人数似乎都已过半，他依然没发现袁乐儿的身影。难道，他猜测错误了吗？她今天根本没来吗？随着握完手就离场的要求，最后剩余已经寥寥无几的几个人，裴承勋的笑容开始变得牵强，心情也很低落。这里没有袁乐儿，自始至终都没有，是他自己想太多了。终于随着最后一个粉丝的离开，裴承勋也完成了内场的所有活动，他神色暗淡地站起了身，随着保镖无精打采地走向门口去剪彩。就在裴承勋起身以后，躲在洗手间的袁乐儿才偷偷溜了出来，她本想趁着人多跑出去，才发现，裴承勋一行人全都站在门边，要想出去，除非和裴承勋亲热的"Say hello"，不得已，袁乐儿又只能回到内场角落里，安静地等着。

也因为袁乐儿在暗黑的角落躲着，才让她发现了惊人的秘密。酒吧后门突然涌现出 10 几个黑衣人，一个看似老大的人在对他们发号施令："等下那个韩星一结束完剪彩，你们就负责搞掂他的保镖，然后带他去我们另外几个场地走穴。这次老大花这么多钱请他，可不是半个小时就能让他走人的，必须把他利用干净才行，听到没？"

"是，知道！"所有人都小声恭敬地回答着。

看着这一切的袁乐儿居然没有惊讶，似乎她早已习惯了这样的场面。只是，一想到这些家伙居然想用一次行程的费用绑架韩星做更多的活动，她就很来气，这不是给中国人抹黑丢脸吗？而且，居然敢对裴承勋下手，真是活腻了！此时的袁乐儿，美丽的双眼早已没有往日的温柔似水，流露出冷冽的杀气。

袁乐儿悄悄地挪动脚步，绕到了这些黑衣人的后面，还好今天穿的运动装，活动起来不受限制。她卷起裤脚，从大腿处拿出随身携带的匕首，然后弓着身迈着轻盈的猫步，来到一个黑衣人身后。忽然跃起，伸出手熟练地捂住了对方的嘴，然后直接把冰冷的匕首抵在了黑衣人脖子上。被莫名其妙突然偷袭的黑衣人，简直不敢乱动一分，睁着惊慌失措的眼睛看着袁乐儿，结果下一秒，袁乐儿就对着他的太阳穴狠狠一拳，瞬间击晕解决了他。

因为对方人数过多，袁乐儿不想浪费体力和他们周旋，所以她选择了逐个击破。解决完这个家伙后，她又开始向另一个人挪了过去。所有黑衣人都全神贯注地看着外面剪彩，所以袁乐儿活动起来比较轻松，不到5分钟，她就搞定了3个人。

但这时，裴承勋已经剪彩完毕，黑衣人们开始涌向门口，准备假借护送裴承勋离开之际，在后巷打晕保镖再架走裴承勋。眼见裴承勋危险，袁乐儿也顾不得自己了，直接冲出去抓住一个落单的黑衣人就对着他的脚准确地捅了一刀。

“啊……”黑衣人惨烈的叫声，让所有正要出门的人仓皇转身回头。

袁乐儿根本不给其他人喘息的机会，对着还茫然无措的另一个人又是狠厉一刀，动作快狠准，根本让受创的黑衣人无法闪避。

“啊……”又一声凄厉的惨叫声。

“你是谁？为什么要动我的人？”眼见对方下手这么恨，其他人都不敢无视面前这个娇小的身影。而那个看似老大的人也急忙开口向袁乐儿问道。

“如果现在你们什么都不做，悄悄离开的话，我还可以手下留情，不然……就别怪我不客气了。”袁乐儿此刻的声音也不似往日般悦耳动人，而像地狱的修罗使者般冷冽阴森。她甩着手中滴血的匕首，气场强大地向着黑衣人们一步一步慢慢走去。

或许是袁乐儿冰冷的气息太过强势，七八个高大的黑衣人居然胆怯地向后退去。而此时裴承勋和他的保镖也因为活动结束，需要从后门离开而进入到了酒吧内场里，刚好看到这惊人的一幕。基于保镖的警觉性，虽然不明状况，但所有保镖很是专业地把裴承勋围在了中间，而崔允择和翻译则是茫然地看着这一切。

此时领头的家伙一双阴险的小眼珠咕溜一转，计上心来，急忙对着翻译喊道：“这个不明身份的女人想伤害裴承勋，你快叫保镖搞掂她，我们护送他出去。”一边说着还一边向其他人打着眼色，所有黑衣人瞬间明白其意思，全都朝着裴承勋围了过去。

混蛋！眼见对方使诈，袁乐儿不再犹豫，急速跨步向前，一个横扫腿，就撂倒了其中一人，然后飞身跃起用弯曲的膝盖对着倒下的人就压了下去。速度之快，动作之狠，完全不给人留有缓气起身的机会，直接打懵躺平。

看见这种情况，裴承勋的保镖们知道遇到不可预知的对手了，这女人可不是什么简单人物，拥有可以媲美杀手级别的身手，全身上下散发出冷艳决绝的气息，不发一语就轻松地解决掉身材魁梧，高她那么多的健硕男人。而且对方来路不明，又不清楚她的目的，所以保镖们自然会相信主办方这边的人，全都警惕地做好防御姿势，准备阻拦袁乐儿的步伐。也因此让围着裴承勋的队形有了漏洞，给予了黑衣人千载难逢的机会，其中一人急忙伸出手抓住了裴承勋胳膊，试图把裴承勋拉走。

“안 돼!（不要）”袁乐儿此时哪里还在乎自己会不会被裴承勋认出来，紧张地对着裴承勋呼喊着，同一时间还抬起右手对着他做了一个动作。

被喊得一愣的裴承勋转头向那个娇小的身影望去，他看到了那个只属于他和袁乐儿两人的专属默契。本来他从一开始看到她的娇小身材就有些似曾相识的疑惑，但因为她那样犀利的身手和冷冽的气势，让他完全没法把袁乐儿的模样重合，所以才放弃了猜测。但如今，她急切的声音和抹脖子的动作（前面提过，抹脖子表示否定），还有什么能让裴承勋犹豫的。从小就练跆拳道的裴承勋反应极快，反手抓住对方的手就扭了过去，当对方疼得后退几步后，他对其狠狠地踹了一脚，然后急忙拨开保镖向着袁乐儿跑了过去。

可就在裴承勋奔跑的过程中，一个黑衣人速度很快地扑倒了眼里只有着袁乐儿而放松警戒的裴承勋，然后一手用力地勒紧裴承勋的脖子，另一只手则用一把锋利的匕首对在了裴承勋的太阳穴上。

“承勋!”袁乐儿慌乱地惊叫起来。

“啊!!”崔允择和翻译也吓得发出尖叫。

“承勋 xi”所有的保镖也急了。一瞬间，因为裴承勋被挟持，酒吧里的气氛变得异常紧张起来。

第十九章 意乱情迷

1

抓住裴承勋的黑衣人露出了得意嚣张的笑容，对着向他冲过来的袁乐儿大声呵斥："站住，你要是再敢过来一步，我就毁了他这张漂亮的小脸！"黑衣人用匕首抵在了裴承勋的脸上。裴乘勋白皙的脸蛋，几乎就要沁出丝丝血迹了。

"不要!! 好，我不动，你想怎样？"袁乐儿慌忙停下脚步，一脸着急地看着裴承勋。可被刀挟持的裴承勋居然一点都不害怕，相反还对着袁乐儿咧开嘴开心地笑着。

这家伙被吓傻了吗？这么危险的时刻居然还笑得出来。袁乐儿紧咬着嘴唇，对着裴承勋使劲地打着眼色，提醒他小心点。可裴承勋似乎根本无视，只一味地看着袁乐儿傻笑着，那种从心底涌现的快乐，完全无法和他被挟持的画面相吻合。

"你和那些韩国人给我离远点，只要敢乱动一下，我就对他不客气，听到没！"黑衣人拖着裴承勋向自己人靠了过去，而保镖们在翻译的解释下，只能眼睁睁看着裴承勋被拖走，然后缓慢地一步一步向后退去。这可能是他们保护艺人以来，第一次遇到的境况，与平时阻挡粉丝什么的，完全不是一回事。

就在紧张关头，袁乐儿的手机却响了起来，小小的铃声在没有声息的空旷酒吧里显得格外喧闹。袁乐儿把手伸向了裤兜。

"不准接！全都把手机给我扔过来！"抓到裴承勋的家伙恶狠狠地对着袁乐儿和保镖们吼着。

不得已，所有人只能掏出手机齐刷刷地放在地上，用脚推了出去。袁乐儿知道这样不行，因为裴承勋被抓导致她太被动，于是袁乐儿决定智斗。

"你们到底要怎样才放人？要知道他可不是普通人，出了什么事你们也跑不了！"

"你们只要乖乖地给我待在这里，等我们把事情办完，自然会把这个韩星还给你们。如果谁再阻挠，他会发生什么事情，那……我就不确定了！"眼见人已经在他们手里，领头的家伙气焰自然就高起来，所以给予了袁乐儿和保镖们最后的警告，然后对着袁乐儿冷冷一笑，架着裴承勋就向后门退去，一退出门就推着裴承勋上了一辆黑色的箱型车绝尘而去。

就在黑衣人们跨出门的瞬间，袁乐儿和保镖们飞奔追出，结果只听到“吱”的一声刺耳的轮胎声，一辆黑色箱型车就从袁乐儿眼前快速驶离而去。

袁乐儿看了一眼车牌，然后快速转身向街角一辆红色敞篷车跑去，轻盈地跳入车内，按下启动键，经过目瞪口呆的保镖身边时，还大声向他们说道：“相信我，我一定会把他带回来，记得别报警”说完这句话时，袁乐儿已在 10 米开外。

箱型车铆足了劲在黑夜中奔跑着，而在一个红绿灯的路口，一部红色敞篷保时捷从侧面直接冲了过来。

“快，转弯啊，右转！”领头人急忙对着驾驶的家伙大声喊着。

听到老大的话，开车的家伙急忙用力向右打方向盘，箱型车“吱”的一声有点倾斜往右转去。车内的人顿时被甩得歪歪倒倒，而挟持裴承勋的家伙也因为重心不稳，丢掉了手中的刀。

裴承勋知道机不可失，急忙对着门边的一个家伙就是狠狠一拳，然后随即按下开锁键，拉开了箱型车的门。眼见裴承勋要跑，其中一人急忙伸手抓住了裴承勋的衣服，用力一扯，又把裴承勋拉了回去。

跟在后面的袁乐儿看到了那个熟悉的身影在门边和里面的人纠缠，心中一急，她狠踩一脚油门，直接冲到了箱型车的右边，与其平行奔驰。

“承勋小心啊！”袁乐儿对着裴承勋大声呼喊着。

而听到袁乐儿声音的裴承勋此时更像打了鸡血般，勇猛倍增。利用车里空间的狭小，黑衣人虽多但无法伸展的机会，一手拉着门把，顺着车速的惯性，侧过身把那个抓着他衣服的家伙一扯，就扔出了车外。

袁乐儿也很配合，猛然向右打方向，给掉落下车的家伙腾了块地。

“啊……”因为车速过快，掉下车的人直接被甩飞出去，一直翻滚到了公路的下边，消失在茫茫黑夜中。

“臭小子，你不想活了是吧?”眼见自己人受创，领头的家伙火了，直接从坐垫下面抽出一条长约 10 cm 的砍刀，对着裴承勋拉着门把的手就砍了过去。眼见手起刀落，裴承勋的手似乎就要废了。忽然箱型车右边的前轮却随着“砰”的一声枪响，瞬间爆胎了，车子失去了平衡，向左边歪斜着倒了过去。而那把刀也因为车子的翻滚擦入了其中一个黑衣人的身上。

“承勋，跳！快跳啊！”袁乐儿一手驾驶着方向盘，另一只手却对着倾斜车辆再补了一枪。

没有时间让裴承勋犹豫，他松开手，对着敞篷车跨出了他的大长腿。袁乐儿紧张地看着他落下的瞬间，直接把车贴向左边，刚好接住了裴承勋。然后袁乐儿回头对着一路快速滑行的箱型车又举起了抢。

“砰！”随着枪响的同时火光四起，瞬间，箱型车就起火爆炸了。火光映亮了半边天空，袁乐儿没有回头，把油门踩到底向前急驶而去。

2

就在裴承勋与袁乐儿逃出的同时，崔允择和保镖们在酒吧里乱作了一团，虽然崔允择很想报警，但基于刚才的情况，他似乎也看明白了这个主办方不是什么普通人，应该和黑道挂钩，再加上那个蒙面女人说过不能报警，所以他不敢贸然行事，急得直跺脚！承勋这家伙虽然从小都练过跆拳道，但对方毕竟是心狠手辣的黑社会，根本瞧不上他的花拳绣腿。怎么办，怎么办，怎么办才好??!!

而程思琪在门口等了半天还不见袁乐儿，在打了无数通电话都无人接听后，也从酒吧外跑了进来，却看到了一堆焦急的保镖和抓着头发来回踱步的经纪人。

什么情况？难道裴承勋还没走？一想到还能私底下见到自己心爱的欧巴，程思琪就开心不已，于是，向崔允择就走了过去，用她蹩脚的韩语向人家打着招呼："嗨，你好！"

已经急得犹如热锅上蚂蚁般的崔允择，如今哪里有空来应付花痴粉丝，很不耐烦地对着程思琪挥了挥手，旁边的保镖急忙伸手架着程思琪向门口推了出去。

"喂！你们干嘛？干嘛这么不友好，我来找我朋友的，她在洗手间没出来！放开，放开我！乐儿！乐儿你在吗？"程思琪一急，急忙用英语吼了出来，一边吼还一边用脚使劲地去踢保镖。

"等等！"在听到了程思琪的话后，崔允择忽然对保镖做了一个停下的手势。

"你朋友？你是说你朋友一直在这里？"因为最后程思琪是用中文喊的袁乐儿，所以崔允择没听到名字，他只是听到了程思琪说朋友在洗手间里，如果是这样，那刚才发生的事就有可能会被外传，在没确定裴承勋安全之前，崔允择绝不能让此事曝光，所以他拦下了程思琪。

"你能听懂英文哦？太好了，经纪人大大，我知道我这样闯进来很不礼貌，我也不见什么裴承勋了，我只要找到我朋友就好，她要是失踪了会出大事的。拜托拜托，让我去下洗手间可以吗？"一听到崔允择能用流利的英文与自己对话，程思琪就急忙双手合十一副可怜巴巴的模样拜托着，希望崔允择答应她去洗手间找袁乐儿。

"行，我让翻译陪你去！"随即崔允择对着吓得半死还没回魂的翻译使了一个眼色，翻译急忙忐忑地点了点头就带领着程思琪向洗手间走去。两分钟后，两个人一脸颓废又走了出来。

"没有是吗？"看到两个人出来，崔允择反而松了一口气，这说明刚才的事没有被旁人发现。

"不对啊，乐儿说了去洗手间一下下就回来的。不行，我再打个电话！"程思琪满脸疑惑地掏出手机，拨打着袁乐儿的手机。

忽然，寂静的空间里响起了手机铃声。所有人都一呆，顺着手机铃声向那一堆在地上的手机闪光处望去。程思琪瞪着茫然的双眼，一步一步地走了过去，而崔允择则赶紧跑过去，弯下腰捡起了响个不停的手机，然后一脸诧愕地瞪着程思琪。

“别告诉我，这是你朋友的手机?”崔允择或许不知道，他的声音有点发抖。

“嗯，对啊，是她的啊！可是，为什么在地上？而这堆手机又是什么情况?”程思琪不明就里地看着崔允择。

崔允择拿着电话呆愣着，他很清楚这部手机是刚才那个身手敏捷的女人的。用这个女孩的话来说，她刚才是因为上洗手间才留在这里的，可为什么又会和主办方的人发生冲突，而且还拼了命去救裴承勋呢？就因为是喜欢承勋的粉丝而已吗?

“你朋友也是我们承勋的粉丝吗?”崔允择转头向程思琪问道。

“不是啊，她只是陪我而已。经纪人大大，你可不可以告诉我，我朋友乐儿到底去哪里了？她真的不能失踪的，不然会死人的!”程思琪一想到袁胜天来找人却找不到的表情，她就不禁打了一个冷战。

“你说谁？乐儿！她姓什么?”崔允择这次总算是听清楚程思琪所说的名字了，不过这个名字不会比刚才看到电话时的震撼小。

“嗯?? 姓……袁，叫袁乐儿！怎么了?”程思琪不明白这个经纪人什么意思，还问名字，搞什么?

崔允择惊诧得后退了几步，脑海中瞬间浮现出刚才袁乐儿盛气凌人，伤人于无形的画面……这个袁乐儿，不会就是自己认识的那个她吧。如果是的话……自己曾经还对她大声呵斥，还让她走人，还对她百般讽刺不屑……啊!! 头好痛，好痛!! 他简直不敢想象自己以前到底了做了什么，但也实在猜不透她为什么会屈就自己做一个小小的保姆?

“那个……这位小姐啊，你对……你对乐儿小姐了解吗?”崔允择放低音量，小声客气地向程思琪问道。

“了解啊，我们从小一起长大，是很好很好的闺蜜，到底怎么了？是不是发生什么事情了？你别吓我!! 难道乐儿出事了?”看着崔允择的表情，程思琪不是傻瓜，知道一定是发生什么状况了，所以她也不管礼貌不礼貌了，直接抓着崔允择的手问道。

“如果你了解她，你应该放心才对。刚才这里的确出了点状况，承勋被挟持了，袁乐儿小姐跑去追了，现在情况怎样，我的确也不清楚。”崔允择开诚布公的对思琪说，因为他知道瞒也瞒不住。

“什么？她去追？她手无缚鸡之力，追什么追啊?”程思琪一听到崔允择的话差点没吓尿。这小妮子是疯了吗？要是她出点什么事，她怎么向秦风哥交代。

“乐儿啊，我的乐儿啊，怎么办，怎么办？你这个笨蛋，一定是为了我，担心我的欧巴受伤，你怎么那么傻啊!! 不行，必须通知阿杰!”程思琪一边急得跳脚，一边慌忙地拨打着电话。

在一旁的崔允择彻底傻眼了，他怀疑他们两个人说的到底是不是同一个人。什么叫作手无缚鸡之力，她可是瞬间解决一个身材魁梧高大男人的人。而且，她如今是要打电话给谁，报警吗？不行，绝对不行。

崔允择急忙按住了程思琪的手机，阻止了她的举动。

“喂，你干嘛啦？你知道她是谁吗？她要是有个三长两短，我很担心你们能不能安全地回到韩国！！电话给我啦。”程思琪急眼了，对着崔允择大叫。

“你……你要打给谁？不能报警，报警的话承勋会很危险的。”崔允择才不管自己是否能安全回到韩国，他担心的可是他家的承勋，他心目中的至亲弟弟，裴承勋！

“报你个头啦，黑社会的事情能报警吗？只能以恶制恶，笨蛋！电话拿来！”程思琪从崔允择手里夺过了电话，然后急忙拨通了阿杰的手机，把这里的大概情况告知了对方。接到电话后阿杰在第一时间向袁秦风做了汇报，以免袁胜天担心，袁秦风让阿杰暂保密，然后集结了一群人出了门。

3

冬夜寒冷，虽然不似韩国在下雪，但刺骨的晚风也是不容忽视的。所以，袁乐儿关了敞篷。一路上，两人又似第一次见面坐计程车时的情景般，相对无言。而这次，不是袁乐儿有一堆问题要问，而是裴承勋思绪万千，不知如何开口。

车速很快，一会儿就到了一间别墅门前。袁乐儿熄了火，动作犀利地拉开车门走下车，然后对着一直望着她却又不开口的裴承勋做了一个下车的动作。裴承勋缓缓地打开车门，不言不语地下了车，跟着袁乐儿走进了别墅。

“手！”袁乐儿直接拿着医药箱走到了坐在沙发上的裴承勋身旁。

裴承勋抿了抿嘴，然后慢慢伸出右手。刚才打架时不觉得，如今在灯光下才发现，其实裴承勋的右手流了不少血。袁乐儿仔细小心地为他消着毒，然后上药，动作娴熟，就像上次在韩国裴承勋砸到手一般，一会儿就用纱布帮他包扎完毕。然后袁乐儿又用双手托起他的俊脸，只见他左脸颊已经被划破，沁出了丝丝血迹，以免破相，袁乐儿不敢轻易用药，只用了点消毒水，然后再贴上一个很卡通可爱的止血贴。

在给裴承勋消毒时，两人就这样四目相望着。裴承勋深邃的双眼，犹如不见底的幽谭一般，而袁乐儿相反有点闪躲，虽然她知道事情到今天，所有的一切都无法再隐瞒，但她还是无法坦然面对。就这样，两人又一次无声胜有声地擦着药。

“还有……哪里痛，不舒服吗？”基本检查完毕的袁乐儿，向裴承勋问道。

“有！这里很痛，痛到不行，痛到无法呼吸！”裴承勋埋着头按着胸口。

“哪里，我看看？伤得重吗？”一听到裴承勋的话，袁乐儿就急了，一想到刚才那么危险的画面，她就慌了神。急忙伸手去摸裴承勋的胸口。哪知道裴承勋抓着她的手就按到了心的位置，随着裴承勋的心跳，袁乐儿一脸惶然地看着裴承勋。

“心痛！有得治吗？袁医生！”因为两人贴得很近，所以裴承勋那性感的双唇轻吐这句话时，袁乐儿明显能感觉到他的呼吸。

微微脸红的袁乐儿想抽出手，闪躲开裴承勋这个致命的毒药，可裴承勋根本不给她机会，而是用力一拽，就把袁乐儿拉到了他的怀里，压在了他的身上，而他则躺到了白色的真皮沙发上。

“喂！你！”这个画面很熟悉，让袁乐儿不禁联想到了过去在韩国那一晚，可如今他已经和申伊敏公开恋爱了，所以，袁乐儿很是紧张，推搡着裴承勋，想站立起来。

“别动，我手很痛，是真的很痛。”裴承勋微微皱了皱眉，额头上似乎也沁出了汗珠。袁乐儿知道裴承勋没说假话，刚才的激烈打斗，再加上在那么快的车速下往下跳，裴承勋如果不是用手支撑一下的话，或许就掉落到地上去了。所以，袁乐儿只能任凭裴承勋这样暧昧地抱着，不敢乱动一毫。

“为什么不告而别，知道我等了多久吗？”裴承勋用力环抱着袁乐儿娇小的身躯，似乎是担心她又会消失一般。

“对不起，我晕倒了，醒来后……已经在飞机上了。对不起，让你等我了。”袁乐儿感觉到了裴承勋手臂上的劲力，她能想象自己就那样离开，留下他一个人会是怎样的情景。所以，她小声地道着歉。

“晕倒了？怎么会晕倒？”一听到袁乐儿的话，裴承勋就急了，他以为袁乐儿是伤心失落，故意不告而别的，却没想到她居然是晕倒了。

于是，袁乐儿把无意中怎么听到记者的对话，和自己那天的情况一一告诉了裴承勋，但省略掉了自己因为太难过而失足掉下台阶的事，只是说因为太累摔倒了。毕竟人家都在一起了，她现在说什么都是多余的，何必去破坏裴承勋一直以来期望的美好恋爱。

“对不起，我还以为……以为你看到了我……和她，那都不是真的，是她忽然向我扑过来，反正不是你想象的样子，相信我，好吗？”一想到袁乐儿为了帮他阻止绯闻曝光，一个人在车流中奔跑的样子，他的心就好痛，不由自主拥紧了怀中的她。

“其实，你不用向我解释的，如今这样很好啊，我真心祝福你们，真的！”虽然裴承勋的话袁乐儿没太听明白，但最后那句她是听懂了，所以她知道裴承勋应该是在向她解释。可，根本没这必要啊，如今他们早已是两条不再相交的平行线。未来，他们也不会再有交集。

“我和她分手了，就在那天，彻底分手了！我以为回家后可以找到你，告诉你这个消息，可你没给我机会！所谓的恋情公开，只是因为记者的曝光而不得已而为之。如果我说，你走了以后，我就再也没回过家你相信吗？如果我说，你走了后我没好好睡过一觉你信吗？如果我说，你走了后我就变成了一个没有灵魂的躯壳，你信吗？”裴承勋说了一堆压抑了很久很想说的话，他忽然觉得这样能面对她说出来，真好，再也没有比现在更加幸福的时候了。

可惜，他忘了袁乐儿的韩语很差，所以像听天书的袁乐儿就那样睁着一双迷蒙的大眼怔怔望着他，似乎在努力猜测着他的意思。裴承勋笑了，愉悦地笑了。

“乐儿，我真的……好爱好爱你……”当说完这句话时，裴承勋忽然抬起头迎上了袁乐儿的红唇，不给对方丝毫退缩的机会，就狠狠地亲了上去。

“唔……”这家伙怎么又这样，完全不给她闪躲的机会。当触碰到裴承勋那温暖的红唇时，袁乐儿本来还能思考的大脑瞬间变得空白，不自觉闭上了双眼。

裴承勋轻咬着袁乐儿的红唇，舌尖撬开了她的贝齿，深入热情地侵蚀着她的香甜。她依然青涩，很害羞，不太懂怎么回应。所以裴承勋就像攻城略地一般席卷着她所有的一切。直到……袁乐儿无法呼吸，娇喘连连，裴承勋才松开唇，游移着滑向她性感的锁骨。

“承勋……你干嘛……不可以，我们不能……”刚清醒过来的袁乐儿却发现她运动服的拉链不知在何时已经悄然滑落了些许，而裴承勋正温柔地吻着她如雪般的肌肤。一下蜻蜓点水，一下又热情似火，每一下都情挑着袁乐儿小鹿乱撞的心。

“我要你！只要你！好吗？”裴承勋抬起头，用双手捧着她绯红娇艳的脸，然后吻着她的发丝和额头，一双妖艳的双眸似乎在对着她笑。

“你不怕我吗？我刚才有可能……有可能杀人了！你为什么都不问我呢？”袁乐儿一边隐忍着他的情挑，一边希望用语言拉回裴承勋的理智。

“为什么问，你想说的时候自然会说不是吗？而且……就算你是杀手、间谍甚至恐怖分子那又怎样，你依然是我的乐儿，我唯一的乐儿。”此时的裴承勋彻底拉下了袁乐儿运动装的拉链，一瞬间袁乐儿胸前的春光暴露不已。黑色蕾丝边的内衣衬托着呼之欲出的饱满，让裴承勋深陷其中，欲罢不能。

“承勋……不要……我们，太快了……”一边娇喘连连，一边双手软弱无力地推搡着裴承勋，袁乐儿全身着火般，滚烫不已。

“快吗？在我等了你25天3小时零47分，还快吗？”裴承勋埋入了袁乐儿的胸前，伸手解开了那个隔离他们彼此的纽扣。他不想再浪费和她在一起的每分每秒，他要他们赤裸的坦诚相见。

当内衣滑落时，袁乐儿羞红了脸，她完全不敢睁眼去看裴承勋，也无法想象自己的模样。而裴承勋在袁乐儿闭上眼的瞬间轻轻含住了那颗分外粉红的蓓蕾，袁乐儿的身体酥麻地一震，不自觉地轻呼出声：“嗯……承勋……我不想……在这里……”

听到袁乐儿的话，裴承勋轻咬了一下嘴唇，很是痴迷地看着性感无比勾人摄魂的袁乐儿。然后拥着她，站立起来。但似乎别墅过大，裴承勋根本不知道房间在哪里，呆愣了几秒钟。哪里知道，此时却从他怀里伸出一只小手，对着盘旋而上的阶梯指了指。裴承勋抿着嘴含着笑像得到圣旨一般，迈开他的大长腿就几步并一步地跨了上去。

这个房间很梦幻，一看就是小女生理想型的公主房。很大的圆形床铺着粉红的床罩，当裴承勋把袁乐儿轻放在床上之时，娇羞的她急忙扯过被子遮春光，而一袭柔顺的长发随意散落在她胜雪白皙的肌肤上。

“乐儿，我的乐儿……”裴承勋再也无法压抑体内蠢蠢欲动的情欲，扯开了西装和衬衣的纽扣随手一扔，当他赤裸着胸膛与袁乐儿紧密贴在一起时，两人都似发高烧般，滚烫着彼此。

袁乐儿生平第一次与男人这么亲密接触，一直在理智与感性中纠葛着，但被裴承勋这样吻着，挑逗着，她再也无法无动于衷。于是，不自觉地她用纤纤玉手环上了裴承勋的腰。感觉到袁乐儿青涩回应的裴承勋，抬起头对着此时早已意乱情迷的袁乐儿，疯狂地吻了下去。

两人忘情地拥吻着，红唇、耳垂、香肩……每寸肌肤裴承勋都不放过，让完全没经验的袁乐儿娇喘不已。

“乐儿，帮我!”此时裴承勋拉着袁乐儿的玉手放到了自己的腰间。

袁乐儿轻咬着红唇，用颤抖的双手，笨拙地解着裴承勋腰间的皮带，当裴承勋意气风发的某个部位出现在袁乐儿眼前时，她急忙闭上了双眼，惶恐地转过了头。

“我的傻乐儿……我……可以拥有你吗?”裴承勋用手托起袁乐儿扭开的头，温柔地向她问道。

看着裴承勋的眼神，袁乐儿忽然伸出手拥着他的脖子，主动的贴上红唇吻了上去，这个用行动的回答，让裴承勋全身心地深陷其中，随着袁乐儿的一声低呼：“啊……”两人终于彻底无缝隙地紧密在一起。

夜是寒冷的，但房间里弥漫着夏日般的热情和温度。裴承勋时而温柔时而狂野地冲击着袁乐儿的神经，让袁乐儿把裴承勋雪白健硕的背脊抓出了一条条血痕。裴承勋拥着袁乐儿的娇躯似乎要不够一般，一次又一次的云雨欲求，直到天空泛白，两人才疲惫地进入梦乡……

一觉醒来已是中午，裴承勋慵懒地睁开他迷人的双眸，低头看着此时还蜷缩在他怀中熟睡的袁乐儿，露出了满足和幸福的笑容。抚摸着她散落的秀发，轻轻在额角一吻。或许昨夜，他是激烈的，但其实袁乐儿不知道，这也是裴承勋的第一次，能和深爱的人紧密结合在一起，就算让裴承勋去死他也无怨无悔，心甘情愿!

想起离别的那天她没吃自己做的那顿早餐，裴承勋轻轻抽出给袁乐儿当枕头已经发麻的左臂，然后蹑手蹑脚下了床，顺手扯着白色床单裹住了赤裸的身体，然后走进了洗手间。

当热水迎头淋下时，他紧紧地闭上了双眼。脑海中闪过和袁乐儿相遇、相知、相恋的所有画面，他知道这一切都是那么来之不易，所以他告诉自己，在未来一定要好好珍惜，好好地去呵护这来之不易的爱情。即使，他皱了皱了眉，即使乐儿身上背负着他无法预知的秘密，他也会义无反顾陪她走下去。

关上蓬头的裴承勋扯下一个白色的浴巾，擦拭着湿漉漉的发丝和身体，然后开始找寻厨房。此时，他才发现，这个别墅不是一般的大。客厅至少有15平大，极其奢华的意大利真皮沙发和罕见的楠木茶几摆放正中。而墙上则挂着一张四个人的全家福。后面是两个成年人，一个是看似比较威严但眼神里却透着幸福光芒的男人，而男人旁边则是一个歪着头露出甜甜微笑极其美丽而又端庄的女人，前面是一男一女两个小朋友，女孩留着一头长发，齐刷刷的刘海搭在两只会说话的大眼上，显得那么的机灵可爱，而比较大点的男孩则是酷酷的戴着一个棒球帽，做着搞怪的嘟嘴眯眼表情。不用想，裴承勋也知道这是乐儿和家人们的合照，一家人看起来是那么幸福美满。

裴承勋再向右边看去，则是盘旋而上的楼梯，顺阶直上就是休息的卧室。而左边则是一个小型拱门，穿过去后摆着一个长形的饭桌。所有的装修和摆设都很复古，看似不华丽奢侈但很温馨，这个别墅应该是多年前就已存在的了。

裴乘勋找到厨房，开始制作他的独门“黑漆漆”煎蛋午餐，只是这次他没有放错糖，而是撒了一点点盐还加了一点生抽，闻着味道似乎还不错。很是嘚瑟的他，屁颠屁颠地上楼去叫醒袁乐儿。哪里知道刚走到床边，他就被快速翻身而起的袁乐儿一瞬间从枕头下掏出手枪抵住了头。

裴承勋眨了眨茫然的双眼，看着此时春光外泄的袁乐儿。

“额……我只是做了一个午餐而已，不至于……死吧？”裴承勋弱弱地问着，而他的眼睛却没离开袁乐儿光洁的胴体。

“承勋？对不起，对不起！啊!!!”袁乐儿在道歉时才发现裴承勋的眼神不对，这时她才想起，自己居然一丝不挂。她尖叫着急忙一咕溜缩进了被窝里，连头也一起蒙住，尴尬到死。

裴承勋爽朗地哈哈笑起来，蹲下身，用手拉着被子，然后用暧昧的声音隔着被子说道：“亲爱的，其实……你不穿更好看！”

“啊!!! 讨厌！你走开啦！”听到裴承勋逗她的话，袁乐儿更加羞涩难堪，紧紧地抓着被子死都不松手。

“你真不让我进来啊，我好冷……你真的忍心？”裴承勋说话时似乎在打战，按着被子的手也好像在发抖。袁乐儿虽然极其不好意思，但一想到本就受伤的裴承勋有可能会感冒，就慢慢地松开了手。趁此机会，裴承勋急忙挤进了被窝。然后伸出他的大长臂搂住了蜷缩在一团的袁乐儿。

“呀，你干嘛啦？”袁乐儿不好意思嘟囔着。

“没干嘛啊，就抱抱你而已啊，难道……你期望我干嘛？”裴承勋露出了使坏的笑容。

“喂！你！你个小色狼！”袁乐儿被裴承勋激得说不出来话来，只能娇嗔着。

“我小色狼？为什么是小？不可以是大吗？哪里小了……”裴承勋嘟着嘴表示抗议。

“扑哧……就是小，小小小，非常小！”因为中文的意思和韩语不同，裴承勋似乎理解错误了，而袁乐儿却被裴承勋可爱的模样弄得笑翻了天。

“你死定了！”裴承勋似乎早已忘记他是上来干嘛的了，在被窝里瘙起了袁乐儿的痒，弄得袁乐儿尖叫不已，直接举旗投降，说错了。可，在经过这么热烈的疯闹以后，裴承勋身体的某个地方似乎又起了某些变化，于是……午餐就那样晾着，而房间的温度持续高涨。

终于在两人都瘫软之时，袁乐儿红润着脸颊小声地向裴承勋问道：“你刚才本来是来叫我干嘛的？”

“吃饭啊，我做了上次你没吃的煎蛋，这次可一定要吃哦！”裴承勋认真地看着袁乐儿，眼神里似乎闪耀着无穷的期待。

“不会吧，又是那个又咸又甜，黑漆漆看不出是什么东西的煎蛋？”袁乐儿不置可否地张大了嘴。忽然，裴承勋咧开嘴阳光地笑起来，然后对着袁乐儿性感无比的红唇动情地吻了下去。

又来？他不是吧，已经折腾一晚上了，他不会是疯了吧。以为裴承勋又精虫上脑的袁乐儿差点就要欲哭无泪了，本就第一次的她，在经过一夜云雨后，此时身体犹如散架一般，她真不明白裴承勋这家伙怎么会有这么好的精神和体力。

哪里知道，这次裴承勋在深深一吻后，就离开了她的红唇，然后用幸福开心的语气说着：“原来，你有吃，你根本就有吃对不对？”

听到裴承勋的话，袁乐儿才瞬间明白，他刚才的动情是因为自己说漏了嘴，如果没动那盘早餐，又怎么会知道其中的味道呢？

“嗯，吃了，还全都吃光光了，是我这辈子吃得最难吃的一顿早餐，但……却吃得意犹未尽，很幸福回味。”袁乐儿也不再逃避和掩饰，乖乖地点了点头，说出了自己的真心话。

“乐儿姐，你好狠！居然还做了一份一模一样的早餐放在那里，制造一个你完全没吃的假象，你知道，我回家后有多难过受伤吗？”裴承勋叫了姐姐，说明这家伙真的受伤在撒娇了。

“好嘛，好嘛，对不起嘛。以后，罚我给你做早餐，你也不吃，让我难过好不好？”袁乐儿捧着裴承勋委屈可怜的小脸，像哄孩子般小声地说着。

“不要，我要吃，还要吃一辈子！”裴承勋笑了，依然是那个开朗阳光的笑容，就像一个暖阳般让寒冷的冬日有了丝丝暖意。

“傻瓜……我爱你！”看着这样的他，袁乐儿主动地给了裴承勋深情一吻，然后用中文小声地呢喃着。

“嗯？又中文？作弊哦！说什么啦？”裴承勋不依不饶，紧紧抱着袁乐儿的娇躯撒娇着。

“我说饿啦，你不是说有饭吃吗?”这样的表白怎么能让羞涩的袁乐儿再说一遍，所以她才没打算给他翻译了。

“哦，对哦，你不能饿的，都下午三点了。快快快，起来吃饭!”此时裴承勋似乎也想起袁乐儿的病症了，急忙催促着袁乐儿。

“承勋，想知道为什么我怕饿吗?”看着裴承勋那么心系自己，袁乐儿似乎觉得有些事情是该坦诚相告了。

“你想说了吗?”裴承勋看着袁乐儿，他从未主动问过任何问题，他知道总有一天她想说的时候自然会告诉自己。而且他一直有个感觉，知道真相后，他们未来或许会走得很是辛苦，但无论怎样，只要她说，他就会听，然后牵着她的手，无所畏惧地走下去。

“嗯，这个故事发生在我 6 岁时，我打字给你。”袁乐儿的韩语没法讲述那么长的一个故事，所以她选择了拿起手机。

当袁乐儿和裴承勋还在享受着两人的甜蜜幸福时光，外面却因为他们的失踪变了天。一夜之间，在××市很有名的一个黑帮被青帮的人全部扫荡，连根拔起，就连老大都无故失踪下落不明。而因为晚间的箱型车发生严重车祸，漏油爆炸，车上的人生死未卜的新闻，导致崔允择吓得晕过去进了医院，而袁秦风则像疯了一般嗜血成魔!

第二十章　面　对

1

紫园，一栋古董似的庭园别墅，从大门到客厅，每 5 步就站着一个人。从远处看去，清一色的黑色西装，清一色的小平头，清一色的站姿，清一色的严肃表情。在别墅的东南西北四个角落，也都分别安装了录像监视器。在进入别墅的大门前还有红外线保安系统。这么严谨的安排，庞大的阵势，似乎在很多年前有过一次，那是在袁乐儿 6 岁的时候。而如今，别墅里灯火通明，却又极其安静。

袁胜天紧握着双拳，面无表情地站立在大厅之中，双眼犹如喷火般瞪着面对他低着头很是懊恼的袁秦风。而地上却有一个遍体鳞伤，嘴角流血，连爬行都很困难的男人。周遭全是一袭黑衣的人，全都沉默不语，连大气都不敢出。

“你以为你能瞒到什么时候?”袁胜天终于开口了，但他洪钟般硬朗的声音此时却透着微微颤抖。

“对不起……爸，对不起！我也是不想您担心！”袁秦风自始自终都不敢抬起头与袁胜天对视，因为他知道乐儿对老爸有多重要，而他却把她弄丢了！

“你混蛋!！我的担心重要还是你妹重要！我告诉你，如果你妹有个三长两短，你也别出现在我面前了！”当袁胜天说出这句话时，袁秦风居然没有丝毫震惊或难堪，他似乎早已知道会有这样的结果。因为他很清楚地记得，在 24 年前乐儿 6 岁时，老爸疯狂的模样。

那年冬天，袁乐儿像往常一样，放学后在学校门口等家人来接，不过却等来了一辆黑色箱型车和几个彪形大汉。他们冲下车，然后抓着袁乐儿的手臂强行拖上车。她拼命反抗，慌乱地呼救着，但对方用手捂住了她的嘴，就像拎着一只小鸡般，拽走，关门，开车……事情发生得太快，让学校的老师和门卫都吓呆了。

接到消息的老爸，集结了所有人手，从白道和黑道同时打探消息，找寻乐儿的踪迹。最终在经历了 72 小时的煎熬后，知道了她的落脚处。在郊区一处很偏僻的山上。于是老爸带着人马不停蹄地冲了过去。到现场后，对方挟持着似乎已经昏迷不醒的乐儿威胁老爸，眼看受到非人虐待体力透支毫无知觉的乐儿，袁胜天的双拳几乎就要捏出血来。可为了女儿，一世都高高在上的他不但接受了对方要求下跪的侮辱，还被打得遍体鳞伤。老爸自始至终连一声都没吭过，就那样硬朗地挺着，只要能救出女儿，他似乎连命都可以不要。可惜，对方使诈，最终还是没放人，甚至要对老爸下杀手。

仅凭着对女儿的爱，重伤倒地的袁胜天居然靠着惊人的毅力，摇摇晃晃地站起身来，趁对方不注意抓起地上的一块大石头就狠狠地砸向了那个带头的家伙。一瞬间，被砸得满头是血的家伙哀号不止，而旁边一直干着急的手下乘势群涌而上，在经过一阵激烈的打斗后，终于从劫持者手里救回了早已奄奄一息的袁乐儿。

当虚弱的老爸抱着奄奄一息的乐儿时，愤慨的他痛苦地喊叫起来，那个场景，至今让在场的人记忆犹新！当时，袁秦风只有10岁，这些事情还是从一直跟着老爸的林叔那里听来的。他只依稀记得当时身受重伤的老爸，坐在轮椅上不眠不休地守在昏迷不醒的乐儿床边，直到三天后乐儿醒来，他才体力不支地倒下了。也在那次以后，老爸对乐儿的保护就更加滴水不漏了，不但限制了她所有的自由活动，还要求乐儿出入任何时候都要带随从保镖，甚至最后还把乐儿送离了中国。

因此这次乐儿再次失踪，无论袁胜天说什么做什么，袁秦风都不会感到惊讶，他太清楚乐儿在老爸心目中的分量了。虽然他一直不太明白，为什么老爸对乐儿那么重视紧张，但因为从小和乐儿的感情要好，他也从未因此而嫉妒怨恨过，相反也尽力保护着他心爱的妹妹，甚至还背着老爸宠溺着她的无理要求。

如今袁秦风不但无法交出袁乐儿，更无法向袁胜天交代刚刚发生的所有事，所以他除了沉默还是沉默。

而此时的袁胜天居然掏出了枪，抵在了地上那个已经完全看不出本来面目的人的头上。

“最后给你一次机会，告诉我，我的乐儿在哪里？”已经很久没拿枪的袁胜天，总以为腥风血雨的日子早已过去，没想到因为心爱的女儿他不得不再次走上江湖老路。但他不后悔，只要他的女儿能平安，即使让他满手沾满鲜血，打入十八层地狱他也心甘情愿。

“天爷……我真的没抓您女儿啊!！天爷……求您相信我，我以我老婆孩子发誓，绝对绝对没碰您女儿一根汗毛……就连那个韩星也被一个神秘女人救走了，我的手下是伤的伤残的残啊！天爷……求您放我一条生路，我还不想死，求您了……”地上的男人垂死地抱着袁胜天的脚，哀号着求饶，他不想死得这么不明不白，他连袁乐儿的影子都没见过，至今也不清楚自己被青帮血洗的理由在哪里！

袁胜天二话不说就拉开了保险，随着“砰”的一声枪响，那个男人的身体就“轰”地倒了下去。而周边的人都被此时的情景吓了一跳。

2

裴承勋看着袁乐儿递过来的手机内容，表情瞬间就凝重起来！原来，她在幼小的时候遭遇过被人绑架，而在被绑架期间，还受到了非人的虐待！在她醒来后，很长一段时间里都不会讲话，害怕所有的人，医生说她因为受刺激过大，有了严重的自闭症。经过整整一年的治疗，她才开始慢慢说话，但从那时起她就极度害怕饥饿，一旦有饿的感觉，她就会变得失去理智，回到当时虚拟的回忆中。随着时间的推移，她的病似乎也有了起色，基本没再病发，直到最近那次饿太久……

裴承勋望着对着他还保持淡然微笑的袁乐儿，动容地紧紧一把搂过袁乐儿娇小的身躯，眼泪犹如断线一般悉数滑落眼眶。

“怎么会……怎么会这样？那时的你应该有多害怕多惶恐啊？”裴承勋终于明白当日袁乐儿的反应为何那么仓皇害怕了。一个才6岁的孩子在经历过突如其来的绑架、虐待、折磨后，那种无尽的绝望和恐惧会有多深啊！他的乐儿啊，怎么还可以成长得这般美好，不但善良可爱还那么阳光健康。

“我没事啦，都过去了，只要别让我饿肚子就好！别难过啦！”袁乐儿像哄孩子一般，轻轻拍打着裴承勋抖动着的脊背。

“所以，为了保护自己，你才学了那些吗？”裴承勋很心疼，一想到昨日的她，他完全能想象要练成那一身的本领，她曾经吃了多少苦，受了多少累。为什么他如此宝贝的她，却有着其他女孩完全不同的童年遭遇？

“承勋……如果……如果我的家人，不仅仅是商人，你……还会爱我吗？”忽然，袁乐儿拉开了裴承勋，睁着一双忐忑的大眼，小声紧张地问着。

“你的意思是黑道吗？”裴承勋不是傻瓜，从经历过昨天的生与死后，他心里就早已有数。袁乐儿以一敌十对付黑衣人时的气势，与他们的谈判、周旋甚至是最后的枪击，一个普通商人家是养不出这样的孩子的。所以，他直言不讳地说出了他的想法。

听到裴承勋的话，袁乐儿惊讶得张大了嘴。她没想到他会那么聪明，在自己什么都没说的情况下，居然猜到了自己家族的真实身份。于是，愧疚的她沉重地点了点头。

“对不起，一定让你害怕了吧……对不起，我该早告诉你的……对不起！”袁乐儿又拿起了手机，缓缓地打起字来。

“小时候我就知道我家和别人不同，因为家里进进出出都是成群结队长得很凶的叔叔们。他们虽然其貌不扬，但很尊敬我父亲也对我和哥哥很好，无论我和哥哥去到哪里，他们都会守护在我们身边照顾我们，保护我们。也因为如此，我身边基本是生人勿进，除了从小一起长大的思琪，基本就没有其他朋友。直到长大后，我才知道原来其他人都惧怕我，不亲近我的原因是因为我家是黑道。而青帮，就是我们帮会的名字。据说，是以妈妈的名字命名的，因为妈妈叫作沈青。妈妈在我4岁的时候就走了，爸爸说是生病，所以我对妈妈的印象很模糊。只知道妈妈走了后，爸爸就变得沉默寡言不善言笑了，对我和哥哥也管理得特别严。也是从那时起，爸爸开始让我学习一堆千金小姐的东西，比如插花、绘画、弹琴、跳舞等等，都是我不喜欢的。无论我怎么抗议反抗，爸爸都无视。也从那时起，听那些伯伯说，爸爸开始黑转白，慢慢淡化黑帮的一切，开始进入商圈，所以才有了如今的胜天集团！至于我……昨天我那一身本领其实爸爸并不知道。在我学习那些很无聊烦琐的东西时，我求着哥哥教我的。也不知为什么，我对打拳和拿枪似乎很得心应手，学什么会什么，似乎这些东西就在我血液里一般，完全与我融合在一起。与其说是为了自卫，不如说是兴趣，我天生就做不了什么大家千金，注定是小混混的命！”袁乐儿看着自己打出的这些字，然后深深地舒了一口气，这些话看似是对裴承勋的陈诉，不如说是坦然地面对。这么多年以来，背着老爸做了他最不喜欢最不希望的事，但她却乐在其中，或许这就是命吧。

裴承勋就这样看着袁乐儿打出的一堆密密麻麻的字，就那样一直看着看着，不发一语。

“这样的我，你怕了吧？”眼见一直都不吭声的裴承勋，袁乐儿黯淡地苦笑了一下。

“怕？怕什么？我只是在算未来可以节约多少保镖费！”裴承勋抬起头对着袁乐儿露出一个调皮的笑容。当了解乐儿的身世后，裴承勋不能说没被震惊到，但与其说是怕，不如说是心痛！一个女孩子在最需要母亲的时候却没了母爱，生活在一群男人堆中，还要过着孤单寂寞没有朋友的童年，甚至还背负着恐怖经历的回忆，到底要拥有一个多么强劲的心脏才可以让她如此坚强和健康！

裴承勋很懊恼自己为何没能早点认识她，如果早点，他就可以好好地呵护她，不让她一个女孩子撑得那么累；如果能早点，他就可以好好陪着她，不让她感觉到孤独害怕；如果早点……他就不会把时间浪费在错误的人身上！

看见裴承勋一如既往的清澈笑容，袁乐儿有着前所未有的感动，这是第一个听到她家人的真实身份后没有吓得逃跑的人。而他话里的意思则是他们未来的写照吗？简单的一句玩笑，却给予了袁乐儿安心的明天，这样的一个男人，让她怎能不爱！

“你真的不怕？真不后悔？现在回头还来得及……我不会怪你，真的！”即使袁乐儿早已感动得热泪盈眶，但她不希望他是一时的冲动或者为了昨晚的负责，而勉强面对这样的一个她。所以，她必须趁自己还很理性时，让裴承勋做出正确的决定。

“傻瓜，我干嘛要怕？我昨天不是说过了吗？无论你是杀手、间谍甚至恐怖分子，那又怎样，你依然是我的乐儿，我唯一的乐儿啊。我只会更加心疼你，更加珍惜你，更加的爱你！答应我，无论未来怎样，我们都不要分开好吗？”这些话，裴承勋没有用嘴说，而是打的字。因为他不要袁乐儿去猜测，他希望他的每个字每句话她都能清清楚楚明明白白！

“嗯！好！永不分开！”袁乐儿含着泪紧紧拥着裴承勋，此生有他已无憾！即使老爸是越不过的高山，她也决定绝不放开他温暖的手。忽然，袁乐儿瞬间松开了环抱裴承勋的手，仓促慌忙地找起了电话。

“完了，昨天失踪那么久都没和家人联络，现在肯定急疯了!”袁乐儿一边拨打电话，一边用中文着急地向裴承勋解释着。此时的她早已不管裴承勋是否能听懂了。

虽然没明白袁乐儿说的意思，但裴承勋知道她一定很着急什么，想和谁联络。趁这个空闲，裴承勋也想起了那份早已冷掉的煎蛋，急忙站起身向厨房走去。

“哥！我是乐儿，对不起，昨天情况突然，我忘了和你联络了。现在我在老家，如今……家里还好吗?”电话一接通，袁乐儿就急忙道歉。

接到电话后，袁秦风才真正松了一口气，因为就在刚才差点失去了一条人命。倘若不是他清楚袁乐儿实力的话，他也不会冲动地推开了那个在老爸抢下的人。他来不及去解释，只是急忙转头对着袁胜天大声喊道：“爸，乐儿来电话了，她没事，现在在清苑。”

袁胜天二话不说，激动地拿过了袁秦风手中的电话：“乐儿，你还好吗？有没有受伤？吃饭了没，为什么不给爸爸一点消息呢?”此时的袁胜天哪里还有一丝叱咤风云傲视群雄的气概，连续一堆问题全是一个父亲满满的爱！似乎袁乐儿有一丝毫的伤痛，他都会担心到死。

“爸……对不起！对不起，爸！让您操心着急了，我没事，我很好。昨天发生了一点小状况，所以我……所以我忘了联系您了！我在清苑这里，一切都好，您不用担心。”一听到袁胜天急切的声音，袁乐儿就很愧疚。虽然老爸对自己很严格甚至有些霸道，但从小到大老爸对于她的爱她是无法忽视的。

“为什么去清苑？想妈妈了吗?”当听到乐儿一切安好的消息后，袁胜天终于展开了舒缓的笑容，他了解袁乐儿有任何不开心就会去清苑，又开始了当娘一般地操心。

“不是……爸，有些话……我必须要对您说！有些人……我也必须要介绍给您认识！或许今天时机不对，但我不想骗您，也希望能得到您的谅解和理解!”本想见面后再与袁胜天提裴承勋，当她看到裴承勋端着热过的煎蛋向她走来时，终于鼓起勇气大胆地说了出来。

“什么事，什么人?”袁胜天本已舒缓的眉头瞬间又急速皱了起来。他很清楚，如果不是什么大事，袁乐儿绝不会忘记与自己联络，更不会这么着急在电话里就希望能得到自己的谅解。

“我们见面谈好吗？我现在马上回家。不过请您答应我，要冷静面对，理解包容好吗?”虽然话已说出口，但一向都惧怕老爸的袁乐儿，还是很担心见面会发生的意外，所以她只能期望老爸不要那么顽固不化。

“看来很严重！那好，我等你回家谈!”袁胜天挂了电话，面色凝重地扫了一眼刚从鬼门关走了一圈，吓得在地上瑟瑟发抖的人。然后对着袁秦风打了一个眼色，就走进了书房。他现在早已没有心情去理这些无谓的人与事，脑子中全是袁乐儿的话。他总有一种感觉，女儿长大了，很多东西他似乎都无法掌控了……

得到袁胜天指示的袁秦风，无奈地看了一眼很是无辜却又吓得半死的人，然后对着阿杰点了点头，示意他们放人。

“谢谢天爷，谢谢风哥！谢谢各位兄弟!!”一边被拖着走，一边还哭喊着道谢的麒麟帮老大，至今都不明白自己这场无妄之灾的缘由。即使，他比袁秦风大很多，但对于刚才的救命之恩，他也只能厚着脸皮叫人家哥字辈了。

裴承勋被乐儿牵着手，就这样从一群整齐鞠躬的人群中穿过。虽然心里早已有数，但对于这样的阵势裴承勋也是第一次经历。即使表面淡定，但他心里还是忐忑不安的。所以一向潇洒的大长腿，此时迈得有点沉重。袁乐儿似乎也感觉到了他的不妥，牵住他的手更加用力坚定，然后对着他露出一个没事的笑容。裴承勋也回以沉稳的对视，似乎在告诉袁乐儿他不怕，只要能和她在一起，他什么都不惧。

就这样，袁乐儿和裴承勋出现在了等待已久的袁胜天面前。在听完袁乐儿一字一句地解释后，袁胜天拿出了一根雪茄，深深地闻了一下，然后点燃了火焰。随着火花四溅，雪茄的香味弥漫了整个书房。

“爸！我长大了，不能盲目听从你的安排和一个没见过面，根本没感情的人结婚，我找寻的是自己需要的爱情，请你理解，好吗?”看着一语不发的袁胜天，袁乐儿心里很是七上八下，但此时她不能退缩，只有勇敢地争取才有机会抓住这来之不易的幸福。

“你是在告诉我，如今你长大了，翅膀硬了，可以不用听我的话，到处飞了是吗?”终于袁胜天说话了，虽然面部表情没有多少变化，但口吻明显很不客气。

“爸!! 你明知道我不是这个意思，为什么你要扭曲呢? 难道我找到一个爱我的我也爱的人有错吗? 到底那个未知的未婚夫好在哪里，值得你可以不顾及我的感受呢?”袁乐儿的声音不自觉地提高了，她本来想好好的，缓和的，冷静的与袁胜天交流，可似乎他们父女天生相克，无论什么话题说不到两句话就会有冲突。

站在一旁完全听不明白的裴承勋，在看到这样的氛围后也大概了解了情况。他想参与却又无法开口，处于尴尬着急的两难局面，只能紧紧地抓着袁乐儿的手，给予她力量。

“秦风，你帮我告诉他，上次那个抓乐儿手的家伙下场是什么?”袁胜天淡淡地瞥了一眼裴承勋，然后语气平稳地对着一旁站立的袁秦风说道。

正想开口的袁秦风却遭到了袁乐儿眼神的制止，她松开了裴承勋的手，然后分开了五指用了心心相印的姿势，再一次紧紧地拽住了裴承勋的手。

“爸，你不用恐吓他！这双手我牵定了，这个人我也跟定了，而且！而且我已经是他的人了，你阻止也来不及了!”对于袁胜天的威胁，袁乐儿暗藏的火爆脾气也爆发了，她直言不讳地说出了她和裴承勋的关系。

你！你说什么? 你跟他……你跟他已经……? 你不要脸!!”这是袁胜天第一次

对袁乐儿说这么重的话。但袁胜天自己似乎也不好过，嘴唇都气得抖动起来。

“你说我什么都好，但你别想把我们分开。来这里以前我就已下定决心，今生除了他我谁也不要，如果你非要棒打鸳鸯，那我就离家出走，再也不回这个家!”袁乐儿的语气坚定，似乎只要袁胜天有任何举动，她就会毫不犹豫地离开。

“啪!”一声清脆的巴掌声响彻了整个房间，而房间里的所有人都为之一怔。

“你还好吗?”袁乐儿着急地捧着裴承勋此时半边印着五个指印的通红的脸颊，而裴承勋则微微一笑，乖巧地点了点头。

这样的情况，连袁胜天也惊呆了。本来他很生气袁乐儿轻易说出离家出走的话，盛怒之下挥下了狠狠的一巴掌，但却没想到反应极快的裴承勋挡在了袁乐儿的面前，就那样接住了他狠狠的一耳光。

“爸！你太过分了!”袁乐儿气急了，心疼裴承勋被打，对着袁胜天吼出了声。

“我……哪里知道他会突然窜出来。”对于自己失手打了裴承勋，袁胜天似乎也有点不好意思。但转念一想，他们都做出那样的事了，就算被打也是应该的。于是，袁胜天又底气很足地对袁乐儿说道：“你还敢说我过分，我会有你们过分吗？他只是帮你挨了一下而已，我还没想好要怎么处理他了！能有胆子动我袁胜天的女儿，就该有心理准备承担后果!!”

“爸，你别拿处理帮会的事情来解决我的私事，如果你非要一意孤行，那我也不会坐以待毙的！我想，我们之间的确没办法好好交流，我们先走了!”袁乐儿也不管袁胜天同意与否，拉起裴承勋的手就向门口走去。哪里知道刚打开房门，就被一堆人拦住了去路。

“我没同意，你们谁也别想离开这里一步！最后给你一次选择，是放弃他好好地和你的未婚夫结婚，还是让我废了他，你再和你的未婚夫结婚呢?”对于袁乐儿的举动，袁胜天也被激怒了。哪里有女儿为了一个男人连爸爸都不要说走就走的，所以怒火攻心的他不自觉地撂下了狠话。

“爸，乐儿，你们都冷静点，好好谈好吗?”眼见局势一发不可收拾，袁秦风也不能装作隐形当做什么都不知道了，毕竟袁乐儿火起来有多不计后果他是很清楚的，他可不想在今天之内袁胜天受到两次打击。

果然，在听到袁胜天话后的袁乐儿不屑地对着面前的所有人冷冷一笑：“你们确定拦得住我?”

“乐儿！你疯了吗？怎么可以对叔叔们这样说话!”袁秦风冲到门口紧紧拽住了袁乐儿即将抬起的手，慌忙对着她摇了摇头。

“你今天反了是不是，我还不信胳膊拧得过大腿!”吵架无好话，就算父女也是一样。因为太过疼爱所以更加心痛的袁胜天，对于袁乐儿此时的态度太过心伤，结果就变得越来越难以收拾。

本来在袁秦风的劝解下稍微恢复理智的袁乐儿想就此作罢的，但一听到袁胜天激将的话，那瞬间冒出的理性就消失不见了。她甩开了袁秦风拉住的手，对着面前其中一个拦住她路的黑衣人就伸出了手，可她没想到是，还有个人的动作更快，一下子就抓住了她的手，把她狠狠地拽进了怀里。

“别这样，我们好好和伯父谈好吗?”裴承勋温柔地抚摸着袁乐儿的一袭长发，用轻缓的声音小声说着。

“承勋……对不起！你还好吗?”抬头看着裴承勋脸上清晰的手指印，袁乐儿所有的冲动瞬间化为乌有，此时除了心疼还是心疼。

“我很好，别担心！可以的话，让我和伯父谈谈好吗?”裴承勋说这句话时不只是对着袁乐儿，他还转向了袁秦风，因为他必须借助袁秦风的翻译。

“没用的，他根本是食古不化，说什么都听不进去的！“袁乐儿一想到从来都独断专行的老爸，她就直接拒绝了裴承勋的提议。可在一旁的袁秦风却向裴承勋点了点头，赞同了他的做法。

在得到袁秦风的同意后，裴承勋对着袁乐儿温柔一笑：“相信我，我可以的，好吗?乖乖地出去等我，一下就好!”

极其不愿意离开的袁乐儿，在看到裴承勋坚定从容的眼神后，最终心不甘情不愿的步出了书房，临走时还对袁秦风说道：“人我交给你了，帮我照顾好他!”袁秦风应允了袁乐儿一个肯定的眼神。在袁乐儿离开之后，房间里就剩下袁胜天袁秦风和裴承勋三个男人了。

袁胜天端坐在太师椅上，用看尽天下掌控一切的目光深沉地看着裴承勋，他很佩服这小子的胆魄，或许是因为外国人的关系，还不清楚他到底有多可怕，也或许是初生牛犊不怕虎的原因，才敢这样直视面对他。无论是什么，他能这样站出来已然是不错的。

裴承勋乖巧地对着袁胜天深深鞠了一躬，动作诚恳却又不失风度。抬头后，他随即对着袁胜天微微一笑：“伯父您好，我叫裴承勋，来自于韩国。初次见面因为时间太赶，没有给您带礼物，还请见谅!”在听到他的话，袁秦风开始了同步翻译。

“我不需要什么礼物，也没想过要认识你，今天你的到来本来就是多余的。如果你聪明的话，就离开乐儿好好过你的日子，不然我不担保你还能看到明天!”袁胜天一开口就是极其不友好的语气，袁秦风皱了皱眉，最终还是原封未动将话传递给了裴承勋，因为他知道有些事无法逃避。

“虽然不明白伯父对我为何这么不看好，但如果因为惧怕伯父的威严我就转身离开的话，即使还能看到明天的太阳我也会生不如死!”裴承勋不卑不亢的沉稳语调，显露出了他的胆识和气魄。让一旁翻译的袁秦风不自觉地嘴角微微上浮，露出了一丝赞许的目光。

“年轻人，人生除了爱情还有很多东西要去兼顾，你不能因为一时的意乱情迷，就伤了家人的心。毕竟，生命只有一次，不能复制更不可以重来，你最好想清楚再回答我。”虽然袁胜天打从心底已对裴承勋有所好感，但无论他有多好，袁胜天都有不可以是他的理由，所以他虽然语气比刚才友好，但却没有丝毫应允的意思。

“我深爱您的女儿乐儿，因为她不只聪明美丽还很可爱善良！所以，我深信您也绝不可能是随便取人性命的人。虽然不明白伯父为何想要我知难而退，但我希望能知道那个不能是我的理由！”当听到袁秦风翻译的那些话后，裴承勋不但没畏惧，相反还从容一笑。睿智聪明的他很明白，对方不只是叱咤风云的商场巨头，还是一个统领上千人的黑帮老大，根本没必要来恐吓一个素昧平生平生毫无恩怨的他，除非……对方有一个绝对不可接受他的理由，而那个理由就是他今天必须化解的东西。

在袁秦风翻译完裴承勋的话后，面部表情毫无变化的袁胜天居然抬眉了，深邃的目光中透出一闪而过的欣赏。他原以为这小子不过是个子高点，长得帅点，还会点花言巧语才赢取了乐儿的芳心，没想到是他低估了自己女儿的眼光！这小子看似无害蠢萌的模样，但却是心思如尘，镜如明月，不但聪明绝顶还胆魄惊人！自己一次又一次地用生命威胁，他不但没有害怕退缩，相反还从中看出了问题。很好，有种！

“你以为说一些动听的话我就不会动你吗？要知道我杀人不过是眨眼之间的事。我很好奇，你哪里来的自信可以站在乐儿身边？就算我家情况不这么特殊，她也是我捧在手中的宝贝，更是我们胜天集团唯一的千金小姐！而你？凭什么！”袁胜天看似反对的话里却给予了裴承勋解释的机会。

“与乐儿认识时，我并不知道她的身份，只知道她是一个因为和家人吵架离家出走的普通女孩。我们从相识相知到相爱，从未因为国籍不同语言不通而有所障碍。而在未来，也不会因为身份悬殊相隔千里就分开。或许如今的我距离伯父心里的标准还很远，但我不会因此就退缩放弃，只要伯父给我时间，我一定会做到让您满意为止！”虽然裴承勋如今已是韩国家喻户晓的韩流明星，但在身家上亿的商人眼中，这根本不算什么。所以在身份上，明明高高在上的裴承勋却硬生生地矮了一截。虽然他知道乐儿从不介意他们之间的悬殊，但作为男人，这也是他不愿意的。所以，看似对袁胜天的承诺其实也是对自己的要求。

在袁胜天的百般刁难下，裴承勋自始自终都没颓废丧气。相反还积极向上勇于争取，这点在袁胜天看来，他是极其欣赏和喜欢的。假如……袁胜天微微地皱了皱眉头，不是因为不得已的原因，或许他真有可能就这样同意了。以免自己心软，袁胜天此时提出了更加过分的要求，而他很清楚这个要求裴承勋是绝对无法达到的。

“就算我给你时间，你以为你可以打造一个与胜天集团一较高下的商业王国吗？年轻人，不是我不看好你，是现实就这么残忍！还有，在我眼中，一直都不喜欢长得太过好看的男人，而你就属于这种。男人一旦好看就会招蜂引蝶，稍微没有定力就会犯错，我可不希望我的宝贝乐儿每天都活在担惊受怕中。”这样的话对于裴承勋来说根本就是死局，除非……他毁容！

“爸！您怎么可以……”听到这样的话，袁秦风实在无法转头翻译，对着袁胜天小声地埋怨着。

“你别管，一个字一个字地给我翻译清楚！”袁胜天瞪了一眼多事的袁秦风，然后对他努了努嘴，示意他必须清楚明白地翻译给裴承勋。

不得已的袁秦风只能一边翻译，一边用同情的目光望着裴承勋。虽然他与裴承勋只有一面之缘，但那次的接触，他早已对裴承勋留有不错的印象。对于袁胜天一次又一次的刁难他也无力帮忙，只能无奈地一字不漏地转述给裴承勋。

当听到袁胜天再一次的发难时，裴承勋呆了呆，曾几何时自己引以为傲的长相居然变成了爱情的绊脚石……他该怎么破这个死局！是要发誓赌咒忠心到底呢，还是马上自残毁容呢？

就在裴承勋思索该怎么回答时，袁胜天的电话却响了起来。

“喂？”袁胜天接起了电话，当听到对方的声音时，袁胜天居然看向了裴承勋。

“真的吗？他一口答应？还马上要飞过来？哈哈哈，很好很好，那我叫人去机场接他。乐儿？乐儿很好，相信她听到这个消息也会很开心的。好好……你放心，这个事情就交给我吧！嗯……等两个年轻人见面后，我们也该正式见一见了！”袁胜天很是欢愉地挂断了电话，而一旁的袁秦风却担忧地看向了还茫然未知的裴承勋。

第二十一章　命　运

1

裴承勋已经在里面待了差不多半个多小时了，在门口等候的袁乐儿着急地走来走去。几度把小脑袋贴在门上偷听，奈何一点声响都没有。就在她实在没耐心之时，门却突然打开了，害得袁乐儿重心不稳差点摔了出去。

“咳咳承勋你还好吗?”假装淡定的袁乐儿急忙站立到裴承勋身边，小声紧张地问道。

裴承勋回以一个温暖的微笑，眼神中传递着满满的爱恋。

“很好，放心!”裴承勋很想伸出手去抚摸袁乐儿那美丽无瑕的面容，可碍于袁胜天在旁，他也只能收敛。

“哥，谈得怎样？那个谁有没有为难他?”袁乐儿别过头问袁秦风，因为对袁胜天不满，她居然连爸都没叫，而用了那个谁。吓得袁秦风急忙捂住了她的嘴，把她拉到一旁。

“你疯了，敢这么对老爸说话。谈得……还不错，老爸答应给你们机会了!”袁秦风对着袁乐儿忐忑地点了点头。

“真的?”袁乐儿不敢置信地捂着嘴，一双迷人的大眼笑成了一轮弯月。

“嗯，真的！不过”袁秦风欲言又止的模样让袁乐儿瞬间竖起了汗毛，她就知道顽固的老爸不会那么好说话，绝对又出了什么难题。

“不过什么？他是不是又提了一堆恶心又过分的要求?”袁乐儿着急地拉着袁秦风，愤愤地瞪了一眼坐在太师椅上看似云淡风轻的袁胜天。

“叫你别这样说老爸。刚才还在谈的时候，正好接到了你未来公公的电话，说你未婚夫明天会来”袁秦风话没说完，就被急性子的袁乐儿打断了。

“什么未婚夫？我不会承认的！这个和他们的谈话有什么关系?”一听到莫名其妙出现的未婚夫，袁乐儿就无法淡定了。

“你能好好听我说完吗?！老爸说了，如果你的未婚夫来了，你们两人相互都没好感的话，他就放弃这次联姻，让你自由恋爱！但，如果有好感的话，你就必须和……他分手，然后收心准备做新娘!”袁秦风歉意地看了一眼在一旁不语的裴承勋。

听完袁秦风的话后，袁乐儿激动得差点没跳起来。她转头就跑到了袁胜天身旁，二话不说就抱住了老爸。

“爸，我亲爱的老爸，你说的是真的？如果我们对对方无好感，你就会同意我和承勋在一起，你没骗我？”袁乐儿似乎完全忘记了刚才她还在叫那个谁……如今完全一副撒娇耍赖的模样，腻在袁胜天怀里开心不已。

看着乐儿的笑容，袁胜天有了一丝动容。他似乎开始怀疑他的决定。不过以防万一，他宁愿牺牲掉女儿的幸福也不要乐儿受到一丝的伤害。所以，他对着袁乐儿无奈地点了点头。

“嗯，这下你满意了，开心了？不再对爸爸乱发脾气说离家出走了？”

“谁那么蠢放着一个这么可爱的老爸离家出走啊，嘿嘿……你幻听了，那肯定不是我！我爱你，老爸，爱死你了！”袁乐儿开心得手舞足蹈，抱着袁胜天猛亲了两口。

站在一旁的两个男人默默对视一眼，满腹心思地埋下了头，似乎此情此景让他们感受不到一丝欢愉。

“承勋，你听到了吗？我们有机会了，开心吗？”完全沉浸在兴奋中的袁乐儿松开了袁胜天，跑过来一下拉住了裴承勋异常冰冷的手。

面对着一脸幸福表情的袁乐儿，裴承勋转头看了一眼袁胜天，然后把袁乐儿紧紧搂在怀中，那种力度像千斤重般，差点让袁乐儿窒息。

“嗯，听到了，很开心！乐儿，我爱你！”这句话，裴承勋说得很深沉凝重！

都说相爱的人可以心灵相通，裴承勋看似大方的表白，在袁乐儿听来却是心伤的诀别。她用力从裴承勋怀中抬起头，睁着一双大眼，疑惑地望着他。

“你不开心对吗？是不是还有什么我不知道的？”袁乐儿冷静下来，似乎也觉得这个幸福来得太过突然，和以往老爸的处理方式完全不同。所以心细如尘的她产生了怀疑，于是直接拿出手机打起了字。

“没有没有，我只是担心……如果他对你有好感，那我们怎么办？”裴承勋也急忙用手机敲打出他的担忧，一张白皙的俊脸，此时嘟囔着嘴，很是委屈的表情。

“哦！原来你在怕这个哦，吓死我了，还以为你们又瞒着我做了什么地下交易了！放心放心，交给我处理，我一定会让他非常后悔有我这个未婚妻！”当明白裴承勋的顾虑后，袁乐儿也急忙刷刷地敲打着键盘，她把手机放在裴承勋面前，一双聪慧的大眼中还闪过了一丝狡黠。

看着她可爱的表情，裴承勋不自觉笑出了声。袁乐儿急忙踮起脚尖，捂住了他的嘴，然后做了一个噤声的动作。裴承勋知道她在害怕被袁胜天发现她的不良动机。

“好啦，我该走了，消失了一天允择哥应该急疯了。你好好休息，我们……明天见！”裴承勋挪开了袁乐儿的小手，一个字一个字地慢慢对她说着。

“我送你，这里你人生地不熟的，我不放心。”袁乐儿自然地牵起裴承勋的手，然后转头向袁胜天说道："爸，我送承勋回去，一会儿就回来。"

"不用了，刚才伯父已经叫人备好车了。你明天不是还要见那个'未婚夫'吗？好好休息，养足精神，全力以赴！OK？"袁胜天还没说话，裴承勋就直接拒绝了袁乐儿的提议。

袁乐儿不舍地看着裴承勋，嘟起了小嘴，很不情愿地点了点头。

"好嘛，我听你的，那我送你出去总可以了吧。"当听到这句话时，裴承勋又不自觉地看向了袁胜天，只见袁胜天暗暗点了点头，他随即也对着袁乐儿微笑应允。

就这样，袁乐儿拉着裴承勋依然毫无温度的手，开心幸福地笑着。而裴承勋则专注地看着她的一举一动，一颦一笑。此时他的脚步犹如千斤重般，一步一步迈出房间。终于走到了门口，裴承勋动容地捧住了袁乐儿脸，温柔而又深切地吻在了她的额头。在袁乐儿依依不舍的注视下，他连再见都没说就转身进入了车里。

"开车！"随着这句话，裴承勋强忍的泪夺眶而出。

"承勋，明天见哦！"袁乐儿对着车子挥舞着双手，大声地向驶离而去的车子喊着。

裴承勋忽然回过头，双手按着后窗，双眼紧紧地锁住那一抹倩影，随着车轮的转动，袁乐儿娇小的身影渐渐消失在他的视野，裴承勋忍俊不禁哭出了声，脑海中闪过刚才与袁胜天谈话的画面。

"我是一个艺人，除了要有坚持不懈的毅力和努力钻研的演技以外，外形也是非常重要的。所以，为了以后能给予乐儿更多更大的幸福，我不但不能让容貌有丝毫的损伤，甚至还要加倍呵护。所以，伯父的忧虑我无法去打消，但我可以用一生去证明我对乐儿的爱矢志不渝，坚贞不移！不知道这样的回答，伯父还满意吗？"

"在刚才没接到这个电话以前，还算满意！不过接到后嘛，满意与否已经不重要了。我想乐儿应该跟你提过她的未婚夫吧？不是因为这个问题你们也不会相遇。而这个人明天就会到来，我不希望你的出现让他们之间有任何误会，如果你真的爱乐儿，你就主动放手吧。回去韩国，无论是金钱还是事业，我都可以无条件地支持你！好吗？"袁胜天又拆开了一只雪茄，似乎每当遇到需要他思索的问题时，他都会不自觉地点燃雪茄。

他的提议对于事业刚起步，还需要更多提携帮助的裴承勋来说，无疑诱惑无比。可裴承勋连丝毫忧郁都没有，就直言回答道："伯父，虽然我拼命努力整整十年的事业，或许在您眼中算不了什么，但那也是我独自一人打拼的结果。或许在未来我会遇到更多的艰辛和坎坷，但我不会轻言放弃也更不会以此来作为爱情的筹码。所以，请原谅我自不量力的拒绝。如果可以的话，我希望伯父给我一个机会，一个能与您心目中那位理想人选公平竞争的机会，好吗？"

看着他诚恳而又迫切的模样，袁胜天忽然熄灭了手中的雪茄，然后站起身走到了裴承勋的身旁。袁秦风紧张地望着袁胜天，双手也在无形中张开，似乎在维护着裴承勋，生怕他受到伤害。

而袁胜天只斜眼看了下袁秦风，他抬起手不动声色地在裴承勋的肩上拍打了两下，然后用深邃的目光看着裴承勋："裴承勋是吗？虽然初次相见，对你不认识更谈不上熟悉，但不得不说我女儿看人的眼光不错！你，从外至内都很优秀。我喜欢你，也欣赏你！所以，也恳请你……如果爱她就放手吧！因为她只能到他身边才能平安一生，这就是为什么只能是他而不能是你的原因。"

"爸！这是什么意思？"当听到袁胜天这些话后，原本该翻译的袁秦风却惊讶地问出了声。因为从袁胜天执意要给袁乐儿订婚以来，他都只是宣布决定而从未说过理由，所以第一次听到这样解释的袁秦风也不淡定了。

"我接下来的话，你要一字不漏翻译给他听。"袁胜天深沉的表情让不明就里的裴承勋蹙起了眉头，他似乎感觉到袁胜天接下来的话会非常震撼。

当听着袁秦风的翻译后，一直意气风发充满自信的裴承勋，不自觉倒退了几步。原来乐儿6岁那次的绑架不是意外，而是故意报复！因为乐儿的母亲在一次谈判事件中，失手杀了对方老大的唯一独子，从此以后两帮人势不两立，结怨很深，对方发誓要血债血偿，让他们也尝到失去最重要的人的滋味。而袁乐儿是外界众所周知两夫妇的掌上明珠，也因此成了对方多年以来追杀的目标。这也是袁胜天为何忽然限制了袁乐儿的自由还加派了保镖，甚至最后把她送出国的原因。之所以袁胜天执意要给袁乐儿订婚，则是因为那个订婚对象，是那个仇家曾经的救命恩人，有了这层关系，袁胜天才能真正放心袁乐儿今后的安全。

不过这个理由对于裴承勋来说是绝对无解的，因为他爱她，深爱着她，所以他拼命努力争取着他们的未来。而如今，他的这份爱却会让她深陷危险之中，这样的结果是他完全没想到的。该怎么去选择，才能给予她最好的未来？

"承勋，你还好吗？"袁秦风知道袁胜天这席话会给裴承勋多大的打击，他伸手扶住了裴承勋此时摇摇欲坠的身躯。

"哥，我该怎么做？怎么做才对？哥，你告诉我，求你……告诉我！"抓着袁秦风伸出的手，裴承勋就似救命稻草般，强忍的泪水夺眶而出。

"承勋……对不起，我知道你很难接受这个事实，或许……这就是你们的命运吧！"看着此时痛哭失声的裴承勋，袁秦风也想到了自己，他也一度神伤起来。

"理由我已经告诉你了，怎么选择就看你了。我希望我的眼光不会错，也相信你是真正深爱着我的乐儿！"面对裴承勋那么痛彻心扉的模样，袁胜天也为之感慨，只能地拍了拍他的肩膀以示安慰。

裴承勋号啕大哭，终于，他体会到了相爱却无法相守的痛。他好想大声告诉袁胜天，他不惧什么仇家，他也会拼尽全力去保护乐儿的安危。可，他不敢，不是怕，而是不敢拿乐儿的生命去赌，因为……他输不起！但一想到未来，他的生命中再无乐儿的存在，他就心痛到无以复加。他那么珍惜挚爱的乐儿，如今却让自己亲手推开，他好恨命运的捉弄，现实的残忍！

“啊!!!”裴承勋痛苦地狂呼出声，用他的泪洗涤着他的无力，用咆哮呐喊出他的无奈和心碎！

2

第二天一早，天色刚亮，袁乐儿就已起床洗漱完毕，开始梳妆打扮了。在经过昨晚袁胜天的变相同意后，她的心如今就像长了翅膀的小鸟一样，早已飞到了裴承勋的身边。这是袁乐儿的第一次恋爱，有了可以爱，可以想，可以牵挂的人，那种莫名的幸福感席卷了她一身。她试了一套又一套的衣服，对着镜中的自己，袁乐儿露出了久违的羞涩笑容。

穿戴完毕，袁乐儿满面春风地拉开了房门，而门口却又出现了两个保镖。

“大小姐早！”两个保镖恭敬地向袁乐儿鞠躬打招呼。

袁乐儿微微蹙起了眉头，心里一种莫名的不祥感油然而生。

“你们干嘛在这里？”因为心情很美丽，所以即使有疑惑，袁乐儿的口吻还算温和。

“因为今天有贵客到，所以天爷吩咐我们陪着大小姐去机场接人。”其中一人急忙回答。

陪？老爸的话说得还真是动听，这不是摆明要架着自己去吗？搞什么？她可是早就打算好起床就去酒店找承勋的，那个什么未婚夫要来就来，为什么还要让她去接！

“老爸呢？”袁乐儿此时已经按捺不住情绪，语气变得很冷漠。

“天爷因为公司有事，已经一大早出门了。天爷说了，他已经做了最后的让步，也希望大小姐能信守承诺，好好地接待贵客，一切以最后结果来判定！”那人继续向袁乐儿小声解释着。

袁乐儿不置可否地笑了笑，看来老爸虽然嘴里是答应了承勋，但暗地里依然给那个家伙制造机会。好，接机是吧！接就接，她一定会让他后悔来到这里。

“那家伙几点的飞机？”袁乐儿一边问一边向楼下走去。

“上午十点左右到。”两个保镖急忙跟上前回答着袁乐儿。

“十点？这么早？”袁乐儿停住了脚步，这家伙疯了吗，居然坐最早的航班，到底是有多兴奋才会这么积极？不知道为什么，袁乐儿对于袁胜天那么轻易地妥协产生了不好的预感。

“是的，本来天爷还说如果大小姐没起床，就让我们叫您，没想到大小姐居然起了个大早。那大小姐准备几点出门了？”袁乐儿突然停步，让在后面紧跟的保镖差点撞上了她，两人急刹车止住了步伐，用忐忑的眼神看着袁乐儿。

“不是还早吗，急什么。我先去趟酒店！”管他几点到，袁乐儿都决定要先去见裴承勋。因此，话音刚落，她就疾步向门外走去。

“大小姐请留步！”但其中一人直接挡在了袁乐儿面前。

“什么意思？”这样的情况让袁乐儿本就不祥的预感越发增强。

“裴承勋先生因为行程安排，已经订了一早的机票回韩国了。他本来想和您联络，但您的电话遗失联系不到您，所以给秦风哥发了条短信，让他转告您他先回去了，等事情忙完再和您联系。”保镖依然恭敬地回答着。

当听到保镖的话后，袁乐儿不知为何忽然有种永远就要失去裴承勋的感觉。他怎么可能就这样回去？无论行程有多忙碌，他也决不会不和自己说一句就这样离开。猛然，袁乐儿脑海中闪过昨日裴承勋与她对话的画面。他欲言又止的模样，急切的拥抱和恋恋不舍的眼神……袁乐儿越想越不对，伸手推开了挡住去路的保镖，慌乱地冲出了别墅大门。

“大小姐您要去哪里？”两个保镖慌忙跟着袁乐儿追了出去。

袁乐儿疾步跑进车库，直接就跳进了那部红色敞篷的保时捷，启动，挂挡起步一气呵成，随着“吱”一声刺耳的轮胎声，保时捷像离弦的箭一般冲出了车库。

“大小姐……大小姐！”跟着追来的两个保镖，以及门口一堆人都冲向了袁乐儿的车，试图拦下她。但袁乐儿充耳不闻，相反还狠狠地踩下了油门。被扔下的保镖们全都慌张上车，跟着袁乐儿追去。

“裴承勋，你要是就这样走了，我一辈子都不会原谅你！裴承勋，你听到没，等我，一定要等我！”袁乐儿含着泪大声呼喊着，声音吹散在奔驰的车外风中。

一路上袁乐儿见车超车，闯了数十个红灯，用最快的速度到达了机场。把车甩在机场门口，就跳下车冲进了机场大门。当袁乐儿跑进了机场后，后面几部保镖车也相继抵达，大家都慌忙地追随袁乐儿的脚步进入了机场大门。

此时裴承勋一袭黑衣，头上反戴着棒球帽，脸上也遮着口罩和墨镜，与随行数十人低调地现身机场。但他即使是一个背影都会被眼尖的粉丝认出，因此机场出现了此起彼伏的尖叫声。

裴承勋没做任何回应，低着头向着安检处疾步走去。随行的崔允择紧跟在旁，不离开裴承勋一步。虽然不明白裴承勋为何要改动离境的机票时间，但在经历过前日那么惊心动魄的事件后，他也是求之不得想尽快回国，所以裴承勋不说他也没问。

而此时越来越多的粉丝发现了裴承勋的身影，全都激动地追着裴承勋跑，其中一位甚至还跑到了裴承勋的侧面，伸手抓住了裴承勋的手。

“欧巴，签名！”粉丝对着裴承勋拿出了纸笔，对待粉丝，即使裴承勋有百般不愿意，但他也不能露出不开心的模样。只能对着粉丝抱歉地摇摇头，而他身旁的保镖急忙伸手拉开了这个粉丝。

“欧巴，拜托拜托，那握手可以吗？”眼见手被拨开，粉丝又急忙挡住了裴承勋的去路，再次提出了自己的要求。

裴承勋因为听不懂她的意思，只能张开双手拥抱了一下这个粉丝，本以为只是握手的粉丝没想到会拥有这样的福利，激动地紧抱着裴承勋不松手。一旁的崔允择眼见这个状况，急忙用英语说："我们赶时间，不好意思啊。"保镖们又一次用力拉开了紧抱着裴承勋的粉丝。但因为裴承勋的举动，其他粉丝也期望能得到裴承勋的拥抱，所以把他紧紧围了起来。而这个时候袁乐儿已经冲进了机场里。

机场太大，袁乐儿就像无头苍蝇般一阵横冲直撞，楼上楼下地满地找。眼见时间一分一秒地过去，袁乐儿就要急疯了。就在此时，她看到了围观的人群，虽然那里人很多，但那个背影是她今生永远不会忘记。于是泪流满面的她，不顾周遭人诧异的眼神，就向着那个背影冲了过去。

"对不起，请让让，我们很赶时间，对不起。"崔允择一边道歉，一边让保镖架着裴承勋迅速离开。可裴承勋的手又一次被人紧紧拽住了，急于赶路的他没有回头，只是用手去拨弄那只抓着他的手。可无论他怎么拨弄，对方都紧紧拽住没有松开的意思。就在他诧异为何崔允择和保镖都没反应时，他的耳边传来一个哽咽的声音："承勋 xi，你是不是忘了说再见？"

当这声音传入裴承勋耳中时，他瞬间止步，惶然地猛一转身，透过墨镜对上了袁乐儿伤心欲绝的眼睛。看着她泪眼摩挲的模样，裴承勋本就心痛的心仿佛被撕碎一般，散落在地。他好想紧紧抱着她，不顾一切地吻去她满脸泪滴。可，他不能，现实也不允许！所以，隔着墨镜饱含泪水的他，再一次拨开了袁乐儿紧抓住他的手。

"对不起，我赶时间，再见！"这句再见用尽了裴承勋所有的力量。望着袁乐儿错愕心伤的眼神，他几乎想咬碎自己的舌头。忍住即将夺眶而出的泪水，裴承勋漠然地转身离去。

一旁的崔允择想说点什么，可因为周遭有太多粉丝，以免不良消息传出，他也只能暗自着急，尴尬地杵在原地。

看着毫无眷念转身而去的背影，袁乐儿惨淡地笑了起来。这就是她一路狂奔追来的结果，一句轻描淡写的再见和一个冷漠的背影。

"哈哈……哈哈！"袁乐儿越笑越大声，可眼泪纵横。

"呀，这女的是不是疯了？"

"就是，就算再喜欢欧巴也不能这样吧。"

"神经病，我们走，追欧巴去。"眼见袁乐儿几乎癫狂的模样，周遭的粉丝窃窃私语议论纷纷，最后全都追着裴承勋的步伐离去。

"乐儿小姐，您别难过！我们真的是临时有事才要赶回去的。刚才粉丝太多，请理解承勋无法好好与你告别的难处。"当所有粉丝离开后，崔允择急忙小声安慰着笑得停不下来的袁乐儿。

"允择哥，你不觉得好笑吗？哈哈……这么好笑你为什么不笑？"袁乐儿一边擦拭着狂泻而下的泪水，一边咧嘴大笑着。

“乐儿小姐……您，别这样！虽然我不知道你们之间发生了什么，但我依然感谢那晚你不顾生死去救他。我相信承勋这样做，一定有什么苦衷，等回去我问清楚后一定给你一个圆满的答案，好吗?”崔允择看着袁乐儿，也不禁感同身受，难过不已，只能好言好语劝慰着她。

听着崔允择的话，袁乐儿猛然停止了狂笑，因为太痛，所以她无视裴承勋听见自己声音时，那激动不已的转身；因为太过受伤他的冷漠，所以她忽略了裴承勋刚才拨开自己手时的颤抖；而因为气愤他的不告而别，则让她完全忘记了他们之间彼此相信的承诺！

“既然是答案，为何要由你来问呢?”忽然袁乐儿抬起头，专注地看着已经远去的裴承勋背影，然后扔下一脸茫然的崔允择就向一楼大厅跑去。

看着袁乐儿的反应，崔允择一脸错愕，他不明白为何要去问答案的人居然不是去追人，而是往相反的方向离开。

“谢谢你，哥!”一边奔跑一边低声呢喃的袁乐儿终于明白，昨晚为何袁秦风把自己的护照和美国绿卡拿给她了。虽然他当时只淡淡说了一句或许你会用得着就离开了，而如今对她来说，这个却成了她和裴承勋最后见面说话的机会。

“麻烦给我一张随便去哪里的国际机票!”袁乐儿把护照和绿卡“啪”的一声放在机场售票处的服务台上。

10 分钟后，袁乐儿来到了安检门口，可面对她的不是安检人员，而是追着她而来的众多保镖。

“让开!”袁乐儿紧拽着手中的机票和证件，冷冷地对众人说道。

“对不起大小姐，天爷吩咐过，我们必须时刻守在您身边。”忽然从袁乐儿身后传出了一个熟悉的声音。

“阿杰? 你怎么会在这里?”袁乐儿回过身，惊讶地望着很是恭敬低头回话的阿杰。

“天爷不想今天的接机有任何意外，所以叮嘱我务必保护好您的安全。”虽然阿杰和袁乐儿从小一起玩到大，但他很清楚自己的身份，所以从来都不会逾越本分，说话做事都非常有分寸。因此，在回答袁乐儿的话时，他极其礼貌恭敬。

本想逼急动手的袁乐儿迟疑了，虽然阿杰只是家里的众保镖之一，但他与其他人不同，不但是袁胜天最得力的助手，也是袁乐儿重视的朋友。但，她也不能任由裴承勋就这样离开，她必须要知道那个他不告而别的理由，不然她是不会死心的。因此，袁乐儿抬起手按住了阿杰的肩膀。

“阿杰，我今天一定要进去见他！我答应你，当得到我所要的答案后就马上回来，你会帮我的对吗?”这是袁乐儿第一次这么认真和阿杰说话，和以前从来吊儿郎当任性妄为有着天壤之别。

阿杰犹豫地看着满脸恳切的袁乐儿，不是他不想帮，而是天爷昨天就料定了会发生这样的事，所以才要求他必须阻止袁乐儿任何冲动的行为。

“对不起……我不能违背天爷的意思！”阿杰别过头，闪躲开袁乐儿那双满怀信任的大眼。

“阿杰!! 如果今天他就这样走了，我不知道我会变成怎样，或许人活着，心却死了！从小到大我从未把你当作爸爸的手下，你一直是我最信任最知心的朋友，我也从来没求过你什么，这次就当我求你，好吗？帮我！”袁乐儿用双手转过阿杰的脸，真挚而诚恳的语气让阿杰很迟疑，看来，他今天注定是要背叛一方了。

阿杰紧咬着双唇，随即把袁乐儿的手挪开，然后转过身背对着她，对着其他人吼道：“你们这些蠢货，居然会把人跟丢，回去以后看你们怎么向天爷交代！”

“谢谢！谢谢你，阿杰！我会回来的，等我！”袁乐儿激动地对着阿杰的背影轻声道谢着，然后向安检处奔去。

“杰哥，你这样做，被天爷知道了怎么办？”眼看袁乐儿已经进入了安检后，其中一人忐忑地向阿杰小声问道。

“我宁愿被天爷责罚，也不要她不快乐！”因为，守护她的幸福是他今生唯一的使命。

机场候机的VIP室里，裴承勋已经熄掉了手中的第三根烟！但他似乎觉得还不够，又哆嗦着从香烟盒里抽出了第四支。

“够了，你这样抽是想死吗？昨晚一夜未眠，今天又烟不离手，到底发生了什么事会让你变得这么不爱惜自己！”崔允择抢过裴承勋手中的烟，直接扔向了垃圾桶。

“哥，对于一个什么都做不了的男人，如今除了抽烟还能做什么呢？”此时，裴承勋早已摘下了所有的武装，崔允择能清楚地看到他眼眶里泛着的泪光和绝望无助的眼神。

“从你昨晚回来后，滴酒不沾的你居然喝起了啤酒，我就知道一定发生了什么大事。但因为你绝口不提，我也不想勉强你。但，刚看到了乐儿追来的情景和你现在失魂落魄的模样，我不得不担心你们接下来会发生什么状况。所以，能告诉我，你们到底怎么了吗？”崔允择挥了挥手支开了保镖们，然后转头向裴承勋担忧地问道。

“以前看电视，总觉得那些相爱的人因为某些误会或者阻隔不能相守是很狗血的剧情，没想到如今发生在自己身上，我却也做了狗血的选择。因为太爱，所以怕失去而放开她的手，是不是很矛盾？哥，告诉我，我做对吗？求你！”裴承勋用手捂住脸，哽咽地哭出了声。

崔允择蹲下身，环抱住了裴承勋颤抖的身躯，然后伸出手轻轻地拍打着他的后背，就像哄孩子般：“嗯，做得好，非常好！我们承勋长大了，会恋爱了，懂得得与失的抉择了。不哭，哥陪着你！”

“呜呜……哥，我的心好痛，好痛……痛到不能呼吸，不能活！”裴承勋彻底声嘶力竭地哭喊出声，他无法再压抑心中那份难过，也没法承受没有袁乐儿的未来。

“会好的，所有一切都会过去的，相信哥，时间能让人忘却所有痛苦，也能治愈所有伤疤。现在你或许会很难过，但在将来回过头再看，你会发现一切不过都是过眼云烟而已。”虽然崔允择看到裴承勋痛苦不堪的模样很是心疼，但他自始至终都不希望裴承勋和袁乐儿发生什么，心底其实还蛮希望能有这样的结果。

“将来？你觉得我还会有将来吗？”裴承勋推开了崔允择的手，用心如死灰的眼神看着崔允择。

“为什么会没有？因为你的放弃吗？”忽然，门口出现了一个娇小的身影，让在座的两人惶然一惊。袁乐儿就那样地凭空出现在他们面前，两只小手激动地捏成了一个拳头，眼睛里犹如喷火般就那样瞪着裴承勋。

“你……怎么会？”看着袁乐儿，本就不善言辞的裴承勋紧张得语塞了。

“怎么会在这里，怎么能进来对吗？只要是我想做的事，没什么可以阻挡我！不像你，昨天还说什么无论发生任何事，我们都不要松开彼此的手，而在今天却连句话都没有就不告而别，这就是你所谓的承诺吗？”袁乐儿愤怒地大声呵斥着，在发现裴承勋呆若木鸡莫名其妙的表情后，她才转头看向了崔允择。不得已，崔允择只能做起了临时翻译，把袁乐儿的话重复了一遍给裴承勋。

听了崔允择的话，裴承勋黯然垂下了头，小声说道：“对不起……真的对不起！”

“我不是来听你说对不起的，我要一个理由，一个你这样做的理由！”袁乐儿激动得连红唇都颤抖起来。

此时，裴承勋脑中想起了袁胜天的话，记得一定要对乐儿保密，因为她有着不顾一切的性格！她不会理会还未曾发生的事情，因为她认为那是杞人忧天。

于是裴承勋转过身胡乱地擦拭了一下眼泪，然后用淡漠的语气说道：“昨天与你父亲谈话后，他告诉我如果非要和你在一起，就会毁了我如今拥有的一切，包括我艰苦奋斗的演艺事业。和我努力付出的10年相比，我发现我没想象中那么爱你！所以，我选择了放弃，因为觉得没脸面对你，因此决定不告而别！对不起，请你理解我的苦衷。”

崔允择又一次把裴承勋的话翻译给了袁乐儿，本以为袁乐儿听到这样的话会歇斯底里地发飙。但没想到，袁乐儿只淡淡地说了一句：“你转过来，看着我的眼睛，把你刚才的话再说一遍！”

这样的谎言裴承勋说一次就几乎用尽了他所有力气，哪里还有力量说第二次，而且还要对着袁乐儿那双能透析人心的双眼。但，裴承勋告诉自己他是一个演员，就算是演戏他也必须把这些台词好好地演绎完毕，于是，他深呼吸一口气，漠然转身，用极其空洞没有丝毫感情的双眼与袁乐儿对视着。

“再说十次也一样，我知道是我对不起你，但你的确没我想象中那么重要。我不会为了一份未知结果的爱情放弃我所努力经营的一切，所以请原谅我的自私，也希望在未来你会遇到对的人，幸福开心地过一辈子!”这是一直热衷演戏的裴承勋，第一次讨厌演戏的自己。此时的他多么希望能听到导演喊“咔”的声音，让他可以结束掉这该死的台词。

“好，如你所愿！还有10分钟那个未婚夫就会到达机场，我会和他结婚生子，然后幸福地生活一辈子!”袁乐儿在听完崔允择的翻译后，没有哭也没用闹，相反用冷静的口吻回答裴承勋。

当听到袁乐儿话的后，裴承勋捏紧了心碎的拳头，他慌忙别过头，生怕自己不争气的泪水夺眶而出。而此时袁乐儿却再次发话。

“你以为我会这样说吗？可惜，让你失望了！虽然我不知道到底是什么事让你宁愿对我撒谎也不告诉我实情，但如果这就是你逼我离开的理由，那么我会告诉你我的做法！我不会再去爱，也不会去思念你，就像行尸走肉般没心没肺地生活，在未来的每一天都放纵自己，过着麻木颓废的人生！如果这就是你想要的结果，那祝贺你，你做到了!”袁乐儿面无表情地转过身，随即拉开了VIP的大门。

在听到崔允择的同步翻译后，看着袁乐儿转身离开的背影，裴承勋几乎无法再压抑涌动的泪水。他紧捏着拳头，咬紧牙关，一遍又一遍地提醒自己，这是因为不想永远失去她，所以他没错，他做得很好。

忽然，拉开大门的袁乐儿停住了脚步，没有转身淡淡说道：“我想不用对你说再见了吧，因为……我们不会再见了!”随即，袁乐儿大步流星走了出去，没有一丝留恋，留给了裴承勋一个娇小却又很有力量的背影。随着大门的关闭，袁乐儿的身影就那样永远消失在了他的面前。

而那句不会再见，就像触动了裴承勋的神经一般，从昨天离开时就压抑的情感像爆发的火山一般，一发不可收拾。他不要不再见，他无法目送她就这样离开，他也不能想象她在其他男人身边的模样。于是，裴承勋急切地拉开了VIP的大门。

第二十二章　变　数

1

正当裴承勋拉开大门准备拔腿去追时，忽然一个人影窜到他的面前，睁着一双灵灵的大眼眉开眼笑地说：“找我?”裴承勋还没反应过来，就被袁乐儿推进了VIP室的大门里，随着大门的关闭，袁乐儿踮起脚尖就吻向了裴承勋。

看着这一切的崔允择尴尬地低下了头，他知道有些事情不是他所能掌控的，如果未来是未知的，那他很希望现在的裴承勋能幸福，于是他悄然离开了房间。

随着崔允择的离开，裴承勋猛然抱紧了袁乐儿娇小的身躯，疯狂地席卷着袁乐儿粉红的香唇，像狂风扫落叶般，动情地深吻着怀中的她。而袁乐儿也不再羞涩，努力回应着裴承勋的吻。

直到袁乐儿几乎无法呼吸，裴承勋才松开了手。面红耳赤的他用手托起了袁乐儿此时气喘吁吁的脸：“为什么没离开?”

“因为等你啊!”袁乐儿眨着聪慧的大眼。

“等我？你怎么知道我会来?”裴承勋嘟起了嘴，一副傲娇的模样。

“不知道，所以才等啊！我把话都说到那份上了，如果你还不在意，那就说明你放弃的理由真的很大条，我就会回去逼供老爸。反正，我是不会放弃的!”袁乐儿拿起手机，把说的话打给裴承勋。

看着不轻言放弃，执着追求的袁乐儿，裴承勋感到非常惭愧。虽然，他放弃是为了她的安全，但私自就做决定不考虑对方感受，的确太过轻率鲁莽了。于是，裴承勋再一次拥紧了袁乐儿：“对不起，是我不好，我不该轻易放弃。对不起，乐儿，原谅我!”

“干嘛说原谅，做出这样决定的你一定是痛苦百倍的，所以没有原谅，只有心疼！我心疼你的心痛，心疼你的心伤，心疼你对自己的残忍！答应我，别再让我心疼好吗?”袁乐儿把头埋向了裴承勋的怀中，像一只慵懒的猫一般，就那样深深地赖在他怀里。

“乐儿，我的乐儿……你怎么会这么善良聪明!”袁乐儿的话让裴承勋感动不已，对于自己的行为他再次感到了深深的惭愧和自责。

“那你现在可以告诉我到底发生了什么事吗?”袁乐儿轻言细语地小声问着。

裴承勋不再犹豫，拿出手机把昨晚与袁胜天的谈话内容一一打了出来，然后递给了袁乐儿。看着手机中的字，袁乐儿也不禁呆了呆，从老爸通知她从美国回来相亲时，无论她问为什么他都只字不提原因，没想到里面居然藏着这样的一个故事。妈妈失手杀了对方的儿子？袁乐儿一想到照片中那个温婉可人的母亲，就完全无法把她与这个故事联系起来。而自己以前对老爸的态度，她也感到了深深的愧疚。她该想到的，虽然老爸从小到大对自己管教很严，但从来不会少爱自己一分，因为自己想当然的任性，才忽略了老爸背后的深意。不过，到底是怎样一个人，居然可以连黑白两道都不畏惧的老爸这么担心忌惮了?

既然现在已经知道这个事情了，她也不会坐以待毙的。在她30年的人生里，从来就没有认命两个字。她觉得幸福不是必然，是要去争取和经营的。不只是爱情，亲情友情也一样。如今她要做的就是让所有担心她安危的人放心，她必须告诉老爸她并不是他眼中柔弱不堪的乖乖女，这或许对于老爸来说，又是一次沉重的打击吧。

“难怪你会放弃，果然理由很严重。不过，我从不会去担心未来发生的事情，我在意的是现在，活在当下不是吗？既然未来是不可控的，又何必杞人忧天呢!”袁乐儿把打好的字递给了裴承勋，哪里知道，看到这些话后的裴承勋忍俊不禁笑出了声。

“喂，干嘛笑?”袁乐儿不明就里地瞪着裴承勋，她不觉得自己写的内容有任何可笑啊，为什么这家伙笑得那么欢乐。

“果然和伯父说的一样，知女莫若父啊!”裴承勋一边笑一边把打好的字递给了袁乐儿。

“啊，老爸是这样说我的吗?”袁乐儿一直以为不苟言笑的老爸，因为帮里和公司事情太多而很少在一起的缘故，其实对自己根本是不了解的，哪里知道他却一语中的说出了她的想法，这让袁乐儿很是吃惊。

裴承勋诚恳地点了点头，眨巴着他诱人的双眼搭配着长而翘的睫毛，就像个洋娃娃一般可爱，让人忍不住想咬他两口。

“所以，是你不了解伯父才对，我觉得我们都应该向伯父道歉，因为你的不知心和我的不守承诺。”差点又一次陷入裴承勋迷人模样的袁乐儿被裴承勋手机里的字拉回了思绪。

对，没错！她不只是要道歉，还要好好地去想下，为何老爸从小到大对自己和哥哥有着迥然不同的区别对待。以前还总想着或许自己不是他亲生的，所以老爸不爱她。但如今，袁乐儿觉得自己年幼时的想法真的太幼稚可笑了。沉稳话少的老爸，爱得很内敛，不说明缘由的背后肯定还有着什么其他的故事。打定主意的袁乐儿随即再一次埋头打起了字。

“你的意思是我们一起回去吗?”

“不，我今天必须回去，因为剧组还在等着我拍摄。等电视剧拍摄完毕，我就会整理与她的绯闻，然后再正式过来见伯父，请求他的原谅和争取他的同意。”裴承勋第一次感觉到了作为演员的无奈，很多普通人看似简单的问题，在他身上却变得非常复杂，这或许就是有得必有失吧。

“嗯，好！我也答应了阿杰会快点回去接机，算算时间，那个人也应该到了。那……我走了哦？”袁乐儿不舍地看着裴承勋，有点小伤心地嘟起了嘴。

“喂！只要接机就好，不准多看他，也不准和他多说话，更不能……有任何多余的接触，听到没？”看着手机中裴承勋打出的字，和他满脸紧张吃醋的模样，袁乐儿露出了甜蜜而幸福的笑容，随即她伸出手抓住裴承勋的衣领用力一扯，用一记香艳的吻来作为回答。

2

就这样两人结束了在 VIP 室里短暂的甜蜜时光，袁乐儿如她对阿杰的承诺般，准时出现在了他的面前。当见到她身影时，阿杰终于松了口气，露出了欣慰的微笑。因为保镖众多太引人侧目，袁乐儿决定只和阿杰前往接机口，其他人则在外面等候。

站在国际航班的接机口，袁乐儿思绪万千，如今除了对他的好奇以外，就是思索着该怎么和对方商议退掉此次联姻的方法。本来想用激进的办法让对方知难而退，但在了解到老爸为其订婚的意义后，袁乐儿对于这位未婚夫也不是那么排斥了。所以，她决定对其坦言相告自己已有心爱人的事实，希望对方理解然后提出退婚。

随着到达人流的涌动，虽然不知道对方的模样，但袁乐儿依然睁着一双大眼努力在人群中找寻着，就在她百般无聊时，却看到了一个似曾相识的人对着她走了过来。

“嗨，好久不见！乐儿！”看着眼前的人，袁乐儿诧异地张大了嘴。

“嗨！这么巧？你……你怎么会来中国？”或许是太过讶异，袁乐儿居然口吃了。因为站在她面前的不是别人，而是在韩国见过几面的金逸晨！

“来见我的未婚妻的！”金逸晨一如既往的有着绅士风度，对着袁乐儿露出了温和的微笑。

“啊……哦！你居然有未婚妻啊？还是中国人？真没想到耶，恭喜你哦！”虽然听到这个消息有点诧异，但袁乐儿很快就消化完毕，对着金逸晨竖起了你好棒的大拇指。

“哇，你的反应让我有点小受伤哦。还以为你会有些许的失望了。”金逸晨故作受伤地瘪了瘪嘴。

“噗……我干嘛失望，为你开心还来不及呢，有机会的话，介绍给我认识认识。”袁乐儿被金逸晨的模样逗笑了，本就不是很熟的两人，因为金逸晨的玩笑似乎变得熟络起来。

“那你又是来干嘛的？”金逸晨没有回答她的话，而是反问了她。

“我啊……来接传闻中的未婚夫！喂，这样看起来我们两人的境遇很像哦，不知道的人肯定会以为我们是一对吧？”袁乐儿捂着嘴开心地笑起来。但金逸晨却没因为她的玩笑而笑，而是一副淡然而又深邃的表情望着她。

看着他奇怪的神情，袁乐儿猛然止住了笑容，随即用一副不可能的表情瞪着他，但回应她的却是金逸晨缓缓点头的肯定。这下袁乐儿惊慌了，不会的，怎么可能？他的未婚夫怎么会是韩国人，而且还是裴承勋的合作伙伴。这会不会太狗血了！她一直以为这家伙只是从国外回来而已，没想到居然根本不是中国人!! 这到底是怎样的一个变数？

“你开什么玩笑？难道……你一直都知道我是你的未婚妻，所以才故意接近我的吗？”此时的袁乐儿早已没有任何愉悦的心情，随之而来的除了震惊就是对金逸晨欺骗的反感。

“不，我也是昨夜和我爸吵架要求退婚时才知道是你的。”金逸晨为免袁乐儿误会，急忙澄清。

要求退婚？而袁乐儿在自动忽略金逸晨的所有话后，脑海中回旋的都是这四个字。看来，他也是不愿意这桩联姻安排的，既然大家意见一致，那就没什么好纠结的啦。于是，袁乐儿激动地拉住了金逸晨的手：“你也不满意这样的安排对不对，我也是啊！既然我们想法一样，那就一起去找长辈们提出退婚吧！”

可金逸晨并不像她那么激动，只是淡淡一笑：“你怎么不问问我为什么要求退婚？你明白当我知道是你以后又为什么坐第二天最早的班机过来呢？”金逸晨的话让袁乐儿呆了呆。

“对啊，为什么？”袁乐儿松开了拉着金逸晨的手，一脸茫然地看着他。

“因为你啊！”金逸晨一改沉稳温和的绅士模样，用一种火辣辣的眼神直视着呆愣的袁乐儿。

“因为我？为什么因为我？”看着金逸晨如此真切炙热的目光，袁乐儿似乎明白了些什么，慌忙躲闪开他的注视。

“呵呵，以后告诉你，走吧，你不是来接我的吗？”金逸晨知道很多事情不能太过急切，不然会物极必反，所以他岔开了话题。

“嗯，车就在外面，走吧。”袁乐儿不理金逸晨独自埋头走在前面，此刻她脑子里一片混乱，刚才所有的计划都被金逸晨的出现而打乱。并且这个消息袁乐儿似乎并不打算告诉裴承勋，因为本就有隔阂的两人届时冲突一定会更大。

一路上，两人相对无言，或许身份突然的转变令人太过尴尬。袁乐儿把头转向了窗外，双眼蒙眬，其实思绪早已飘向了天空。他此刻应该早已起飞了吧，回到韩国后，他又会投入忙碌的工作中，不知道他还有时间想她吗？可她从离开他的一瞬间就已思念似海了……

“谢谢你来接我！”沉默不适合金逸晨，所以他率先开了口。

“你该谢谢的是我爸，我并不想来，是他要求的。”袁乐儿没有回头，用毫无波澜的声音淡淡回答着。

“你刚才不是问为什么吗？我现在回答你，要听吗？”金逸晨并没因为袁乐儿的冷淡而有所挫败，在他的认知里，越难得到的才越珍贵，于是他依然主动与袁乐儿拉近关系。

“你不会告诉我是什么因为在韩国对我一见钟情，所以回去找你爸要求退婚，在吵架中发现未婚妻是我后，你就欣然过来找我的狗血韩剧剧情吧？”哪里知道，袁乐儿回过头后就先发制人地说了一堆话。

金逸晨不置可否地笑了起来，他知道袁乐儿聪明，但他却没想到她可以这么聪明，就在刚才自己无形中透露出的一个眼神中，就可以让她联想到所发生的一切，叫他怎么可以对这样的一个她放手！

“没错，你说得很对，就是这么狗血的韩剧剧情。那你打算怎么办呢？”金逸晨没有闪躲袁乐儿的正面攻击，而是坦荡地全盘招认。他那谦谦君子的模样，让满腹牢骚的袁乐儿却无法对其发脾气。

“可我不爱你啊，我爱的人是裴承勋！所以，无论你的故事有多么感人肺腑，结果都早已注定了不是吗？”既然对方开诚布公，袁乐儿也不打算遮遮掩掩，将她和裴承勋的关系和盘托出。

“我只知道我们才是未婚夫妻，而他什么都不是，难道这个不才是最终结果吗？”车内的氛围因为两人互不相让的唇枪舌剑变得浓烈起来。

“你弄错了，他不是什么都不是，他是我深爱的男人。我不会和除他以外的任何男人订婚，所以你也别在我身上浪费时间了。”当听到金逸晨说裴承勋什么都不是的时候，袁乐儿很是气结，一下就提高了音量，导致前座的阿杰也担忧地从后视镜看向她。

“我相信没有什么是永恒的，他不过是比我早认识你几天而已，我有信心在你了解我以后，会对我有所改观甚至会喜欢上我的。”原本就早知袁乐儿对裴承勋情有独钟，所以即使袁乐儿说了那么多伤他的话，金逸晨似乎也不在意，依然努力争取着。

“难道你认为两个人的相爱会随着时间而有所不同吗？无论认识他在你之前还是在你之后，爱上的那瞬间只需要一秒钟而已，而不爱的人即使在一起一辈子，没感觉依然还是没感觉。所以，我才告诉你不要再在我身上浪费时间，我以前不爱你，以后也更不会爱你，即使我和他分开！”对于恋爱来说，袁乐儿是第一次，所以她不懂什么是委婉拒绝，从来都率性而为的她，说的每个字每句话都把金逸晨的路堵得死死的，不留一丝缝隙。

“那我爱你就行了！能和心爱的人在一起就已足够，其他的我不去奢求！”在听了袁乐儿毫不留情的拒绝后，金逸晨微微一笑，淡淡地说出一句让袁乐儿根本无法理解的话。

她不明白这个人脑袋里到底在想些什么，她已经说得那么清楚了，为何他却这么执迷不悟！强扭的瓜不甜这个道理他不懂吗？还是说他太过自私，只要满足自己的私欲，根本不去顾忌其他人的想法呢？

“算了，话不投机半句多，你爱怎样就怎样吧，反正这个订婚我不会同意，而我们……似乎也回不到朋友的时候了。因此，在这里的期间，你自娱自乐吧，我没空陪你！”既然说不通，袁乐儿也不想再浪费自己的时间，索性别过头闭目养神，不再搭理金逸晨。

面对袁乐儿的反应，金逸晨似乎也不生气，只微微一笑，然后脱下自己的外套，轻轻地盖在袁乐儿身上，但袁乐儿好像根本不领情，伸手扯开了外套还把整个身体靠向了窗边。金逸晨伸手捡起衣服，再一次搭在了她的身上，惹得袁乐儿翻了一个白眼，气恼地懒得理他。

3

首尔仁川机场，裴承勋的出现又引起了一阵骚乱。在终于穿过人群进入车里后，裴承勋才长长舒了一口气。他摘下墨镜口罩，急忙拿出电话刷刷刷的输入几个字：“我到了，你接到人了吗？”可等了许久对方都没有回应。难道在忙吗？裴承勋有点小失落地撇了撇嘴，连玩手机游戏的心情都没有了，把手机扔一旁，闭上眼休息。而他不知道的是，有一部车一直跟在他后面悄悄尾随着。

车，没有开回家，而是直接到了片场进行拍摄。眼见裴承勋疲倦的模样，申伊敏非常关心地走过去嘘寒问暖，但遭到了裴承勋的无视，连基本的敷衍都没有就直接转身走进了化妆室。他的性格就是这样，喜欢与不喜欢会直接表现出来，不懂掩饰也不会去做作。本就忍气吞声期望可以回到从前的申伊敏受到了严重的打击，她愤怒地咬着颤抖的嘴唇，死死地瞪着裴承勋离去的背影。

“回来了，辛苦了，一切都还好吗？”化妆师 Mina 一如既往地关心着她喜欢的弟弟。

“嗯，很好，就是有点累。今天的脸可能有点肿，Mina 姐拜托你拉。”裴承勋拉着 Mina 的手习惯性地撒娇。

“放心，交给我处理。你先休息下，我去拿你今天搭戏的服装。”Mina 宠溺地拍了拍裴承勋帅气的脸颊，然后转身走出了化妆室。十分钟后，Mina 拿着几件衣服走了进来，不过她的面色有点凝重。放下衣服后，她拿出了化妆品为裴承勋修颜。

“Mina 姐，我看剧本会影响你吗？”裴承勋对待每场戏都很认真，即使只有一个镜头，他都会要求自己务必做到最好。因为这几天的种种意外，让身心疲惫的他少了看剧本的时间，所以此时他需要抓紧每分每秒。

“不会，只是承勋啊……你和……敏儿之间……是不是出了什么问题啊？”Mina 一边为裴承勋擦拭着脸一边吞吞吐吐地问道。

裴承勋放下了手中的剧本，有点诧异地看着 Mina。

“Mina 姐为什么会这样问呢?”

“不是我八卦想打听你的事，只是刚才……刚才……” Mina 停下了手中的动作，面露难色地看着裴承勋。

“哦……你是说刚才我没和她打招呼吗？因为我太累了，没力气说话而已，没什么的，她会理解的。”裴承勋以为自己刚才的举动被 Mina 注意到了，急忙用谎言掩饰。

“我想，她应该不会理解，而是生气了吧。” Mina 从包里拿出一个粉底盒递给了裴承勋。

“这是?”裴承勋打开粉底盒，里面除了细腻的粉末以外并没任何东西，他一脸茫然地看着 Mina。

“这个粉底对于其他人无所谓，但对于你……就会过敏！还记得第一次我们见面，我不知道你的体质为你化的那个妆吗？结果导致你至少三天出不了门。而这个东西是刚才敏儿的助理给我的，还对我说看你脸色很差，用这个遮盖效果会很好……”后面的话 Mina 没再继续，她很聪明地点到为止，以免裴承勋尴尬。

“所以你才问我是不是和敏儿姐发生什么事了？因为身为亲密恋人的她不会不知道我的皮肤对这个产品过敏，对吧?”裴承勋无奈地苦笑着，一次陷害不够，还要来第二次吗？看来，有些事情的确无法再拖延下去了。拿着手中的粉底盒，裴承勋站起了身。

“其实，在恋情曝光前我们就已分手了，但因为新剧的关系，我们不得不配合公司安排，以免消息走漏，连你们也都不得不隐瞒，对不起 Mina 姐。不过如今，似乎必须拨乱反正了。我出去一下，马上回来。”裴承勋愧疚地向 Mina 做完解释，就向隔壁申伊敏的化妆室走去。

在看到裴承勋严峻的脸色时，助理和化妆师都很自觉地退出了化妆室，临走还为他们关上了房门。

“这是你给 Mina 姐的吧?”裴承勋把手中的粉底盒“啪”的一声扔在了申伊敏的梳妆台上。

看着眼前的粉底盒，申伊敏低着头，紧咬着红唇。虽然不想承认，但既然裴承勋都已知道，她也清楚无法狡辩了。于是鼓起勇气抬起头，很是云淡风轻地一笑：“对，我给的。怎么了，不好用吗?”

“你明知道我会过敏，到底为了什么可以让你不惜影响拍摄进度来陷害我?”裴承勋拉过椅子与申伊敏面对面坐下，他不想放过她任何一个表情。

“为了什么？你以为我会为什么？因为你处处为难我，不给我面子，还是因为我们早已不是情侣想让你事业受损?”申伊敏瞪着一双红了眼眶的双眼，委屈地望着裴承勋。

“难道不是吗？”裴承勋没有因为她楚楚可怜的模样而有所顾忌，在她做出又一次伤害自己的举动时，他对她以往的情分和些许的愧疚都随风飘逝了。

“两年啊，我们做了整整两年的恋人，你对我的了解就仅此而已吗？没错，我是故意想让你过敏，那是因为这样你就无法出门，衣食住行都需要人照顾。而我就可以用这个理由和你单独待在一起，不用在外面惺惺作态演一对假的恩爱情侣。这样，也算很卑鄙的陷害吗？”申伊敏的泪终于顺颊而下，天知道她此刻有多卑微，为了这份逝去的恋情，她付出了多少努力。

本以为对方又怀着什么坏心思的裴承勋，在知道是自己误会以后，似乎觉得刚才的语气太过分了，所以有点愧疚地伸出手为其擦拭眼泪。哪里知道，申伊敏直接抓住了他的手，满目深情地望着他。

忽然裴承勋反应过来，他善意的举动引起了申伊敏的误会，于是急忙从申伊敏的手中抽离出来，然后小声地说：“敏儿姐，我们如今的关系你大可不必这样费心思的。就算我真的过敏了，也不会让你来照顾我，更不会与你单独在一起。因为我不只是和你分手了，而且还有了心爱的女人，我不会做一丝让她不开心或者受伤的事情。所以我决定，在拍摄结束后就对外宣布，我们分手的事实，对不起！”

“呵呵……哈哈……才分手多久，你就有了心爱的女人？别告诉我就是那个捏着我们秘密要挟你的袁乐儿？我知道你单纯善良，但你也不可以那么笨啊！她明显居心叵测另有目的，一个连韩语都不会与你无法交流的外国女人，你居然会选择她，我看你真的是疯了！”听到裴承勋的话，申伊敏彻底歇斯底里了，她没想到自己堂堂一个韩流明星，居然会输在一个来历不明的外国女人手上。她接受不了这个事实，也输不起这样的结果，所以她对着裴承勋大声地咆哮。

“够了！我不许你这样说她。无论她是怎样一个人，都是我爱的女人，希望你能做与你地位身份相适宜的事情和该说的话。其实你很清楚，我们之间的问题和她根本没有任何关系，从一开始起点就悬殊的我们，结局根本不言而喻，所以，好聚好散吧，你，自己保重！”如果说对于曾经相爱的她没有一丝感情那是不可能的，只是所有的情都在申伊敏一次又一次的算计中伤得体无完肤，消失殆尽了。裴承勋站起身，深深地看了一眼泪眼婆娑的申伊敏，没有一丝犹豫就抬脚转身离去了。

看着他远去的背影，申伊敏知道，如今她做什么都是无用功了。这个男人离开了，彻底地离开了，不会回头更不会有一丝怜悯。她被抛弃了，被他无情而又决绝地抛弃了！从来都被人捧在手心中如珠如宝的她，自尊心受到了严重的打击。她可以接受分手，但不能接受被人抛弃。申伊敏狠狠地擦拭了把眼泪：“既然你那么爱她，那就用你的演艺生涯来陪葬这廉价的爱情吧！”

走出申伊敏化妆室的裴承勋，靠在关闭的门前，掏出了手机。

“乐儿，我好想你，真的好想你……”对着手机他发出了这条信息，正如心中所想那样，他此刻好希望她能在他身旁，即使不说一句话，就那样看着她，他也会充满力量。

4

而此时袁乐儿的手机正躺在梳妆台上默默地震动着，因为它的主人正在陪着金逸晨和袁胜天坐在客厅里聊天。对于这个未来女婿，袁胜天是越看越满意，此时，他心情大好，因为裴承勋的离开和袁乐儿约定的承诺，所有的事情都在袁胜天的掌控之中。如今只要想办法安慰好他这个宝贝女儿的情绪，一切就都会尘埃落定了。

"乐儿，还记得昨天和爸爸的约定吧？"袁胜天面露微笑地试探着袁乐儿的反应。

"嗯，记得。好啊，我无话可说。"袁乐儿撇着嘴，心不甘情不愿地说着。

"真的？这次居然这么好说话？你不会是在敷衍我吧？"对于袁乐儿的反应，袁胜天的怀疑多过开心，毕竟他太了解他这个宝贝女儿了。昨天还是一副非裴承勋不嫁的模样，今天却毫无反抗一口答应，这完全不是她的性格。

"不是敷衍，是死心！既然别人都可以那么不在意一声不吭地离开，我又有什么好放不下的！"袁乐儿一边说着，一边露出一副哀莫大于心死的难过模样，让袁胜天对此深信不疑。可惜，因为他们的对话是中文，在一旁的金逸晨根本没听懂谈话内容，不然，他一定会发现这其中有些古怪。

"好，不愧为我袁胜天的女儿，拿得起放得下！那从今天开始，你就好好陪陪逸晨，两个年轻人到处去逛逛走走，多联络下感情，我相信你们会对彼此更加满意的。"得到了袁乐儿肯定的答复，袁胜天终于放下了心中大石，开心地安排着接下来的行程。

"嗯，希望吧！那我们先出去啦。"袁乐儿站起身对着金逸晨努了努嘴，示意他跟着走。不明就里的金逸晨就这样急忙对着袁胜天礼貌鞠躬，然后屁颠屁颠地去追袁乐儿。

出门后，袁乐儿直接上了车，金逸晨也拉开了车门。因为要给两人单独约会的机会，袁胜天让手下们远距离地跟着，不到万不得已不能出现在他们面前。因此，袁乐儿上车后，对着金逸晨露出一个让人起鸡皮疙瘩的灿烂笑容："想看电影吗？"

"嗯？哦……好啊！"被她魔障般的笑容吓得一愣的金逸晨，瞪着一双茫然的眼睛，呆滞地答应了。

于是，金逸晨果然进了电影院，看了一场只有中文没有翻译的鬼片，而且还是他一个人！因为到了电影院后，袁乐儿就帮他买了一张票，然后告诉他说她不想看电影，既然他想看就看个够，两人在回家时再联络，然后就抛下他离开了。虽然金逸晨知道自己被耍，但既然是她想要的，他都会满足她。所以，淡然一笑走进了电影院。直到电影结束很久后，袁乐儿才来接他回家，看似很亲密开心的模样和袁胜天吃晚饭。

终于，一天结束了。非常疲惫的袁乐儿进入了房间，不过她没有休息，而是忙碌着收拾包袱。原来，白天时，她就早已打定主意，再一次离家出走！她很清楚无论自己怎样做金逸晨都不会放手，所以，她只能逃跑，才能拒绝掉这该死的婚事。但以免引起袁胜天的怀疑，她只能装作放弃裴承勋，然后乖巧地配合着袁胜天的安排。只是这次，她很明白，离开不再是任性而已，而是艰难的放弃，放弃这里的一切，包括袁胜天的信任和那份父爱！

望着房中的一切，袁乐儿心里默念着："对不起，爸，原谅我！"随即狠下心拿起包袱和梳妆台上的手机就准备出门。可，当她把手放在门把上时，眼前却闪过了袁胜天那张严肃庄严的脸，袁乐儿心中瞬间涌上无数心痛和不舍。于是，她放下了手中的东西，轻轻拉开房门，蹑手蹑脚地向袁胜天的房间走去，即使是不能当面告别，她也想去爸爸的房门前忏悔后再离开。

可她走到房门前发现，书房的灯居然是亮着的。难道老爸还没睡？袁乐儿悄悄地走下楼，透过没有关闭的房门偷看着里面的一切。

只见袁胜天动容地抚摸着手中的相框，嘴里小声说着："老婆，你看到了吗？我们女儿终于长大了，要嫁人了。如果你还在的话，一定会把她打扮得像公主一般，亲手送她出嫁吧。"

"爸……"望着袁胜天对着相框中妈妈的照片动情对话的模样，袁乐儿愧疚地呢喃出声。

"如今，我终于明白一个父亲的心情。有哪个父亲会愿意把自己的宝贝女儿交给一个身无分文还没自保能力的男人？当年要不是你的坚持，让我入赘你们家，你又怎么会为了救我而永远地离开了……如果，如果可以重来，我宁愿牺牲我们的爱情，也不要失去你！老婆……我真的好想你……"袁胜天颤抖着双唇，陷入了深深的自责中。

可他的话让躲在门外的袁乐儿惊诧得捂住了嘴！爸爸居然是入赘？而且不是说妈妈是生病过世的吗？怎么会……到底当年发生了什么事居然让老爸这么痛苦不堪！

"你走时我答应过你，一定不会让乐儿走上你的老路，会让她像一个千金大小姐般，健康美丽地成长。可，老婆你知道吗？随着乐儿的长大，如今出落得亭亭玉立的她，却越来越像当年的你。和你一样向往自由不喜欢被束缚，表面冷傲心底却纯真，热情似火，认定的事情会执着坚持不言放弃……无论我怎么努力去管束和压制都没用，或许是我忽略了她的骨子里终究是流淌着你的血吧！"袁胜天放下了手中的相框，有点心力交瘁地靠在了太师椅上。

"老婆，我到底该怎么做才能让我们的乐儿幸福快乐？今天她强颜欢笑了一整天，做着她所有不喜欢的事和面对着不喜欢的人，就像你当年假意答应你父亲同意和我分手一样，我似乎看着历史在重演，想要阻止却又那么有心无力。我知道，我就要失去她了，可我宁愿让她恨我，我也自私地想留下她，我真的无法再承受永远失去的痛苦，那样我会死的……会死的！"袁胜天炯炯有神的双目此时显得那么苍白无力，而眼角居然流下了凄然的泪水。

在门口的袁乐儿早已泪流满面，用力捂着嘴难过地痛哭着。她好笨好蠢，自以为骗过了老爸，其实不知老爸早已洞悉一切，为了她这个让人操碎心的女儿，只能在深夜里独自与妈妈悄悄倾诉着。她好恨她的自私，为了自己的爱情居然没去考量爸爸的立场，甚至还想偷偷离家出走！越想越自责的袁乐儿转身向房间跑去，她错了，错得太离谱，自己所谓的坚持不懈在亲情大义面前，显得那么自私丑陋。

回到房间的袁乐儿，趴在床上放声大哭起来。她心疼爸爸，也思念着远方的裴承勋。无论做怎样的选择她都会痛不欲生。

“妈……妈，我该怎么办？妈，你告诉我，我要怎么做才可以让心不那么痛!”就像儿时的习惯一般，一受到委屈袁乐儿就开始呼喊着妈妈，虽然对妈妈的印象很是模糊，但在每个女孩心里，妈妈永远是唯一的精神支柱。

哭到声嘶力竭的袁乐儿，似乎终于做出了最后的选择，于是她拿起了手机，却当她看到手机上裴承勋下午发来的信息时，泪水又一次像倾泻的瀑布般顺延而下。一边痛哭失声，一边用颤抖的双手对着手机，用中文打出了三个字“对不起!”然后设定未知电话一律拒听，随着手机从袁乐儿手中滑落，袁乐儿的心也随之沉入了谷底……

第二十三章　危　机

1

无论拍摄有多忙碌，只要一有空闲裴承勋都不忘找助理拿电话，翻看消息。可，无论他怎么看，手机里都没有袁乐儿的回复。这天，他终于在凌晨拍摄完毕，准备回家休息时助理却说手机来了信息。他急忙点开信息，却只能一脸茫然地望着手机屏幕。他不明白平时都用韩语和他交流的袁乐儿此时为何会发一条中文信息给他？不管了，只要有她消息就好。于是，他兴奋地复制粘贴放入翻译软件，等待已久的他却只看到了“对不起”三个字！

为什么对不起？裴承勋心里涌现出无数疑问，他急不可耐地拨打了袁乐儿的电话。

“对不起，您拨打的用户是空号！”电话没有接通，相反是一堆他听不懂的中文语音，他顾不得隐私泄漏，直接就询问剧组里有没有会中文的工作人员。还好，一位曾在中国留学过的PD会中文，裴承勋急忙把手机递给她。PD听完后疑惑地问他是不是拨打错误电话号码了，因为这是个空号。

不敢置信的裴承勋急忙拿过电话，确认过电话号码后再一次拨出，可惜回复他的依然是冰冷的电话语音。这一瞬间，裴承勋呆滞了！无数不祥的预感油然而生，最让他害怕的就是乐儿是不是出事了？毕竟一直有个隐藏的危险存在于他们之间。他忽然想起似乎还有袁秦风的电话，于是急忙翻找出电话拨打了过去。

“哥！对不起这么晚打扰你，因为我联系不上乐儿了，她没事吧？”电话一接通，裴承勋就用几乎要哭的声音着急地问道。

“她……很好！不用担心！”接起电话的袁秦风，看着此刻在他面前早已哭成泪人却使劲摇着头的袁乐儿，黯淡地小声回答着。

“很好吗？那就好，那就好……可，为什么我打不通她电话了？”在得到确切答复后，裴承勋终于松了一口气。

“承勋，别再找我妹妹了，她，就要订婚了！很抱歉她没法和你告别，但她让我带句话给你，忘了她并祝你幸福！”袁秦风把手机按成了免提，他知道此刻袁乐儿多希望能听到裴承勋的声音。

订婚？当听到这两个字时，裴承勋刚轻松的心情一下子跌落至谷底，他就那样一脸错愕地拿着电话。原来这就是对不起的由来，难怪，电话会变空号。一切都因为她要订婚了，最终那个说要坚持到底决不放弃的她还是放开了他的手。

“她说忘了她，却还让我一定要幸福。哥，她好自私！对不起……请你告诉她，我办不到！无论是忘了她还是要幸福，我都办不到！只是……我会尊重她的选择，因为我爱她，很爱很爱她，爱到可以放弃所有，包括我自己。所以，我会支持她所有的决定，但做不到让自己幸福！”裴承勋的话通过免提一字不漏地传到了袁乐儿耳中，虽然很多她都听不懂，但裴承勋伤感动容的语气让她有撕心般的痛。

“承勋，你又何必……好，我会转告她！虽然你们有缘无分，但在心里我早已把你当作了亲弟弟，所以，我真心希望你能坚强勇敢，好好地把梦想坚持下去，期待未来能看到一个不一样的演员裴承勋！”此时，袁秦风除了安慰和鼓励，他似乎也不知还能为裴承勋做什么。

“嗯，我会的！谢谢你，哥！那乐儿……乐儿就拜托你了。她虽然看似很坚强开朗，其实她内心很脆弱也很爱哭的……对不起，哥，你保重！”裴承勋压抑不住即将泪奔的哭腔，只能急忙挂断了电话。

在助理的催促下，裴承勋就那样浑浑噩噩地随着助理走进保姆车，回到了家。家，依然冷清，但他的心却彻底空洞无法填满了。裴承勋很理智，他知道袁乐儿这样做一定有她必需的理由，所以他不会做让她牵挂的绊脚石，即使伤口溃烂流血无法治愈，他也心甘情愿无怨无悔。这一夜，裴承勋无眠，在一堆啤酒的麻醉下又一次走进了袁乐儿的房间，倒在她的床上醉死过去。而这一次，无梦！

“乐儿，你真的确定要这样？看着你这么痛苦，哥很心疼，哥不想你过得不幸福，无论你怎么做，哥都会支持你，即使……与爸起争执！”挂了电话的袁秦风一脸心疼地看着泣不成声的袁乐儿。

“哥……你知道老爸是入赘的吗？你又知道妈妈其实不是生病，而是为救老爸而过世的吗？你还知道，老爸从小对我严苛管束的理由是因为太怕失去我吗？哥，对于这样的爱，我的爱情又算什么了？”袁乐儿一边流泪一边陈述着今天知道的事实。她是很痛，但也因为这种痛她才体会到袁胜天到底有多痛，所以她宁愿放弃自己的爱情来守护她亲爱的父亲。

“乐儿，你怎么会……知道的？这些事情我都是从林叔那里听来的，爸爸不想对你造成任何不好的阴影，所以从来都是绝口不提的啊。”对于袁乐儿的话袁秦风很是惊讶，毕竟这些秘密都保存了很多年。

“你也知道？看来就我不知道啦？你们为什么要这样对我，把我保护得密不透风，导致我可以那么随心所欲极其任性的生活！”袁乐儿没想到这些让她震惊不已的秘密，袁秦风其实早已知晓。对于家人因为保护自己而刻意隐瞒的行为，她感到极度不满。

“其实，我也是断断续续偷听来的。事情远远不止你知道的那样而已。”既然袁乐儿已经知道这么多，袁秦风也不打算再隐瞒下去，把他所知道的事情原原本本全都告诉了袁乐儿。

2

在很多年前，袁胜天还是个家境贫寒的苦学生，为了改变自己的命运，他发奋图强拼命读书，因此在得到学霸称谓的同时，也失去了所有在大学里该享受的校园生活。一天夜晚，他兼职结束在回学校宿舍的路上，看到了一个女孩被三个不良学生围住欺负，从来不会打架的他不知为何头脑发热就冲过去英雄救美。虽然最后却是那个女生救了他，但他傻傻呆萌的模样给那个女生留下了深刻的印象，这个女生就是沈青。

两人因此结缘而后相爱，因为身份悬殊遭到了沈父的坚决反对，但个性独立坚持己见的沈青不言放弃，以离家出走威胁沈父。沈家没有男丁，仅此一女，所以从小都是呵护备至捧在手心。最终沈父不得不妥协，要求袁胜天以入赘的形式嫁入沈家。

结婚后，小两口感情恩爱生活甜蜜。可因为沈家身份特殊，属于黑道。袁胜天不期望心爱的女人涉险，于是一步一步接管了家族的事业，接替了年迈的沈父。具有聪明头脑的袁胜天把事业越做越大，甚至由黑转白，本应是皆大欢喜的事，可手下朗坤却不满袁胜天的转向，于是有了代替他的想法。在一次饭店聚会中，朗坤带领手下砍杀袁胜天，得到消息的沈青匆忙赶到救援，在双方的厮杀中，身手敏捷的沈青为了救袁胜天，扔出了手中的刀，却不想反应极快的朗坤抬手用刀挡开了致命的一击，而飞出的刀却刺到了几个刚放学路过的学生之一。当听到孩子们发出的哭喊声，朗坤才发现那个被刀刺到的孩子居然是他的儿子。

悲愤的朗坤抱着全身是血的儿子冲向了医院，但因为流血过多，而受伤的地方又接近心脏，孩子从此再没睁开眼。因为失去了唯一的独子，从此朗坤和沈青势不两立，处处为敌，发誓要让沈青也尝尝失去挚爱的痛苦。但因为青帮势力过大，朗坤失利多次没有如愿，最后还因为青帮的追杀，最终消失得无声无息。

以为这个事件已告一段落的袁氏夫妇也开始了新的生活，可他们不知道其实朗坤并没放弃报仇，他一直躲在角落默默地等待机会，一个他们疏忽的机会。终于，一年后，等来了袁胜天单独出行的时机。朗坤因为人数众多，把本就不善于打架的袁胜天追到了一条死巷子中。袁胜天知道今天自己凶多吉少，前有追兵，后无退路，匆忙中他发了一条信息给沈青算是最后的遗言。哪里知道，当他发出信息时，耳边却传来了沈青呼喊他的声音。原来沈青从未放松对朗坤的警惕，当忙完手中的事情后就急忙来与他汇合。

所谓仇人相见分外眼红，朗坤把对儿子死的过错全都归咎于沈青身上，因此愤慨的他杀红了眼，对着保护袁胜天的手下狠下杀手，他要在今天让沈青也尝到失去亲人的滋味。眼见一个个情同兄弟的手下倒在血泊中，袁胜天也疯了。他从地上捡起一把刀就从人群后冲了出去。两方厮杀惨烈，惨叫声此起彼伏，周边的行人都被吓傻了，急忙拨打报警电话。

而此时，沈青也来到了袁胜天的身边。看着两人汇合，朗坤彻底歇斯底里疯狂了，他手起刀落砍伤一个又一个挡住他去路的人，在一个缝隙中对着袁胜天的后背就狠狠地砍了下去。可，一个人影比他还快，直接扑倒在袁胜天的身上，为他挡住了致命的一刀，这个人就是沈青！正当朗坤发愣时，周围忽然响起了刺耳的警铃声，朗坤的手下急忙拉着他迅速逃窜，而袁胜天则痛苦地抱着浑身是血毫的沈青大声呼喊着。

沈青用颤抖的手紧紧抓着袁胜天，含着泪用最后一口气小声叮嘱她最后的遗愿，至于到底说了什么，袁秦风对着袁乐儿无奈地摇了摇头，因为除了当事人袁胜天，其他人都不得而知。

“我知道……我知道妈妈最后说了什么。”终于知道真相的袁乐儿哆嗦着嘴呢喃出声。

“你知道？你怎么会知道？”袁秦风很是惊讶地望着袁乐儿。

“她说……别让乐儿走我的老路，让她在正常的家庭里温暖长大！”袁乐儿说出这句话时，嘴唇已经咬出了鲜血。

“乐儿……你？”袁秦风不明白连他都不知道的事情，袁乐儿为何会知道。

“哥……到今天我才知道爸的良苦用心！守着对妈妈的承诺，保护着我这个不听话的女儿，苦心经营着最美好的家，只希望我能健康快乐地成长！可我，可我到底又做了些什么……我对不起爸，辜负了他对我的爱也辜负了妈妈唯一的希望。我错了，错得好离谱……哥，从今以后我要怎么面对爸！哥……”一想到这么多年来对爸爸的误解和自己的任性，袁乐儿就愧疚得想死。

袁秦风一把抱住袁乐儿痛苦得摇摇欲坠的身躯，如今他也终于明白为何老爸对他们的区别对待了。因为对母亲的爱和愧疚，他把所有的爱都给予了女儿，极其小心地守护着他唯一的精神支柱。背负着所有一切的父亲，用他的身躯为他们挡风遮雨一辈子，即使面对的是儿女的误解，他也不愿透露一丝辛苦让孩子们承担。父爱如山，让袁秦风也不得不开始怀疑爸爸一直阻止他与雪晴来往的原因。

3

韩国，某家高档餐厅的社长办公室里，一个落寞的身影靠在落日的窗前，看着天空中徐徐落下的余晖，她知道距离上次见面的日子又将要多一日了。这样分隔两地偶尔的相聚，他们经历了整整 15 年的光阴。人生有几个 15 年她不敢去算，像她这样的人，或许连明天都没有，所以即使过得艰辛她依然珍惜这得之不易的幸福。

韩雪晴缓缓叹一口气，“刷”的拉上了窗帘，而此时门口传来了急促的敲门声。

“请进!”韩雪晴端坐在办公椅上，淡淡地回应。

“晴姐，那边似乎出事了!”进来的人语气有点焦急。

“什么情况?”韩雪晴唰地站起了身。

“车祸！现在人已送到了医院，但伤情目前还不清楚。他们公司封锁了消息，如今我们的人还跟着肇事的家伙，接下来要怎么做?”报告的人恭敬地回答着。

“走，去看看。”韩雪晴快速拿起手提包疾步走了出去。

医院，手术室外焦急地站着一堆人，谁也无法安静地坐在一旁等待，全都紧张地瞪着手术室外的指示灯。

“怎么会发生这样的事，你到底怎么开车的?”一个男人无视医院禁止喧哗，紧紧地拽住了低着头愧疚得不行的人的衣领。

“对不起，允择哥！我也不想的，是后面的车忽然撞了上来，我根本避无可避啊!”说话的正是助理闵有海。

“那肇事的家伙呢?”就因为今天临时有事而没亲自去接承勋，居然会出车祸。急得发疯的崔允择此时除了懊悔就剩下心痛了。

“跑了……当我们反应过来时早已不见了对方的身影。”闵有海也愤怒的捏紧了拳头，该死的家伙，要是让他抓到一定不会放过他。

“跑了？难道不是意外，而是有意地?”崔允择皱起了眉头。

“我们已经报警处理了，警方还在勘查现场中，具体情况目前还不得知。但，我已经嘱咐过封锁所有消息，免得造成不必要的恐慌。”跟着崔允择久了，闵有海的应急公关能力还是不错的。

“好，做得不错！那承勋如今怎样了？伤的严重吗?”崔允择着急裴承勋的伤势，转头看向了手术室。

“出车祸时，承勋哥因为太累睡着了，所以没做任何反应就被撞击的冲击力抛向了地面，当时就晕了过去，所以目前还不清楚到底伤在哪里。”闵有海难过地流下了泪。

承勋，你不能有事，一定不能有事啊!! 崔允择在心里默默祈祷着。从他们相识到如今，已经走过了整整10个年头。看着裴承勋从一个16岁不谙世事的青葱少年到如今日渐成熟成为意气风发家喻户晓的韩流明星，他们彼此早已把对方当作了最亲的亲人。

时间一分一秒过去，终于在两个小时后，手术室外的指示灯灭了，众人全都急不可耐地冲到了手术室的门口。医生和护士推着病床上昏迷不醒的裴承勋走了出来。

“承勋……承勋……你怎么样了?”崔允择第一个跑上前，焦急地对着躺在病床上的裴承勋呼喊着。

“您别着急，刚做完手术，他还在麻醉中。”医生急忙安抚着崔允择。

“医生，我们承勋到底伤到哪里了？严重吗？危险吗?”听到医生的答复，崔允择就像抓到一根救命稻草般，急切地问询着裴承勋的情况。

“因为他来的时候昏迷不醒，我们无法得知他具体情况，所以刚才给他做了脑部的深层扫描。很庆幸脑部一切正常，只是撞击时他在睡觉没有防护能力，摔倒时撞到了胸腔，肋骨断了一根。不过通过手术已经接上了，但近期需要好好静养，不能进行拍摄了。”医生直接说了拍摄，看来也早已认出了裴承勋。

“是是是，绝对静养，谢谢，谢谢医生!”一听到裴承勋没有大碍，崔允择激动地拉着医生的手连连道谢。

“你们都回去休息吧，我守着承勋就好。有海记得联系下剧组，告知下目前的情况，就说承勋因为行程太赶太累，回来后高烧不退实在无法工作，请他们谅解。”崔允择安排完所有事宜后，就随着裴承勋进了 VIP 病房。

4

而另一边韩雪晴也到了一处远离市区，地处偏僻的地方。在她眼前有一栋看似简谱但又及其雅致的四合院。这样的房子在首尔很少见，普通民众一般都是月租公寓或者平房，因此能住单独一个院子的人，这不得不让韩雪晴提高警觉。

“人呢?”韩雪晴低声地问着一直跟踪到此的人。

“两个男人，已经进去很久了，至今都没出来。”手下恭敬地回答着。

“走，过去看看!”她倒要看看是哪些不长眼的家伙敢对裴承勋下手。虽然裴承勋对她来说根本不重要，但只要是伤害到乐儿重视的人，就绝不能放过。比如那个背后要心眼陷害裴承勋的顶级演员，如今就正在泰国某个乡下地方无限巡回商演中!

韩雪晴虽然胆大，但她也心细。进入院子后，她环顾四周，发现了多处隐蔽的摄像头。看来，这些家伙不是简单的乌合之众。于是她对着摄像头露出一个嫣然的笑容，笑容看似美丽却具有隐藏的警告，明显告知对方她看到了这些装备，也希望对方能主动开门。

果然，门在她预期中打开了，一个男人走出来对着她做了一个请的姿势。韩雪晴面无惧色昂首挺胸走了进去。一进去，韩雪晴就看到宽敞的大厅里放着一个很厚重的木制茶桌，上面摆放着整齐的茶具。随着桌上水的沸腾，坐在一旁的中年男人开始慢条斯理地沏茶。

“既然来了，就别客气，请坐！尝尝这上好的乌龙茶!”男人没有抬头，一边操作着手中的茶具，一边对站立一旁的韩雪晴打着招呼。

韩雪晴也不怯场，一屁股坐在了那个男人的对面沙发上。放下手中的包，从里面找出了香烟。

“不介意吧?”韩雪晴淡淡地问道。

“无所谓，请便。”男人嘴角微微上扬。

“啪”随着火焰的蹿跃，韩雪晴深深吸了一口烟。淡定自若的她开始打量起面前这个男人。外表及其谦和面善，看似50开外的模样，身体保养不错，显得硬朗健硕。对于茶艺极其讲究专注，一举一动都体现出他的认真执着。此时，除了男人手中水沸的声音，四周显得格外寂静。不过，韩雪晴却没有因为这样而放松警惕，多年的经验告诉她，越是看似无害没有杀气的人，越暗藏着危险。

“你似乎并不好奇我的到来，也不着急我来的目的，难道……根本是你故意引我来的？”韩雪晴开始说话了，她一向不喜欢拐弯抹角，因此单刀直入进入主题。

“来，先尝尝我泡的茶。”男人似乎并不着急，用双手端着一个茶杯礼貌地递给韩雪晴。韩雪晴轻瞥一眼，用单手接过了茶杯，但她并没有品尝，只是闻了闻茶叶的清香，随即放下了杯子。

“怎么了？怕我下毒？”男人见状，微微一笑。

“我不喜欢喝茶，但喜欢茶叶的味道。”韩雪晴淡漠如常。

“看来，你的习惯一直未改，那我也不勉强了。”男人端起茶杯轻呡一口，缓缓吐出一句让韩雪晴诧异不已的话。

“你什么意思？”韩雪晴似冰峰般犀利的双眼直射向对面这个神秘的男人。

“韩雪晴，中国国籍，女，35岁未婚，职业……杀手！对吗？”男人无视韩雪晴冷冽的眼神，抬头与之对视。

“你，到底是谁？”被人家轻而易举就翻了底牌，即使再淡定的韩雪晴此时也无法淡定了。她唰地站起了身，警惕地看着对方。

“还记得15年前，从未失手的你却失手的那单吗？”此时男人一改刚才的谦和，和善的眼神中投射出锐利的精光。

当听到男人此番话后，韩雪晴就像触电一般，傻愣在原地，瞪大了双眼。这个秘密除了当时的被害者知道，就只有……雇佣者了！也就是说他就是……

“你怎么找到我的？”此时的韩雪晴居然有了紧张感，自从任务失败后，她就小心隐藏自己的行踪。没想到在这么多年后，对方不但对她了若指掌，还让她自己不请自来，这样的人到底有多可怕，韩雪晴不得而知。

“找你的确花了我不少时间，我也没想到袁秦风把你藏得这么好，一藏就是15年！如果不是袁乐儿在韩国出状况让我发现端倪，也不会知道有你的存在。怎样，休息了15年，以前未完成的任务是不是该给我个交代了？”男人嘴角一撇，露出一个轻蔑的笑容。

“既然你知道我和袁秦风的关系，这个问题还需要我回答吗？当年做不到，现在更不可能做到！大不了我退钱给你！”既然对方已经摆出了姿态，韩雪晴当然也不会退缩。

“钱？哈哈……难道你认为我会在乎那点钱吗？就算你算上15年的利息给我又有何意义了？我要的是袁秦风的命，或者袁乐儿更好，只要能让袁胜天痛不欲生，无子送终就行。”当说到袁胜天时，本来还很淡定自若的男人却恨恨地咬紧了牙关，满脸狰狞愤慨。

“那你是找错人了，我不会伤害袁家任何一个人，甚至会不惜一切代价保护他们。如果你有任何举动，我也不会对你客气!”韩雪晴不知道此人为何对袁胜天那么仇视，但她只知道伤害她爱的人就决不能容忍。

“是吗？你确定?”男人似乎不以为然。

“确定以及肯定！看来今天我们也没什么好谈的了，只是我不明白，裴承勋和这个事情有什么关系，你干嘛把他牵扯进来?”韩雪晴转身离去的步伐忽然停了下来，因为她要搞清楚今天这个刻意的车祸事件。

“他不是袁乐儿爱的人吗？既然袁秦风要把袁乐儿圈在中国好好保护，我就只能使用非常手段来引她上钩啦。”男人似乎对韩雪晴丝毫不隐藏自己的意图，就像笃定韩雪晴会成为他的人一般。

“黑道也有黑道的规矩，别动无辜的人！有什么你可以冲着我来，我也一定不会让你失望!”韩雪晴露出了冷然的神情，随即拉开门走了出去。

“哦，对了，你似乎已经很久没去疗养院看你妈了吧？老人家虽然有老年痴呆，但她还是会叫女儿的名字了。”就当韩雪晴步出房门之时，男人对着她的背影大声地说了一句话。

“你!! 敢动我妈!”韩雪晴愤然转身，从腰间掏出一支尖锐的刀快速驾到了男人的脖子上。

“我怎么会动她呢，看她一个人孤苦伶仃没人照顾，我就好心地帮她换了个环境，还找了一堆人照顾她而已。你大可以放心去你做你该做的事!”男人似乎根本不在乎架在脖子上的刀，即使已经划破了皮肤，流出了鲜血。

韩雪晴恨得牙痒痒的焦急不已，看来是她低估了对方的实力，如今不但生病疗养的母亲被人抓走，还让自己处于两难之地!

“我说了我做不到!”韩雪晴依然不松口。

“好啊，既然你选择要爱情不要亲情，那我就成全你，反正你妈活着也是受罪，不如早点解脱。”男人拿出了手机，正欲拨打电话，却被韩雪晴抢过去砸到了地上。

“给我点时间……”终于，韩雪晴妥协了。

“行，反正我都等了15年了，也不在乎再给点。等我看到我想要的，自然就会给你想要的。”男人用手推开了韩雪晴架在他脖子上的刀，用纸巾随意地擦拭着血迹。

“我怎么知道我妈安不安全，我要见她!”韩雪晴不放心母亲的安危，对男人提出了要求。

“放心，她可是解决事情的关键，我一定会好好善待她。本来我想让你和她视讯通话的，可惜……你砸烂了我的手机。”男人不以为意地耸了耸肩。

韩雪晴懊恼地用力踩在了地上早已支离破碎的手机上，冷然说道：“我要和你约法三章。”

“说来听听。”男人似笑非笑地望着韩雪晴。

“第一，我每天都要知道我妈的情况。”韩雪晴首要的就是确保母亲安全。

“可以，我会叫人发视讯给你，不过你最好不要太久，不然我可不担保手下的人会那么有耐心。”男人欣然同意。

“第二，事情既然交给了我处理，就不要再让任何人牵扯其中，特别是那些无辜的人，不然我可无法担保有什么意外而影响我的计划。”这是韩雪晴为保护身边其他人做出的努力。

“没问题！既然你都出马了，我还需要去费心其他人吗？”男人似乎很好说话，依然 OK。

“第三，我习惯独来独往做事，所以你不能在背后搞小动作，派一些无谓的人来做无用功。”聪明的韩雪晴担心男人除了要挟自己以外，还会安排其他人对袁家的人下杀手，所以她必须断了他的后路，好让她无后顾之忧，在有限的时间里找到藏匿母亲的地方救出母亲，化解危机。

“嗯，还算合理！以上三点我都没问题，不过你也别耍小聪明，动歪脑筋拖延时间来救你母亲。你要知道她可是一个无法自理的人，要是我不派人 24 小时照顾她，她随时都可能变成一具尸体。”男人自然也不是省油的灯，韩雪晴打着什么主意他清楚得很，因此他也摆明了自己的立场。

“不用你来告诉我，我妈是怎样的！没事我先走了！”韩雪晴冷冷地瞪了一眼男人，转身走出了房门。外面等候已久担心不已的保镖们看到她的身影后，暗暗松了一口气。只是，他们发现她的脸色苍白，眉头紧锁，似乎在里面发生了什么不愉快的事情。

“晴姐，里面到底什么情况？”其中一人疾步上前向韩雪晴问道。

“没事，遇到一个老熟人而已。今天的事情别让风哥知道，我要回去处理一些事，你们继续去医院保护裴承勋，别再让像今天这样的事发生，知道吗？”虽然刚和男人做了约定，但以防万一韩雪晴还是决定相信自己。

“是！”手下们恭敬地齐声回答。

在韩雪晴离开后，男人站起身向旁边一个房间走去。轻轻推开房门，只见一个坐着轮椅眼神呆滞的女人静静地望着天空，旁边一个类似佣人的女人正准备喂她喝粥。

“坤爷！”看见男人后，女人恭敬地向他打着招呼。

“我来吧，你先出去。”男人接过了女人手中的粥，径直走到了轮椅边。

“是！”女人回答完毕，转身为他们合上了房门。

“今天喝粥好吗？记得当年我们认识时，你就最爱到街边摊吃粥。”男人把轮椅转了个方向，映入他眼帘的即是那双毫无焦距的眼和一张没任何表情的脸。

“丽萍，你看看我，看看我是谁，好吗？”男人放下手中的碗，轻轻地蹲下身，与轮椅上的女人对视着。可，对方似乎根本两耳不闻窗外事，就那样无声无息地木讷着。

“丽萍，拜托你看看我，我是朗坤啊，你还记得吗，朗坤！”朗坤用手托起女人的脸，让其与之对视。本来毫无反应的女人，似乎在听到朗坤二字时，眼神有了些许的变化，从飘缈的天空中转向了朗坤。

“朗坤？”女人轻声呢喃着。

“对，朗坤！还记得吗？”当听到女人开口唤出他的名字时，朗坤激动地抓住了女人的双肩。

“不认识……”然而女人茫然地摇了摇头，有点迟疑地看着这张陌生的脸。

“没关系，我一定会让你记起来的，我们先吃饭，乖啊！”听到女人的回答，朗坤有些许失落。没想到当年一别就是20年，再次相见却形同陌路。

5

已经深夜两点，崔允择也累得趴在裴承勋的床沿边睡着了。而此时，裴承勋却慢慢张开了双眼，他虚弱地转了转眼珠，环视了一下周遭的环境，记忆也随之涌了上来。他记得刚拍摄完毕，上车后不久就抱着剧本靠在椅背上睡着了。哪知突如其来的剧烈撞击让他整个人从椅子上飞了出去，瞬间失去了意识。如今看来，他似乎已经在医院做完手术了。

因为不知道自己到底伤在哪里，裴承勋缓缓地抬起了手试着动了动，还好两只手都行动如常。只是，当他想坐起身时胸口却传来了剧烈的疼痛感。

“啊……”裴承勋忍不住低呼出声。

“怎么啦怎么啦，伤口痛了吗？”本来就一直紧绷神经的崔允择，当听到裴承勋的声音后，瞬间清醒坐起了身，焦急地问询着。

“没事……只是胸口好痛，我伤到哪里了？”裴承勋因为无法起身，只能再一次躺了下去。

“肋骨断了一根，已经接上了。但是医生说了，要静养休息，不能工作了。”崔允择为裴承勋端来一杯水。

“那怎么行，拍摄进度怎么办！我休息两天就好！”本就对工作认真负责的裴承勋一想到因为自己的原因，会延误拍摄进度而态度决绝。

“两天？你疯啦！到底是拍摄重要还是你身体重要！开什么玩笑，工作是做不完的，但你身体要是出了状况，你想工作都没得做！好好安心地给我休息，直到医生同意出院才行。剧组那边你不用担心，我会去处理，听到没！”一听到裴承勋那么不爱惜自己身体的话，崔允择就粗暴地用了命令的口吻。

“允择哥，就是因为身体是自己的，所以我很清楚伤势怎样，才决定休息两天就好。这部戏我来之不易，不希望因为私人原因而影响戏的收视率，希望你理解！”裴承勋依然恳请崔允择的理解。

看着裴承勋诚恳的模样，崔允择虽然心中极度不愿他那么操劳，但也很明白演艺生涯对于裴承勋来说有多重要。备受煎熬的他此时也左右为难。

“这个改天再说，刚做完手术不宜劳累，想那么多干嘛！饿不饿，要不要去帮你买点消夜？”崔允择看似臭脸却全是关切的口吻，这让裴承勋露出了久违的笑容。

“不饿，你别担心了。对了，今天到底是什么情况，其他人呢？他们有受伤吗？”一想到自己都这样了，那同车的其他工作人员呢，这让裴承勋担心不已。

“都没事，轻微擦伤而已。只是肇事的家伙跑了，听有海说……似乎是蓄意的！目前警方已经涉入，我们只能坐等消息。你……有没有得罪什么人呢？”崔允择试着小心翼翼地问道。和裴承勋合作这么多年，这样的事情还是第一次发生，而且裴承勋的性格他很清楚，随和、低调、不善言辞性格内向，平常没有通告就宅在家里看电视，绝不会出去闯祸，所以他这样去问裴承勋感觉有点对不起他。

“我，你还不了解吗？就算想得罪人，也要有那个时间啊！每天除了通告就是回家，连和家人见面的机会都很少，能去哪里得罪人呢……？除非……”裴承勋忽然停住了，故意导致车祸这样的事可不是小事，能这样做的人绝不会是普通人。难道……和乐儿有关？裴承勋紧皱起眉头，如果对方连他都不放过，那乐儿还会安全吗？

“怎么了？你是不是想到了什么？”眼见裴承勋紧张的模样，崔允择急忙问道。

“没有，我想应该是累了吧，想睡了。允择哥你也回去休息吧，照顾我一天应该累坏了。我没事的，又不是缺腿断手的，可以照顾自己，明天你睡醒再过来吧。”裴承勋说完就别过头闭上眼休息。

“哦，那好，你好好休息，我明天一早就过来啊！”崔允择帮裴承勋盖好被子，然后关了病房的灯，就悄声地离开了病房。

当崔允择一离开，裴承勋就睁开了双眼。此时的他根本无法入睡，伸出手在黑暗中摸索着手机。

“乐儿，你还好吗？有没有受伤？”当对着手机打完这几个字时，裴承勋忽然呆住了，因为太过着急他忘了那个号码已是空号，因为太过担心他忘了他们早已是分手的关系……于是，他黯然放下了手中的手机，再一次闭上了双眼，只是眼角却不自觉地滴下了泪滴……

第二十四章　最熟悉的陌生人

1

两天后，裴承勋因为伤势不理想，医生不同意出院，他只能无奈地待在病房里静养。因为裴承勋缺席的缘故，剧组无法进行正常拍摄，而每周两集的放送自然也会受到波及。为了给一直以来都支持此剧的观众一个交代，蔡锐麒决定公开此次事故的消息。得到消息的媒体，为了博眼球争相夸大事实和伤情。

于是，一瞬间漫天遍野的新闻都是关于裴承勋因为车祸紧急入院的消息，也让众多喜欢裴承勋的粉丝哭红了眼。韩国的本土粉丝纷纷涌入裴承勋治疗的医院应援和守候，而海外的粉丝们则守着网络和新闻不敢错过一个关于裴承勋的信息。

因为医院需要安静，粉丝们都很自觉，做到不吵不闹，安静地守候。本应是感动和谐的画面，但两天后在裴承勋的主页网上却出现了骂战。因为在粉丝们 48 小时不眠不休的等待中，却没看到身为裴承勋正牌女友的申伊敏前去探望，这让裴承勋的粉丝们无法理解，所以发帖声讨，导致申伊敏的粉丝开始回击，因此产生了一系列的冲突。

因为双方动作过大，新闻触觉敏感的媒体也开始大事渲染报道，大家开始纷纷猜测两人的关系是否出现了问题。而越演越烈的结果即是，裴承勋的贴身保姆在与大家澄清那次事件之后就消失得无隐无踪，或许申伊敏和裴承勋的问题就是出在那个女人的身上。而裴承勋上次发帖道歉的理由也有让人怀疑的地方，因为那天还有民众看见他的母亲根本在老家龙仁，没去首尔！

一系列报道似乎就像连续剧一般，连绵不绝的持续播出中。在病房里拿着手机浏览各种报道的裴承勋，此时俊朗的脸早已僵硬无比。虽然他很明白谎言总会有拆穿的一天，但他却没想到会来得这么快，快得让他措手不及无法应对。

面对越闹越热的舆论，Nova 公司做出了紧急的公关处理，首先否定一系列无端揣测的小道消息，再则让申伊敏前往医院探病杜绝流言，最后保留一切诽谤来源的追究责任。所有媒体和民众所产生的疑虑，则会在裴承勋恢复健康出院后，另行开记者招待会一一解释。

这些不过是面对媒体和民众做出的紧急公关手法而已，但具体情况蔡锐麒很清楚，他们自认为天衣无缝的谎言不但被人识破，还被加油添醋地用来当作武器攻击了。到底是谁，能这么了解裴承勋机场事件的真正内幕？正当蔡锐麒百思不得其解时，一个电话让他差点从椅子上跌落。对方是申伊敏的经纪人，他们不同意申伊敏前去探望裴承勋为之辟谣，原因是申伊敏已与裴承勋分手，不再是恋人的关系，所以裴承勋今后一切问题他们都不会牵涉其中。

这个回复对于蔡锐麒来说完全是个深水炸弹，就似外有强敌里有内患一般，不但裴承勋的问题无法解决，就连 Nova 公司这次也是危机四伏，毕竟在韩国这个诚信很重要的国家，如果让公众失去信任将会一蹶不起，无法翻身。于是无法再淡定的蔡锐麒通知公关部所有人到医院与裴承勋开会，务必在最短的时间里找出能自救的方法。

当外面闹得纷纷扰扰时，整天都陪着金逸晨到处游玩的袁乐儿却对此一无所知。此时，她已和金逸晨坐在去韩国的飞机上。自从她知道了爸爸那么痛苦的过去和对自己的用心良苦后，她决定牺牲自己的爱情来成全那份迟来的孝心。所以，她和金逸晨约法三章，不提过去，好好相处，然后订婚、结婚，相敬如宾平平淡淡地过一生。只是别强求她给予爱情，因为她给不了。而金逸晨居然没有异议，只是提出了不能分居两地的要求，所以，袁乐儿告别了家人，再一次踏上了去韩国的行程。只是，一想到与那个他即将近在咫尺却又无法相见的情景，让袁乐儿上飞机后，就紧闭双眼暗自神伤。也正因为如此，她没看到椅背上今天最新的报纸。

三个小时的行程不长也不短，飞机很快降落在韩国的仁川机场。看着曾经走过的路，袁乐儿脑海中闪现出当天与裴承勋相识的画面，狼狈的他全身包裹得像个粽子，逃跑时还被自己不小心地撞倒在地……一幕幕就像昨天才发生一般，而今天站在她身旁的却是另外一个男人。

“走吧，司机已经在外面等着了。”金逸晨体贴地帮袁乐儿拎过手中的行李。

“嗯，好！”收回思绪，袁乐儿礼貌地对着金逸晨点了点头。

正当袁乐儿迈出步伐时，机场滚动的大屏幕上出现了裴承勋的照片，而最近所有的新闻也一一放出。忽然，袁乐儿眼前一黑，原来是一双大手轻轻捂住了她的双眼。

“答应我，不看不听，好吗？我不奢望你的心里有我，但希望你的眼中只看着我，行吗？”金逸晨一脸深邃地望着袁乐儿。

其实，袁乐儿根本听不懂新闻的内容，但因为金逸晨的举动，她知道裴承勋一定又发生什么事情了。不过，来之前她就早已下定决心，无论裴承勋有任何消息，她都会做到无动于衷，不看不听。所以，袁乐儿抬起手按住了金逸晨蒙着她眼的手。

“好，我答应你。”袁乐儿很清楚，其实这个承诺不是说给金逸晨听，而是对自己的束缚。她管不住自己的心，只能管住自己的眼睛和耳朵，不然……所做的一切决定都会付之东流。

上车后，袁乐儿望着窗外，看着这个并不太熟悉却又让她思念不已的城市。她终于明白了什么叫作恋上一个人而爱上一座城！这个曾经她从未想来的国家，不熟悉的文化，听不懂的语言，也没有朋友。可如今这里却是她唯一想要留下的地方……

"乐儿，在想什么了？"看着袁乐儿若有所思的模样，金逸晨知道她的心又飘远了。

"哦……我在想，我们现在是去哪里？"反应很快的袁乐儿，转过头淡淡地问道。

"当然是回家了，难道你有其他想去的地方吗？"金逸晨温柔地回应道，"我觉得吧……虽然我们即将是未婚夫妻的关系，但在什么都还没确定下来时，就这样贸然住进你家，似乎不太好吧。"虽然袁乐儿早已下定了决心，但要她就这样与金逸晨同吃同住在一起，她目前根本做不到，所以她提出了意见。

"那你的意思是？"看来，她依然还是那么排斥。虽然违心地与他一起回来，但还是无法单独与他相处。金逸晨有点黯然，不过，他依然还是很绅士地嘴角含笑，一副没关系的表情。

"我想去雪晴姐那里，上次匆匆一别，连话都没多说几句，我很想她，可以吗？"袁乐儿用了问询的口吻，对于金逸晨她虽然无法去爱，但起码的尊重她还是必需的。

"当然可以。你要知道，只要是你想要的，我都不会拒绝，不过，我可以要求每天都能和你吃晚餐吗？"如果无法每天在一起，至少每天能见一面，也会让金逸晨满足不已。

"嗯……好！谢谢你，逸……晨！"第一次，袁乐儿没有叫他全名，虽然有点犹豫，但她还是叫出了口。

金逸晨笑了，发自内心灿烂地笑了。虽然一个称呼并不代表什么，但难道不是一个好的开始吗？面对金逸晨温暖的笑容，袁乐儿有点不好意思地低下了头，就一个名字而已，没想到他会开心成那样。对于一直以来对自己的包容甚至纵容，袁乐儿知道她对不起金逸晨，一直利用着他对自己的喜欢欲与欲求。今生或许无法回应他的爱，但这份愧疚的心她是无法无视的。

当袁乐儿拿着行李走下车时，回头看见的是金逸晨阳光而温柔的笑容，她忽然停下了脚步。

"我不明白，明知道我爱着别人，明知道我们的婚姻没有爱情，为什么你可以那么不在意，为什么又这么无动于衷装聋作哑了？"袁乐儿提出了她心里一直以来最大的疑虑。

"你忘了，我说过你爱不爱我没关系，我爱你就行了。"金逸晨用深邃无底的双眸就那样地看着袁乐儿。

“如果我没妥协，你这样的执着就是单方面的索求，我真不知道该说你的爱情观是伟大还是自私了。算了，我先进去了。”金逸晨的回答显然不是袁乐儿想要的，只能无语地提着行李走进了韩雪晴的餐厅。

“早点休息，明天我下班后来接你吃饭。”金逸晨对着袁乐儿的背影温和地说着，就似一个没有脾气，甚至是少了喜怒哀乐的人一般那么淡然无味……

袁乐儿无奈地摇了摇头，径直走进了餐厅。餐厅经理很有眼力见儿，知道她是谁，急忙殷勤接过她的行李，躬身向袁乐儿行礼。当袁乐儿走进韩雪晴的办公室时，把还在做视频通话的韩雪晴吓了一跳，她慌忙挂掉电话，对着袁乐儿诧异地问道“乐儿？你怎么会……到韩国？”

“因为想你了啊，不欢迎哦？”袁乐儿开心地笑着。

“少来，你肯定是因为裴承勋过来的吧！其实，你不用那么担心的，是那些媒体夸大事实，他的伤情并不严重，过几天应该可以出院了。”因为裴承勋的报道铺天盖地滚动播出，所以韩雪晴想当然地以为乐儿知道了这件事。

“雪晴姐……你刚说谁受伤入院了？”听到韩雪晴的话，袁乐儿一脸无措瞪大了美丽的双眼。

“难道你不是知道裴承勋出车祸……才来韩国的吗？”看到袁乐儿茫然的表情，韩雪晴知道说错话了，因此声音越来越小。

“什么车祸？严重吗？他人呢？”原来要做很久才可以下的决心，在某一瞬间就可以完全瓦解。此时的袁乐儿早已忘记什么是不看不听，无动于衷。她的心早已慌乱地飞到了裴承勋身边。

“就在前几天，有人蓄意撞上了裴承勋的保姆车，导致他摔倒在地肋骨断了一根，如今全都是他受伤入院的消息，你居然不知道？那你为什么来韩国？你哥知道吗？”韩雪晴把事情原委简单地做了陈述，但不太明白袁乐儿为何到韩国。

“哪家医院？我去看看。至于我来的原因，回头再慢慢告诉你。”袁乐儿哪里还有什么心思去想自己的问题，急忙问询韩雪晴医院的地址，然后匆忙就冲了出去。

“可是乐儿，你不能那样出现在医院的……”因为报道里还有你的消息。可惜袁乐儿早已跑得无影无踪，根本没听到韩雪晴说的话。本来想跟出去的韩雪晴，又担心被朗坤的人监视而暴露袁乐儿的行踪，所以只能干着急地望着空洞的门口。

2

医院 VIP 病房，此时一堆人肃静地围着病床站立一旁。而其中一人在病房里焦躁地走来走去，烦闷时还懊恼地跺脚。

“对不起，社长。”病床上的裴承勋首先开口。

“现在说对不起有什么用，你和申伊敏到底是怎么回事，为什么分手了？你知道如今的情况对你和公司来说有多不利吗？活这么久，还没这么被动过！你说，现在要怎么办?”显然焦躁的人是蔡锐麒，他通知了公关部所有人来这里开会，可是没人可以想到一个起死回生的办法，因此他发飙了。

“我和敏儿姐早在电视剧拍摄前就已分手，是因为被媒体拍到我陪她上医院的照片，才不得不配合公司的宣传，承认我们的恋情。其实无论分没分手这个都不是这次事件的关键，不是吗？上次那个事件我早说了，向公众坦诚地说出真相，如果你们听了就不会有如今这个状况了。”无论发生任何事，裴承勋都能清楚明了地理清状况，他心思细腻外柔内刚，所以外表看似脆弱的他其实内心很强大。

“你的意思是怨我让你撒谎度过那个难关啦？如果当时不那么做，你会接到这么好的电视剧和那么多代言广告吗？演艺圈是个现实和残酷的地方，为什么你在这个圈子这么多年，还看不清状况呢?”蔡锐麒被裴承勋的一席话气得半死，不知道是该庆幸在演艺圈这个大染缸裴承勋的出淤泥而不染，还是该懊恼他那该死的诚实和纯真!

“就是因为知道，所以才不愿意撒谎，因为每个谎言都要用无数个谎言去圆，我不想那么累。”就像当时他为了保护申伊敏陷害自己的事不曝光一样，从化妆逃跑，再被人拍摄到与袁乐儿一起返家的照片，甚至最后还把妈妈牵涉进来……一个又一个延续的谎言，最终把自己逼到了绝境。

“可现实却是为了活命，我们还必须把谎言无限地撒下去！不然你告诉我怎么办，难道你就这样放弃你拼搏10年的演艺事业，还是说让整个公司所有人跟着你陪葬了?”蔡锐麒很明白，裴承勋说的话没错，但现实与理想总那么遥不可及。因为是公众人物，活在众人眼睛的检视下，本来是很普通简单的小事，却随时都会被无限放大、夸张甚至谴责。所以，在韩国这样一个靠出产艺人引领潮流的国家，对艺人的管理都极其严格。而艺人本身也不允许有任何失误，因为竞争过大，有一点瑕疵或许就会断送掉演艺生涯。

“我不会连累公司的，既然是我自己发的声明稿，就属于我的个人事件。我准备召开记者招待会，向全国民众和粉丝道歉，也会为我的行为买单。”裴承勋依旧明朗帅气的脸颊上，露出一个释然而又惋惜的表情。每当他背负着这些谎言面对着喜爱他的粉丝时，他心中的愧疚感就会只增不减，如今真相大白，他似乎觉得松了一口气。只是，拼搏那么久的事业应该也会断送了吧。

“就这样你就放弃了吗？这可不像曾经那个16岁就离家出来寻梦的裴承勋!! 况且，你知道公司打造一个这样的你要花多少时间，金钱和人力吗？就算你输得起，我也输不起。所以，打电话给申伊敏，无论用什么方法就算是求，也要求她出现在医院，首先杜绝那些你们分手的传言，听到没!”开玩笑，放弃二字在蔡锐麒的字典里根本不存在。他不会让自己一手打造的艺人就这样毁掉，也不会让公司陷入万劫不复之地。

“哥，难道你还不明白吗？能知道我们所有事情的人除了在座的，还有几个?”裴承勋的嘴角升起一个淡然而又无奈的笑容。自从那天吵架后，他就知道他们之间连朋友都无法再做了，只是没想到……她会做得这么绝。

“你的意思是申伊敏爆料的？这样做对她有什么好处？你们一起拍摄的电视剧还没收官，难道她不管收视率了？况且，就算你们分手了，也不会一点都不在乎以往的感情做那么绝吧，至于吗？对了，我想起来了，还有一个人，她也知道你所有的事情，后来忽然消失，她才最有问题，一定是她！绝对是她！”蔡锐麒越想越不对，恨得牙痒痒地拽起了拳头。

3

“你是在说我吗？”忽然，病房门打开，进来一个纤细的身影。

在场的人都惊呆了，包括在病床上裴承勋。而蔡锐麒的反应最大，他冲到门口对着两个安保就发飙：“你们什么情况，怎么可以随便放陌生人进来！”

“她不是承勋哥的保姆吗？”安保们一脸无辜。

“是……也不是……哎，懒得和你们说，以后无论是谁，都不准随便放进来。”蔡锐麒也被自己的话弄得乱七八糟了，对着不明就里的安保乱发飙后，就急忙走进了房间。

“你……怎么会来？”裴承勋压抑着见到袁乐儿身影那刻的内心悸动，放缓语气轻声问着。

“我想来确定你到底有没有事，还好吗？痛吗？”袁乐儿径直走向裴承勋的面前，挡在他周围的工作人员不自觉地让开了一条路。

“我没事，很好，谢谢你关心。”这样疏远的口吻，就似两个普通的朋友一般。

“什么叫作你很好，你好个屁！你现在因为她的问题出的状况还少了吗？还有，你怎么来到这里的？外面那么多粉丝和媒体？你不会……就这样，堂而皇之走上来的吧？”蔡锐麒忽然想到了什么，汗如雨下地瞪着袁乐儿。

“不走上来，难道用飞的吗？”袁乐儿不以为意地回答着蔡锐麒。

一瞬间，蔡锐麒脚下一软，就差点倒了下去。身旁的工作人员慌忙扶住他摇摇欲坠的身躯。

“完了完了完了……这下死定了！申伊敏没来，消失的绯闻保姆却来了……哦，我的头，好痛……”蔡锐麒彻底瘫软了，虽然袁乐儿并没在媒体前曝光过，但人多嘴杂，总有见过她的人，如果被眼尖的记者或者粉丝看到，这下跳进黄河都洗不清了。

“至于这么夸张吗？我只是来探望一下病人而已，看他没事，我会马上离开的。”因为不知道情势，因此袁乐儿淡定依旧。

“夸张？你到底清不清楚你的到来代表了什么？代表了承勋已经和申伊敏分手，而分手的原因是因为你；更代表了上次事件的澄清是个谎言，承勋会失去所有人的支持和喜爱，这样，你觉得还夸张吗？”蔡锐麒推开了扶着他的员工，气恼地用英语向袁乐儿大声埋怨着。

袁乐儿茫然转头看向周围面色都不太好的工作人员，随即再看躺在床上低头不语的裴承勋。

“这么严重？我来错了是吗？”袁乐儿掏出了手机，打字后递给了裴承勋。

“不关你事，这些问题本来就是潜伏的炸弹，随时都会因为一点火花而爆炸的。不过，看你不知情的模样，似乎不是因为来看我而回到韩国的吧？”看着袁乐儿从头到尾都一无所知的脸，裴承勋很讶异她不是因为自己，那么，到底为何会来到韩国？

“哦，临时有事才来的。我看我还是先走了吧，不要因为我的到来给你造成不必要的麻烦。保重！”袁乐儿无法在裴承勋面前说出她真正来韩国的理由，在看到他的确没什么大碍后，因此她决定快点离开。

“对不起，打扰了，我先离开了，以后……也不会再来了。”袁乐儿向蔡锐麒点头致歉后，拉开了房门，正欲向外走去。忽然，她看到一堆人往病房这边涌了过来，慌张的她急忙“砰”的一声关上了房门。

面对蔡锐麒质疑的眼神，袁乐儿用手指了指外面：“好像，来了好多人。不知道是记者还是粉丝……”袁乐儿的话还没说完，蔡锐麒就急切地打开房门冲了出去。

在他眼前看到的是随处可见的摄像机和拿着应援牌子和礼物的粉丝。大家都对病房探头探脑，虽然安保们很努力地阻挡着，但这样的情况，袁乐儿要离开根本是不可能的。

“蔡社长，有人说看到承勋消失已久的贴身保姆出现了，是这样吗？”一个记者抓住机会迅速向蔡锐麒提问。

“承勋哥真的和她有什么，所以这就是敏儿姐迟迟不来探病的原因吗？”粉丝们也七嘴八舌开始起哄。

“请给予我们一个清楚明白的事实真相，裴承勋也不可能永远躲在病房里不出现啊！”其他记者也相继出声。

看着这乱七八糟的一切，蔡锐麒简直要疯了。他预料的没错，袁乐儿果然还是被认了出来，而且如今还被堵在了房间里，进出不得！看这个情况，袁乐儿此时是决不能出现在大众眼前的，只能等人群散去再悄悄离开。

“各位，这是医院，需要绝对的安静，请你们尊重下其他的病人。房间里除了我们公司的员工以外，没有任何人！我不知道是谁无中生有说出这么离谱的话，所以请你们不要以讹传讹，等承勋身体恢复后，我们一定会召开记者会向大家解释这几天所有的疑惑，好吗？散了吧，散了。”毕竟是一社之长，经历过无数风雨的蔡锐麒此时已然保持着冷静的头脑，试图化解危机。

“蔡社长，相信您也知道世间事都是无风不起浪的吧，既然有人看到了，你这样敷衍的托词似乎说不过去吧。既然您今天不给我们一个答复，那我们就在门口等待着，我就不相信她一辈子都不出来。”其中一个记者索性拿着一张报纸直接坐到了地上，看来人誓不罢休。其他人见状也全部开始效仿，一瞬间，整个走廊都坐满了人，使安保和医生全都傻眼无所适从。

面对这样的情况，身经百战的蔡锐麒也不知该怎么办了，只能懊恼地推开房门走了进去。

“这下好了，记者和粉丝们全都堵在了门口，你说如今该怎么办？你为什么要突然消失不见，而又莫名其妙地出现了!!”蔡锐麒对着袁乐儿生气地咆哮着。

袁乐儿没有说话，直接走到了窗口。在她看了看地形后，随即转身淡淡地对蔡锐麒说道：“你放心，我不会让他们任何一个人看到我的身影。”

“你……你要干嘛？你不会是想……从这里下去吧?!”蔡锐麒和所有人都瞪大了不可思议的眼睛。

“反正我答应你，不会给承勋和你带来任何麻烦。至于我怎么离开就不用你操心了，等晚点天色暗下来，外面的人没那么多了，我就会悄悄离开的。”说完这些话，袁乐儿背过身不再理蔡锐麒，为裴承勋削起了苹果。

如今这样的情况，蔡锐麒知道除了相信袁乐儿似乎也别无他法。为了让媒体和粉丝们相信房间里全都是工作人员，蔡锐麒决定让所有人现在都出去在大家面前亮个相离开，毕竟工作人员中还有女性，或许能让他们产生错觉也不一定。

于是，本来很是拥挤的病房如今就剩下袁乐儿和裴承勋两人了。袁乐儿把削好的苹果递给了裴承勋。裴承勋望着她一直不敢和自己对视的眼，伸出手慢慢地接过了苹果。

“知道是谁撞你的吗？”虽然没抬头，但被裴承勋炙热的目光注视着，袁乐儿实在不能无视，只好埋头打字找话题。

“为什么来韩国？”而裴承勋却答非所问地提出了他一直想知道的答案。

“撞你的人抓到了吗？”袁乐儿继续她的问题。

“你最近好吗？”而裴承勋依然无视袁乐儿的话。

“伤口还疼吗？治疗情况好不好？”袁乐儿一边打字一边压抑着就要夺眶而出的泪水。

“你一个人来的吗？阿杰没在身边吗？安全吗？”两人就这样各自问着自己担心的问题，虽然没有答案，但房间的气氛却越来越浓烈。终于，袁乐儿抬起了头，轻咬着红唇的她，早已泪流满面。而映入她眼中的裴承勋，则是颤抖着嘴唇，任凭泪水在眼眶中涌动。

“为什么不回答我的问题，难道你不知道我很担心你吗？”袁乐儿用中文对着裴承勋埋怨着。

“我好想你，好想……好想！”而裴承勋则在泪滴涌出眼眶那一瞬间，用韩语说出了他心底的话。

“이바보야！（你这个傻瓜）”听懂他话的袁乐儿则直接扑到了裴承勋的怀里，此

刻，她实在无法再管住自己那颗狂乱跳动的心。

“啊……”被袁乐儿撞到胸口的裴承勋，痛得直接呼出声。

“对不起对不起，很痛吗？我不是故意的。”眼见裴承勋因痛变形的脸，袁乐儿懊恼得想死，急忙要从裴承勋的怀里离开。可，一双手紧紧环住了她的身体，不让她离开一分一毫。裴承勋知道，即使很痛那也是痛并幸福着的。

“为什么不怪我怨我，还对我这么好？”袁乐儿带着浓浓的鼻音愧疚地问着。

“因为相信！”裴承勋其实想说很多理由，不过最终他归结于两个字，相信她有那样做的理由，相信她的情非得已，相信她会比自己更痛苦。

“谢谢还有对不起！”真想永远都这样抱着他，一辈子！可，她今天来这里不是叙旧的，所以袁乐儿从裴承勋温暖的怀里逃离出来。

“听雪晴姐说这次的车祸事件是有人蓄意的，我怀疑就是老爸一直担心的朗坤。所以，以后你的出入要更加小心注意，千万不能单独行动，知道吗？”袁乐儿把打好的字递给裴承勋，而脸上则是一副关切的神情。

“其实，你不用那么担心的。最近发生的事情太多，我想短期内我应该不会再出现在任何公众场合了。倒是你，等下要怎么离开啊？”裴承勋因为听不懂袁乐儿和蔡锐麒的对话，所以他还不知道袁乐儿的想法。

“我，你不用担心，总之不会让人发现的。只是，上次那个事件为何会被突然挖出来，还传得这么沸沸扬扬？”袁乐儿皱起了美丽的眉头，因为知道这个事情内幕的都是裴承勋身边的人，按理说是不可能外传的啊？除非……被人出卖！

裴承勋看着袁乐儿手机里打的字后，淡淡地苦笑了一下。看着他无奈的表情，聪明的袁乐儿似乎猜到了什么。

“别告诉我，是申伊敏?!”看着自己打出的这几个字，袁乐儿多希望能得到裴承勋的反驳，因为如果是真的，那他该有多受伤啊！可惜，裴承勋没有说话，只是黯然低下了头，这种无声胜有声的默认，让袁乐儿太过心疼。居然是真的，真的是申伊敏!! 本就对她印象不好的袁乐儿气急了，她以为申伊敏只是自私点，小气点，容易吃醋点，但没想到她的心根本是坏的，腐烂的，不健全的！

“为什么？你们……不是恋人吗?”还不知道裴承勋已与申伊敏分手的袁乐儿，觉得完全不可思议。

“我提出了分手，而当我想告诉你时，却收到了你发来的“对不起”的信息，连电话也变成了空号，所以，我没办法通知你。”看似很云淡风轻的一句话，天知道裴承勋回忆起当时的情景是怎样的心痛。

她到底在干嘛！总在他需要她时伤害他！袁乐儿觉得自己就像个瘟神一般，给裴承勋带来了无数的厄运。不但被昔日的恋人陷害出卖，还无端的出车祸，甚至如今还因为自己的出现而陷入百口莫辩的境地。懊悔的她用充满十万分抱歉的眼神望着裴承勋，正欲开口说话时，却被裴承勋修长的手指轻轻按在了红唇上。

“别再对我说对不起了，我们之间没有对不起，我相信你有不得已的原因，不然绝不轻言放弃的你，不会轻易松开我的手。所以，没有对不起，只有命中注定！就像我的事业一样，我努力了，也尽力了，最终会演变成这样，我谁都不怨不怪，都是天意，或许老天觉得我太累了，该停下脚步歇歇了吧。答应我，不要对我有任何愧疚和不安，走你选择的路，做你认为对的事，一定要幸福快乐，好吗？”依然是那张阳光俊朗的脸，仍旧是温暖帅气的笑容，而唯一不同的是笑中带泪。

“好！我答应你！那你也要答应我，不要放弃，更不要认命，知道我爸爸为什么叫袁胜天吗？因为我爷爷认为老天只是在人们无力改变现状时而推托的借口，他相信人定胜天，只要坚持到底，就没有过不去的坎，因此他为我爸取名为袁胜天，希望我爸也能懂得这个道理，坚强地走下去。相信我，你也可以，真相总有大白的一天！好吗？”虽然无法在一起，但谁都不能伤害她深爱的男人，包括申伊敏！袁乐儿美丽的双眼此时显得异常深邃，那闪过的一抹坚韧似乎决定了某件事。

“你爷爷真让人敬佩，好，我答应你，不逃避，不退缩，认真面对所有问题，坚持到最后一刻。”明明两人的心都千疮百孔滴血不止，却还能在这个时刻相互为彼此打气加油，这瞬间满满的正能量充斥着整个病房。

只是，不知不觉时间已经很晚了，外面的声音似乎也小了很多。很多粉丝都因为几天几夜的守护吃不消而回家了。所以，即使不舍，袁乐儿也必须离开了。只是她的方法，裴承勋坚决不同意，就算知道她可以做到，但就算有千分之一的危险，他都绝不能容忍。于是，袁乐儿只能同意了裴承勋的方法，按响了接连护士站的呼叫铃。以为裴承勋有突发状况，医生护士们快速冲进了病房中。10 分钟后，穿着护士服的袁乐儿与所有医护人员堂堂正正地走出了病房。媒体记者们则围着医生问询情况，解释则是裴承勋因为身边没人，不方便去洗手间才按响了连接器而发生的乌龙事件。

袁乐儿走出病房，站在医院楼下静静地望着裴承勋亮着灯的房间，不知为何，她总感觉裴承勋也在看着她。距离对于他们来说是无法跨越的屏障，但心却是息息相通的。

“承勋，我一定不会让你失去那么辛苦打拼的事业，等我！”对着窗户，袁乐儿坚定地说完这句话后，快步走出了医院大门，上了一辆计程车急驰而去。她没猜错，裴承勋一直杵立在窗户一角，远远地看着她离开的背影，直到最后消失不见，他才小声说道：“안녕。（再见）”

袁乐儿下车后，正准备冲进去找韩雪晴问申伊敏的地址，可，她看到了一个身影，一个坐在打烊餐厅阶梯上疲惫的身影。忽然，她才想起答应金逸晨吃晚饭的事。如今都晚上 12 点多了。

“对不起，对不起，我临时有事，忘了你在等我，你……一直都在这里吗？”袁乐儿一脸愧疚地道着歉。

“我担心你回来会看不到我，所以一直等在这里。吃饭了吗？饿不饿？”金逸晨已在下着小雪冷到不行的韩国街边，等了至少6个小时，但他却没有一句责怪和怨言，相反还担心袁乐儿有没有吃饭。面对这样的他，袁乐儿没有被感动那是假的。

“你傻瓜吗？等不到就走啊，这么冷的天生病了怎么办？”袁乐儿看着他冻红的手和没有血色的嘴唇，急得开口骂人。

“呵呵……你生气了？看来，我冻得值得！”听到袁乐儿关心则乱的口吻，金逸晨露出了开心的笑容。

“完了，冻傻了，被人骂还这么开心，走啦，我们进去。”对着似乎永远好脾气的金逸晨，袁乐儿简直无言以对，伸出手扶他起身。当金逸晨把手搭上袁乐儿手时，刚站立起身，忽然脚一软晕倒在袁乐儿的身上。

“喂！金逸晨！你怎么样了？快醒醒啊……”夜晚中，飘荡着袁乐儿急切的呼喊声。

第二十五章　选择（一）

1

袁乐儿又一次来到了医院，只是这次不是来找裴承勋，而是因为救护车刚好把金逸晨送到了这里。忙前忙后办理好住院手续后，袁乐儿最终守在了打着点滴昏睡不醒的金逸晨身旁。

看着熟睡中的金逸晨，袁乐儿有种说不出的感觉。对他虽然没有爱情，但却充满了感动、愧疚和心疼。从认识以来，他就像一个宽容的大哥哥一般，包容着袁乐儿所有的任性和无理取闹，从未生气和埋怨过。他有着良好的家教，优秀的学识，俊逸的外形和不菲的家境。他就像老天的宠儿般，拥有着世人都梦寐以求的一切，但却偏偏这么委屈自己爱上了她这个无法回应的人。袁乐儿就那样静静地望着他，因为她不懂，完全不懂他到底在想什么。

时间一分一分秒过去了，或许是因为太累，金逸晨依旧没有醒过来。袁乐儿用湿毛巾为金逸晨轻轻擦拭着额头上冒出的冷汗，动作很慢也很温柔，生怕自己的举动弄醒了还在熟睡中的他。正当袁乐儿站起身准备去换盆热水时，她的手却被金逸晨紧紧拽住了。

“醒了？感觉好点了吗？”回过头，袁乐儿自然地把手搭在了金逸晨的额头上测试着他的体温。

金逸晨没有说话，就那样一眨不眨地望着她，嘴角还泛起淡淡的微笑。

“干嘛傻看着我，烧糊涂了吗？”还好，温度下来了，看来已经退烧了，袁乐儿舒了一口气。

“生病真好……”金逸晨咧开嘴傻笑着。

“看来，真的是烧糊涂了。你当然好了，直接睡过去什么都不管，吓得我不知所措，一个人拖着你笨重的身体在寒风中等待着救护车，你居然还笑得这么开心。”袁乐儿不是不懂金逸晨说的意思，但她不能懂，只能装作生气的模样埋怨着。

“对不起，还有谢谢。”他总是那么谦和绅士，让假装生气的袁乐儿瞬间不知道该怎么应对，只能尴尬地端起盆子去换热水。

看着她闪躲的背影，金逸晨褪去了温和的笑容，取而代之的是深邃的黯然。他的脑海中闪现出离开中国前一天，在袁胜天书房里的情景。

“逸晨，我给你和乐儿订了明天一早就去韩国的机票，今天晚上你把行李收拾好，明早我就叫司机送你们去机场。”袁胜天这突如其来的安排，让金逸晨不明就里，只能茫然无措地望着他。

“我知道很突然，不过既然你们已经是要订婚的未婚夫妻，早点去也好早点适应环境嘛。乐儿……就拜托你了！答应我，好好照顾她，好吗?”这是金逸晨第一次看到了与平常有别的袁胜天，不再是一个威严无法靠近的黑道老大，也没有商场上叱咤风云的魄力，有的只是一个疼爱女儿，为女儿托付未来的老父亲。

“如果您相信我，可以告诉我到底发生了什么事吗？就像您说的，我们即将成为一家人，既然是一家人，您的事就是我的事，我一定会尽全力去帮助您的。”看着袁胜天动容的模样，聪明的金逸晨知道一定是出什么事了，才会让袁胜天这么急不可耐地想送他们离开。

金逸晨的话，的确让袁胜天很欣赏，年龄看似不大，却有着无比的担当。他的诚恳让袁胜天更加放心把袁乐儿交付与他。于是袁胜天感触地点了点头，决定把事情的来龙去脉告诉了金逸晨。

原来，一大早就有几个重案组的警察来到了胜天集团，他们拿着手中的影像资料来询问身为车主的袁胜天，在 2 月 18 日的晚上，连闯红灯，危险驾驶的人是谁。而且这个人还是当天拿着高危武器导致一部箱型车侧翻爆炸的嫌疑人。袁胜天知道，虽然那部车的车主是自己，但那是他送给乐儿 25 岁时的生日礼物。虽然乐儿那时还在美国，但没人会去动她的东西，所以从头到尾能开那部车的人，就只有乐儿本人了！

只是警察后面的话让袁胜天非常疑惑，如果是危险驾驶，闯红灯什么的他相信，因为乐儿性子急，有时候做事会不计后果。但拿着高危武器，后来警察直接解释说是手枪，因为连续而又准确地射击到了箱型车的油箱，导致箱型车侧翻爆炸，这点让袁胜天难以置信。从小到大都只会弹琴插花的女儿，怎么会和枪有关系？甚至还那么准确无误！可正当他想反驳时，他却看到了在一旁蹙着眉头，一脸紧张的袁秦风，那时，他就猜到了事情或许不是他想象的那么简单。

在答应了警察短期内不能出境协助调查的要求后，一送走警察，袁胜天就关上了办公室大门，在他的威严下，袁秦风只得把袁乐儿隐藏的事情和那晚发生的状况一五一十告诉了袁胜天。原来，他担心的事还是发生了，就像曾经的历史重演一般，袁胜天的眼前涌现出了袁乐儿不顾生死驾车开枪救裴承勋的画面。

“呵呵……呵呵呵……”袁胜天不自觉地苦笑出声。这都是命，无论自己怎样逆天而行，该发生的依旧会顺着命运的齿轮快速转动着！但麻烦的是这次还被警察盯上了，在自己与女儿之间他当然会毫不犹豫地选择女儿。所以，才提出让了金逸晨带袁乐儿早点一起回韩国的要求。

此时袁乐儿已经换回了热水，用毛巾浸泡拧干后，再一次把热毛巾放在了金逸晨的额头上。

“你应该饿了吧，一晚上都没吃过东西还生病，我去给你买点吃的。”袁乐儿眼见金逸晨眼都不眨地望着自己，觉得很是尴尬，所以提出帮他买饭的建议。

“乐儿!”金逸晨抓住了她的手，想说点什么却又欲言又止。

“怎么了?”袁乐儿疑惑地看着他。

“嗯……没事！我是想说我不饿，你别跑来跑去麻烦了，可能是打了点滴的关系，很想睡。你也照顾了我一晚，早点回去休息吧。”金逸晨知道，如果一旦让袁乐儿知道了袁胜天目前的处境，她一定会马不停蹄地跑回去，那袁胜天所做的一切就白费了。因此，金逸晨忍住了脱口而出的话。

袁乐儿抬手看了看时间，如今已经是凌晨四点了，似乎她也真的感觉到了疲累。于是她对着金逸晨点了点头。

“明天一早我就过来，你好好休息。”为金逸晨盖好被子，袁乐儿最终轻轻关上房门离开了。而金逸晨却坐了起来，掏出手机看着今天漫天标题的新闻，“消失的保姆现身裴承勋的病房”然后神伤地望着袁乐儿离去后空荡荡的病房。

袁乐儿步出病房后，因为是凌晨，气温很低，所以她拉了拉比较单薄的衣服，然后进入了电梯。可，在进入电梯后，她犹豫了一秒，随即却按了三楼的数字。既然都到了医院，她实在无法管住自己想去见裴承勋的心。

凌晨，医院显得很安静，守在病房外的记者也都累得相继靠着睡着了。而站在门口的安保在看到她的身影后，全都呆住了。没想明白，这个女人怎么又回来了。袁乐儿用食指靠在唇间做了一个噤声的动作，然后小心翼翼越过记者们，悄悄地溜进了裴承勋的房间。

裴承勋似乎睡得很熟，长长的睫毛轻柔地搭在眼睑上，就像一个乖巧的婴儿般，微微地嘟着嘴，沉沉睡着。袁乐儿就似欣赏一幅画一般，靠在他的床沿，静静地望着他。本想就这样看他几眼就离去的袁乐儿，因为太过疲倦，却趴在裴承勋的身旁睡着了……这一睡，就到了第二天上午九点。当她醒来时，看到的则是裴承勋动容而又深情的脸。

“糟糕，几点了?”惶然的袁乐儿猛地抬起了头。

“9点！外面的记者都换班了，你应该是出不去了。”裴承勋知道她在担心什么，直接埋头打字告诉了她。

“9点！怎么办，怎么办，完了完了。”其实袁乐儿着急的不只是出不去而已，还有金逸晨尚在医院等着她。本来想好看几眼就离开的，怎么会睡着了？如今自己困在这里，因为刚到韩国手机卡也没有，无法联系，难道又让人家金逸晨傻傻等一天吗?

“你有急事吗？可昨天那个方法只能用一次啊，记者们都很聪明的。要不我叫允择哥帮你去处理?”裴承勋看见袁乐儿急得走来走去的模样，也变得焦急起来。

叫崔允择来不是就会知道金逸晨的事情了？袁乐儿急忙对着裴承勋摇了摇头，她感觉现在的自己就像脚踩两只船的花心坏女人一样，生怕被他们相互知道对方的存在。怎么会沦落到如此境地，袁乐儿懊恼地拍了拍脑袋。

“你还没告诉我，到底来韩国干嘛的?”明明那么着急却又不让崔允择帮忙，让裴承勋产生了怀疑，因为袁乐儿的家庭背景和她本身的情况，裴承勋很担心她要做的事情会涉及危险，所以他决定打破砂锅问到底。

看着裴承勋的问题，袁乐儿不知道该如何回答。虽然那是自己下定的决心，可面对裴承勋她却根本无法说出一个字。她不想看到他受伤，难过和心碎的模样！

“就是散散心而已，要知道每天都陪着那个人东走西走的，是很烦闷的。”为了转移裴承勋的注意力，袁乐儿只能提出了那个两人都不愿意去谈的话题。

对哦，那个人，他差点都忘了，走的那天那个人刚好到中国。只是没想到他们之间连讨论那个人怎样的时间都没有，就咫尺天涯了。

“他……怎样？长得有我帅吗？有我高吗？比我可爱吗？肯定没有对不对，不然你怎么会那么嫌弃!”裴承勋用了调侃的方式试图让这个话题看起来比较轻松。

看着裴承勋故意摆一个帅气十足的Posture，脸上洋溢着傲娇的小表情时，袁乐儿感动得想落泪，她知道说出这样的话，他的心到底会有多痛。

“是是是，全世界就你最帅！所以无聊的我才逃到这里来散心啦。不提他了，既然今天出不去了，我就当发发善心，陪一陪你这个伤残人士吧。”袁乐儿说完就伸手向裴承勋要手机。

“干嘛?”不明就里的裴承勋把手机递给了袁乐儿，只是屏幕上那张在机场有着袁乐儿身影的照片让两人又一次陷入了沉默中。

“打游戏啊！下载一个我们都会玩的游戏，好好比一场。”袁乐儿掩饰着尴尬，在手机的APP里下载着游戏。

“那输了怎么惩罚?”裴承勋也急忙顺着袁乐儿的话接下去。

袁乐儿想了想，忽然，鬼灵精怪的她眼珠子一转就笑开了。看着她的表情，裴承勋瞬间感到身上一紧，全身毛发都竖起来了。绝对不是什么好事情，可是到底什么惩罚会让袁乐儿笑成那样了？

10分钟后裴承勋就知道了答案。因为此时的他脸上已经有袁乐儿用口红为他画的绚丽图案。他奋起反击，连胜两场后，袁乐儿的脸也惨不忍睹了。于是两人仿佛回到童年，你来我往不相上下地闹腾着，过着这只属于他们二人仅有的快乐时光。

就当两袁乐儿要赖躲着不让裴承勋画脸，而被裴承勋的长手抓住拽进怀里时，病房的门被推开了。一个修长的身影就那样怔怔地站在门口，落寞地看着亲密无间开心不已的两人。

“哈哈……完工!”裴承勋看着脸上已经没有任何空白地方的袁乐儿，开心地大笑起来，而袁乐儿则是一副哀怨愤恨的表情，恨得牙痒痒的紧咬着红唇。两人似乎又回到了那个曾经在家里一起疯一起闹一起欢笑的时光。只是在当袁乐儿不经意转过头时，她却被吓得倒退了好几步。顺着袁乐儿的目光，裴承勋也转头看去……金逸晨？他怎么会来这里？而袁乐儿的神情又为何那么惊慌？

没错，站在门口的不是别人，正是在二楼等待已久还不见袁乐儿身影的金逸晨。他多么渴望来到这个病房看不到那个他热恋的身影。可，结果往往那么不如人意。

“你……你怎么会来这里？”袁乐儿愧疚地小声问道。

“我来证实我的猜测是错误的，可事实却告诉我，那是我的自欺欺人。”金逸晨第一次没了温和的笑容，黯然无比的神情体现出了他的失落。

“对不起，我只是……只是很担心他的伤势，才来看看的。可，因为太累就睡着了，一觉醒来已经是早上 9 点。外面全是记者和粉丝，我又出不去，所以才一直待在这里，我们……我们真的没什么的。”不知为何，袁乐儿非常不愿意看到金逸晨受伤和难过，或许是已经有太多的愧疚，不忍再在他的伤口上撒盐。

一旁的裴承勋虽然听不懂两人的对话，但看着他们的神情，他忽然感到一种前所未有的惊慌。因为天不怕地不怕的袁乐儿，此时却是一副认错愧疚的表情，而金逸晨则是失望难过的模样。他们……不是才见过几面还不太熟悉的朋友吗？为什么会出现这样的神情呢！

“你是来看我的吗？”裴承勋终于忍不住对着金逸晨发出了疑问。

“是你告诉他还是我告诉他？”金逸晨没有回答裴承勋的话，而是用英语问袁乐儿。

“我……我没法说！”很明显，袁乐儿根本开不了口。

“那好，我说。”金逸晨对着裴承勋走了过去。

面对着金逸晨与袁乐儿自然的互动，裴承勋不自觉地握紧了拳头，心里的不安无限扩大中。

“逸晨！今天不适合说这个话题，改天……改天好吗？”忽然，袁乐儿拉住了金逸晨的手，用拜托的眼神望着他。

“改天？改天是什么时候？你的意思是你还要与他见面吗？”金逸晨一脸落寞失望地看着袁乐儿。

“不是的，我不是这个意思，我只是……我只是不想在他生病的时候说这个。我知道，我很自私，我也知道，我做错了，对不起你！我答应你，下不为例好吗？”袁乐儿不知道，她那么着急恳切的模样早已把金逸晨伤得体无完肤。金逸晨装作无谓地看了一眼裴承勋，发出了哀莫大于心死的苦笑声。随即步履蹒跚地走向了门口，拉开了房门。

“逸晨，等我晚上可以出去了，我马上下楼去找你。”袁乐儿急忙对着金逸晨的背影恳切地承诺着。

“那个还重要吗？反正你的心已经做了选择，不是吗？”金逸晨的声音显得那么无力苍白，拉开房门头也不回，离开了这个让他心碎的地方。

因为自己不能出去，袁乐儿只能无比愧疚地望着他离去的背影。她知道她还是伤到他了，无论金逸晨有多么坚韧的心脏，那个地方也是有血有泪，会痛会难过的。看来这辈子，她注定会亏欠他！而让袁乐儿想不到的却是裴承勋忽然冒出的来一句话。

“他……就是你口中的那个人吗？”裴承勋不傻，演过那么多电视剧的他，看过太多这样的剧本，只是，他想不到的是，剧本的剧情会成为他自己的人生。

袁乐儿忽然觉得自己好坏，一瞬间伤害了两个男人。越是一个都不想伤害，却越伤他们更深！如果现在可以离开，她好想跑出去躲起来，谁也不见不管。只是，就算不是外界的限制，她也知道自己不是一个喜欢逃避的人，丑媳妇终究要见公婆的不是吗？于是，袁乐儿对着裴承勋无奈地点了点头。然后开始埋头打字，讲述着那天以后的所有经过，包括对袁胜天的误会和自己决定的缘由。

2

金逸晨没有回自己的病房，他急切地想出去透透气，医院太过压抑，让他几乎没法呼吸。可让他没想到的是，在一个拐角的路口，一部突如其来的车向他驶来，从车上下来几个黑衣男人，强行把他掳上了车，还捆绑住他的手脚蒙上了双眼。这一切发生得太快，一分钟时间内，金逸晨就在踏往不知去向的车上了。

“你们是谁？为什么绑架我？”因为看不见也动不了，金逸晨只能毫无方向感地大声问着。结果，他马上被人用东西塞住了嘴。一路上，没一个人说话，这些人似乎都是训练有素，很有纪律的。

车速很快，不到半个小时就到了目的地。几个男人押着金逸晨下了车，走进了某个地方，然后就离开了。

“唔……唔……！”因为被捂着嘴，金逸晨只能发出愤怒的吼叫声。就在此刻，有人走到了他面前，伸手扯下了他的眼罩和嘴里的布条。一瞬间的光亮让金逸晨不太适应，他眯着眼从缝隙中打量着周围环境。

“逸晨啊，这样把你请过来，的确不好意思啊！”在他面前是一个约 50 岁的男人，面带着和善的笑容。

金逸晨转了转被捆绑得僵硬的四肢和头，然后迟疑地瞪着面前的男人。“你认识我？你到底是谁，干嘛绑架我？”

“来，坐坐坐！尝尝我的碧螺春。”男人对着金逸晨做了一个请坐的动作，然后在茶几旁坐下，慢条斯理地弄着他喜爱的茶叶。

“我没心情也没时间陪你玩，有什么话就开诚布公地说。”金逸晨依然矗立不动站在原地，他对这个绑架自己的男人充满了敌意。

“好，快人快语，我喜欢！那我就开门见山不客气了！今天让你到这里来是因为我想见一个老朋友的女儿。你不知道，我那个老朋友啊，把女儿保护得太好，我根本没机会靠近，所以不得不借助你了。”男人简单轻松的口吻，活脱脱把血淋淋的绑架变成云淡风轻的美好了。

但是，听到他说的话后，金逸晨瞬间紧张了起来，他把男人上上下下里里外外地打量一番，然后用极其忐忑的口吻问道：“你就是朗坤？”

“看来你爸没少提我啊。怎样，你爸现在身体好吗？我们都有10年没见了，一晃你都这么大了。还记得当年我去你家时，你还在上大学。”朗坤把手中沏好的茶友好地递给金逸晨，但金逸晨没有伸手去接。朗坤并不介意，缓缓一笑，把茶放在了茶几上。

“如果你还记得当年，那你今天怎么可以还绑架我。要不是当年我爸救你一命，你早已客死异乡了，如今你，怎么可以，怎么可以忘恩负义？”一想到利用自己来引乐儿上钩，他就气急不已，对着朗坤吼了起来。

“呵呵，看来你爸还算守信，连他最亲的儿子也没透露过一字半句。”朗坤不以为意，悠闲地拿起茶杯，享受地喝了一口碧螺春。

“你……你什么意思？”他的话彻底让金逸晨糊涂了，不明白对方心里到底在想些什么。

“没错，当年是救人一命。不过，不是你爸救我，而是我救了你爸那岌岌可危的事业。如果不是我投入一大笔钱，你家在10年前就会宣布破产，而你嘛……也不会去什么国外留学，更不可能子承父业了。”朗坤的话让金逸晨震惊不已，无法思考的他一瞬间跌坐在了沙发上。

“我对你爸没什么要求，只让他把这个事实颠倒一下，然后在商场上不经意地传播，让袁胜天知道。不然，袁胜天又怎么会把他的宝贝女儿指定嫁给你呢？这个局我布了整整10年，如今终于到了该收成的时候了。”朗坤依然不急不慢地说出陈年旧事，似乎很满意自己的计划所达到的效果。

“不会的……不会的……我爸不会骗我的！你胡说……你胡说！”金逸晨无法接受朗坤所说的一切，要知道他心目中的爸爸，一直以来都是他崇拜的偶像！不但事业成功，家庭也兼顾得美满幸福。从小到大爸爸都教育他做人要诚实，要知恩图报，要懂得分辨是非对错。这样一个父亲，居然……会因为一点钱就与人同流合污伤无辜人的性命吗？金逸晨不信，他说什么也不信！

“年轻人，人很多时候都会因为当时的境况和现实而做出不同的选择。你爸的确是个好人我不否认，但他更想做一个好爸爸和好丈夫，为家庭肩负起责任，为你的前途负责。事实证明，他的选择没错，你们一家人如今都很幸福不是吗？朗坤一针见血点出了事实的关键性，这让金逸晨对袁乐儿更加愧疚，如今自己所拥有的一切，全是因为父亲出卖袁乐儿而得来的，因此金逸晨恨极了自己。

“就算你运筹帷幄计划10年又怎样，乐儿的心根本不在我这里，她也不会为了一个不爱的男人来涉险，所以，你还是死了那条心吧。”为了打击朗坤，金逸晨不屑地发了狠话。

“我知道，所以为了保险，我已经叫他们去请裴承勋了！你们两个都在我手上，无论袁乐儿会选择谁，她都一定会来，不是吗？”朗坤淡然一笑，对金逸晨的话根本毫不在意。

“什么？你疯了？裴承勋可是成名艺人，如今还在医院，外面不但有大批的媒体和粉丝，身边还有无数的工作人员，你居然还敢打他的主意？”金逸晨没想到朗坤已经到了如此疯狂的地步，为了报仇他似乎已经失去了理智。

“你应该饿了吧，我叫人准备了饭菜，你先吃饭休息下，说不定等下裴承勋就来陪你了。”朗坤完全一副胜券在握的神态，站起身就走了出去。随即，两个黑衣人守在了门前，佣人也为金逸晨端出了饭菜。金逸晨气恼地掀翻了所有饭菜，拽着拳头眼睁睁地看着朗坤离开！

3

时间，对于此时的袁乐儿和裴承勋来说，很快却也很慢。快，是因为他们此次相见后应该会是后会无期，无法再见了。而慢则是被困在这里，一步也不能离开。终于，时针指向了12点，袁乐儿与裴承勋就那样黯然伤感地对视着，因为他们都知道马上会面临什么。这次袁乐儿用了裴承勋的床单，撕碎后固定在了窗户上。没有回头，因为回不了头，袁乐儿一跃而起跳上了窗户，顺着床单滑了下去。裴承勋担心地紧紧拽住床单一头，看着她娇小的身影离自己越来越远。

而此时，裴承勋的病房门却打开了，两个身穿医袍戴着口罩的男人走了进来，以免被人发现，裴承勋急忙转身用身体挡住了床单。

“有什么事吗？”裴承勋淡淡问道。

“因为白天人太多都没给您量血压，现在过来给您看看。”其中一个医生礼貌地回答裴承勋，然后从医疗车里拿出测试血压的仪器，向裴承勋走了过来。

“不用，我很好，你们回去休息吧。”裴承勋偷偷向身后瞟了一眼，发现袁乐儿还没落地，所以他急忙阻止医生。可是，对方似乎根本不听他的话，相反还快速走到了他的身旁，而另一个人则拿出了一把匕首直接架在了他的脖子上。

“不要说话，乖乖跟我们走。”拿刀的男人低声对裴承勋警告着。

面对这突如其来的变化，裴承勋虽然有点愕然，但他一心想着就是怎样拖时间让袁乐儿安全落地。所以，他用手拉住了窗户，作出死也不离开的模样。

“你想死是吧？”男人拿刀的手用力了几分，裴承勋白皙似雪的肌肤渗出淡淡的血丝。

“我不走，有本事你们杀了我！”裴承勋依然紧紧拽着窗沿。他的举动引起了另一个男人的怀疑，伸出头准备向下看去，眼见对方就要看到袁乐儿，裴承勋急了，一脚踹向了对方。可对方也不是省油的灯，反应极快地侧身躲过，甚至伸手把裴承勋拽了开来，一条白色的床单豁然出现在两人眼前。顺着床单看下去，他们看到一个娇小的身影已经到了二楼正向一楼滑落中。拿刀的男人瞬间把刀放在了床单上。

“不要!”裴承勋冲过去抓住对方的手腕，可因为身上有伤，他的力量显得微不足道，一下就被对方掀开。

“走还是不走?”对方一边问一边划向了床单一角，本就承重力不大的床单，发出了“哧”的声音。

“我走，我走，我乖乖地和你们走，求你们不要伤害她!”裴承勋捂着嘴小声哭喊着，一下子跪了下去。

两个男人相互交换了一下眼色，然后把裴承勋架在中间，用搀扶的模样走出了房间。门口的安保疑惑地看着他们，不明白这么晚医生要带裴承勋去哪里。

“哦，是这样的，裴承勋先生忽然说伤口很痛，我们准备带他去照下 X 光，看看伤口是不是有什么变化。”其中一人一边说着话，一边用手拽了一下裴承勋，

“嗯……感觉有点难受。”裴承勋不甘愿地配合着搭话。

“好的，我们陪你。”安保们的责任则是一步不离保护裴承勋，所以即使裴承勋是去检查病况，他们也不会松懈自己的责任。

眼见安保们要跟着来，其中一人拿匕首的手对着裴承勋加重了力道。裴承勋急忙转头对安保说：“不用了，你们等在这里吧，大晚上的，人太多会影响别的病人休息，我去去就回。”安保们对于裴承勋的话完全不怀疑，因为平常他们都习惯了裴承勋的过于主见，所以安保们对着裴承勋礼貌地点了点头，然后守在了病房门口。而留守的媒体和粉丝们，在终于看到了裴承勋本人后，急忙掏出了手机和摄影器材。

“不好意思，不准拍照，请尊重病人的隐私权。”以免自己被曝光，其中一人抬手挡住了记者的摄像机，而安保们也全都跑了过来，为裴承勋挡住镜头。

“你们辛苦了，我知道你们有很多疑问，但请再给我点时间，出院后我一定会给大家一个解释的。”看着等待自己这么久的粉丝和媒体，裴承勋即使身处险境也心疼地停下了脚步。

“您回答我一个问题就好，房间里还有人吗?”一个记者抓住机会就提出了犀利的问题。

“当然没有！不信，你们可以让他们打开房门去看看。”裴承勋马上利用这个机会撇清袁乐儿到来的事实。而一旁的两人担心裴承勋言多必失会出状况，急忙拉着裴承勋向电梯走去。

随着裴承勋的离开，安保们真的打开了房门让记者和粉丝们进来检查。在确定房间没人后，记者们全都懊恼地甩了甩头陆续离开，而有些粉丝也因为见到了偶像，知道身体状况无大碍后，也悉数走人。终于，医院回复了以往的宁静。不过，裴承

勋却被押到了地下停车库，离开了医院。

如果袁乐儿知道，就在刚才那一瞬间，有人从她眼皮子底下绑走了裴承勋的话，她就不会在落地以后，急忙回去找韩雪晴要申伊敏的地址，去找申伊敏的麻烦了。可惜，命运就那么捉弄人，总让太多的不得已擦肩而过。

而在朗坤威胁催促下，韩雪晴也拨通了袁秦风的电话，告诉他明天必须来一趟韩国，因为15年前让她来杀他的那个人出现了。所有事情都按照朗坤的计划一步一步地进行。嘴角含笑，极其痛快的朗坤破天荒没有喝茶，而是拿起一杯路易十三，在一个轮椅前蹲下了身。

“丽萍，我的仇终于可以报了，陪我喝一杯好吗?”朗坤把手中的酒递向了韩丽萍的唇边。可她只呆呆地看了一眼，不做任何反应。朗坤似乎并不失落，他早已习惯她时而清醒时而呆滞的情况，因此他拿着酒杯一饮而尽，轻轻地抚摸了一下她的头发。

“谢谢，至少还有你分享我的快乐！等所有的事情解决完，我就带着你去美国治病，相信我，你一定会好起来的，一定会!”没想到朗坤居然也有铁汉柔情的一面，从他愧疚的眼神中似乎在向轮椅上的她诉说着深深的后悔。

“雪晴……雪晴……”韩丽萍似乎听懂了朗坤的话，嘴里嘟囔地唤着韩雪晴的名字。

“她没事，她很好！我让她帮我最后一个忙后，你们很快就可以相聚了。”朗坤轻言细语地回答着韩丽萍。而此时的韩丽萍似乎有着少许的清澈眼神，她望着朗坤颤抖了一下嘴唇，但却没有发出一点声音。

4

袁乐儿与申伊敏的会面结局，早已注定是不欢而散。对于袁乐儿的突然到来，申伊敏除了惊讶则是愤怒。一个消失已久的人，居然为了裴承勋不但再次出现在她面前，还用教训的口吻指责她的不是，她凭什么！所以，申伊敏不但没有任何悔意，相反告诉袁乐儿这是裴承勋应得的下场，活该他毁了自己的演艺生涯。她不会去帮他更不会去救他，她要让裴承勋知道，甩了她的结果是他这辈子做得最错的一件事！而袁乐儿在劝说无果后，似乎也没有申伊敏想象中那么失望和难过，她无谓地对着她竖起了大拇指，然后露出了一个深邃的笑容。这让申伊敏有点毛骨悚然，总觉得自己似乎被算计了，但却不清楚到底哪里出了问题！

心情不错的袁乐儿刚迈出申伊敏的大门，就感觉到走廊里有股不寻常的味道。她警惕地看着四周，一步一步向电梯走去。当她进入电梯后，就在电梯门即将关上的一瞬间，一只手忽然从门缝中伸了进来，随即两个戴着鸭舌帽低着头的男人快速挤了进来，然后站在了袁乐儿的身后。

袁乐儿伸出手向着电梯键按下了1，当袁乐儿正准备往后退的时候，一个黑影悄然上前，对着袁乐儿的肩膀抓了下去。哪里知道袁乐儿比他更快，蹲下身就是一个回旋踢，扫平了偷袭的人。而另一个人没想到同伴会吃瘪，有点愕然的他还没反应过来时，就被一跃而起的袁乐儿击中了下颚骨，紧接着就是太阳穴狠狠一拳，瞬间就被打晕，倒了下去。眼见同伴居然在30秒内就被袁乐儿彻底搞掂，在地上爬起身的男人慌忙掏出了刀，对着袁乐儿就恶狠狠刺了过去。袁乐儿侧身闪过后，抓住了对方的手腕狠狠往下一压，抬腿就是一脚踹向了男人的膝盖。

“啊!”男人一声惨叫，随着手中刀的跌落，双腿也随之跪了下去。

袁乐儿接过跌落的刀对着男人的脖子就划了过去，动作快而狠，完全没有一点怜悯和不忍。眼见刀已经到了自己眼前，男人恐慌地叫了起来：“等等，你难道不管他们死活了吗?”中国人?！听到对方的话，袁乐儿收住了即将划破他脖子的刀。

“你什么意思?”袁乐儿冰冷的气息就如地狱的撒旦一般，让人不寒而栗。

“那个……金……逸晨和裴……承勋都在我们手里，如果……如果你明天不到我们指定地点来的话，他们……他们就都会死!”男人终于鼓起勇气说完了他要说的话，然后一脸紧张地望着这个让他们完全低估差点要自己命的娇小女人。

“什么？混蛋！你们抓了承勋他们！你们到底是谁？到底想干嘛?”一想到还受着伤的裴承勋和生病中的金逸晨居然被这些家伙抓走，袁乐儿简直气疯了，对着跪着的男人就是狠狠一拳。

被打得眼冒金星的男人，颤抖着双手从衣服里拿出一张纸条递给了袁乐儿，而此时随着电梯“滴”的声音，一楼到了。

“坤爷说了，明天晚上六点，如果见不到你人，就让你自己去汉江收尸。”电梯门一打开，地上的男人急忙对着袁乐儿甩出最后一句话，然后狼狈地搀扶着同伴快步逃离了。

心急如焚的袁乐儿紧紧地拽着纸条，看来她终于还是要与传说中的朗坤见面了。只是她不明白，这家伙为什么会连金逸晨也抓了，不是说金逸晨的父亲有恩于他吗?无论怎样，明天她是一定会去的，而且还必须要救出他们，即使用自己的命换……也在所不惜!

第二十六章　选择（二）

1

袁乐儿回家后，本想找韩雪晴商量，但发现韩雪晴根本不在。看着空荡的房间，袁乐儿发现最近似乎韩雪晴也很少回家。她从兜里拿出了那张纸条，然后打开电脑开始查询，她要记住那里的所有信息和路线。明天，不知道结果是什么，但她一定不会让无辜的人因为自己而受到任何伤害。只是，如果明天她有什么意外，最伤心的那个人应该是爸爸吧。袁乐儿看着手机中父亲的照片，忍不住拨通了电话。

"喂？哪位？"可，接电话的却不是袁胜天，因为是国际长途电话没有显示来电，所以对方礼貌地问询。

"林叔？怎么会是你接电话，我爸呢？"袁乐儿听出了是袁胜天身边最亲近的人，林叔的声音。

"哦……是大小姐啊。天爷……出门应酬去了，电话没有带。大小姐有什么事吗，等天爷回来我转告他。"林叔回答。

怎么这么巧，本想听听爸爸的声音，再说说话，撒撒娇什么的，可偏偏却没带电话，这是天意吗？袁乐儿有点黯然。

"没事……就是想和爸爸聊聊天而已，既然他没带电话就算了，谢谢林叔。"袁乐儿正想挂电话时忽然又想到了什么。

"林叔！以后……以后我不在爸爸身边，还请您多照顾下他。您知道他脾气不好，公司事情又多，而他身体也不像从前那么硬朗了，我真的很担心他。还有，无论未来发生任何事，林叔你都要看着爸爸，别让他冲动，告诉他，我很爱他，很爱很爱，如果有下辈子，我依然会选择做他的女儿！"说到这里，袁乐儿忍不住哽咽落泪了，她捂着嘴，不让自己的声音出现任何不妥。

"会的，我会守着天爷，大小姐放心。不过，大小姐发生什么事了吗？"虽然没听出袁乐儿口气有何不妥，但林叔总觉得袁乐儿的话怪怪的。

"没有，没有！我只是想到以后嫁这么远见不到爸爸，有点难过，会很想很想他。没事啦，林叔也要照顾好自己哦，您也不年轻了，别整天喝酒对身体不好的。林叔晚安哦。"再说下去，袁乐儿担心自己会忍不住哭腔，所以她急忙挂断电话。

“大小姐……无论天爷做什么，您都要知道他是因为在乎你。或许天爷对大小姐从小就比较严苛，但那是因为担心和爱。所以，请大小姐也一定要保护好自己，好好过日子，永远的幸福下去，这样才不枉天爷对你的一番心血。”正当袁乐儿要挂断电话时，却传来了林叔关切的话语。

“嗯，我知道，爸爸对我所做的一切，我都知道。林叔放心，我已经长大了，不再是那个任性不懂事的孩子了。爸爸背负着的一切，以后应该由我来承担了。林叔……谢谢您，爸爸有您在身边守护着我就放心了！”对于林叔的嘱咐，袁乐儿不觉得有异，她以为只是长辈对小辈的嘱托而已，所以挂断电话后，她再一次拨打给了袁秦风，因为除了爸爸，第二个最在乎她的人就是哥哥了。可惜，袁秦风的电话却打不通，她有点伤感，为何在自己最需要亲人的时候，偏偏天意弄人，找不到他们任何一个，或许老天故意让自己留有遗憾，让她在明天不能那么轻易地死去吧。

而挂断电话的林叔，偷偷抹了一下眼角的泪，坐在车里心焦地望着警察局的大门。袁胜天已经进去三天了，这三天胜天公司所有律师倾巢出动，为其出谋划策，力求救他出来。可他根本没打算出来，不但承认了警察列出的所有罪名，也因为涉及军火洗钱等不法行为，胜天集团也将会遭到查封。袁胜天此次似乎是铁了心承担起所有罪责，即使赔上自己的自由和富贵也在所不惜。

在进去以前，袁胜天把后续的安排全都交代给了林叔，毕竟跟着他打拼一辈子的兄弟情同手足，他不能不管他们的未来。而儿子袁秦风也是到了该独当一面的时候了，所以袁胜天很坦然放心地走进了警察局自首。面对他的到来，警察们都很愕然。谁不认识××市的成功人士袁胜天，虽然一直都有他涉黑的消息，但也因为一直没有证据所以无法立案。而如今对方居然自己主动前来自首，积极配合办案之余，还坦然承认以往所有的不法事实，这就像天上掉馅饼一般，让办案警察们有点受宠若惊。介于袁胜天的案子太大，牵扯的人太多，所以警方此次侦讯全都处于保密阶段，因此外界目前还没有任何消息。

袁胜天进去三天，林叔就在门口等了三天。这三天就似一辈子那么漫长，因为袁胜天说了，如果三天后自己无法被保释的话，就让他开始运转后续的计划。如今，三天已经到了，袁胜天依然没有走出警察局的大门。因此，林叔遵照袁胜天的话，叫司机启动了车子，黯然离去。

日月轮转，每天似乎都是一个新的开始，也代表了昨日的结束。时间，是个残忍又冷漠的家伙，从不会对世间万物有任何怜悯，它的无情是岁月的见证，它的决绝让过往一去不复返。

而袁乐儿没有时间去追忆往昔，如今她在乎的是还有没有明天。从来不知道时间原来会这么让人恐惧害怕，第一次，她觉得时间不够用，也是第一次，她害怕时间的流逝。时针指向了六点，而她也到了朗坤指定的地点，一个废弃的工厂。这里属于首尔郊外，地处偏僻，了无人烟。因为废弃没有人打理，显得异常冷清破落。

“朗坤，我已经到了，别畏首畏尾的，出来吧！”袁乐儿对着空旷的厂房大声喊着。可四周除了她的回音以外，没有任何一点动静。这让袁乐儿更加警觉小心，她警惕地观察着周围的一切。

忽然，“哐”的一声巨响，一道厚重的铁门缓缓打开，袁乐儿敏捷地冲了过去，出现在她面前的是她心心念念的两个男人。只是两个男人都被捆绑着，塞着嘴，一根绳子让其各自平衡地悬挂在空中。

“承勋，金逸晨，你们还好吗？”看着这样的情况，袁乐儿毫不犹豫地向二人跑了过去。

“站住！你再动，我就杀了他们！”一个低沉的声音从铁门后传出，随即一堆人簇拥着一个人缓缓地走了出来。袁乐儿瞬间止住了脚步，转回头看着那个说话的男人。

“你就是朗坤？我人已经来了，快点放人！”一想到挂着的两人不是生病就是受伤的状况，袁乐儿就心急如焚。

“急什么，我等这一刻可是等了整整20年！游戏才刚开始不是吗？”朗坤悠然地对着袁乐儿一笑，旁边的人急忙为他端来一张凳子，他沉稳地坐了下去。

“你不就是要报仇吗？如今我人已经来了，要杀要剐悉听尊便，放了他们，他们是无辜的！”袁乐儿指着悬挂着的二人，冷静从容地对朗坤说着。但她的话刚说完，两个挂着的男人同时都发出了“呜呜呜”的声音。

“无辜？这个故事里最无辜的是我的儿子！他们和你根本没任何血缘关系，你都那么紧张，那我儿子呢？我唯一的亲生儿子，谁又放过他了？”一想到当年儿子血流如注的画面，朗坤就恨得牙痒痒的。儿子的死，都是袁家的人造成的，他不会放过他们，他要让他们付出双倍甚至十倍的代价！

“你儿子的死本就是个意外，谁也不想发生。但你能说事故的发生不是你造成的吗？如果你没有心存不轨想置我爸于死地，我妈又怎么会跑来救人导致悲剧发生呢？而我妈……我妈，我妈又是死于谁的手呢？这个账要是算起来，似乎是你该赔我一条命才对吧！”虽然往事袁乐儿并不很清楚，但父亲拿着母亲照片痛苦心伤的一幕，她犹然在目。那个深爱着母亲守护着这个家的父亲，一辈子活在深深的悔恨和思念中，让她忘却了此时自己身处险境，对着朗坤质问起来。

“你知道个屁！在当年帮派如日中天时，你爸居然妄想解散我们，转向正当生意！你知道打下这片江山我付出了多少吗？就因为你爸是主事的，就让我所有血汗付之东流，是你，你会甘心吗？我只是要拿回属于我的一切有错吗？错的是你爸，是他让我不得不下手，而你妈却是导致我儿子死的罪魁祸首！我在我儿子尸体前发誓，这辈子一定要让你们袁家血债血偿！”埋藏在朗坤内心深处的炸弹爆发了，他愤愤地指着袁乐儿恨不得把她撕得粉碎。

“你还真会本末倒置颠倒是非！按照你的世界观，那世上所有事都没有是非黑白正邪之分了！何况，你失去了儿子，而我失去了母亲，我爸没有了妻子，不是也该扯平了吗？你这样咄咄逼人又算什么？”袁乐儿气急了朗坤的无理取闹，向着他快步走了过去。

“站住！别想动什么歪脑筋。在昨天之前，我还不知道，看似毫无危险的你居然和你妈一样，那么能打。如果你还想救人的话，我劝你就什么都不要做！”朗坤鹰一般的双眼，露出了狡黠的目光。他猜得没错，本想趁乱贴近朗坤，以挟持他来救人的袁乐儿，只能无奈地停下脚步。

“你到底要怎样才肯放人？”无计可施的袁乐儿，狠狠地瞪着朗坤。

“很简单，玩个选择的游戏！你知道我是生意人，做赔本的生意不是我的风格。如今你只有一个人，那么我也只能放一个人。如今他们两人系在一根绳子上，一个落，一个就会升。落下的人只要松开绳子，上面那个就会跌落。所以，机会就一次，选吧。”朗坤面带微笑地说着他的游戏，似乎在他眼中人命不过就是儿戏。

“卑鄙！金逸晨家不是对你有救命之恩吗？你怎么可以这样忘恩负义？”袁乐儿不明白，一直以来爸爸给她找的保护伞，最终怎么会这个状况。

“看来我这个计划果然不错，连老谋深算的袁胜天都被算计了。不过，听你的语气选的是金逸晨啦？”朗坤对着控制绳子的人做了一个放的动作。那人在接到指示后就开始搅动绳子的方向，两个本来相处同等高度的男人，开始了一边的倾斜。

“等等！不是的！”眼见裴承勋越来越高，袁乐儿禁不住惊呼出声。

“不是？那就是选裴承勋了？人，果然还是自私的，无论金逸晨为你付出多少，你选的依然是自己的爱人。”朗坤随即对着控制绳子的手下做了一个交换的动作，一瞬间，裴承勋直直落下，而金逸晨飞跃而上。

“住手！我没有选择，没有！”眼见金逸晨越升越高，袁乐儿失控地尖叫起来。

“我说过，机会只有一次，没有后悔！放！”看着袁乐儿痛苦的表情，朗坤心里有着说不出的痛快。就在朗坤的指挥下，裴承勋快速落地，而旁边的人手起刀落斩向了绳子。

“呜呜……”悬挂在高空中的金逸晨发出了惊恐的声音。

袁乐儿二话不说向着即将切断的绳子冲了过去，在绳子被斩断前千钧一发的瞬间，她飞扑上去抓住了绳尖。金逸晨因为袁乐儿的缓冲停滞了掉落的速度，在空中摇摇晃晃地悬挂着。而因为体重不均，袁乐儿根本无法控制住绳子，于是袁乐儿用双腿勾住了控制绳子的男人，快速将绳子环绕在男人的脖子上。男人被这突如其来的攻击弄得手忙脚乱，只能用力扯住勒在脖子上的绳子。利用这个空闲，袁乐儿飞跃而起跳到了一个废弃的设施上，再从上面跃向悬挂的金逸晨，敏捷地抱住了他的大腿。因为重量的悬殊，被绳子勒住的男人一瞬间被扯到了空中，而金逸晨和袁乐儿则向地面滑落。

“啊……”被抛到空中的男人发出了惊恐的尖叫声。袁乐儿头也不回，决绝地砍断了绑在金逸晨身上的绳子。随着绳子的断裂，空中的男人向断线的风筝般瞬间跌落在地，发出了“砰”的巨响。

“唔……唔……”男人从喉间发出断续的咕噜声，随着嘴角涌出的鲜血，不甘心地瞪着正在为金逸晨解开绳子的袁乐儿。

“你还好吗？有哪里不舒服吗？”袁乐儿一边解着金逸晨的绳子，一边焦急地询问着。

“乐儿……对不起，对不起！”可金逸晨一拿开塞着嘴的布条，只是愧疚地不停道歉。

“你没有对不起，是我对不起才对。记住，等下我让你跑的时候，无论发生什么事都不要回头，知道吗？”袁乐儿在给金逸晨解绳子的时候，贴在他耳边悄声告知着金逸晨。

“漂亮！不愧为沈青的女儿！不过……你犯规了！”当袁乐儿回过头时，朗坤已经把裴承勋架在一旁，用枪顶在了他的头上。

“乐儿……不要管我，快带着他离开！”裴承勋急切地对着袁乐儿喊道。

“朗坤!！你要是敢动他一根寒毛，我发誓要把你碎尸万段！”第一次，袁乐儿有了杀人的欲望，她紧紧攥着拳头，红润的粉唇此时因为牙关紧咬，变得血红通透。

“好！别说我没给你机会，我最后让你再选一次。”朗坤忽然把手中的抢放在了地上，用脚向袁乐儿推了过去。袁乐儿不明就里地瞪着他，不明白他葫芦里到底卖的什么药。

“枪里就一颗子弹，你杀一个，我就放了留下的那个。还是那句老话，别打什么歪主意，我这里的子弹不会比你慢。”朗坤刚说完，身旁的所有人全都掏出了枪指着袁乐儿。

在听了朗坤的话后，袁乐儿直瞪瞪地看着地上的那把抢，从小就玩转无数手枪的她，此时却觉得那把枪犹如千斤重一般。

“你只有 5 分钟，超过 5 分钟这个机会就没有了，希望这次，你能做出最好的选择！”朗坤点了一根烟，像看一部好戏似的，悠然自得地跷起了二郎腿。

这哪里是什么选择，无论怎么选对于袁乐儿来说都是死局。她颤抖着手捡起了那把枪，转向左边深情款款地看着裴承勋，随即又回头用愧疚的眼神看向金逸晨。两个男人，不同的感情，无论谁，她都无法亲手结束他的生命，而留下的那人也不会开心快乐。那唯有……唯有一个方法解决！袁乐儿的眼中忽然闪现出一丝坚决，她淡淡地看了一眼朗坤，嘴角浮现出一个轻蔑的笑容。

“乐儿！你不是一直问我，明明知道你不爱我，为什么我却那么执着不放手吗？现在我告诉你答案！因为，我一直都知道只有嫁给我，你才能安全无虞。所以，即使你不爱我，为了你的安全，我也无所谓！但，如今这个理由已经不在了，这是朗坤和我爸编制的谎言，一个为了让你爸放松警惕把你推进死亡深渊的骗局！所以，杀了我吧，让我爸也尝尝失去挚爱的痛苦！”金逸晨拉过袁乐儿，拿起她手中的枪用力地顶在了自己的胸口上。他无法面对袁乐儿，自始至终都以为的爱到最后却是致命的伤害，他无法承受，所以他宁愿选择死亡。

袁乐儿望着痛苦的金逸晨，露出了心疼的微笑。这个男人，用他内敛沉稳的方式表达着他的爱，到头来才发现，所有一切不过都是谎言。被最亲的人欺骗，那该有多痛多伤。袁乐儿把手中的枪挪开，然后紧紧地抱住了金逸晨。

“谢谢……谢谢让我认识了你，也谢谢你对我的爱，更谢谢你的坦白。如果……如果有来生，我一定还你！”从不知道，人与人之间，除了刻骨铭心的爱情可以让人心痛不已，原来还有一份愧疚之意也可以让人心碎万分。对于金逸晨的付出，袁乐儿给予不了任何回应，所以此时此刻，她只能还他一个愧疚的拥抱。

随即，袁乐儿走向了裴承勋。她对着他没有落泪，只是嫣然一笑。他们之间，无须太多言语，因为他们本就语言不通。裴承勋看着袁乐儿美丽依旧的大眼，也回以一个可爱阳光的笑容。即使不说话，他们也懂彼此的心意。

“假如那天，我不是因为太赶时间，随便买了一张即将起飞的机票，我不会糊里糊涂地来到韩国！假如那天，我不是因为发呆错过了最后一班巴士，我就不会遇到一个和我抢的士的男人，而撞到一个和我永不会有交集的你！假如，我不是同情心作祟和超级没有眼力见儿以为你是伤残人士，我就不会送你回家而看到不该看的秘密！假如……假如……假如我没有爱上你，今天就不会有这样的结果！”袁乐儿对着裴承勋表情平静却眼露温柔地说出一大堆中文，然后用枪指向了他。

裴承勋听不懂她说的任何一句话，但他依然笑容不减，对着袁乐儿眨着他飘逸微翘的睫毛，眼神中透析出莫名的坚定，然后用手握住了袁乐儿拿枪的手。

“我……爱……你……乐儿！”这句话，裴承勋居然是用他蹩脚的中文说的。

“我也爱你，还有，对不起！”而袁乐儿却用了蹩脚的韩语。两个人似乎都在用心向对方告别，很怕最重要的那句话，对方会听不懂。就在袁乐儿说完那句对不起后，裴承勋忽然变了脸色，他似乎知道了什么。

果然，袁乐儿用力推开了裴承勋，举起枪对着了自己的胸膛。

“不要！”裴承勋痛苦地向着袁乐儿冲了过去。

“乐儿！”金逸晨也向着同样的方向跑去。

“砰”，随着一声枪响，袁乐儿娇小的身躯缓缓倒了下去。

“啊!!!”裴承勋发出了凄厉的悲愤声。抱着袁乐儿软绵绵的身躯，裴承勋号啕大哭起来。

“对不起……不能陪你了。”袁乐儿吃力地抬起手，抹掉了裴承勋脸上的泪滴。

“不要……不要……求你，不要！”裴承勋紧紧拥着袁乐儿，失控地呼喊着。

“朗坤……你想要的……我给你了！放了……放了他们！”袁乐儿用尽最后的力气，也不忘为裴承勋他们求得生机。最终，袁乐儿抬起的手，慢慢垂了下去。

“救人啊！救人啊！”裴承勋崩溃了，对着周遭的人发疯地喊着。而看着这一切的金逸晨，缓缓跪了下去。他不敢相信，也无法相信如今看到的这一切。

3

就在此时，铁门外走进一男一女。朗坤回过头，看到的则是韩雪晴用枪押着袁秦风走来的情景。朗坤笑了，发出了开心的大笑。他站起身，对着韩雪晴拍起手来。

“果然没让我失望，很好！看来，今天的确是我的幸运日！”朗坤的话让韩雪晴有点茫然，而走在前面的袁秦风则发现了躺在血泊中的袁乐儿。

“乐儿！”袁秦风不顾后面被韩雪晴指着的抢，向袁乐儿冲了过去。

“怎么会这样？怎么会这样……乐儿，哥来了，你看看我啊！”袁秦风仓皇的从裴承勋手中抱过袁乐儿毫无声息的身躯。

“哥……救她……快救她……”眼见袁秦风来到，裴承勋就像找到救命稻草一般，拉着袁秦风的手苦苦哀求着。

“别怕，别怕，哥带你去医院。我们走，我们马上就走！”袁秦风似乎忘了此时身处的环境，抱起袁乐儿就向门外走去。

“站住！你当这里是你家吗？想来就来想走就走？要走可以，和刚才一样，玩一个选择的游戏，你的命留下，我就让他们送你妹妹去医院，要不然就全都留下，一个都别想走！袁秦风，选吧！”朗坤的话音刚落，手下全都拿着枪把袁秦风等人团团围了起来。

“既然你这么喜欢叫人家去选择，那我也让你选择一下。”忽然，一旁的韩雪晴冷冷地发话了。而她手中的枪，居然对准了朗坤。面对这突如其来的变化，朗坤的手下慌忙转头，把枪又指向了韩雪晴。

“选择？我有什么好选择的？而且，似乎你妈还在我手里了，难道你为了一个男人，连你妈的死活都不顾了？”朗坤果然不愧为枭雄，面对指着自己的枪口，一点都未动容，而是从容冷静地面对。

“别废话，你选还是不选？”韩雪晴似乎不为所动，面无表情地看着朗坤。

“选什么？今天这样的状况，还需要我选吗？”朗坤冷冷一笑，面对韩雪晴的冰冷的枪口，他似乎毫不在意。

“或许你不知道，你还有一个女儿吧。如今摆在你面前有两个选择，要嘛放他们离开，要嘛，就给你女儿收尸！朗坤，选吧！”韩雪晴的话犹如晴天霹雳，把朗坤震得仓皇地退了一步。

“你……你说什么？女儿？不可能，我怎么会有女儿？你胡说！”对于韩雪晴的话，朗坤完全不相信。而此时，韩雪晴忽然把枪口对准了自己，她的举动不但让朗坤愕然，也让袁秦风惊慌失措。

“雪晴，不要！”袁秦风惊呼出声。

“我要杀你女儿很简单，随时，随刻！每分，每秒！最后问一次，放还是不放人?”韩雪晴拉开了手枪的保险，对准了自己的心脏。此时，有多么恨身上流着对面这个男人的血，但却又多么庆幸还好流着他的血。

望着韩雪晴眉宇间那份神似自己的神韵，回想起曾经与韩丽萍的种种过往，朗坤瞪着难以置信的双眼，仓皇地对着手下挥了挥手，示意他们收起枪。

“放人!”终于，朗坤松口了。

“雪晴，这就是你说的来救乐儿的方法吗？为什么，为什么你不告诉我实话?”

“秦风，快带乐儿去医院，晚了就来不及了，快走啊!”眼见袁秦风含着泪望着自己，韩雪晴急忙对着他大喊着。她不想他留下来面对后面的一切，而她如今的身份，根本就没资格再和他站在一起。所以，她必须赶他离开。

的确，袁乐儿不但血流不止，身体的温度也越来越凉，容不得袁秦风再有一丝犹豫。所以，在袁秦风最后不舍地看了一眼韩雪晴后，就抱着袁乐儿向门外冲了出去。而在袁秦风离开不久后，几辆警车就呼啸而来。当听到警铃的呼啸声时，朗坤跌坐到了凳子上。

“你叫警察来是抓我，还是抓你?”朗坤伤感地看着韩雪晴。他的女儿，在相认的第一天，却是离别。

“我们都该死不是吗？从你为了上位抛弃怀孕的我妈追老大的女儿时，从我为了不受人白眼误入歧途当杀手时，我们的结局不是早已注定了吗?”韩雪晴做梦都没想到，就在袁乐儿来韩国的那天，韩丽萍与她视频时，十分清醒地告诉她，她看到她爸了，而那个人的名字叫作朗坤。从那天后，她就有了今天的计划，也开始故意躲避袁乐儿，因为无法面对，因为有太多的对不起。

“或许，此时我说什么都是多余的，但我离开时真的不知道你妈怀了你，不然我不会做那样的选择。”不可一世的朗坤，此时似乎老了几十岁，他颓废挫败的模样，和往日的他完全无法比拟。

“选择决定命运不是吗？我们，都回不去了，但至少还可以解脱。结束吧，让所有的噩梦、痛苦、心伤。”韩雪晴对着朗坤，把枪举了起来。接着，警察们荷枪实弹涌了进来，然后一阵“砰砰砰”的枪响后，一切都回归于寂静……

4

两个月后，已是春天的韩国洋溢着万物复苏的痕迹。似乎一切都是一个新的开始，树枝开始发芽，花朵开始绽放，连南去的鸟儿也展翅飞翔。在这个大自然中，人类其实最为渺小，无论曾经有多伟大，死后也不过是一堆黄土一个墓碑而已。

此时，某个公墓前站立着一个全身黑衣的倩影，而她身旁则停靠着一个轮椅。轮椅上的人，眼中涌动着难得的清澈。

“妈，你还怪他吗?”韩雪晴蹲下身在墓前点起了两只香烛。

“这辈子，总是糊里糊涂的，难得清醒，哪里还有时间去怪去怨。只是没想到，他居然会走在我前面。”韩丽萍从轮椅上缓缓站起身，用手拨弄着墓碑上飘落的树叶。

看着韩丽萍看似淡然却又眼角带泪的模样，韩雪晴的眼前再一次闪过了当日的情景。就在警察冲进厂房的那一瞬间，朗坤抓住了她拿枪的手，然后用力一拽则把韩雪晴抱进了怀中。

“爸爸……对不起你，和你妈妈，就让我最后再为你们选择一次。”话音刚落的朗坤，狠狠地把韩雪晴摔落在地，然后对着地上的韩雪晴举起了枪。而刚冲进门的警察正好见到这一幕，于是全都拿着枪对着朗坤毫不犹豫地射击着。

一瞬间，朗坤被打成了蜂窝，他拿着枪的手缓缓垂了下去，而在倒下的那瞬间，他则是微笑地望着看着他的韩雪晴。就这样，韩雪晴成为被害人成功地得到了警察的解救，而朗坤和手下一众人死的死抓的抓，结束了此次绑架事件。

韩雪晴默默地在朗坤的墓前倒了一杯龙井，然后高高举起缓缓倒下。虽然，她曾经是恨他的，可血浓于水，当他用生命来做最后的选择保护她时，韩雪晴虽然没有哭，但心底的那一抹痛则挥之不去。

“爸……这是我这辈子第一次叫出这个称呼，虽然有点晚，但我想你应该会希望听到。这是你最喜欢的龙井，多喝点吧，未来可能有很长时间会喝不到了。我决定放下这里的一切带妈妈去美国，就像你说的那样，重新开始。”微风徐徐吹过，韩雪晴和韩丽萍的身影显得那么孤寂冷清。

“那我呢？也要放下吗？”忽然，一个伤感的声音从韩雪晴的身后传来。

韩雪晴不敢置信地猛然回头，一身正装帅气无比却又憔悴黯然的袁秦风就那样出现在了她的面前。虽然这两个月以来，他们相互没有任何联系，但从新闻中韩雪晴知道，袁胜天被捕入狱，因坦白从宽主动自首，而又上缴了所有赃款，解体了胜天集团，所以得到判处有期徒刑 15 年的从轻发落。而袁秦风则在林叔的安排下，另起炉灶开设了新的公司，彻底结束了帮派的一切。而这么忙碌的他，居然会毫无声息地出现在这里。不得不说，这两个月没有联络，韩雪晴无时无刻不在思念中度日如年，她真的好想好想好想他，可，就在知道自己是朗坤的女儿时，她就知道他们回不去了。所以，此时的韩雪晴，含泪无言地望着袁秦风！

“你真的可以吗？放下我，放下我们 15 年的感情，放下我们所经历的一切？就算你可以，但我却做不到。雪晴，或许这句话晚了点，但我知道如果错过了你，今生就再也没机会讲了。”袁秦风动容地从兜里拿出一个精美的盒子，然后对着韩雪晴缓缓单膝跪下。

“嫁给我好吗？让我们一起再经历无数个 15 年，让我用一生去守护你，呵护你，爱你！”袁秦风拿出盒子里闪亮的钻石戒指，对着韩雪晴高高举起。

这个求婚，韩雪晴想过了无数次，也期待了无数年。可如今，她却又该怎样去回应？他们之间，背负着家族的血海深仇，也有着剪不断理不清的爱恋，两个根本就不该相遇的人却走入了彼此的心底。韩雪晴看着那颗她等待了无数年的戒指，既激动又无奈地捂着嘴低声哭泣着。

而在一旁的韩丽萍却轻轻拉过韩雪晴的手，然后缓缓地放在了袁秦风的手上。韩雪晴睁着通红的双眼莫名地望着韩丽萍。

"该还债的人已经还了，你的人生属于自己，不要去背负你不应该背负的东西。找到一个愿意陪你 15 年还有未来无数个 15 年的男人不容易，至少……你妈我没找到！"韩丽萍轻轻地拍了拍两人重叠在一起的手，对着韩雪晴温柔一笑。

"妈……"

"伯母……"两人异口同声动容地喊着韩丽萍，而韩丽萍自己缓缓坐到了轮椅上，望着朗坤的墓碑，眼神又陷入了混沌中。看着这样的韩丽萍，韩雪晴哭出了声，而袁秦风则紧紧地拥着她。此时，微风又一次徐徐吹过，但韩雪晴却不再感到孤寂和冷。

第二十七章　初心（大结局）

1

在韩国演艺圈中，艺人的生命周期很短，因为竞争很强，稍微不注意就会被新人取而代之。而裴承勋因为机场事件对大众的欺骗，再加上对国民女神申伊敏的劈腿，导致公众对其失去信心和支持，演艺事业跌到谷底，最终宣布暂别演艺圈决定低调服役。

人们其实很容易淡忘，就在裴承勋入伍一年后，他似乎已经被淡忘不再被人提起时，申伊敏的事业却到了巅峰时刻。广告接到手软，代言也一个接一个，电视剧制作和电影片约不断，身为国民女神的她比以往更加耀眼。可就在她的新片发布会之际，一段她与一个女人之间的对话却在现场被公开，而对话内容让在场的媒体全都炸开了锅。

申伊敏在录音里不但承认了与裴承勋秘恋两年，而为了不让裴承勋曝光恋情，对其下蜂蜜导致裴承勋过敏，让他在机场不敢面对粉丝和媒体，只能悄然离开。后又因为不满裴承勋提出分手，设计记者偷拍裴承勋陪她去医院看病的照片，在照片被曝光后，导致早已分手的两人不得不继续装作恩爱情侣，把裴承勋套在身边。最后在知道裴承勋有了心爱的女人绝不会回到她身边时，她决定断送其演艺事业来作为报复，因此才有了裴承勋虚假道歉的一系列新闻。

对话中的申伊敏语气嚣张跋扈，不但不屑于裴承勋以往所做的一切努力，还把媒体大众玩弄于股掌之间，认为大众和媒体都是无知愚昧的。因此，此次对话内容一流出，震惊了整个演艺圈，也让申伊敏从云端跌落到深渊。裴承勋曾经经历过的一切全都悉数回到了她的身上。媒体炮轰她，大众谴责她，粉丝也背弃她。一夜之间，女神变成了瘟神，申伊敏甚至连大门都不敢出，整天就躲在家里酗酒度日。

就在大家纷纷指责申伊敏时，蓦然回首才发现了裴承勋从机场事故开始，对申伊敏的包容和保护，宁愿被大众责怪甚至是放弃演艺事业也对申伊敏的陷害只字不提。一瞬间，大众同情的天平全都倒向被害者裴承勋，媒体争相报道裴承勋的义气和风度，而粉丝们也为冤屈的偶像抱不平，相继在裴承勋曾经的主页留言加油打气。

这一切发生得太快，不过，裴承勋因为早已不当自己是艺人，所以完全没关注外界的消息。他此时只想好好在军营锻炼成长，他很期望通过军营的训练从一个粉嫩的艺人变成一个真正的男人。时间很快，裴承勋两年的服役时间结束了。在退役的那天，他站在军营门口抬头看着蓝天，露出了舒心的微笑。因为今天不是结束，而是未来的开始。

裴承勋拿着行礼惬意地走在大街上，真好，没有人围观追随，他感受到了一个普通人的快乐。可裴承勋还没享受到几分钟的自由，一部红色的宝马车刷的一下停在了他的面前，车窗滑下后，一个穿着性感火辣的美女，对着他露出了迷人的微笑，这让裴承勋有点愕然，他似乎不认识她啊。

“裴承勋?！上车，我送你。”美女向裴承勋发出了邀请。

“额……我……”正当裴承勋红着脸不知道该怎么回答时，忽然一部红色的保时捷刷地一下拦在了宝马车的前面，从车上下来一个娇小的身影。看着这个身影，裴承勋露出了阳光灿烂的笑容。

“喂，那个谁，想载他换部车再来！还有，你不知道他名草有主了吗?”娇小的身影敲了敲宝马车的车窗，轻蔑地看了看人家的车，露出鄙视的表情。

“你!”气得火大的美女本想回击，但看到拦在她前面的红色保时捷，一时气结说不出话来。而那个娇小的身影却对着裴承勋伸出了手，裴承勋温柔地看着她，乖乖地牵起她的手，两人旁若无人地上了保时捷，然后一阵风似地飘然而去，留下那个无语的美女呆若木鸡。

“干嘛对人家那么凶?”上车后的裴承勋嘟着嘴表示不满。

“我哪有凶，说的事实好不好？干嘛，心疼了，那我放你下去啊。”刷地一下，保时捷停在了路边。而裴承勋二话不说，猛地抱住对方娇小的身体，就那样吻了上去。他有多久没闻到她身上的芳香了，又有多久没触碰她诱人的红唇了，他不知道自己到底有多思念，他只知道此刻要紧紧地拥着她，深吻她。

“唔……”被吻得一塌糊涂无法呼吸的她，用两只毫无杀伤力的小粉拳使劲反抗着。结果反抗无效不说，自己却沉沦进他的激情中。两人就那样深深地吻着对方，似乎要把错过的时光全都补回来。直到她需要深呼吸而涨红了脸时，裴承勋才不舍地松开了手。

“乐儿，我好想你，好想好想……”把头埋在袁乐儿粉颈之间，裴承勋轻咬着她的耳垂低声地说着。

“肉麻，两个月前你休息时不是才见过吗?”袁乐儿如今一口流利的韩语，他们似乎不再需要手机的辅助了。

“对啊，都两个月了，我连两秒钟都难以忍受，到底是怎样撑过这两个月的。不管，你要补偿我。”无论在军营待多久，裴承勋依然还是那个撒娇鬼裴承勋，一脸赖皮地拉着袁乐儿耍无赖。

看着面前这个皮肤有点晒黑，身材更加健硕，但脸还是那样无邪纯真的家伙，袁乐儿真是哭笑不得。用手托起他那可爱的小脸，然后辣手摧花地一阵搓捏揉按。

“你要怎么补偿啊?”随即用腻死人的声音调皮地问着。

“唔……回家……回家就告诉你。”因为脸都揉得变形，裴承勋说话时有点口齿不清了。

“想得美，先去店里。”袁乐儿才不理他，放开裴承勋后，就启动了车子。

“不要，我要回家，我想回家啦……”车窗里传出裴承勋死活耍赖的声音。

“不行，今天周末，店里很忙，你给我乖一点。”袁乐儿话音刚落，车子如离弦的箭一般飞驰而去。

2

就这样，很快裴承勋就站在了一家名为“宅男”的咖啡店前，正如袁乐儿所说，今天周末，顾客非常之多。而让裴承勋眼前一亮的，则是门口放着的那两副巨大的画像，因为画像中不是别人正是他裴承勋自己。

他睁着懵懂的双眼，缓缓走到自己的画像前，不敢置信地看着这精雕细琢的画工。左边一副是素描，看似简单，却把他的神韵画得惟妙惟肖，那微醺的假寐，棱角的精髓犹如真人再现一般。画的下方还有一颗跳动的爱心，爱心里有着中文和韩语。韩语的意思则是，初心……是我们永远的守候。

而右边那副则是鬼斧天工的手绘插画，画中的裴承勋闭着眼任凭雨水湿漉了全身。这是裴承勋曾经演绎过的一部电视剧里的情景，如今看到这个画面再现，裴承勋似乎又回到了曾经当演员的岁月，那个时候，他有多么的开心和满足。而在画的左下方，也有着几个手写体韩语“相信……是我们不变的承诺”。

“好看吧！这些都是爱你的粉丝为你画的。左边是中国的粉丝，而右边是韩国的粉丝。在两个月前，她们就开始为你制作画像，希望在你退役时，能第一时间看到她们对你的支持和爱。”袁乐儿走到裴承勋身边，轻声地为他讲解着画的由来。

“嗯……好看，比真人还好看!”裴承勋感到了贴心的温暖，不得不说他很感动，但经历过沧桑后，他似乎有点抗拒从前的一切。所以，他只对着袁乐儿缓缓一笑，就抬腿向店里走去。可就在裴承勋刚推开店门时，一个身影却向他飞扑过来，一边尖叫着他的名字，一边死死地抱着他不撒手，这个状况让裴承勋傻了眼，俊美的小脸全然惶恐，急忙转头向袁乐儿求救。可惜，这次他失算了，袁乐儿不但无谓地耸了耸肩，还一副节哀顺变的表情。这……到底什么情况?

“承勋……我好想你!”抱着他的女人不顾裴承勋的反抗，还一把鼻涕一把眼泪地往他身上蹭。

“额……您是?”听着对方口音不准的韩语，裴承勋猜到了她不是韩国人。于是，尝试着用中文问道。

“哇!! 你居然会中文了?? 你不是学渣吗? 怎么可能学会了中文?”花痴女完全

无视裴承勋的话，瞪着一双被泪水打湿而黑了眼线的熊猫眼，直勾勾地看着裴承勋。

“呵呵……您还真了解我。不过，可以先放开我吗？我未婚妻会生气的。”面对人家说他学渣的事实，裴承勋撇了撇无辜的小嘴，要不是这里人太多，他真想杀她灭口。

“未婚妻？就她？放心，今天你属于我！她敢生气，我拍死她！”本想用袁乐儿当挡箭牌拒绝这个花痴女，哪里知道这女人听到后，气场却更加强势。裴承勋彻底懵了，这女的谁啊，居然敢无视他家的乐儿。

“嘿嘿……亲爱的……她是我从小到大的死党外加你的终极粉丝，程思琪同学。因为……因为我一直对她隐瞒了我们之间的事，所以为了赎罪，我答应了她，今天你是她的……对不起啊，你就辛苦下吧。”一说完这句话，袁乐儿就像脚底抹油的兔子一般，快速地向店里跑去。

“呀！！袁乐儿！”看着一溜烟消失不见的袁乐儿，裴承勋咬着红唇翻了一个白眼，他居然就这样被人卖了，而且还卖得这么彻底。你死定了，袁乐儿！！

而在一旁滴着花痴的口水，一脸满足幸福的程思琪则把头嘚瑟地靠在了裴承勋的胸前。虽然她很气袁乐儿一直以来的隐瞒，但在听了他们的故事后，她完全理解了二人当时的处境，所以她气不过三天，在向袁乐儿提出裴承勋必须借她一天的要求后，就马上没节操地原谅了袁乐儿。

因为裴承勋的到来，咖啡店里发出了惊喜的尖叫声，很多客人其实都是他的粉丝，所以大家相继围着他照相要签名。虽然裴承勋说自己早已不是艺人，但粉丝们依然热情不减，相反还用手机一传十十传百，导致咖啡店门外排起了长龙，只为见裴承勋一面。

一旁的袁乐儿暗暗观察着裴承勋的神情，这家伙嘴里说着不是艺人，也不再演戏，却其实很享受被众人喜欢、认可和支持。他的耀眼和闪光早已注定无法过一个普通人的生活。他的骨子里有着一簇永远也浇不熄的火焰，那就是做一个无法被替代的演员。也因为这个梦想，在浮躁的演艺圈中浮浮沉沉打拼了十年。如今，繁华过眼，昨日不再，因此他选择了安静，在入伍时开了这间“宅男”咖啡店，让袁乐儿代为打理。只是，袁乐儿知道，纵然他不愿承认，不去面对，但他内心对演员向往的热度随着他的压抑，只会与日俱增。

终于，辛苦的一天过去了，好不容易甩掉那个像口香糖般粘人的程思琪，裴承勋嘟着嘴不满地瞪着好像没发生任何事的袁乐儿。

“干嘛这样看着我？”知道今天陷害了裴承勋会倒霉的袁乐儿，装作非常无辜的模样，想从裴承勋身边侧身挤过逃跑。可惜，身手再敏捷的她也无法赢过人家的先天优势，谁叫他手长脚长呢……下一个画面，当然是袁乐儿被裴承勋狠狠地拽住，然后轻轻一拎，环抱在怀中，向着二楼的房间走去。

“喂，我们都是文明人，君子动口不动手哦，不可以武力镇压，你打不过我的。”既然逃不掉，袁乐儿只能装可怜外加威胁恐吓了。不过，裴承勋不为所动，撇了撇小嘴，一脸傲娇的表情，随后毫不怜香惜玉地把袁乐儿扔到了床上，还没等袁乐儿爬起身，他就狠狠地吻了上去。居然敢把他送给别人，看怎么修理她。

“唔……温柔点……你是霸道总裁哦！”袁乐儿不满地大叫着。

“没演过，要不要试试？”裴承勋眯着眼，露出一个很痞子的表情。

“不要啦，救命啊，你这个小色狼！”袁乐儿使劲地敲打着此时裴承勋更加健硕的脊背。

“都说了不小了，哪里小啦？”看来，裴承勋还记得曾经的那次对话，心有不甘的他拉扯开了袁乐儿的白色衬衣，在香肩滑出之时，胸口的一个弹孔疤痕也随即出现在了裴承勋眼前。忽然，裴承勋停滞了动作，对着疤痕的位置，温柔地吻了下去。

“还疼吗？”一想到差点就要失去她的那一天，裴承勋就心如刀割。

“都过去那么久了，早好了。”袁乐儿知道他又想起了那天，所以用手轻轻地抚摸着他埋下的头。

“你知道，当医生告诉我，还好子弹距离心脏有0.1毫米的距离时，我有多欣喜若狂吗？看着浑身是血毫无声息的你，我真的以为……真的以为你会死掉了。”裴承勋紧紧拥着袁乐儿，一次又一次地吻着她的伤疤。

“其实，开枪时我对准的是自己的心脏。但，当看着你向我冲过来的那一瞬间，我才知道，我有多么的不舍，多么的不想死。所以，不自觉地移开了位置。谢谢你……谢谢你让我还有机会看见你。”袁乐儿捧起裴承勋的头，主动印上了她的红唇。天知道，她有多想他，有多爱他。

吻是火辣的，而夜晚是迷离的。对于深爱的两人来说，只有彻底地拥有彼此，才能化解那久远的相思之苦。随着袁乐儿的娇喘之声，裴承勋与她紧密地结合在了一起。双方似乎都想把对方融入自己的身体里，血液中，每一次渴求每一滴汗水都洋溢着不可熄灭的激情。

夜是漫长的，他们拥有着彼此一次又一次地进入巅峰又滑落云霄，直至袁乐儿筋疲力尽瘫软不动，而裴承勋似乎还不满足。

“你这个骗子！”对于裴承勋的渴求，袁乐儿最终发出了抗议。

“我哪有骗你？”不明白袁乐儿为何突然这么说，裴承勋眨着无辜的双眼，那悠长的睫毛随着他的旋律一上一下地闪动着。

“哼！在一场粉丝见面会时，你说你基本没欲望的！这样像没欲望的人吗？”袁乐儿鄙视地看着裴承勋某个部位。

“对啊，那时没遇到可以让我有欲望的人啊！等等那个时候，你不是不认识我吗？你又是怎么知道的？”袁乐儿的话让裴承勋产生了怀疑，一脸狡黠地看着她。

“嗯……那个嘛……因为，因为太想你，这两年我把你所有的作品和视频反复看了无数遍，我发现那个时候，你的笑容真的好纯粹。你……真的决定不再演戏，不当演员了吗？”这个话题，袁乐儿知道裴承勋一直是回避的，但他越是回避就代表他越在意，所以她希望能让他找到初心，不想他以后后悔。

果然，一谈到这个话题，本来还斗志昂扬的裴承勋一瞬间就黯然了，他靠着袁乐儿轻轻地躺了下去。

“现在很好啊，开着我一直梦寐以求的咖啡店，和心爱的人天天在一起，甚至还可以完成我在最美丽的时候结婚的梦想，我觉得很圆满和幸福。进入演艺圈，或许从头至尾就是个错误，我的瞩目症，内向，不善言辞，不会交际等等，与演艺圈显得太格格不入，我累，公司累，身旁的工作人员更累，不是吗？”裴承勋的语气听似很随意，但袁乐儿听得出来他的无奈。那么爱演戏的他，在剧本中可以游刃有余地诠释出无数个不同的角色，但却无法演好自己的人生。因为太过纯粹直白，不会去掩饰更无法去欺骗。他喜爱演戏，钟爱演员这个职业，但却又无法负荷身为名人附带的一切。

“可，放弃梦想的你，真的会快乐吗？还有那些爱你等你的粉丝们，你能放下她们吗？你知道今天被人群簇拥着的你，有多么耀眼夺目吗？你享受掌声，你渴望认可，你期待被爱！承勋，就算你站在世界的顶端，但如果不是你想要的生活，你也会枯萎凋谢的。回去吧，回到那个属于你的舞台，让你的光芒更加璀璨，我会永远在你背后支持你，守护你，爱你！”袁乐儿转过头，一双美丽的大眼中涌动着无可比拟的坚定。

“记得以前我就说过，人气如泡沫，稍瞬即逝！就如两年前一样，就算我付出了十倍的努力去得到认可，但却可能因为一次失误就被否定。我只是单纯地想演戏，演好戏，但现实却不允许，所以宁愿不要。如今，我只要和你在一起，守着我们爱的小店，简简单单平平淡淡的就好，其他的……我都不在意。”经历过大起大落后，裴承勋显得更加成熟历练了。虽然一直以来他都知道自己要什么，但因为演员的身份却不得不做很多自己不想也不愿的事，所以感觉太累。

“好，我不勉强你，只是我很担心咖啡店的未来。”袁乐儿微微地蹙着眉头，看起来很是担忧。

“为什么？不是生意很好吗？”裴承勋不明白袁乐儿为何会忽然这样说，一脸呆萌地看着袁乐儿。

“因为咖啡店的老板除了会演戏似乎什么都不会啊！假如哪天我不在你身边，我难以想象店里的情况。”袁乐儿一针见血地点出了裴承勋的问题。听到袁乐儿的话后，裴承勋似乎也陷入了沉思中，从16岁离家闯荡演艺圈追寻梦想开始，似乎他除了会走T台演戏以外，生活上真的是一个白痴。所有事情不是允择哥打理就是保姆伺候着，在家休息时，基本都是外卖救命，这样的他要打理好一个咖啡店好像是有点牵强。

“所以，做你擅长的，喜欢的，想要的吧。咖啡店是我们将来养老退休的地方，你还要努力赚钱养家了。要知道，我可是千金大小姐，虽然……是曾经！但吃的用的穿的都习惯了要最好的，要是你给不了，可能我就会跑掉了哦。”本想劝说裴承勋的袁乐儿却在无形中提到了以前的自己，以免尴尬她选择了一语带过。可，细心的裴承勋却把她的头放在了自己的手臂上，然后对着她的唇轻轻一吻。

“伯父……还好吗？”

“嗯……很好！看起来虽然瘦了一些，但精神却比以往好很多，应该是作息正常加上锻炼的关系吧。”想起自己从医院活过来却听到袁胜天为保护自己而去自首的消息时，袁乐儿像疯了一般吵着要出院回家。最终因为林叔传达了袁胜天对她说的话才作罢。

袁胜天说：“好好地过未来的人生，爸爸不光是为了你才去自首，也为曾经做过的一切而负责！这辈子，因为做了太多不得已而违心的事，进来这里终于可以好好地休息，不再人累心累了。唯一的希望，就是你和你哥能过着正常人的日子，像普通人一样，恋爱，结婚，生子！所以，不要担心爸爸，15 年很快就过去了，而且表现好还可以减刑，在未来的某天我们终究会团圆的。”

“别担心，以后我陪你常回去看他，好吗？”裴承勋懂袁乐儿的心情，因为她的任性，最终导致袁胜天为其担负起所有责任，那么大年纪还去坐牢服刑，这份愧疚会压在袁乐儿心底永久永久。

“嗯，好！睡吧，你也累了，明天……还有很多事要做了呢。”袁乐儿把头埋进了裴承勋温暖的胸口，用手紧紧地抱着他的腰，此时她需要一个怀抱，一个能为她遮风挡雨的怀抱。而裴承勋自然不会让她失望，环绕着她纤细的小蛮腰，轻轻在她额头深深一吻，只要她需要，他做什么都好！

3

而袁乐儿所说的明天有很多事，在裴承勋走进咖啡店那一刻就明白了。门口站着无数的粉丝，有的手里举着他以往的照片，有的则拿着有字的横幅，还有的直接在脸上画着他模样的卡通头像。

“我们不是泡沫！”

“喜欢你，只因为你是不可替代的裴承勋！”

“等待是使命，守护是初心！”

“我们爱你，回来吧！”

看着这一条条的横幅和一张张动容的脸孔，想起她们为了他开心地大笑激动得哭泣时，本就很爱哭的裴承勋瞬间红了眼眶。

“你们……这是在干嘛？”裴承勋的声音哽咽了。

“我们要你回来，要你重续你的演员梦，要你出演更多精彩的电视剧，要你继续成为我们的偶像，让我们也能一直一直追梦下去。欧巴，我们爱你！”大家就像彩排过一样，齐声地说着那些心里的话。这些话，她们等了两年，今天终于可以大声喊出来。

就在裴承勋感动得一塌糊涂泣不成声时，一个人影从人群中走了出来。

“允择哥？你……你怎么也……”这个人不是别人，正是与裴承勋搭档十年的崔允择。

“承勋，为了今天，大家都准备了好久好久。虽然以前发生过误会，也让你心碎离开，但人生不就是这样吗？有起才有落！跌倒并不可怕，只要在跌倒的地方重新站起来就好！回来吧，我们不想失去一个为演戏而生的好演员，而我也不想失去一个并肩作战的傻弟弟。”看见很久未见的崔允择，裴承勋撒娇的本性随之而来，直接冲过去抱住了崔允择，当然鼻涕眼泪悉数往人家身上蹭。

“裴承勋，别再矫情了，不然我扁你哦！这个，马上签字！”而平时最为花痴的程思琪，如今却很帅气地拿着一份合同扔给了裴承勋。

“这又是什么？”裴承勋看着上面写着“演员签约合同”的几个字，有点木讷。

“还能是什么，当然是签约合同啦。别怪我没提醒你，不签后悔一辈子哦。看清楚里面的条款，你只要做一个纯粹的演员就好，其他不爱的，不喜欢，不想要的全都可以不做！”程思琪嘚瑟地对着裴承勋抛了一个媚眼。

什么合同这么变态？裴承勋抬起头茫然地看着崔允择，而崔允择则应允地点了点头，似乎在告诉裴承勋程思琪的话不假。

“哪个老板会做这么亏死人的生意？”裴承勋不敢置信地翻阅着最后一页。

“当然是我这个老板啦！为了你裴承勋开了一家一人经纪公司，怎样，喜欢吗？”此时，袁乐儿从裴承勋的身后慢慢走了出来，一脸笑意地望着裴承勋。

“乐儿?!你怎么会……”裴承勋茫然地看了一眼袁乐儿，再看了一眼最后那页署名的公司名称“唯勋演艺公司”，不得不让他面对这个不可思议的事实。

“知道我是从什么时候被你吸引的吗？就是第一次和你工作时！记得那次，你为一个代言拍摄画报，站在照相机前的你似乎变了个人一般，给人完全无法直视的闪耀感。从那时起我就知道，你天生就属于那个位置。所以，即使昨天你嘴里一直不肯承认，但我也知道那不是你的真心！”袁乐儿拿出了一支笔递给了裴承勋，歪着头示意他签字。

“可……可我们的咖啡店怎么办？”看来裴承勋很是在意他的咖啡店啊，居然在这个时候还不忘这个问题。

“咖啡店有思琪在，你担心什么！”袁乐儿翻了一个白眼，这家伙操心的东西还真不少。

“可一拍戏就会很忙，我根本没时间陪你，也无法和你在家里过简单的居家生活了？”裴承勋拿着笔，依然皱着眉。

“我，既是你的老板，也是你的贴身保姆，这样我们不就天天在一起啦？而且，你不是说过，有我在的地方就是家吗？那我们难道不是天天宅一起吗？”虽然裴承勋的问题很多，但这次提出的问题却让袁乐儿心底很暖，所以她像哄孩子一般耐心地解说着。

“对哦……这样，我们就真的是天天宅一起了！可……”裴承勋刚想继续往下说，就被大家的声音打断了。“快签字！”很是无辜的裴承勋，只能嘟着嘴刷刷刷签下了名字。

“我只是想问，允择哥做什么嘛，干嘛那么凶……”裴承勋委屈地小声抗议着。

“还用问吗？当然是你的最强经纪人了，笨蛋！”没想到一向沉稳的崔允择，居然也会开口调侃人了，看来，大家的心情真的都很好。

“好啦，成交！允择哥交给你了！”袁乐儿拿过合同就往店里走去，完全不理会裴承勋。

“喂，什么意思？”裴承勋忽然有种被陷害的感觉，弱弱地看着崔允择。而崔允择则是一脸高深莫测的笑意，拉着裴承勋向保姆车走去。

“去哪里？到底要去哪里啊？”裴承勋慌了，第一次不了解自己接下来的行程。

“看来，你真的很久没看新闻了！不知道今天是你裴承勋回归后与粉丝的第一场见面会吗？不然外面的粉丝干嘛来的？”崔允择把裴承勋直接塞进了保姆车。

“粉丝见面会？我怎么不知道？你们什么时候计划的？那如果今天我不同意了，你们怎么办？”难以想象，自己就这样被他们卖了，裴承勋表示出强烈的不满。

“我们没想过你会不同意啊。”崔允择启动了保姆车。

“太过分了!! 主办方是哪里的？居然没有和我面谈就敢举办，不怕竹篮打水一场空吗？”裴承勋此时嘟囔的小嘴几乎要翘上天了。

“嗯……一家规模不大才建立两年的基金会，主要是为帮助被父母遗弃或者天生残疾的孩子而设立。因为是慈善嘛，所以公司也友情赞助，不收出场费，将此次的所有收入全都用于慈善事业。至于老板嘛，似乎，大概，应该是……Louis Vuitton 韩国总代理的前社长。”崔允择铺垫了一堆，终于说出了主办方是谁。本来还被感动得一塌糊涂的裴承勋瞬间傻眼了！居然是金逸晨？好好的 Louis Vuitton 社长不当，居然搞起了慈善？不过想想也对，两年前的打击对他来说不小，也难怪他脱离父亲，以赎罪之心重新开始。不过……这是不是代表了这两年以来，乐儿都和某人一直紧密联系了？

“乐儿呢？我的保姆呢？我的贴身保姆去哪里了？”裴承勋越想越不爽，整个人都不好了，于是就开始对着崔允择像孩子般耍赖了。

“她可是老板，当然想放假就放假，想休息就休息啦。”崔允择忍着不笑出声。

“呀!! 袁乐儿，你这个骗子!! 不是说好我们要宅一起的吗？”裴承勋从车窗探出头大声地抗议着，结果得到的则是粉丝们异口同声地欢呼声：“欧巴，我们也要和你宅一起！”